Elogios para

Desierto sonoro

"Un nuevo clásico que rompe moldes... En manos de Luiselli, la novela se vuelve verdaderamente innovadora: eléctrica, elástica, sugerente y original". —*The New York Times*

"Un portentoso logro de empatía e intelectualidad". —NPR

"Una 'gran novela americana' de nuestro tiempo". —*Vanity Fair*

"Un libro sorprendente y brillantemente complejo". —*The New Yorker*

"El lenguaje [de Luiselli] es tan evocador que te obliga a detenerte una y otra vez". —*O, The Oprah Magazine*

"Apasionado". —*The New York Review of Books*

"Hermoso". —*San Francisco Chronicle*

"Inolvidable, hasta su última explosiva oración [...]. [Luiselli] ensancha audazmente los límites de la narrativa". —*Entertainment Weekly*

"Esta es una novela que nos reta, como nación, a reconciliar nuestras diferencias [...]. La narración destella como el desierto donde trascurre". —*The Washington Post*

"Una exhibición de virtuosismo y erudición [...]. La brillantez de la escritura provoca rabia y compasión. Nos humaniza".

—*The New York Times Book Review*

"*Desierto sonoro* es sin duda una novela de nuestro tiempo, [pero] también se acerca a una cierta atemporalidad, como todas las grandes novelas".

—*Los Angeles Times*

"*Desierto sonoro* confirma el gran poder de la ficción para exponer nuestros deseos, miedos y esperanzas más profundos a medida que avanzamos a trompicones en un mundo que compartimos con otros, pero que apenas entendemos".

—Maureen Corrigan, NPR

"Elegante y generosa, divertida y conmovedora... Una alegoría extraordinaria".

—*The Atlantic*

"Absolutamente inteligente, lleno de belleza, corazón y conocimiento. Todos deberían leer este libro".

—Tommy Orange, autor de *There There*

"Intelectualmente rigurosa y, al mismo tiempo, atractivamente humana [...]. Además de inteligente, esta novela es cálida y divertida". —Lucy Hughes-Hallett, *The Guardian*

"La política, la historia y una crisis familiar se entrelazan en este análisis dinámico de Luiselli sobre la inmigración y la igualdad".

—*Time*

"Simplemente impresionante [...]. *Desierto sonoro* contiene multitudes, contradicciones y plantea cuestiones difíciles para las que no existen respuestas fáciles. Es una gran novela americana y también una gran novela humana". —*Guernica*

VALERIA LUISELLI

Desierto sonoro

Valeria Luiselli (Ciudad de México, 1983) es autora de las novelas *Los ingrávidos* (2011) y *La historia de mis dientes* (2013),
y de los libros de ensayo *Papeles falsos* (2010) y *Los niños
perdidos* (2016), todos ellos publicados en Sexto Piso.
Ha colaborado en medios como *The New York Times*, *Granta*,
The Guardian, *El País*, entre otros. Sus obras, traducidas a más
de veinte idiomas, han sido galardonadas dos veces con el Los
Angeles Times Book Prize y con el American Book Award,
y en dos ocasiones fueron finalistas del National Book Critics
Circle Award. En la actualidad, reside en Nueva York.

Desierto sonoro

Desierto sonoro

VALERIA LUISELLI

Traducción de
Daniel Saldaña París y Valeria Luiselli

VINTAGE ESPAÑOL
Una división de Penguin Random House LLC
Nueva York

PRIMERA EDICIÓN VINTAGE ESPAÑOL, OCTUBRE 2019

Información de catalogación de publicaciones disponible
en la Biblioteca del Congreso de los Estados Unidos.

Vintage Español ISBN en tapa blanda: 978-0-525-56694-6
eBook ISBN: 978-0-525-56695-3

Para venta exclusiva en EE.UU., Canadá, Puerto Rico y Filipinas.

www.penguinlibros.com

Impreso en los Estados Unidos de América
10 9 8 7 6 5 4 3 2 1

ÍNDICE

PRIMERA PARTE: SONIDOS FAMILIARES

SEGUNDA PARTE: ARCHIVO DE ECOS

TERCERA PARTE: APACHERÍA

CUARTA PARTE: HUELLAS

PRIMERA PARTE
SONIDOS FAMILIARES

DESPLAZAMIENTOS

El archivo presupone un archivista, una mano que colecciona y clasifica...

ARLETTE FARGE

Partir es morir un poco.
Llegar nunca es llegar definitivo.

Oración del migrante

Partida

Bocas abiertas al sol, duermen. Niño y niña: frentes perladas de sudor, cachetes colorados, hilos de baba seca. Ocupan toda la parte de atrás del coche –extendidos, despatarrados, rotundos, plenos–. Desde el asiento del copiloto me volteo para mirarlos cada tanto, y luego sigo estudiando el mapa. Avanzamos rumbo a la periferia de la ciudad con la lava lenta del tráfico, que se mueve por el puente George Washington para disolverse, más adelante, en la autopista. Un avión sobrevuela y deja una cicatriz blanca en el paladar azul del mediodía. Mi marido, al volante, se ajusta el sombrero y se seca la frente con el dorso de la mano.

Léxico familiar

No sé qué les diremos a los dos niños en el futuro, mi marido y yo. No estoy segura de qué partes de nuestra historia decidirá, cada uno por su lado, editar o suprimir, ni qué secciones reordenaremos e insertaremos de nuevo para crear la mezcla definitiva –y eso que suprimir, reordenar y editar mezclas finales es, quizá, la descripción más precisa de nuestro oficio–. Pero los niños harán preguntas, porque preguntar es lo que los niños hacen. Y no nos quedará más remedio que contarles algo con un inicio, un desarrollo y un final. Tendremos que dar respuestas, ofrecerles una narrativa.

El niño cumplió diez años ayer, justo un día antes de irnos de la ciudad. Fuimos espléndidos con los regalos. Nos había dicho, sin titubeos:

No quiero juguetes.

La niña tiene cinco años, y desde hace unas semanas ha estado preguntando, una y otra vez:

¿Y yo cuándo cumplo seis?

Ninguna respuesta la deja satisfecha, así que en general le contestamos con ambigüedades:

Pronto.

En unos meses.

En menos de lo que canta un gallo.

La niña es hija mía y el niño es de mi marido. Soy madre biológica de una, madrastra del otro y madre *de facto* de los dos. Mi esposo es padre y padrastro de cada uno, respectivamente, pero también padre de ambos, así sin más. Por lo tanto, la niña y el niño son: hermanastra, hijo, hijastra, hija, hermanastro, hermana, hijastro y hermano. Y puesto que estas construcciones y estos matices innecesarios complican demasiado la gramática del día a día —el nosotros, el ellos, el nuestro, el tuyo—, tan pronto como empezamos a vivir juntos, cuando el niño tenía casi seis años y la niña era todavía una bebé, adoptamos el adjetivo posesivo nuestros, mucho más simple, para referirnos a los dos. Se convirtieron en lo que son: nuestros hijos. Y a veces, a secas: el niño, la niña. Los dos aprendieron rápidamente las reglas de nuestra gramática privada, y adoptaron los sustantivos comunes mamá y papá, o a veces ma y pa. Y al menos hasta ahora nuestro léxico familiar ha definido bien los límites y los alcances de este mundo compartido.

TRAMA FAMILIAR

Mi marido y yo nos conocimos hace cuatro años, mientras grabábamos audio para un paisaje sonoro. Éramos parte de un equipo más amplio, que trabajaba para el Centro de Ciencia Urbana y Progreso de la Universidad de Nueva York. El objetivo del proyecto era registrar y catalogar los sonidos emblemáticos o distintivos de la ciudad: el rechinido del metro al detenerse, la música en los pasillos subterráneos de la estación de la calle 42, los pastores predicando en Harlem, el rumor de voces y murmullos en la bolsa de valores de Wall Street. Pero también había que compendiar y clasificar todos los sonidos que produce la ciudad y que, en general, pasan inadvertidos, como mero ruido de fondo: cajas registradoras abriéndose y cerrándose en los delis de las esquinas, un guion ensayado en un teatro vacío, las corrientes submarinas del río Hudson, los graznidos de los gansos canadienses que cagan desde lo alto, en pleno vuelo, mientras sobrevuelan el parque Van Cortland, los columpios que se balancean en las áreas de juego de Astoria, las manos de una vieja coreana afilando uñas adineradas en el Upper West Side, las flamas de un incendio deshojando un viejo edificio del Bronx, un peatón propinándole un rosario de *madafakas* a otro. En el equipo había periodistas, artistas sonoros, geógrafos, urbanistas, escritores, historiadores, acustemólogos, antropólogos, músicos e incluso batimetristas, con sus ecosondas multihaces, que sumergían en los cuerpos de agua que rodean la ciudad para medir la profundidad y los contornos de los lechos fluviales. Todos, en parejas o en pequeños grupos, medíamos y registrábamos longitudes de onda por toda la ciudad, como si buscáramos documentar los jadeos de una bestia gigante.

A él y a mí nos pusieron a trabajar en pareja y nos asignaron la tarea de grabar, durante un periodo de cuatro años, todos los idiomas hablados en la ciudad. La descripción de nuestras responsabilidades especificaba: «realizar un muestreo de la metrópolis con la mayor diversidad lingüística del mundo, y mapear la totalidad de los idiomas hablados por sus adultos e infantes». Resultó que hacíamos bien nuestra tarea. Y que hacíamos un buen equipo, incluso demasiado bueno. Trabajábamos más horas y con más entrega de la que se requería, quizá para tener una excusa para vernos más seguido. Entonces, tal vez de manera un poco predecible, después de sólo unos meses trabajando juntos nos enamoramos —de cabeza, como una piedra que se enamora de un pájaro y ya no sabe dónde empieza la piedra y dónde termina el pájaro—. Cuando llegó el verano decidimos mudarnos a vivir juntos, cada uno aportando un hijo a la ecuación. Nos volvimos una tribu.

La niña no se acuerda de nada de ese periodo, por supuesto. El niño recuerda que yo siempre traía puesto un suéter de lana azul, largo hasta las rodillas, al que le faltaban algunos botones; y que a veces, cuando se quedaban dormidos, me lo quitaba y los tapaba a los dos con él, y olía a tabaco y picaba un poco. La mudanza fue una decisión impulsiva, tan confusa, urgente y hermosa como se sienten las cosas cuando no estás pensando en sus consecuencias. Luego, vinieron las consecuencias. Conocimos a nuestras respectivas familias extendidas, nos casamos por la ley civil, y empezamos a pagar impuestos de sociedad conyugal. Nos volvimos una familia.

Inventario

En los asientos delanteros: él y yo. En la guantera: seguro del coche, tarjeta de circulación, manual de usuario y mapas de carreteras. En el asiento de atrás: los niños, sus mochilas, una caja de kleenex y una hielera azul con botellas de agua y comida perecedera. En la cajuela: una pequeña bolsa de gimnasio con mi grabadora digital para voz marca Sony, modelo PCM-D50, audífonos, cables y baterías de repuesto; la mochila organizadora Porta-Brace para audio de mi esposo, con su boom plegable, micrófono, audífonos, cables, zeppelin, filtro tipo *dead-cat* y su grabadora 702T. Además: cuatro maletas chicas con nuestra ropa, y siete cajas de archivo (38 x 30 x 25 cm) de cartón con doble fondo y tapas resistentes.

Covalencia

A pesar de los esfuerzos que desde un inicio hicimos mi marido y yo por mantener una sensación de solidez en nuestro mundo familiar, siempre ha habido entre los cuatro cierta ansiedad sobre el lugar que ocupa cada uno. Somos como esas partículas problemáticas que se estudian en clase de química, con enlaces covalentes en lugar de iónicos –o quizás era al revés–. La madre biológica del niño murió en el parto, en Atlanta, pero ése es un tema del que nunca se habla. Mi esposo me lo comunicó en una sola frase, muy al principio de nuestra relación, y de inmediato entendí que no era un tema sujeto a más preguntas. Tampoco a mí me gusta que me pregunten sobre el padre biológico de la niña, a quien ella no conoce, así que los dos hemos honrado, desde siempre, un respetuoso pacto de silencio en torno a esos elementos de nuestro pasado y del pasado de nuestros hijos.

Tal vez a manera de reacción a todo lo anterior, los niños siempre han querido escuchar historias sobre sí mismos en el contexto de nosotros cuatro. Quieren saberlo todo sobre el momento en que los dos se convirtieron en nuestros hijos, y todos nos convertimos en una familia. Son como antropólogos que estudian ciertos relatos cosmogónicos, pero en su caso con un toque narcisista. La niña pide que le contemos una y otra vez las mismas historias, y el niño pregunta por algunos episodios de su infancia compartida como si hubieran sucedido hace décadas, o hace siglos incluso. Y nosotros, claro, transigimos. Les contamos todas las historias que alcanzamos a recordar. Cada vez que nos saltamos alguna parte o que confundimos algún detalle, los niños interrumpen inmediatamente el relato para corregirnos. Exigen que les contemos la historia de nuevo, esta vez sin errores, desde el principio.

Mitos fundacionales

En nuestro principio hubo un departamento casi vacío y una ola de calor. Era la primera noche en ese departamento –el mismo que ahora acabamos de dejar atrás– y los cuatro estábamos en calzones, sentados en el piso de la sala, sudorosos y agotados, balanceando rebanadas de pizza en las palmas de las manos.

El niño oteó la sala, masticando un pedazo de pizza, y preguntó:

¿Y ahora qué?

Y la niña, que entonces tenía dos años y medio, remedó:

Sí, ¿ahora qué?

No supimos qué contestar, aunque creo que ambos lo pensamos detenidamente, buscando alguna respuesta, quizá porque también nos habíamos estado haciendo la misma pregunta frente a ese espacio ajeno. Habíamos terminado de desempacar lo esencial y salido a comprar unas cuantas cosas de último momento: sacacorchos, cuatro almohadas nuevas, líquido limpiavidrios, detergente, dos pequeños portarretratos, clavos y un martillo. Habíamos medido la altura de los niños y hecho una primera marca en la pared del pasillo: 84 y 106 centímetros. Luego habíamos fijado un par de clavos en el muro de la cocina, junto al refrigerador, para colgar dos postales que antes habían estado en nuestros respectivos departamentos: una era un retrato de Malcolm X, tomada justo antes de que lo mataran, donde se le ve reposando la cabeza sobre la mano izquierda y mirando hacia algo o alguien fuera de cuadro; la otra era de Zapata, muy erguido, sosteniendo un rifle en una mano y un sable en la otra, con una banda colgándole de un hombro y sus dobles cananas cruzándole el pecho.

Pero a pesar de esas primeras marcas de nuestra presencia, y de las muchas cajas de cartón y las maletas de todos, el espacio aún se sentía vacío.

¿Ahora qué?, preguntó otra vez el niño.

Por fin contesté yo:

Ahora vayan a lavarse los dientes.

Pero no hemos desempacado nuestros cepillos todavía, replicó.

Entonces enjuáguense la boca en el lavabo y a dormir, dijo su papá.

Regresaron del baño diciendo que les daba miedo dormir solos en el cuarto nuevo. Accedimos a que se quedaran en la sala con nosotros, por un rato, si prometían dormirse. Los dos se acomodaron dentro de una caja de cartón vacía y, después de cachorrear un rato hasta negociar la división de espacio que les pareció más justa, ambos cayeron súpitos.

Mi esposo y yo abrimos una botella de vino y, asomados a la ventana, nos fumamos un porro. Luego nos acomodamos otra vez en el piso de la sala, platicando a ratos, y a ratos viendo nomás a los dos niños, dormidos en su caja de cartón. Desde donde estábamos sentados alcanzábamos a ver sólo un amasijo de cabezas y nalgas: el pelo del niño, recio de sebo, los chinos de la niña, un nido; él, nalgas de aspirina, y las de ella, amanzanadas. Parecían la miniatura de una pareja que ha estado demasiado tiempo unida, de esas que envejecen muy rápido porque se disponen a la comodidad de una promesa eterna y sin sobresaltos. Ambos dormían en absoluta soledad compartida, serenos. Pero de pronto, interrumpiendo ese silencio casi sacro, el niño empezó a roncar y la niña empezó a soltar largas yufas, seguidas de breves pero tronados pedos.

Ese mismo día, más temprano, habían dado un concierto parecido cuando íbamos en metro hacia la casa, volviendo del supermercado, rodeados de bolsas de plástico llenas de huevos enormes, jamón rosáceo, almendras orgánicas, pan de elote y pequeños *tetrapacks* de leche entera —los productos enriquecidos y vitaminados de nuestra nueva dieta: la dieta de una familia con dos salarios—. Tres paradas del metro, y los dos niños se habían quedado dormidos, las cabezas en nuestras piernas, su sudor oliendo a los pretzels tibios que nos habíamos comido en la calle unas horas antes. Acomodados los cuatro en el vagón de metro —los niños dormidos, angélicos casi, y nosotros dos lo bastante jóvenes—, conformábamos una tribu hermosa, envidiable.

Hasta que de repente, uno comenzó a roncar y la otra a tirarse pedos. Los pocos pasajeros que no llevaban audífonos se dieron cuenta, miraron a la niña, luego a nosotros, luego al niño, y sonrieron —no sé si por compasión o en complicidad o simplemente entretenidos por la total desvergüenza de nuestros hijos—. Mi esposo les devolvió la sonrisa a los pasajeros. Yo pensé por un momento en desviar la atención, distraerlos de algún modo, tal vez mirando acusatoriamente al viejo que dormía a pocos asientos de distancia, o a la joven en ropa deportiva. Pero no hice nada. Sólo asentí con la cabeza a modo de aceptación, o de resignación, y les devolví media sonrisa a los extraños del metro. Supongo que sentí el tipo de pánico escénico que sobreviene en ciertos sueños, cuando te das cuenta de que estás en la escuela sin ropa interior: un profundo sentimiento de vulnerabilidad frente a todas esas personas que se asomaban de pronto a nuestro mundo, un mundo frágil todavía.

Pero esa noche, de vuelta a la intimidad del departamento nuevo, mientras los niños dormían emitiendo nuevamente esos ruidos hermosos —la verdadera belleza, siempre involuntaria—, pude escucharlos con atención, ya sin el peso del bochorno público. La caja de cartón amplificaba los sonidos intestinales de la niña, que viajaban diáfanos por el espacio casi vacío de la sala. Después de un rato el niño los oyó también —o eso nos pareció— y le respondió desde la profundidad de sus sueños con una serie de gruñidos y murmullos. Mi marido advirtió que estábamos presenciando un idioma más del paisaje sonoro de la ciudad, puesto al servicio del acto siempre circular de la conversación:

Una boca que le responde a un culo.

Por un instante reprimí la risa, pero luego noté que mi marido contenía la respiración y cerraba los ojos para evitar reírse y despertar a los niños. Tal vez estábamos un poco más pachecos de lo que creíamos. Me distendí por completo en una carcajada. Él me hizo segunda con una serie de resoplidos y jadeos, sus fosas nasales aleteando, el gesto fruncido, los ojos casi borrados, su cuerpo entero balanceándose como piñata herida. La mayoría de la gente se vuelve aterradora cuando ríe desaforadamente. Siempre me han dado miedo los que castañetean los dientes, y los que se ríen sin emitir sonido alguno.

Son desconcertantes las personas que se ríen como cantaba Chavela Vargas, que jalaba aire entre los dientes antes de soltar sus quejumbrosos pujidos. Y luego están los que clavan la cabeza hacia delante, contorsionándose, como si la alegría les doliera. En mi familia paterna tenemos un defecto genético, creo, que se manifiesta mediante bufidos nasales y ronquidos porcinos al final de cada ciclo de risas. Estos sonidos, quizá por su animalidad, desatan a su vez un nuevo ciclo de risas. Y así hasta que todos terminamos con lágrimas en los ojos y un sentimiento de vergüenza nos embarga.

Respiré profundamente y me limpié una lágrima del cachete. Me di cuenta entonces de que era la primera vez que oíamos la risa del otro. Quiero decir, nuestras risas más profundas: risa desatada, inmoderada, risa plena y ridícula. Quizás nadie nos conoce realmente hasta que no conoce nuestra risa. Por fin recobramos la compostura.

¿Es terrible reírnos a costa de nuestros hijos mientras duermen?, le pregunté.

Sí sí, todo mal, dijo, los pliegues de su piel todavía reacomodándose, regresando poco a poco al semblante parco y sereno que suele tener.

Decidimos que había que documentar este preciso momento, así que sacamos nuestro equipo de grabación. Mi esposo empezó a recorrer el espacio con el brazo extensible de su boom; yo acerqué mi grabadora de mano a los niños lo más posible. Ella se chupaba el dedo y él murmuraba palabras y gruñidos oníricos para la grabadora. El micrófono de mi esposo captaba también los sonidos de la calle: coches, una pareja discutiendo, jóvenes echando desmadre. Con una complicidad infantil registramos los sonidos de esa noche. No estoy segura de qué motivos más profundos nos impulsaban. Quizás era sólo el calor del verano, más el vino, menos el porro, multiplicado por la emoción de la mudanza, dividido por todo el reciclaje de cajas de cartón que teníamos por delante.

O quizás estábamos obedeciendo al impulso de permitir que aquel momento, que parecía el comienzo de algo, dejara una huella. Después de todo, nuestras mentes estaban entrenadas para detectar oportunidades de grabación, y nuestros oídos escuchaban la vida cotidiana como si fuera material para ser documentado. O tal vez las familias nuevas, como las naciones jóvenes después de una violenta guerra de independencia o una revolución, necesitan anclar sus comienzos en un momento simbólico y fijar ese instante en el tiempo. Esa noche fue nuestra fundación; fue la noche en que nuestro caos se convirtió en cosmos.

Más tarde, cansados y habiendo perdido momentum, cargamos a los niños hasta su nuevo cuarto y los dejamos sobre la cama —apenas más grande que la caja de cartón donde se habían dormido—. Después, ya en nuestro cuarto, nos metimos a la cama y entrelazamos las piernas sin decirnos nada, aunque comunicando algo con nuestros cuerpos, algo así como quizás más tarde, quizás mañana, mañana hacemos el amor, hacemos planes, mañana.

Buenas noches.

Buenas noches.

LENGUAS MATERNAS

Cuando me invitaron a trabajar en el proyecto del paisaje sonoro me pareció una idea medio cursi, megalómana, quizás demasiado didáctica. No era mucho más joven que ahora, pero todavía me concebía a mí misma como una periodista política cuya labor era reportar y denunciar.

Tampoco me gustaba la idea de que el proyecto, aunque dirigido por una universidad, estuviera financiado por un par de corporaciones trasnacionales, y recuerdo que traté de hacer alguna pesquisa, para cerciorarme de que sus altos mandos no estuvieran implicados en escándalos, fraudes, o movimientos protofascistas. Pero tenía una hija de dos años y muchas deudas, así que cuando me mostraron los términos del contrato y el monto del salario, dejé de hacer pesquisas, de preocuparme por la ética corporativa, de actuar como si tuviera el privilegio de decidir qué trabajo aceptar. Firmé un contrato de exclusividad por cuatro años. No sé cuáles fueron las motivaciones de mi marido —que en ese momento no era todavía mi marido, sino un desconocido especializado en acustemología—, pero más o menos a la vez que yo, él firmó el suyo.

Una vez que empezamos a vivir juntos, ambos nos entregamos aún más de lleno al proyecto del paisaje sonoro. Todos los días, mientras los niños estaban en la guardería y en la escuela, respectivamente, salíamos a las calles sin saber qué íbamos a encontrar, pero seguros de que encontraríamos algo. Recorríamos de arriba abajo los cinco distritos de la ciudad entrevistando a desconocidos, pidiéndoles que nos hablaran en sus lenguas maternas, que nos dijeran algo sobre ellas.

A mi esposo le gustaban los días que pasábamos en espacios de transición, como las estaciones de tren, los aeropuertos y las paradas de autobús, simplemente grabando sonidos callejeros y conversaciones ajenas. Yo prefería los días que pasábamos en espacios cerrados, contenidos, sobre todo en lugares como las escuelas, donde existían tantos idiomas pero confluían todos —violentamente— en el inglés. Mi marido caminaba por los comedores escolares atestados, con su bolsa Porta-Brace para equipo de sonido colgando de una correa de su hombro derecho, su boom sostenido en ángulo, grabando el escándalo de voces, cubiertos y pasos. Yo me paseaba por los pasillos y los salones de clase, acercando bien mi grabadora a la boca de los niños para registrar los sonidos que emitían, incitados por mis preguntas. Les pedía que recordaran canciones y refranes escuchados en casa. Sus acentos, domesticados, delataban notas anglófonas: los idiomas de sus padres les eran ajenos. Recuerdo también cómo sus lenguas físicas —rosáceas, honestas, disciplinadas— hacían un esfuerzo tremendo por adaptarse a los sonidos cada vez más distantes de sus lenguas maternas: la difícil posición de la punta de la lengua en la «erre» hispánica, el veloz latigueo contra el paladar en las palabras polisilábicas del kichwa y el karif, la suave curva descendiente de la lengua en las haches aspiradas del árabe.

Tiempo

Pasaron los meses y seguimos grabando voces. Acumulamos horas y más horas de audio de personas hablando, contando historias; horas de pausas, mentiras, plegarias, dudas, confesiones, respiración.

También acumulamos otras cosas: plantas, platos, libros, sillas. Recogíamos objetos abandonados en las banquetas de los barrios adinerados. A menudo nos dábamos cuenta, más tarde, de que en realidad no necesitábamos una silla más, ni otro librero, y entonces los volvíamos a dejar en la calle, en las aceras de nuestro barrio, menos afluente, y nos sentíamos de algún modo partícipes de la mano izquierda invisible que opera la redistribución de la riqueza —unos anti-Adam Smiths de las banquetas—. Durante un tiempo seguimos recogiendo objetos encontrados en las calles, hasta que un día escuchamos en la radio que había una plaga de chinches en la ciudad, así que dejamos de pepenar cosas, renunciamos a la redistribución de la riqueza, y llegó el invierno, y después la primavera.

Nunca está del todo claro qué convierte un espacio en un hogar, o un proyecto de vida en una vida. Pero un día, nuestros libros ya no cupieron en los estantes, y la gran estancia vacía de nuestro departamento se había convertido en nuestra sala. Ahora era el lugar donde veíamos películas, leíamos libros y armábamos rompecabezas, el espacio donde echábamos la siesta y ayudábamos a los niños con la tarea. Más tarde fue el lugar donde recibíamos a nuestros amigos, y donde sosteníamos largas conversaciones una vez que los amigos se habían marchado; era el lugar donde cogíamos, donde nos decíamos cosas hermosas y cosas horribles, y el lugar que barríamos y ordenábamos en silencio antes de irnos a la cama.

Quién sabe cómo, y quién sabe adónde se fue el tiempo, pero un día el niño cumplió ocho años, y luego nueve, y la niña tenía, de pronto, cinco. Empezaron a asistir a la misma escuela pública y a llamar amigos a todos los pequeños desconocidos que conocieron allí. Se sucedieron los equipos de futbol, las clases de gimnasia, las presentaciones de fin de año, las piyamadas, las demasiadas fiestas de cumpleaños. Había pasado el tiempo y las marcas que hacíamos en la pared del pasillo del departamento para llevar registro de la altura de nuestros hijos ya contaban de pronto una historia vertical. Habían crecido mucho. Mi marido pensaba que habían crecido demasiado rápido. Anormalmente rápido, decía, por culpa de esa leche orgánica que tomaban en pequeños tetrapacks. Mi marido pensaba que esa leche venía modificada químicamente para hacer crecer a los niños antes de tiempo. Puede ser, pensaba yo. Pero lo más probable, en el fondo, era que el tiempo había pasado nomás.

DIENTES DE LECHE

¿Cuánto falta?

¿Cuánto tiempo más?

Supongo que todos los niños son así: si están despiertos y van en coche quieren cosas. Quieren atención, quieren parar al baño, quieren comida. Pero ante todo quieren saber:

¿Cuándo vamos a llegar?

En general les decimos que falta poco. O bien les decimos:

El primero que habla, pierde.

Cuenten todos los coches blancos que pasan.

Traten de dormir.

Ahora, al detenernos en una caseta de cobro en Filadelfia, ambos se despiertan de golpe y a la vez, como si tuvieran el sueño sincronizado. Desde el asiento trasero, la niña pregunta:

¿Cuántas cuadras más?

Sólo un poquito más y luego hacemos una parada en Baltimore, le respondo.

¿Pero cuántas cuadras más hasta que lleguemos al final final?

El final es Arizona. El plan es manejar desde Nueva York hasta la esquina sureste de Arizona. A lo largo del camino, en dirección suroeste, rumbo a la frontera, mi esposo y yo iremos trabajando en nuestros nuevos proyectos de audio, haciendo encuestas y grabaciones de campo. Yo me concentraré en entrevistar a personas, en capturar fragmentos de conversaciones entre desconocidos, grabar el sonido de las noticias en la radio o las voces en los restaurantes. Cuando lleguemos a Arizona grabaré las últimas secuencias y empezaré a editar. Tengo cuatro semanas para terminarlo todo. Luego, probablemente, viajaré de regreso a Nueva York con la niña, pero de eso no estoy segura todavía. No estoy segura tampoco de cuál sea el plan de mi esposo. Analizo su rostro de perfil. Va concentrado en la autopista que se extiende delante de él. Él irá grabando cosas como el sonido del viento que sopla en las llanuras o los motores de coches en los estacionamientos de moteles; o tal vez los centavos que caen en las cajas registradoras de gasolineras remotas y el rumor de las televisiones de los diners de carretera. Lo irá registrando todo, sin importar si tiene un vínculo directo o no con su proyecto sonoro. No sé cuánto tiempo le llevará este nuevo proyecto, ni qué sucederá después. La niña rompe nuestro silencio, insiste:

Les hice una pregunta, mamá, papá: ¿cuántas cuadras más hasta que lleguemos al final?

Supongo que tenemos que ser más pacientes. Los dos sabemos —tal vez incluso el niño lo sabe— cuán confuso debe de ser vivir en el mundo atemporal de una persona de cinco años: un mundo al que no le falta, sino que le sobra tiempo. Por fin, mi esposo responde algo que parece tranquilizarla:

Vamos a llegar al final final cuando se te caiga el segundo diente de abajo.

A la niña se le cayó un diente antes de tiempo, cuando tenía cuatro años y acababa de entrar a la escuela pública. Poco después empezó a tartamudear. Nunca supimos si había una relación causal entre esos eventos: escuela, diente, tartamudeo. Pero en nuestra narrativa familiar, al menos, los tres quedaron entrelazados en un nudo confuso y cargado de emociones.

Una mañana, durante nuestro último invierno juntos en la ciudad, conversé con la madre de uno de los compañeros de clase de mi hija. Estábamos en el auditorio, esperando para votar por los nuevos representantes de padres de familia. Las dos hicimos fila durante un rato, intercambiando historias sobre las dificultades lingüísticas y culturales de nuestros hijos. Le conté que mi hija había tartamudeado durante un año, a veces hasta el punto de que no lograba comunicarse. Comenzaba cada frase como si estuviera a punto de estornudar. Pero recientemente había descubierto que, si cantaba una frase en lugar de decirla, le salía sin tartamudeos. Y así, poco a poco, había comenzado a superar su tartamudez. Ella me contó que su hijo no había pronunciado una sola palabra, en ningún idioma, durante casi seis meses.

Nos preguntamos mutuamente de dónde éramos y qué idiomas se hablaban en nuestras casas. Ellos eran de la mixteca, me dijo. Su lengua materna era el triqui. Yo nunca había oído a alguien hablar en triqui, y sólo sabía que era una de las lenguas tonales más complejas, con más de ocho tonos. Le conté que mi abuela era ñañú y hablaba otomí, una lengua tonal más sencilla que el triqui, con sólo tres tonos. Pero mi madre no había aprendido a hablarla, y por supuesto yo tampoco, le dije. Cuando le pregunté si su hijo hablaba triqui me dijo que no, que por supuesto que no, y dijo:

Nuestras madres nos enseñan a hablar, y el mundo nos enseña a callarnos la boca.

Después de votar, y justo antes de despedirnos, nos presentamos formalmente. Se llamaba Manuela, igual que mi abuela. La coincidencia le entusiasmó menos a ella que a mí. Le pregunté si me dejaba grabarla un día y le conté sobre el documental sonoro en el que mi esposo y yo seguíamos trabajando. Era difícil dar con alguien que hablara triqui, y no teníamos ninguna grabación con esa lengua. Ella aceptó, no muy convencida, y cuando acordamos vernos en el parque cerca de la escuela, unos días más tarde, me dijo que sólo me pediría una cosa a cambio. Tenía dos hijas mayores –de ocho y diez años– que acababan de llegar a Estados Unidos, después de cruzar la frontera a pie, y que en ese momento se encontraban en un centro de detención en Texas. Manuela necesitaba a alguien que tradujera sus documentos del español al inglés, alguien que le cobrara poco o incluso nada, para después encontrar a un abogado dispuesto a defenderlas ante una posible orden de deportación. Acepté traducir sus documentos, sin saber en qué me estaba metiendo.

Procedimientos

Primero traduje solamente documentos legales: las actas de nacimiento de las niñas, sus cartillas de vacunación, una boleta de calificaciones de la escuela. Luego fueron una serie de cartas, escritas por una vecina de su pueblo y dirigidas a Manuela, en donde detallaba un retrato minucioso de la situación allá: las irrefrenables olas de violencia, el ejército, las pandillas, la policía, la súbita desaparición de personas, sobre todo mujeres jóvenes y niñas.

Después, un día, Manuela me pidió que la acompañara a una reunión con una posible abogada. Nos encontramos las tres en una sala de espera de la Corte Federal de Inmigración, en el sur de Manhattan. La abogada iba leyendo un breve cuestionario, preguntando cosas en inglés que yo traducía al español para Manuela. Ella, a su vez, contó su historia y la de sus hijas. Venían de un pequeño pueblo en la frontera entre Oaxaca y Guerrero. Unos seis años antes, cuando la más chica de las niñas acababa de cumplir dos años y la mayor tenía cuatro, Manuela las había dejado al cuidado de la abuela. La comida escaseaba; era imposible criar a las niñas con tan poco. Manuela cruzó la frontera, sin documentos, y se instaló en el Bronx, donde tenía una prima. Encontró trabajo y empezó a mandarles dinero. El plan era ahorrar lo más rápido posible y regresar a su casa tan pronto como pudiera. Pero quedó embarazada, la vida se fue complicando y los años pasaron a toda prisa. Las niñas crecieron hablando con ella por teléfono; escuchando historias sobre la nieve, las grandes avenidas, los puentes, los embotellamientos y, más adelante, sobre su hermanito. Mientras tanto, la situación en el pueblo se fue volviendo más y más difícil e insegura, así que Manuela le pidió un préstamo a su jefe y le pagó a un coyote para que trajera a sus hijas.

La abuela de las niñas las preparó para el viaje. Les dijo que sería un viaje muy largo y les ayudó a empacar sus mochilas: una Biblia, una botella de agua, nueces, un juguete para cada una, ropa interior de recambio. Les hizo unos vestidos a juego y, el día previo a la partida, cosió el número de teléfono de Manuela en el reverso del cuello de los vestidos. Había intentado que se aprendieran de memoria los diez dígitos, pero las niñas no habían sido capaces. Así que cosió el número en los vestidos y les repitió, una, dos y muchas veces, una sola instrucción: no debían quitarse nunca los vestidos, ni para dormir, ni siquiera si se les ensuciaban, nunca, y tan pronto como llegaran a Estados Unidos, tan pronto como se encontraran con el primer gringo, fuera éste un policía o una persona normal, hombre o mujer, tenían que enseñarle el interior del cuello. Así, esa persona llamaría al número que ella les había cosido en el vestido y les dejaría hablar con su mamá. Ya luego vendría todo lo demás.

Y lo demás vino, pero no exactamente como lo habían planeado. Las niñas llegaron sanas y salvas a la frontera, pero en vez de llevarlas al otro lado, el coyote las abandonó en el desierto en plena noche. Una patrulla fronteriza las encontró al amanecer, sentadas al borde del camino cerca de un puesto de control, y se las llevaron a un centro de detención para menores no acompañados. Un oficial llamó por teléfono a Manuela para decirle que habían encontrado a sus hijas. Para ser un oficial de la migra, el tipo tenía una voz amable y respetuosa, dijo Manuela. Le informó que, por lo regular, de acuerdo con la ley, a los niños provenientes de México y Canadá —a diferencia de lo que pasaba con niños de otros países— los mandaban de regreso de inmediato. Él se las había arreglado para dejarlas en detención, pero Manuela iba a necesitar un abogado de ahora en adelante. Antes de colgar, le permitió hablar con las niñas. Les dio cinco minutos. Era la primera vez que oía las voces de sus hijas desde que comenzara su viaje. Habló la mayor, le dijo a Manuela que estaban bien, que no se preocupara por ellas. La menor sólo respiró al teléfono, sin decir nada.

La abogada que vimos ese día le dijo a Manuela, tras escuchar su historia, que lo lamentaba mucho pero que no podía llevar el caso. Dijo que el caso no era «lo suficientemente sólido» y no dio ninguna explicación más. En silencio, nos escoltó hacia la salida de la corte, a través de pasillos largos y mal iluminados. Cuando salimos a la avenida era casi mediodía y la ciudad era un hervidero: la marea indolente de las muchedumbres, el concierto de cláxones de los taxis, los carritos callejeros de halal dispensando almuerzos, la claridad diáfana del cielo invernal. Me pareció que la normalidad llana de la calle tenía algo de cruel, tan indiferente a lo que sucede detrás de las puertas de ciertos edificios. Antes de despedirnos, le prometí a Manuela que la ayudaría a resolver el asunto, la ayudaría a conseguir un buen abogado, la ayudaría como pudiera.

DECLARACIONES CONJUNTAS

Llegó la primavera, mi esposo y yo hicimos nuestra declaración de impuestos, y entregamos todo el material para el proyecto del paisaje sonoro. Había más de ochocientos idiomas en Nueva York y habíamos grabado todos, o casi todos, a lo largo de cuatro años de trabajo. Por fin podíamos pasar a lo siguiente. Y eso fue exactamente lo que hicimos: pasamos a lo siguiente, aunque no del todo juntos.

Yo me había involucrado más en el caso legal que pendía contra las hijas de Manuela. Un abogado de una ONG había aceptado finalmente llevarlo y, aunque las niñas no estaban todavía con su madre, al menos las habían transferido de un centro de detención con alta vigilancia en Texas a un complejo supuestamente más humanitario: un antiguo Walmart reconvertido en albergue para menores indocumentados cerca de Lordsburg, en Nuevo México. Para poder entender el caso me puse a leer un poco más sobre ley migratoria, asistí a audiencias, hablé con abogados. El caso de esas niñas era uno entre decenas de miles de casos similares en todo el país. En un lapso de seis o siete meses, más de ochenta mil niños indocumentados provenientes de México y del Triángulo del Norte de Centroamérica, pero sobre todo de este último, habían sido detenidos en la frontera sur de Estados Unidos. Todos esos niños huían de circunstancias indescriptibles de abuso y de violencia sistémica, huían de países en donde las pandillas se habían convertido en para-Estados, usurpando el poder y adjudicándose la impartición de justicia. Y esos niños habían venido a Estados Unidos en busca de protección legal, en busca de sus madres o padres, o en busca de otros familiares que habían migrado antes y que quizás los recibirían. No buscaban el Sueño Americano, como suele decirse. Los niños buscaban, simplemente, una escapatoria de su pesadilla cotidiana.

Por esos días, la radio y algunos periódicos comenzaban poco a poco a publicar noticias sobre la ola de niños indocumentados que llegaban al país, pero nadie parecía estar cubriendo la situación desde la perspectiva de los niños. Decidí sondear a la directora del Centro de Historia Oral de la universidad de Columbia. Le presenté un borrador de cómo narrar la historia desde un punto de vista distinto. Después de un breve estira y afloja, y de unas cuantas concesiones por mi parte, la directora accedió a ayudarme con la financiación de un documental sobre la crisis de los menores indocumentados. No sería una gran producción: sólo yo, con mis aparatos de grabación y un calendario bastante apretado.

Al principio no me di cuenta, pero mi esposo también había comenzado a trabajar en un nuevo proyecto. Primero era sólo un montón de libros sobre la historia de los apaches. Se apilaban sobre su escritorio y sobre su buró. Yo sabía que ese tema le había interesado desde siempre, y a menudo le contaba a los niños historias sobre apaches, así que no me pareció tan raro que estuviera leyendo sobre el tema. Más tarde empezó a cubrir las paredes en torno a su escritorio con mapas del territorio apache e imágenes de jefes y guerreros. Ahí empecé a presentir que aquel viejo interés suyo se estaba convirtiendo en una investigación más en forma.

¿En qué estás trabajando?, le pregunté una tarde.

En algunas historias, nada más.

¿Historias de qué?

De apaches.

¿Por qué de apaches? ¿De cuáles apaches?

Me dijo que le interesaban Cochise, Gerónimo, Nana y los otros jefes chiricahuas, porque habían sido los últimos dirigentes —en un sentido moral, político y militar— de las últimas personas libres del continente americano. Los últimos en tener que rendirse ante la violencia del gobierno gringo y el mexicano. Desde luego, era una razón más que suficiente para emprender una investigación, pero no era exactamente la razón que yo esperaba escuchar.

Más tarde, mi esposo empezó a referirse a aquella investigación como su nuevo proyecto sonoro. Compró unas cajas de archivo y las llenó de objetos: libros, fichas con notas y citas, recortes, notas de periódicos y mapas, grabaciones de campo y entrevistas sonoras que encontró en bibliotecas públicas y en archivos privados, además de una serie de cuadernitos marrones en los que escribía a diario, de manera casi obsesiva. Yo me preguntaba cómo se transformaría todo aquello en una pieza sonora. Cuando le pregunté por las cajas y su contenido, así como por sus planes y por la compatibilidad de éstos con nuestros planes de pareja y familiares, mi esposo dijo nada más que no estaba seguro todavía, pero que me lo diría pronto.

Y cuando lo hizo, unas semanas después, hablamos sobre los pasos a seguir. Yo dije que quería concentrarme en mi proyecto, grabar las historias de los niños y sus audiencias en el juzgado migratorio de Nueva York. También dije que estaba pensando solicitar para un puesto en una estación de radio local. Él, por su parte, dijo lo que yo sospechaba que diría: quería trabajar en su proyecto documental, sobre los apaches. Había pedido una beca y se la habían dado. Dijo, además, que el material que tenía que reunir para su proyecto se vinculaba a locaciones específicas, pero que este paisaje sonoro iba a ser distinto. Se refirió a su proyecto como un «inventario de ecos».

¿Inventario de qué?, le pregunté.

De los fantasmas de Gerónimo y los últimos apaches libres.

Cuando vives con alguien, aun si lo ves a diario y puedes predecir cada uno de sus gestos en una conversación, incluso si puedes leer las intenciones que subyacen a sus actos y calcular con relativa precisión su respuesta a una circunstancia u otra, cuando estás segura de que no queda en él un solo pliegue inexplorado, incluso en ese caso el otro puede, repentinamente, convertirse en un extraño. En medio de sus respuestas más bien elusivas, mi marido dejó algo en claro, algo que dejó caer sin previo aviso y que se instaló entre nosotros como un tercer miembro de la pareja: para trabajar en su proyecto, necesitaba tiempo, no le bastaría con un solo verano, necesitaba silencio y soledad. Necesitaba mudarse, de manera más permanente, al suroeste del país.

¿Qué tan permanentemente?, le pregunté.

Quizás un año o dos, quizás más.

¿Y a qué parte del suroeste?

No lo sé todavía.

¿Y qué con el proyecto que tengo aquí?, pregunté.

Es un proyecto importante, fue todo lo que dijo.

Juntos a solas

Supongo que mi marido y yo simplemente no estábamos listos para la segunda parte de nuestra relación, la parte de vivir la vida previamente construida. Ante la ausencia de un proyecto laboral conjunto en el horizonte empezamos a distanciarnos también en otros sentidos. Creo que cometimos —o tal vez sólo yo cometí— el error tan común de pensar que nuestro matrimonio era una comunión absoluta, una disolución de todas las fronteras, en lugar de entenderlo, sencillamente, como un pacto entre dos personas dispuestas a proteger la soledad del otro, como bien prescribió hace tiempo Rilke o algún otro espíritu ecuánime, sabio y alemán. ¿Pero puede alguien estar realmente preparado? ¿Puede alguien, cualquier persona, afrontar consecuencias sin haber detectado sus causas?

Unos años antes, en nuestra boda, un amigo nos había dicho, con ese halo profético que algunos borrachos irradian justo antes de volverse un bulto, que el matrimonio era un banquete al que la gente llega demasiado tarde, cuando los restos de comida están ya fríos y los comensales muy cansados y deseosos de irse, pero sin saber cómo irse ni con quién.

Pero yo, amigos míos, ¡puedo darles la clave para que dure para siempre!, nos dijo.

Luego cerró los ojos, hundió la barbilla en el pecho y perdió el conocimiento sentado en su silla.

Desglose

Pasamos muchas noches difíciles, después de dormir a los niños, discutiendo la logística en torno al plan de mi esposo de instalarse de manera más o menos permanente en el suroeste.

Muchas noches en vela negociando, peleando, cogiendo, renegociando, inventando soluciones. Pasé horas enteras tratando de entender o al menos aceptar su proyecto, y muchas horas más tratando de encontrar argumentos para disuadirlo. Una noche le aventé un foco fundido, un rollo de papel de baño y una ristra de insultos más bien blandos.

Pero pasaron los días y comenzaron los preparativos para el viaje. Mi esposo compró varios artículos en internet: una hielera, una tienda de campaña, y diversos artilugios más que jamás habíamos necesitado. Yo me puse a comprar mapas de Estados Unidos. Uno muy grande de todo el país y otros de los estados del sur que probablemente atravesaríamos. Me dediqué a estudiar las rutas, todas las noches, hasta bien entrada la madrugada. Y, conforme el viaje se fue haciendo más y más concreto, intenté reconciliarme con la idea de que mi única opción era aceptar una decisión ya tomada, y luego poco a poco ir añadiendo mis propias cláusulas al contrato, procurando no hacer un desglose de nuestra vida en común como si fuéramos candidatos a una deducción fiscal, a una especie de cómputo moral de pérdidas, créditos y activos gravables. Hice todo lo posible, en otras palabras, para no convertirme en alguien por quien pudiera llegar a sentir desprecio en el futuro.

Pensé que podría aprovechar la nueva situación para reinventarme laboralmente y reconstruirme. Me dije otras cosas por el estilo, cosas que sólo se toman en serio cuando alguien se está desmoronando y ha perdido por completo el sentido del humor.

De manera más razonable, reflexionando al respecto en mis momentos más lúcidos, me convencí de que nuestro distanciamiento profesional no implicaba necesariamente una fisura más honda en la relación. Emprender proyectos por separado no tenía por qué llevarnos a la disolución de nuestro mundo compartido. Podíamos ir en coche hasta la frontera tan pronto como los niños terminaran el año escolar, y cada uno trabajaría en su respectivo proyecto. No estaba segura de cómo iba a lograrlo, pero pensé que podría empezar a investigar, ir creando poco a poco un archivo, y ampliar mi enfoque sobre la crisis de migración infantil, desde las cortes de inmigración de Nueva York, donde había centrado mi atención hasta el momento, hacia cualquiera de sus nodos en las regiones fronterizas del sur. Era un desarrollo natural de la propia línea de investigación, desde luego. Pero también era un modo de hacer que nuestros proyectos, diferentes entre sí, resultaran compatibles. Al menos por el momento. Lo suficientemente compatibles, en cualquier caso, como para emprender un viaje familiar y lanzarnos por las carreteras de este enorme país, hacia algún lugar del suroeste. Después de eso ya veríamos.

Archivo

Me volqué de lleno en la lectura de informes y artículos sobre los menores indocumentados atrapados en el limbo de la ley migratoria, e intenté recopilar información sobre lo que pasaba más allá de la corte de Nueva York, en la frontera, en los centros de detención y los albergues. Me puse en contacto con varios litigantes, asistí a los coloquios del Colegio de Abogados de Nueva York, me reuní en privado con trabajadores de ONG y con líderes comunitarios. Recopilé notas sueltas, recortes de prensa y de revistas, citas copiadas en tarjetas, cartas, mapas, fotografías, listas de palabras, fragmentos de textos, testimonios en audio. Cuando empecé a perderme en aquel laberinto documental construido por mí misma, contacté a un viejo amigo, profesor de Columbia y especialista en estudios sobre archivos, y él me escribió una larga carta y me mandó una lista de artículos y libros que podían arrojar algo de luz a mi confusión. Leí y releí; pasé largas noches en vela leyendo sobre el mal de archivo, sobre la reconstrucción de la memoria en las narrativas de la diáspora, sobre perderse «en las cenizas» del archivo.

Finalmente, una vez que me aclaré un poco y que reuní una cantidad considerable de material bien seleccionado para ayudarme a entender cómo documentar la crisis de los niños en la frontera, guardé todo en una de las cajas de archivo que mi esposo no había llenado aún con sus propias cosas. Metí unas cuantas fotos, algunos documentos legales, los cuestionarios de admisión que se utilizan para la investigación de antecedentes en la corte, mapas con el registro de los migrantes fallecidos en los desiertos del sur, y una carpeta con docenas de «Informes de Mortalidad» que saqué de buscadores de internet destinados a localizar personas desaparecidas, y que enlistaban los cuerpos encontrados en aquellos desiertos, la posible causa de defunción y su ubicación exacta. Hasta arriba de la caja coloqué unos cuántos libros que había leído ya, y que pensé que podrían ayudarme a pensar el proyecto con cierta distancia: *Las puertas del paraíso*, de Jerzy Andrzejewski; *La cruzada de los niños*, de Marcel Schwob; *Belladonna*, de Daša Drndić; *La atracción del archivo*, de Arlette Farge, y un librito rojo que no había leído aún y que llevaba por título *Elegías para los niños perdidos*, de Ella Camposanto.

Cuando mi esposo se quejó de que usara una de sus cajas yo me quejé también, arguyendo que él tenía cuatro cajas y yo sólo una. Él señaló que, siendo yo una adulta, no podía quejarme de tener menos cajas que él. En cierto sentido tenía razón, así que le sonreí a modo de tregua, pero de todas formas la utilicé.

Luego fue el niño el que se quejó. ¿Por qué no podía tener él una caja, como nosotros? No encontramos argumentos contra su exigencia, así que le dejamos quedarse con una.

Evidentemente, la niña se quejó también. Así que le dimos una caja. Cuando les preguntamos qué querían meter en sus respectivas cajas, el niño dijo que quería dejar la suya vacía por el momento:

Para poder coleccionar cosas durante el viaje.

Yo también, dijo la niña.

Alegamos que era un desperdicio de espacio llevar las cajas vacías. Pero nuestros argumentos encontraron buenos contraargumentos, o quizás sólo estábamos cansados de encontrar contraargumentos en general, así que ahí lo dejamos. En total teníamos siete cajas que viajarían con nosotros, como un apéndice, en la cajuela del coche que aún teníamos que comprar. Numeré las cajas cuidadosamente con un marcador. Las Cajas I a IV serían de mi esposo, la Caja VI era la de la niña, la Caja VII la del niño. La mía era la Caja V.

Territorio apache

Al comenzar las vacaciones de verano, para las que faltaba poco más de un mes, partiríamos con dirección suroeste. Mientras tanto, durante ese último mes en la ciudad, seguíamos viviendo nuestras vidas como si nada importante fuera a cambiar entre nosotros. Asistimos a dos bodas y en ambas nos dijeron que éramos una familia hermosa. Qué niños más guapos, y qué distintos uno del otro, dijo una viejita con olor a talco. Cocinamos juntos, vimos películas, hicimos planes para el viaje y finalmente compramos un coche usado, una de esas vagonetas Volvo, año 1996, negra, con cajuela grande. Algunas noches nos poníamos a estudiar el mapa inmenso entre los cuatro, decidiendo las rutas que seguiríamos, ignorando con cierto éxito el hecho de que esas rutas desembocaban, tal vez, en algún momento, en nuestra disolución como familia.

¿Pero adónde vamos a ir exactamente?, preguntaban los niños.

Todavía no lo sabíamos, o no habíamos llegado a ningún acuerdo. Yo quería ir a Texas, el estado con mayor número de centros de detención para menores indocumentados. Había niños, cientos y quizás miles de niños, encerrados en Galveston, Brownsville, Los Fresnos, El Paso, Nixon, Canutillo, Conroe, Harlingen, Houston y Corpus Christi. Mi marido quería que el viaje terminara en Arizona.

¿Por qué en Arizona?, le preguntamos todos.

¿Y en qué parte de Arizona?, quise saber yo.

Por fin, una noche, abrió el mapa sobre nuestra cama y nos llamó a los niños y a mí al cuarto. Deslizó la punta de su índice desde Nueva York hasta Arizona y dio dos golpecitos en un punto, una pequeña marca en la esquina sureste del estado. Dijo:

Aquí.

¿Aquí qué?, preguntó el niño.

Aquí están las montañas Chiricahua, respondió su padre.

¿Y eso qué?, preguntó el niño.

Y eso es el corazón de la Apachería, respondió su padre.

¿Allí vamos a ir?, preguntó la niña.

Así es, contestó él.

¿Por qué allí?, preguntó el niño.

Porque allí vivieron los últimos apaches chiricahuas libres.

¿Y eso qué?, replicó el niño.

Pues nada, que ahí es adónde vamos, a la Apachería, donde vivieron los últimos pueblos libres antes de rendirse a los ojosblancos y ser desplazados a reservas.

¿Qué es un ojoblanco?, preguntó la niña, imaginando seguramente algo terrorífico.

Así le decían los chiricahuas a los europeos y a los blancos del continente americano: ojosblancos.

¿Por qué?, quiso saber la niña, y a mí también me daba curiosidad, pero el niño nos arrebató las riendas de la conversación, redirigiéndola hacia sus intereses:

¿Pero por qué los apaches, pa?

Porque sí.

¿Porque sí qué?

Porque fueron los últimos de algo.

PRONOMBRES

Así se decidió. Iríamos en coche hasta la punta sureste de Arizona, donde se quedaría él, o más bien se quedarían ellos, por un tiempo indefinido, y donde ella y yo probablemente no nos quedaríamos. Nosotras iríamos hasta allí con ellos, pero probablemente volveríamos a la ciudad al terminar el verano. Yo acabaría mi proyecto sonoro y después tendría que buscar trabajo. Ella tendría que volver a la escuela. Yo no podía mudarme a Arizona así, sin más. No iba a renunciar a todo, ni por él, ni por ellos, ni siquiera por nosotros.

Yo, él, nosotras, nosotros, ellos, ella: los pronombres se reordenaban todo el tiempo en nuestra confusa sintaxis familiar mientras negociábamos los términos del traslado. Empezamos a titubear al hablar de cualquier cosa, incluso de las cosas más triviales; empezamos a hablar como si anduviéramos de puntitas con el lenguaje, cuidadosos hasta la paranoia de no resbalarnos. Hay un poema de Anne Carson titulado «Soneto reticente» que en ningún sentido ayuda a aclarar todo esto. Trata sobre los pronombres, que son «parte de un sistema que discute con la sombra», aunque quizás lo que dice es que nosotros —personas, no pronombres— somos «parte de un sistema que discute con la sombra». Pero al mismo tiempo «nosotros» es un pronombre, así que tal vez el poema sostiene simultáneamente ambas verdades.

En todo caso, el asunto de cómo se reacomodarían nuestras vidas según la disposición final de todos nuestros pronombres se convirtió en nuestro centro gravitacional —el corazón oscuro y silencioso en torno al que circulaban todos los pensamientos y preguntas—.

¿Qué vamos a hacer cuando lleguemos a la Apachería?, preguntaba reiteradamente el niño durante aquellas semanas.

Sí, ¿qué va a pasar después?, le preguntaba yo a mi marido cuando nos metíamos en la cama.

Ya veremos qué pasa después, respondía él.

La Apachería, claro, ya no existe. Pero existía en la mente de mi marido y en los libros de historia sobre el siglo xix, y empezó a existir, cada vez más, en la imaginación de los niños:

¿Va a haber caballos allí?

¿Va a haber arcos, flechas?

¿Tendremos camas, juguetes, comida, enemigos?

¿Cuándo nos vamos?

Sí, ¿cuándo nos vamos?

Les dijimos a los dos que saldríamos justo un día después del décimo cumpleaños del niño.

COSMOLOGÍAS

En esos últimos días que pasamos en la ciudad, antes de salir hacia la Apachería, nuestro departamento se llenó de hormigas. Hormigas grandes y negras, con forma de números ocho, con un impulso suicida por el azúcar. Si dejábamos un vaso con algo dulce en la encimera de la cocina, a la mañana siguiente encontrábamos veinte cadáveres de hormigas flotando, ahogadas en su propio hedonismo. Se inmiscuían en las repisas de la cocina, las alacenas, el lavabo (feudos habituales para las hormigas). Pero luego avanzaron hacia nuestras camas, nuestros cajones y, finalmente, hacia nuestros codos y cuellos. Una noche llegué a pensar que, si me quedaba quieta y en silencio el tiempo suficiente, podría escucharlas marchando al interior de las paredes, colonizando las venas invisibles del departamento. Intentamos sellar con cinta adhesiva todos los huecos de las molduras entre las paredes y el piso, pero se despegaba después de unas cuantas horas. El niño tuvo una idea mucho mejor —plastilina— y durante un tiempo sirvió más o menos bien, pero pronto las hormigas encontraron una nueva vía de acceso.

Una mañana, la niña dejó sus calzones sucios en el suelo del baño, después de bañarse, y cuando los recogí unas horas más tarde para echarlos a la canasta de la ropa sucia me di cuenta de que eran un hervidero de hormigas. Me pareció una transgresión grave. Y aunque no sé de qué índole, un heraldo oscuro. El fenómeno le pareció fascinante al niño; a la niña, hilarante. Esa noche, durante la cena, ambos le contaron el incidente a su padre.

Las hormigas se comieron mis chones, dijo ella.

Porque no te lavas bien el culet, agregó su hermano.

Sí me lavo el culet, y después me lavo la mano.

Yo quise decir lo que pensaba: que aquellas hormigas agoreras presagiaban algo. Pero no sabía cómo explicárselo a mi familia, o a quién fuera, sin sonar como una loca. Así que sólo compartí la mitad de la idea:

Un cataclismo.

Mi esposo escuchó el informe de los niños, asintiendo, con una sonrisa, y luego les dijo que las hormigas, en la mitología hopi, eran consideradas sagradas. Los hombres-hormiga eran dioses que salvaban a los habitantes del supramundo de las catástrofes: se los llevaban al inframundo, donde podían vivir en paz y libertad hasta que el peligro pasaba y podían regresar al supramundo.

¿De qué cataclismo nos vienen a salvar a nosotros?, le preguntó el niño.

Me pareció una buena pregunta, tal vez involuntariamente venenosa. Mi esposo bufó, pero no respondió nada. Luego la niña preguntó:

¿Qué es un cataclismo?

Algo muy malo, dijo el niño.

La niña se quedó callada un momento, abstraída en su plato, aplastando el arroz con su tenedor. Después, mirándonos de nuevo, muy seria, soltó una extraña aglutinación de conceptos, como si el espíritu de un ontólogo del siglo xix la hubiera poseído:

Yo creo que las hormigas llegan en fila, se comen mis infrachones y nos llevan en sus supraculets y sanseacabó el cataclismo.

El lenguaje de los niños, de alguna manera, funciona como una vía de escape de los dramas familiares. Nos guía hasta un inframundo extrañamente luminoso, a salvo de nuestras catástrofes clasemedieras. Creo que poco antes de salir de viaje empezamos a permitir que las voces de nuestros hijos ocuparan nuestro silencio. Permitimos que su imaginación, como por un proceso alquímico, convirtiera todas nuestras preocupaciones y tristezas respecto al futuro en una especie de delirio redentor: ¡infrachones!

Las conversaciones, en una familia, se vuelven arqueología lingüística; erigen el mundo que compartimos, lo superponen en palimpsestos, le dan sentido a nuestro presente y nuestro futuro. La pregunta es: en el futuro, cuando rebusquemos en nuestro archivo íntimo y escuchemos de nuevo la cinta de las conversaciones familiares, ¿alcanzarán a componer una historia? ¿Un paisaje sonoro? ¿O encontraremos tan sólo cascajo, ruido, ruinas de lo que fuimos?

DESCONOCIDOS QUE PASAN

Hay una parte de *Hojas de hierba,* de Walt Whitman, que era, para mi marido y para mí, una especie de manifiesto o texto fundacional. Lo fue, al menos, muy al principio de nuestra relación, cuando empezábamos a imaginar y a dibujar nuestro futuro compartido. Empieza con unos versos sobre cruzarse en la calle con un desconocido:

> ¡Desconocido que pasas! No sabes con qué añoranza te
> contemplo,
> Seguro eres tú aquel que yo buscaba, aquella que buscaba
> (lo veo como entre sueños),
> En algún lugar, seguramente, he vivido contigo una vida
> dichosa;
> Lo recuerdo todo al pasar a tu lado, fluidos, afectuosos, castos
> y maduros:
> Creciste conmigo, una niña o un niño a mi lado fuiste,
> Comí contigo y dormí contigo…

El poema explicaba, o eso creíamos nosotros, por qué habíamos decidido dedicar nuestras vidas, juntos pero solos, a grabar los sonidos de desconocidos. Al registrar sus voces, sus risas, su respiración, sin importar cuán efímero fuera nuestro encuentro con ellos, o quizás precisamente porque eran encuentros efímeros, se abría ante nosotros la posibilidad de una intimidad única: una vida entera, vivida en paralelo, en un instante, con un desconocido. Y la grabación de sonidos, pensábamos, a diferencia de lo que sucede al filmar imágenes, nos permitía acceder a una capa más profunda y siempre invisible del alma humana, del mismo modo en que un batimetrista sumerge su sonar en un cuerpo de agua para mapear las profundidades de un océano o un lago.

Ese poema termina con una promesa para el desconocido: «He de procurar no perderte». Es una promesa de permanencia: este efímero momento de intimidad que compartimos tú y yo, dos desconocidos, dejará una huella, seguirá reverberando siempre. Y, en muchos sentidos, creo que hemos cumplido esa promesa con algunos de los desconocidos que hemos encontrado y grabado a lo largo de los años: sus voces y sus historias regresan siempre para rondarnos. Pero nunca imaginamos que ese poema, y especialmente ese último verso, fuera además una advertencia en forma de moraleja para nosotros. Concentrados como estábamos en coleccionar intimidades de desconocidos, dedicados a escuchar tan atentamente sus palabras, nunca sospechamos que el silencio se iría ensanchando lentamente entre nosotros. Nunca imaginamos que, un día, terminaríamos por perdernos el uno al otro entre la muchedumbre.

Grabaciones y silencio

Al cabo de casi cuatro años de grabaciones e inventarios, teníamos un archivo lleno de fragmentos de vida de absolutos desconocidos, pero casi nada de nuestra propia vida compartida. Ahora que estábamos por dejar atrás un mundo entero, el mundo que habíamos construido, no teníamos casi ningún registro, ningún paisaje sonoro de nosotros cuatro: la radio por las mañanas y los últimos ecos de nuestros sueños mezclándose con las crisis mundiales, los descubrimientos, las epidemias, el despiadado clima; el molinillo de café, los granos convirtiéndose en polvo; la ignición de la estufa generando un aro de fuego sobre la hornilla; el borboteo de la cafetera; los baños eternos que se daba el niño y la voz insistente de su padre, «Apúrate, vamos tarde»; las conversaciones pausadas, casi filosóficas, entre nosotros y los niños de camino a la escuela; el rechinido metálico del metro antes de detenerse y más tarde, en el vagón, el trayecto por lo general silencioso que hacíamos mi marido y yo hacia nuestras grabaciones de campo; el zumbido de las calles atestadas donde mi marido pescaba algún ruido extraviado con su boom en alto mientras yo me acercaba, grabadora en mano, a los desconocidos, tratando de capturar la corriente de todas sus voces, sus acentos e historias; el cerillo encendiéndose cuando mi marido prendía un cigarro y el largo siseo de la primera calada, entre los dientes apretados, antes de la lenta, aliviada, exhalación; el extraño ruido blanco que producían los grupos de niños en los parques infantiles —vórtice de histeria, enjambre de llantos— y, entre ellos, las voces nítidamente aisladas de nuestros hijos; el silencio fantasmal que se tiende sobre los parques cuando anochece; el alboroto y el crujir de los montículos de hojas secas en el parque, donde la niña busca gusanos, tesoros, cualquier cosa que siempre es nada, porque lo único que hay bajo las hojas son colillas de cigarros, mierdas fosilizadas y decenas de bolsitas ziploc —con suerte vacías— donde los dílers transportan coca o heroína; la fricción de las ráfagas de viento del norte contra nuestros abrigos cuando llegaba el invierno; el esfuerzo de nuestros pies al pedalear las bicicletas oxidadas a lo largo del río Hudson cuando llegaba la primavera; el afanoso jadeo de nuestros pechos al respirar los vapores tóxicos que emanaban de las aguas grises del río, y la silenciosa hostilidad que transmiten los hombres y las mujeres que salen a correr con demasiado esmero; los graznidos de los gansos canadienses errantes que desde hace unos años decidieron alargar su estadía migratoria; la sarta de instrucciones y regaños soltadas por los ciclistas profesionales, todos ellos hombres de mediana edad y en crisis de testosterona: «¡Muévete!», y «¡Voy a la izquierda!»; y, en respuesta a eso, mi voz, ya fuera murmurando débilmente «Disculpe, señor, disculpe» o bien vociferando insultos a voz en cuello —ahogados sin embargo, casi siempre, por los impetuosos vientos del oeste de la isla—; y, por último, todos los huecos sonoros en esos momentos que pasábamos a solas, coleccionando fragmentos del mundo como cada uno sabe hacerlo. El sonido de todo y de todos los que alguna vez nos rodearon, el ruido al que contribuimos y el silencio que dejamos atrás.

FUTURO

Y luego el niño cumplió diez años. Lo llevamos a comer a un buen restaurante y le dimos regalos (ningún juguete). Yo le regalé una cámara Polaroid y varias cajas de película, tanto en blanco y negro como a color. Su padre le regaló un kit para el viaje: una navaja suiza, unos binoculares, una linterna y una pequeña brújula. A petición suya, además, accedimos a desviarnos del itinerario originalmente planeado y pasar el día siguiente, el primero de nuestro viaje, en el Acuario Nacional de Baltimore. El niño había hecho una presentación en clase sobre Calipso, la tortuga de 230 kilos a la que le falta una aleta y que vive en aquel acuario, y se había obsesionado con ella desde entonces.

Esa noche, después de cenar, mi esposo hizo su maleta, yo hice la mía, y dejamos que los niños hicieran las suyas. Una vez que los niños se durmieron, yo volví a empacar por ellos. Habían empacado cualquier cosa. Sus maletas eran desastres duchampianos portátiles: ropita miniatura para una familia de osos miniatura, una espada láser rota, la rueda suelta de un patín, bolsas de plástico con cualquier cantidad de cositas de plástico. Mi esposo y yo alineamos las cuatro maletas junto a la puerta, junto a nuestras siete cajas y nuestro equipo de grabación.

Cuando terminamos, nos sentamos en la sala y compartimos un cigarro en silencio. Yo había subarrendado el departamento a una pareja, que se quedaría ahí durante el mes, y el espacio ya se sentía más suyo que nuestro. Fue extraño imaginar a otras personas habitando ese espacio pequeño pero luminoso donde nos convertimos los cuatro en una familia, y pensé con algo de miedo y con tristeza que estábamos por abandonar nuestro centro gravitacional. ¿Y luego qué?

Supongo que todas las historias comienzan y terminan con un desplazamiento; que todas las historias son en el fondo una historia de traslado: nuestra mudanza hace cuatro años; las mudanzas previas de mi marido y también las varias mías; las mudanzas, exilios y migraciones de cientos de personas y familias que habíamos entrevistado para el proyecto del paisaje sonoro; la diáspora de niños refugiados cuya historia iba a intentar documentar; y los despojos y desplazamientos forzados de los apaches chiricahuas, cuyos fantasmas mi esposo comenzaría a perseguir en breve. Todo el mundo se va, si necesita irse, o puede irse, o tiene que irse. Y al día siguiente, después de desayunar, lavamos los platos que quedaban y nos fuimos.

CAJA I

§ Cuatro cuadernos (19.6 x 12.7 cm)

«Sobre el coleccionismo»
«Sobre el archivo»
«Sobre el inventario»
«Sobre el catálogo»

§ Diez libros

El museo de la rendición incondicional, Dubravka Ugrešić
Renacida: Diarios tempranos, 1947-1964, Susan Sontag
La conciencia uncida a la carne: Diarios de madurez, 1964-1980, Susan Sontag
Las obras completas de Billy el Niño, Michael Ondaatje
Relocated: Twenty Sculptures by Isamu Noguchi from Japan, Isamu Noguchi, Thomas Messer y Bonnie Rychlak
Radio Benjamin, Walter Benjamin
Journal des faux-monnayeurs, André Gide
Historia abreviada de la literatura portátil, Enrique Vila-Matas
Perpetual Inventory, Rosalind E. Krauss
Poesías completas, Emily Dickinson

§ Fólder
(copias facsimilares, recortes, trozos de papel)

El paisaje sonoro, R. Murray Schafer
Gráficos de cantos de ballenas (en Schafer)
Smithsonian Folkways Recordings World of Sound, Catálogo #1
«Uncanny Soundscapes: Towards an Inoperative Acoustic Community», Iain Foreman, *Organised Sound* 16 (03)
«Voices from the Past: Compositional Approaches to Using Recorded Speech», Cathy Lane, *Organised Sound* 11 (01)

RAÍCES Y RUTAS

Buscar las raíces no es más que una forma
subterránea de andarse por las ramas.

JOSÉ BERGAMÍN

When you get lost on the road
You run into the dead.

FRANK STANFORD

Pasado el mediodía llegamos por fin al acuario de Baltimore. El niño nos guía entre las multitudes y nos lleva directo al tanque principal, donde está Calipso, la tortuga gigante de una sola aleta. Nos hace quedarnos ahí parados, observando ese animal hermoso y tristísimo, que nada en círculos alrededor de su jaula acuática. Parece el alma de una mujer embarazada: habitada, fuerte pero fuera de lugar, atrapada en el tiempo. Al cabo de unos minutos, la niña repara en la aleta faltante:

¿Dónde está su otro brazo?, le pregunta a su hermano, horrorizada.

Estas tortugas sólo necesitan una aleta, así que evolucionaron para sólo tener una y eso se llama darwinismo, declara el niño.

No estamos seguros de si esa respuesta es signo de una repentina madurez y con ella busca de algún modo proteger a su hermana de la explicación verdadera, o si en realidad es producto de una comprensión errada de la teoría de la evolución. Probablemente lo primero. Lo dejamos pasar. El texto explicativo del muro, que todos excepto la niña podemos leer, aclara que la tortuga perdió la aleta cuando la rescataron en el estrecho de Long Island, hace once años.

Once: ¡mi edad más un año!, dice el niño en un estallido de entusiasmo de los que normalmente reprime.

Allí de pie, mirando a la enorme tortuga, es difícil no pensar en ella como metáfora de algo. Pero antes de que pueda descubrir exactamente de qué sería metáfora, el niño ya nos está dando cátedra. Las tortugas como Calipso, explica, nacen en la Costa Este y de inmediato nadan hacia el océano Atlántico por sí solas. A veces tardan hasta una década en volver a las aguas costeras. Las crías comienzan su viaje en el este y, después, las aguas cálidas de la Corriente del Golfo las arrastran hacia lo hondo. Al final llegan al mar de los Sargazos que, nos dice, se llama así por la cantidad de alga de sargazo que se acumula allí, atrapada por corrientes en remolino.

Había escuchado antes la palabra Sargazo, y hasta ahora aprendo su significado. Hay un verso de un poema de Ezra Pound que nunca he entendido del todo y quizá ahora entienda mejor: «Tu mente y tú son nuestro mar de los Sargazos». El verso vuelve a mí mientras el niño sigue hablando de la tortuga y su viaje por los mares del Atlántico Norte. ¿Se refería Pound a algo estéril? ¿O es la imagen de un barco abriéndose paso entre remolinos de basura marina? ¿O habla más bien de las mentes humanas atrapadas en ciclos de pensamiento, incapaces de liberarse de sus patrones?

Antes de irnos del acuario el niño quiere tomar su primera Polaroid. Nos pide a su padre y a mí que nos paremos enfrente del tanque principal, dándole la espalda a la tortuga. Sostiene con firmeza su nueva cámara. La niña está de pie junto a él —sostiene una cámara invisible— y, mientras nos quedamos quietos, sonriendo incómodamente para ellos, ambos nos miran como si nosotros fuéramos los hijos y ellos los padres:

Digan whisky.

Así que hacemos una mueca y decimos:

Whisky.

Whisky.

Pero la fotografía del niño sale de un color blanco cremoso. Su foto, quizás, no un registro de nuestros cuerpos físicos sino de nuestras mentes, que deambulan, reman, circulan, perdidas en un remolino inmóvil, preguntándose por qué, pensando dónde, cómo, y ahora qué.

Mapas

Si dibujáramos un mapa de la vida que llevábamos en la ciudad, un mapa de los circuitos y las rutinas que los cuatro estamos dejando atrás, no se parecería en nada al mapa de la ruta que vamos a seguir a lo largo de este vasto territorio. Nuestras vidas cotidianas, en la ciudad, trazaban líneas que se bifurcaban hacia fuera —escuela, trabajo, mandados, citas, juntas, librería, tienda de abarrotes de la esquina, notario público, consultorio médico—, pero luego esas líneas regresaban y concurrían siempre, al final del día, en un mismo punto, en la mesa del comedor.

En el coche, aunque todos vamos sentados a poca distancia, somos cuatro puntos inconexos: cada uno en su asiento, lidiando en silencio con los cambios de humor, cada uno cargando a solas el bulto privado de sus miedos. A cada uno de nosotros, tal vez, se nos revela de manera distinta esta condición básica de nuestra nueva convivencia: juntos viajamos solos.

Hundida en el asiento del copiloto, recorro el mapa con la punta de un lápiz. Las autopistas y carreteras se ramifican como várices sobre el enorme trozo de papel, doblado varias veces (es un mapa del país entero, demasiado grande para abrirlo por completo al interior del coche). Sigo las largas líneas, rojas, blancas o amarillas, hasta llegar a nombres hermosos como Memphis, nombres improbables, Truth or Consequences, Shakespeare, nombres antiguos resignificados por nuevas mitologías, Arizona, Apache Pass, Cochise Stronghold. Y cuando aparto la vista del mapa, volteo a ver a los niños o veo la línea larga y recta de la carretera frente a nosotros, futuro incierto.

Ondas sonoras

El sonido, el espacio, y el tiempo están conectados de un modo mucho más íntimo del que solemos reconocer, aunque no entendamos del todo su relación. No sólo comprendemos, conocemos y sentimos el espacio a través de sus sonidos —la conexión más obvia entre ambos—, sino que nuestra experiencia misma de un espacio está determinada en buena parte por los sonidos que se superponen en él. Para nosotros cuatro, el sonido de la radio siempre representó la transición tripartita desde el sueño, en donde está cada uno a solas, a nuestra estrecha convivencia matutina, y luego al amplio mundo que se extiende más allá de nuestra casa. Conocemos el sonido de la radio mejor que ninguna otra cosa. Era lo primero que escuchábamos cada mañana en nuestro departamento. Mi esposo encendía el aparato nada más salir de la cama. Todos escuchábamos ese sonido, rebotando en algún lugar recóndito de nuestras almohadas y nuestras cabezas, y con él salíamos lentamente de nuestras camas y caminábamos hasta la cocina. La mañana se llenaba de opiniones, prisa, hechos, el olor del café molido, y sentados todos a la mesa, decíamos:

Pásame la leche.

Aquí está la sal.

Gracias.

¿Escuchaste lo que acaban de decir?

Qué horror.

¿Leche?

Ahora, dentro del coche, cuando atravesamos áreas más pobladas, buscamos alguna estación de radio. Cuando logro encontrar noticias sobre la situación en la frontera, subo el volumen y los cuatro escuchamos: cientos de niños que llegan solos cada día, miles cada semana. Los reporteros lo llaman una crisis migratoria. Un flujo masivo de niños, lo llaman. Son indocumentados, son ilegales, son *aliens*, dicen algunos. Son refugiados, con derecho legal a recibir protección, argumentan otros. Esta ley dice que deben ser protegidos; esta otra enmienda dice que no. El congreso está dividido, la opinión pública está dividida, la prensa lucra con la polémica resultante, las ONG trabajan horas extras. Todos tienen una opinión al respecto; nadie se pone de acuerdo sobre nada.

Tras el primer día de viaje, decidimos manejar sólo hasta el atardecer, y lo mismo los días posteriores. Nunca más tarde. Los niños se ponen difíciles en cuanto la luz declina. Sienten el final del día, y el presentimiento de una sombra más larga tendiéndose sobre el mundo hace que su humor cambie, eclipsa sus personalidades diurnas, más dóciles. El niño, generalmente apacible de temperamento, se vuelve volátil e irritable; la niña, siempre entusiasta y llena de vitalidad, se vuelve exigente y un poco melancólica.

El pueblo donde paramos tiene nombre de jabón. Se llama Front Royal, está en Virginia, y pronto se va a poner el sol. En la gasolinera donde nos detenemos a llenar el tanque suena, a todo volumen, rock supremacista blanco. La cajera se persigna rápida y discretamente, evitando mirarnos a los ojos, cuando el total a pagar marca $66.60. El plan era buscar un restaurante o una cafetería para cenar, pero después de esa parada, ya de regreso en el coche, coincidimos en que es mejor seguir de largo, pasar desapercibidos en pueblos como éstos. A menos de dos kilómetros de la gasolinera encontramos un Motel 6 y estacionamos el coche.

La recepcionista nos informa que hay que pagar la noche por adelantado y nos señala un corredor largo y clínico que conduce a nuestra habitación. Sacamos de la cajuela del coche lo necesario. Cuando abrimos la puerta de nuestra recámara, nos encontramos con ese tipo de luz que hace que incluso espacios desangelados como éste parezcan un recuerdo de infancia: las colchas con estampado de flores bien fajadas bajo el colchón, la alfombra marrón despeinada pero limpia, motas de polvo suspendidas en un rayo de sol que entra a través de las cortinas verdes, apenas entreabiertas.

Los niños ocupan el espacio de inmediato, se quitan los zapatos, saltan de una cama a otra, encienden la tele, la apagan, beben agua de la llave, se mojan la cara y la cabeza. Cenamos cereal seco directo de la caja —y sabe rico—, sentados en la orilla de las camas. Cuando terminamos de comer, los niños quieren bañarse, así que les lleno la tina a la mitad y me salgo del cuarto para alcanzar a mi marido en el pasillo, la puerta entreabierta por si uno de los niños nos necesita y llama.

Siempre necesitan ayuda con las pequeñas rutinas del baño. Al menos en lo que concierne a los hábitos del baño, la maternidad y paternidad se parece por momentos a la enseñanza de una religión extinta y complicada. Hay más rituales que fundamentos, más fe que razones: abre la pasta de dientes de este modo, apriétala de aquel otro; agarra sólo esta cantidad de papel de baño, luego dóblalo así o bien hazlo bolita así para limpiarte; échate el champú en la mano primero, no directo en la cabeza; quita el tapón de la tina para que se vaya el agua cuando ya te hayas salido, no antes.

Mi marido, sentado en el pasillo afuera de la puerta de nuestra habitación, sostiene el boom en alto, grabando los sonidos del motel. Me siento a su lado y lío un cigarro sin hacer ruido: no quiero que mi presencia modifique lo que sea que esté grabando. Nos quedamos allí sentados, con las piernas cruzadas, sobre el suelo de cemento, las espaldas descansando contra el muro. En el cuarto de al lado un perro ladra sin descanso.

De otra habitación, tres o cuatro puertas más allá, aparecen un hombre y una adolescente. Él, parsimonioso y alto; ella, con piernas de palillo dental y vestida nomás con un traje de baño y una chamarra abierta. Caminan hasta una *pick up* estacionada frente a su puerta y la abordan. La imagen de esos dos desconocidos —posiblemente padre e hija, ninguna madre— que se suben a una *pick up* para dirigirse tal vez hacia una alberca, quizás hacia una práctica nocturna en algún pueblo cercano, me recuerda a algo que dijo Jack Kerouac sobre los gringos: después de verlos, «terminas por no saber si una rocola es más triste que un ataúd». Aunque quizás Kerouac lo decía respecto de las fotografías de Robert Frank en su libro

Los americanos, y no sobre los gringos en general. Mi marido está grabando unos instantes más del ladrido del perro y de la *pick up* que desaparece hacia la carretera, cuando los niños nos gritan desde adentro. Necesitan ayuda urgente con la pasta de dientes y con las toallas, así que entramos de nuevo a la habitación.

PUESTO DE CONTROL

Sé que no voy a poder dormirme, así que, cuando los niños están por fin en la cama, salgo de nuevo, camino por el largo pasillo hasta el coche y abro la cajuela. Me quedo un rato frente al contenido, analizándolo como si leyera un índice, tratando de elegir la página que quiero leer. Nuestras cajas están bien apiladas del lado izquierdo, cinco cajas con nuestro archivo, aunque es muy optimista llamarle archivo al desmadre portátil que tenemos ahí. Luego están las dos cajas vacías del archivo futuro de los niños. Me asomo a la Caja I, de mi marido. Varios de los libros que hay en esa caja son sobre documentar, o sobre llevar y consultar archivos en cualquier proceso documental. En la Caja II encuentro *Immediate Family*, de Sally Mann, y lo saco.

Sentada en el borde de la banqueta, junto al coche, hojeo el libro. Siempre me ha gustado la forma en que Mann elige ver la infancia: vómito, moretones, desnudez, camas mojadas, miradas desafiantes, confusión, inocencia posada, salvajismo indómito. También me gusta la tensión que hay en esas fotos, una tensión entre el documento y la ficción, entre capturar un instante efímero y escenificar un instante. Mann escribió en algún sitio que las fotografías crean sus propios recuerdos y suplantan el pasado. En sus fotos no existe nostalgia por el instante efímero que la cámara captura casualmente. Más bien hay una confesión: este momento capturado no es un momento con el que me topé por casualidad y que decidí preservar, sino un momento robado, arrancado al *continuum* de la experiencia con el solo fin de preservarlo. Se me ocurre que, tal vez, al estudiar los contenidos de las cajas de mi marido —de esta manera, cada tanto, sin que él lo sepa— voy a poder encontrar la manera de contar la historia que quiero documentar, la forma precisa que esa historia necesita. Supongo que un archivo ofrece una especie de valle, donde tus ideas pueden resonar y volver a ti transformadas. Susurras intuiciones y preguntas hacia el vacío, esperando escuchar algún eco. Y a veces, sólo a veces, un eco efectivamente llega. Vuelve a ti una reverberación real, con claridad, cuando por fin, encontraste el tono justo y la superficie adecuada.

Hurgo en la Caja III, también de mi marido, que a primera vista parece una antología exclusivamente masculina sobre el tema «emprender un viaje», conquistando y colonizando: *El corazón de las tinieblas*, los *Cantos* de Pound, *La tierra baldía*, *El señor de las moscas*, *En el camino*, *2666*, y por supuesto la Biblia. Entre éstos, encuentro un pequeño ejemplar de tapas blancas: las pruebas de galeras de una novela de Nathalie Léger, *Supplément à la vie de Barbara Loden*. Se ve un poco fuera de lugar allí, aplastado, silencioso y mucho más flaco que los demás, así que lo saco y me lo llevo conmigo al cuarto.

ARCHIVO

Desde sus camas, los tres producen un sonido cálido y vulnerable, pero a la vez remoto y un poco amenazante. Suenan como lobos dormidos. Puedo reconocer la respiración de cada uno mientras duermen; mi marido a mi lado, y los dos niños en la cama matrimonial contigua. La más fácil de distinguir es la niña, que casi ronronea mientras se chupa el dedo arrítmicamente.

Me quedo tendida en la cama, oyéndolos. El cuarto está oscuro, y la luz del estacionamiento traza un rectángulo color naranja-whisky en torno a las cortinas pesadas. No pasan coches por la autopista. Si cierro los ojos, me invade una maraña de miedos, de fragmentos de imágenes que presagian pesadillas. Mantengo los ojos abiertos e intento conjurar los ojos de mi tribu durmiente. Los ojos del niño son grandes, almendrados y meteóricos. Tiene una mirada pausada y reflexiva, casi siempre tornada hacia adentro, pero que puede encenderse súbitamente, resplandecer con alegría, con rabia, estallar de vitalidad. Los ojos de la niña son inmensos. Son ojos que dejan intuir, siempre con total transparencia, sus cambios de humor. Cuando está a punto de llorar, un círculo rojizo aparece de inmediato, contorneándolos. Creo que cuando yo era niña mis ojos eran también así, así de transparentes. Mis ojos de adulta son quizás más constantes, inmutables, y más ambivalentes en sus mínimos cambios. Los ojos de mi esposo son casi grises, un poco rasgados, y con frecuencia dejan entrever una tormenta interior. Mientras maneja observa la línea de la autopista como si leyera un libro abstruso, frunciendo el entrecejo. Es el mismo gesto que pone cuando está grabando sonidos.

Enciendo la luz de mi buró y me quedo despierta hasta muy tarde, leyendo la novela de Nathalie Léger, subrayando fragmentos de frases:

«La violencia, sí, pero la violencia legal, la ordinaria brutalidad de las familias».

«El zumbido de la vida ordinaria».

«La historia de una mujer que ha perdido algo importante y no sabe bien qué».

«Una mujer prófuga o escondida, que oculta su dolor y su rechazo, fingiendo a fin de liberarse».

Estoy otra vez leyendo el mismo libro, en la cama, cuando al amanecer se despierta el niño. Su hermana y su padre están dormidos todavía. Yo apenas dormí nada en toda la noche. El niño se esfuerza por fingir que lleva despierto un buen rato. Mientras se estira y se incorpora, hablando demasiado alto, me pregunta qué estoy leyendo.

Un libro francés, le respondo en un susurro.

¿Y de qué se trata?

De nada, en realidad. Es sobre una mujer que está buscando algo.

¿Que está buscando qué?

No sé todavía; ella no sabe todavía.

¿Son todos así?

¿Qué quieres decir?

Los libros franceses que lees, ¿son todos así?

¿Así cómo?

Como ése, blanco y chiquito, sin imágenes en la portada.

GPS

Esta mañana atravesaremos en coche el valle de Shenandoah, un lugar que no conozco pero que apenas anoche vi —esquirlas parciales y memorias prestadas— gracias a las fotos que Sally Mann tomó en ese mismo valle.

Para entretener a los niños y llenar las horas mientras ascendemos por la carretera de montaña, mi marido les cuenta historias sobre el viejo suroeste estadounidense. Les cuenta de las tácticas a las que recurría el Jefe Cochise para esconderse de sus enemigos en las montañas Dragoon y Chriricahua, y de cómo regresó a perseguirlos incluso después de muerto. Según decían, en ocasiones todavía se le podía ver en las montañas Dos Cabezas.

Los niños escuchan con particular interés cuando su padre les habla de Gerónimo. Cuando habla de Gerónimo parece como si sus palabras acercaran más el tiempo, conteniéndolo dentro del coche en vez de dejar que se extienda, más allá de nosotros, como un destino inalcanzable. Los niños le prestan una atención absoluta, y yo también escucho: Gerónimo fue el último hombre de toda América en rendirse a los ojosblancos. Era mexicano de nacimiento, pero odiaba a los mexicanos, a quienes los apaches llamaban nakaiye, «los que vienen y van». El ejército mexicano había matado a sus tres hijos, a su madre y a su esposa. Gerónimo nunca aprendió inglés; hacía de intérprete-traductor entre el apache y el español para el Jefe Cochise. Era una especie de san Jerónimo, dice mi esposo.

¿Por qué san Jerónimo?, le pregunto yo.

Mi marido se acomoda el sombrero y empieza a explicarme, con tono un poco didáctico, algo sobre la traducción de la Biblia, al latín, que hizo san Jerónimo, hasta que yo pierdo interés, los niños se quedan dormidos, y por fin se instala un silencio en el coche. O quizás se instala una especie de ruido, puntuado por las exigencias propias de estar dentro de un coche: autopistas que convergen, controles de velocidad, zonas de obras, curvas peligrosas, una caseta de cobro:

Pásame billetes sueltos.

Toma un poco de café.

Seguimos un mapa. En contra de las recomendaciones de todo el mundo, hemos decidido no usar el GPS. Tengo un amigo cuyo padre trabajó infelizmente en una empresa enorme hasta que ahorró lo suficiente, a sus setenta años, para poner su propio negocio, fiel a su verdadera pasión. Abrió entonces una editorial llamada La Nueva Frontera, que editaba pequeños mapas náuticos, bellísimos, diseñados con cuidado y con amor para los barcos que surcaban el Mediterráneo. Pero seis meses después de que fundó su compañía, se inventó el GPS. Y se acabó todo: una vida entera dada al traste. Cuando el padre de mi amigo me contó esa historia, le juré nunca jamás utilizar un GPS. Así que ahora, en este viaje, nos perdemos con frecuencia, a pesar de mi dedicación a estudiar bien los muchos mapas que llevamos en la guantera.

Alto

Nos damos cuenta de que llevamos una hora, más o menos, avanzando en círculos, y estamos de vuelta en Front Royal. En una calle llamada Happy Creek nos detiene una patrulla. Mi marido apaga el motor, se quita el sombrero y baja la ventanilla del coche, sonriéndole a la oficial de policía. Le pide su licencia, la tarjeta de circulación y el seguro. Yo me reacomodo en mi asiento y digo algo entre dientes, incapaz de reprimir la reacción, visceral e inmadura, con que mi cuerpo responde a los regaños de una figura de autoridad. Como una adolescente obligada a lavar los trastes, abro la guantera aparatosamente y saco los documentos que la oficial nos pide. Se los entrego a mi esposo. Él, a su vez, se los ofrece a la policía con cierto aire de ceremonia, como si le pasara una taza de té caliente servida en vajilla de porcelana.

La mujer explica que nos hizo orillarnos porque no nos detuvimos por completo a la altura del letrero, y lo señala: aquel objeto octagonal de allí, que marca claramente la intersección de Happy Creek Street con Dismal Hollow Road y que contiene una instrucción muy simple: «Alto». Sólo entonces reparo en esa otra calle, Dismal Hollow Road, el nombre escrito en mayúsculas negras sobre el letrero de aluminio blanco: calle de la Hondonada Sombría, una etiqueta precisa para el lugar que designa. Mi esposo asiente, y asiente de nuevo, y dice perdón, y de nuevo perdón. La oficial de policía le regresa nuestros papeles, convencida de que no somos peligrosos, pero antes de dejarnos ir nos hace una última pregunta:

¿Y cuántos años tienen estos hermosos niños, Dios los bendiga?

Nueve y cinco años, dice mi esposo.

¡Diez!, corrige el niño desde el asiento de atrás.

Perdón, perdón, sí, tienen diez y cinco.

Sé que la niña quiere decir también algo, intervenir de alguna manera; puedo sentirlo incluso aunque no la esté mirando. Probablemente quiere explicar que pronto tendrá seis años y no cinco. Pero ni siquiera abre la boca. Al igual que mi esposo, y a diferencia de mí, la niña tiene un miedo profundo e instintivo a las figuras de autoridad, miedo que se expresa en ambos como excesivo respeto, e incluso como sumisión. En mi caso, ese instinto se manifiesta como una especie de resistencia, defensiva y desafiante. Mi esposo lo sabe, y se asegura de que nunca sea yo la que habla en situaciones en las que tenemos que negociar para salir del paso.

Señor —dice ahora la policía—, en Virginia cuidamos a nuestros niños. Cualquier infante menor de siete años debe ir sentado en una silla para bebés. Es por la seguridad de la niña, que Dios la bendiga.

¿Siete años, oficial? ¿No son cinco?

Siete años, señor.

Disculpe, oficial, lo siento mucho. No tenía… no teníamos ni idea. ¿Dónde podemos comprar una sillita para bebés por aquí?

En contra de lo que hubiera esperado, la policía entreabre súbitamente los labios, laqueados con un labial rosa brillante, y nos regala una sonrisa. Una sonrisa encantadora, de hecho: tímida, pero a la vez generosa. Nos indica cómo llegar a cierta tienda, con instrucciones muy precisas, y luego, modulando su tono, nos da consejos sobre qué sillita para bebé comprar exactamente: las mejores son las que no tienen la parte de atrás, y tenemos que buscar una que tenga hebilla de metal y no de plástico. Al final, convenzo a mi esposo de no parar a comprar la silla para bebés, porque pronto saldremos de Virginia y la ley esa de los asientos de bebé, según internet, varía de un estado a otro. A cambio, accedo a utilizar el GPS de Google Maps, por esta ocasión, para que podamos escapar del laberíntico Front Royal y retomar la autopista.

Mapa

Avanzamos en dirección suroeste y escuchamos las noticias en la radio, noticias sobre los niños que viajan en dirección al norte. Viajan solos, en trenes o a pie. Viajan sin sus padres, sin sus madres, sin maletas, sin pasaportes. Viajan siempre sin mapas. Tienen que atravesar fronteras nacionales, ríos, desiertos, infiernos. Y a los que finalmente llegan, los meten en una especie de limbo, les dicen que esperen.

¿Has sabido algo de Manuela y sus hijas, por cierto?, me pregunta mi esposo.

Le digo que no, no he sabido nada. La última vez que hablé con ella, justo antes de salir de Nueva York, las niñas estaban todavía en el centro de detención en Nuevo México, esperando —bien fuera un permiso legal para ser enviadas con su madre o bien una orden de deportación definitiva—. He intentado llamar a Manuela un par de veces, pero no me contesta. Me imagino que sigue a la espera de saber qué va a pasar con sus hijas, con la esperanza de que les concedan estatus de refugiadas.

¿Qué significa «refugiado», mamá?, pregunta la niña desde el asiento trasero.

Pienso en las posibles respuestas que podría darle. Supongo que alguien que está huyendo no es, todavía, un refugiado. Un refugiado es alguien que ya llegó a algún lugar, a un país extranjero, pero debe esperar por un tiempo indefinido antes de llegar del todo. Los refugiados esperan en centros de detención, refugios o campos; bajo custodia federal y muchas veces vigilados de cerca por guardias armados. Hacen largas filas a la espera de comida, de una cama donde dormir; esperan con la mano levantada para preguntar si pueden usar el baño. Esperan para que los dejen salir, esperan para hacer una llamada telefónica, esperan a que alguien los reclame o venga a buscarlos. Y luego hay refugiados que tienen la suerte de reunirse por fin con sus familias, de vivir de nuevo en una casa, en una ciudad. Pero incluso ellos esperan. Esperan la orden de presentarse en el tribunal, esperan la decisión de la corte —deportación o asilo—. Esperan a que una escuela los admita, a que les salga un trabajo, a que un doctor los reciba. Esperan visas, documentos, permisos. Esperan alguna señal, instrucciones, y luego siguen esperando. Esperan que se les devuelva la dignidad.

¿Qué significa ser un refugiado? Supongo que podría decirle a mi hija:

Un refugiado es alguien que espera.

Pero en lugar de eso, le digo que un refugiado es alguien que tiene que encontrar una nueva casa. Y luego, para suavizar la conversación, para distraerla de todo esto, busco una lista de música y le doy *play*. El ambiente en el coche se aligera, o al menos lo hace más llevadero:

¿Quién canta esta canción de fa fa fa fa fa?, pregunta la niña.

Talking Heads.

¿Y los Talking Heads tienen pelo?

Sí, claro.

¿Largo o corto?

Corto.

Nos estamos quedando sin gasolina. Tenemos que tomar una salida, encontrar un pueblo, dice mi esposo, cualquier lugar donde tengan una gasolinera. Yo saco de la guantera el mapa y me pongo a estudiarlo.

TEMOR CREÍBLE

Cuando los menores indocumentados llegan a la frontera, se les somete a un interrogatorio realizado por un oficial de la patrulla fronteriza. A esto se le conoce como entrevista de temor creíble, y su propósito es determinar si el menor tiene razones suficientes para solicitar asilo en el país. El cuestionario siempre incluye más o menos las mismas preguntas:

¿Por qué viniste a los Estados Unidos?

¿En qué fecha saliste de tu país?

¿Por qué saliste de tu país?

¿Has recibido amenazas de muerte?

¿Tienes miedo de volver a tu país? ¿Por qué?

Pienso en todos esos niños, indocumentados, que atraviesan México en manos de un coyote, montados en el techo de un vagón de tren, intentando no caerse, no caer en manos de las autoridades migratorias, ni en manos de narcotraficantes que los esclavizarían para trabajar en los campos de amapola, si es que no los matan. Si logran llegar hasta la frontera de Estados Unidos, los niños intentan entregarse a las autoridades, pero si no encuentran una patrulla fronteriza caminan por el desierto. Si encuentran a un oficial o un oficial los encuentra, los llevan a un centro de detención, donde los interrogan, donde les preguntan:

¿Por qué viniste a los Estados Unidos?

¡Cuidado!, grito, levantando la mirada del mapa para ver la autopista. Mi marido pega un volantazo. El coche patina un poco, pero luego mi marido recobra el control.

Tú sólo concéntrate en el mapa y yo me concentro en la autopista, dice él, y se pasa el dorso de la mano por la frente.

Ok, respondo, pero estuviste a punto de pegarle a esa roca, o a ese mapache, o lo que fuera.

Jesús…, dice.

¿Jesús, qué?, contesto yo.

Jesús pinche Cristo, sólo dime cómo llegar a una gasolinera y cállate.

Sacándose el dedo de la boca, la niña nos regaña:

¡Silencio, muchachos!

Nos callamos. Y entonces, como sabe que tiene nuestra atención, la niña nos brinda un consejo a manera de epílogo. A veces —aunque tiene solamente cinco años, ni siquiera seis, y se chupa el dedo todavía y a veces se hace pipí en la cama— nos habla con el mismo aire que los psiquiatras exudan al tenderle una receta a sus pacientes:

A ver, papá. Creo que es hora de que te fumes otro de tus cigarritos. Y tú, mamá, sólo concéntrate en tu mapa y en tu radio, ¿ok? Los dos necesitan aprender a convivir y compartir, o se van a sentar a la esquina.

PREGUNTAS Y RESPUESTAS

Nadie considera el panorama más amplio, en un sentido histórico y geográfico, cuando se habla de la migración.

La mayoría de la gente piensa en los refugiados y en los migrantes como un problema de política exterior. Pocos conciben la migración sencillamente como una realidad global que nos atañe a todos. Buscando en internet algo sobre la crisis actual, me encuentro con un artículo del *New York Times* de hace algunos años, titulado «Niños en la frontera». Es un artículo planteado como un cuestionario, salvo que el mismo autor es quien plantea las preguntas y las contesta, así que quizás no sea exactamente un cuestionario. A la pregunta acerca de dónde vienen los niños, el autor contesta que tres de cada cuatro son originarios «sobre todo de poblaciones pobres y violentas» en El Salvador, Guatemala y Honduras. Pienso en las palabras «sobre todo de poblaciones pobres y violentas» y las posibles consecuencias de ese modo tan esquemático de ubicar el origen de los niños que migran a los Estados Unidos. Lo que los calificativos que el autor usa parecen plantear es que aquellos niños provienen de una realidad «barbárica». A continuación, tras plantear la pregunta de por qué los niños no son deportados de inmediato, el autor afirma que «Bajo un estatuto anti trata de personas adoptado con el apoyo de ambos partidos… los menores de Centroamérica no pueden ser deportados de inmediato y se les debe dar audiencia en tribunales antes de deportarlos. La normativa estadounidense permite expulsar inmediatamente a los menores mexicanos capturados en la frontera». La palabra «permite», a mitad de esa frase, es como si, en respuesta a la pregunta «¿Por qué los niños no son deportados de inmediato?», el autor del artículo intentara ofrecer algún consuelo, diciendo algo así como: No se preocupen, al menos no nos quedamos con los niños mexicanos, porque hay una normativa que nos «permite» mandarlos de regreso rápidamente. Como las hijas de Manuela, que habrían sido deportadas de inmediato de no ser porque un oficial tuvo la amabilidad de dejarlas pasar. Pero ¿cuántos niños son enviados de regreso sin que se les dé al menos la oportunidad de expresar sus temores?

Nadie considera a los niños que ahora mismo llegan a la frontera como refugiados de una guerra hemisférica que se extiende, al menos, desde estas mismas montañas, hacia el sur y atravesando el país, hasta los desiertos del sur de los Estados Unidos y el norte de México, y más allá de las sierras, bosques y luego las selvas tropicales mexicanas, por Guatemala, El Salvador, y por lo menos hasta la Biósfera Celaque en Honduras. Nadie considera a esos niños como consecuencia de una guerra histórica que lleva décadas. Todos siguen preguntando: ¿qué guerra, dónde? ¿Por qué están aquí? ¿Qué vamos a hacer con ellos? ¿Por qué vinieron a los Estados Unidos?

PROHIBIDO DAR VUELTA EN U

¿Por qué no podemos regresar a la casa y ya?, pregunta el niño.

Está forcejeando con su cámara Polaroid en el asiento de atrás, tratando de aprender a utilizarla, poniéndose de malas porque no acaba de entender el mecanismo.

De todas formas no hay nada que fotografiar, se queja. Todos los lugares por los que pasamos están viejos y feos y embrujados.

¿De verdad? ¿Están embrujados?, pregunta la niña.

No, mi amor, le digo, nada está embrujado.

Aunque tal vez, en cierto sentido, sí lo está. Conforme más nos internamos en este país, más tengo la impresión de contemplar ruinas y vestigios. Al pasar una granja lechera abandonada, el niño dice:

¿Te imaginas a la primera persona que ordeñó una vaca? Qué persona tan rara.

Zoofilia, pienso, pero no lo digo. No sé en qué piense mi marido, pero tampoco dice nada. La niña sugiere que quizás la primera persona en ordeñar una vaca pensó que si jalaba lo suficientemente fuerte —ahí abajo—, la campanita que colgaba del cuello de la vaca haría ding-ding.

El cencerro, la corrige el niño.

¡Y de pronto salió leche!, concluye ella, ignorando a su hermano.

Ajusto el espejo para verla: una amplia sonrisa, a la vez serena y pícara. Se me ocurre una explicación un poco más probable:

Quizás era una mamá humana que se había quedado sin leche para darle a su bebé, así que decidió tomarla de la vaca.

¿Una mamá sin leche?, dice el niño.

Imposible, dice la niña.

Eso es un disparate, ma, por favor.

CUMBRES Y CRESTAS

Cuando era adolescente, tenía una amiga que siempre que tenía que tomar una decisión o entender un problema difícil buscaba un lugar elevado. Una azotea, un puente, una montaña si la había, una litera, cualquier tipo de promontorio. Su teoría era que no se puede tomar una buena decisión ni llegar a una conclusión relevante sobre ningún asunto si no se siente esa vertiginosa claridad que sólo las alturas procuran. Tal vez sea cierto.

Mientras ascendemos por los caminos de los Apalaches puedo pensar con mayor claridad, por primera vez, en lo que le ha venido ocurriendo a nuestra familia —a nosotros como pareja, en realidad— durante los últimos meses. Supongo que, con el tiempo, mi esposo empezó a sentir que todas nuestras obligaciones como pareja y como familia —la renta, las facturas, el seguro médico— lo habían obligado a tomar un camino más convencional, desviándolo más y más del tipo de trabajo al que le hubiera gustado dedicar su vida. Y supongo que, algunos años después, se le hizo por fin evidente que existía un conflicto entre la vida que habíamos construido juntos y lo que él quería. Durante meses, mientras me esforzaba por comprender lo que nos pasaba, sentí enojo, le eché la culpa, pensé que actuaba por capricho —buscando la novedad, el cambio, otras mujeres, cualquier cosa—. Pero ahora, mientras hacemos este viaje juntos y estamos más cerca, físicamente, de lo que habíamos estado nunca, y a la vez lejos del andamiaje que sostenía la construcción cotidiana de nuestro mundo familiar, y lejos también del proyecto que alguna vez nos unió, me doy cuenta de que yo también albergaba sentimientos parecidos. Necesitaba admitir mi parte de la culpa: aunque no fui yo la que encendió el cerillo que comenzó el incendio, durante meses fui apilando la hojarasca que ahora arde.

El límite de velocidad en las carreteras de los Apalaches es de cuarenta kilómetros por hora, lo cual irrita a mi marido y a mí me parece ideal. Es la velocidad de un paseo. Sin embargo, incluso a este paso me tardé unas cuantas horas en advertir que los árboles a lo largo del camino están cubiertos de kudzu. Habíamos pasado grandes terrenos forestales completamente cubiertos en nuestro ascenso hacia este valle, pero sólo ahora lo vemos claramente. Mi esposo les explica a los niños que el kudzu es una planta traída de Japón en el siglo xix, y que a los agricultores de entonces les pagaban por plantarlo en el suelo de cultivo para controlar la erosión. Pero se les pasó la mano y en algún punto el kudzu se extendió por los campos, arrastrándose hacia la cima de las montañas y trepando por los troncos de los árboles. La plaga bloquea la luz del sol y se chupa toda el agua. Los árboles no tienen ningún mecanismo de defensa. Desde los puntos más altos de la carretera de montaña, la vista es terrorífica: como manchas cancerígenas, secciones de árboles amarillentos pespuntean los bosques de Virginia.

Todos esos árboles van a morir, asfixiados por culpa de esta maldita enredadera sin raíces, nos dice mi esposo, y baja la velocidad al llegar a una curva.

Pero tú también, pa, y todo el mundo, dice el niño.

Bueno, sí, admite su padre, y sonríe un poco. Pero ése no es el punto.

Entonces, con aire didáctico, la niña nos instruye:

El punto es, el punto es, el punto siempre es puntiagudo.

Recorremos de arriba abajo la estrecha y sinuosa carretera que atraviesa las montañas Blue Ridge y enfilamos en dirección oeste, hacia un estrecho valle que descansa entre los brazos de la cordillera, en busca una vez más de un lugar donde cargar gasolina. Cuando comenzamos a perder de nuevo la señal, apago la radio y el niño le pide a su padre que le cuente historias, historias sobre el pasado en general. La niña interrumpe cada tanto con alguna pregunta, siempre concreta.

¿Y existen las niñas apaches?

¿Qué quieres decir?, pregunta mi esposo.

Siempre hablas de los apaches hombres, Gerónimo y Nana y Cochise, y a veces de los apaches niños que eran guerreros, pero ¿hay alguna niña?

Él reflexiona un instante y al cabo dice:

Estaba Lozen.

Le explica que Lozen era la mejor niña apache en las guerras de los chiricahuas contra el gobierno gringo, la más valiente. Su nombre quiere decir «diestra ladrona de caballos». Lozen creció en una época difícil para los apaches, después de que el gobierno mexicano ofreciera una recompensa por sus cueros cabelludos, pagando enormes sumas a cambio de sus largas cabelleras. Pero nunca atraparon a Lozen; era demasiado rápida y demasiado lista.

¿Tenía el pelo largo o corto?

Lo llevaba siempre en dos trenzas largas. Se decía que era vidente, que presentía cuando algo amenazaba a los suyos y sabía alejarlos del peligro. Era una guerrera, y una curandera. Y cuando creció se convirtió en partera.

¿Qué es partera?, pregunta la niña.

Alguien que ayuda a dar a luz.

¿Como una electricista?

Sí, responde mi esposo, como una electricista.

En el primer pueblo que pasamos, en la Virginia profunda, se ven más iglesias que personas, y más letreros de lugares que lugares propiamente dichos. Parece como si todo hubiera sido vaciado, como si hubieran eviscerado todas las cosas y quedaran sólo las palabras: nombres de cosas apuntando a un vacío. Atravesamos en coche un país hecho sólo de señales. Una de esas señales anuncia un restaurante familiar y promete hospitalidad; detrás del letrero no hay nada más que una estructura de metal en ruinas que resplandece hermosamente bajo el rayo del sol.

Tras varios kilómetros de gasolineras abandonadas, con arbustos que brotan de cada grieta en el cemento, llegamos a una gasolinera que parece nada más parcialmente abandonada. Nos estacionamos junto a la única bomba dispensadora y bajamos del coche para estirar las piernas. La niña se queda adentro del coche, aprovechando la oportunidad para ponerse detrás del volante mientras mi marido llena el tanque. El niño y yo jugamos afuera con su nueva cámara de fotos.

¿Qué tengo que hacer?, pregunta él.

Yo le explico —intentando traducir de un lenguaje que conozco bien a uno que no domino casi— que sólo tiene que tomar la foto como si estuviera grabando el sonido de un eco. Pero a decir verdad es difícil comparar la sonografía con la fotografía. Una cámara puede captar una porción completa del paisaje en una sola impresión, mientras que un micrófono, incluso si es parabólico, sólo puede grabar fragmentos y detalles.

No, ma, lo que quiero decir es que qué botón tengo que apretar, y cuándo.

Le muestro el visor, el lente, el foco, el obturador y, mientras él observa el espacio a través de la cámara, sugiero:

Tal vez podrías tomar una foto de ese arbolito en esa grieta del cemento.

¿Para qué?

No sé. Sólo por documentarlo, supongo.

Eso no quiere decir nada, ma. ¿Documentarlo?

Tiene razón. ¿Qué quiere decir documentar algo, un objeto, nuestras vidas, una historia? Supongo que documentar cosas —mediante el lente de una cámara, en papel, o con una grabadora de audio— sólo es una forma de añadir una capa más, algo así como una pátina, a todas las cosas que ya están sedimentadas en una comprensión colectiva del mundo. Le propongo tomar una foto de nuestro coche, aunque sea para probar de nuevo la cámara y descifrar por qué las fotos salen blancuzcas y borrosas. El niño sostiene la cámara como si fuera un portero amateur a punto de patear un balón de futbol. Se asoma al visor y dispara.

¿Enfocaste bien?

Creo que sí.

¿Se veía clara la imagen?

Sí, más o menos.

Pero la Polaroid sale toda azul y poco a poco va volviéndose lechosa, ninguna imagen impresa en ella. El niño se queja diciendo que su cámara está rota, tiene un error de fábrica, seguro sólo es una cámara de juguete, no de verdad. Yo le aseguro que no es de juguete, y le sugiero una teoría:

Quizás no es que salgan blancas porque la cámara esté rota o porque sea de juguete, sino porque las cosas que fotografías en realidad no existen. Si no hay nada allí, no hay ningún eco que pueda rebotar. Como los fantasmas, le digo, que no salen en las fotos, o los vampiros, que no se reflejan en los espejos porque en realidad no están allí.

El niño no parece impresionado, ni divertido. No encuentra convincente mi teoría. Me da la cámara de mala gana y regresa de un salto a su asiento.

Ruido

Hacia el final de la tarde llegamos a un pueblo encaramado en lo alto de los Apalaches. Decidimos detenernos. Los niños han comenzado a comportarse como monjes medievales malévolos: se entretienen con juegos verbales y conjuros inquietantes, juegos que incluyen cosas como enterrarse vivos mutuamente, matar gatos, quemar pueblos. Al escucharlos, pienso que la teoría de la reencarnación debe de ser cierta: el niño pudo haber cazado brujas en Salem en el siglo XVII; la niña pudo haber sido un soldado fascista en la Italia de Mussolini. En ellos se recrea nuevamente la Historia, repitiéndose a pequeña escala.

A la entrada de la única tienda del pueblo, un letrero anuncia: Cabañas en Renta, Informes Aquí. Rentamos una cabaña, pequeña pero cómoda, lejos de la carretera. Esa noche, en la cama, el niño sufre un ataque de ansiedad. Él no lo llama así, pero explica que no puede respirar bien, que no puede mantener los ojos cerrados, que no puede pensar claramente. Me pide que vaya a su lado.

¿En serio crees que algunas cosas no existen?, pregunta. ¿Que las vemos, pero en realidad no están allí?

¿Qué quieres decir?

Me lo dijiste en la gasolinera.

¿Qué dije?

Que a lo mejor te estoy viendo y estoy viendo este cuarto y todo lo demás, pero en realidad no hay nada, y por eso no puede producir eco, y por eso no salen mis fotos.

Era broma, amor.

Bueno, pero eso dijiste.

Trata de dormirte, ¿sí?

Bueno.

Más tarde, esa misma noche, de pie ante la cajuela de nuestro coche, linterna en mano, trato de decidir qué caja abrir. Necesito pensar en mi proyecto sonoro, y leer las palabras de otros, habitar sus mentes durante un tiempo, siempre ha sido una puerta de entrada a mis propios pensamientos. Pero ¿dónde comenzar? De pie ante las siete cajas, me pregunto qué haría otra mente con esa misma recopilación de artículos y recortes, archivados en un determinado orden dentro de las cajas. ¿Cuántas posibles combinaciones existen de todos esos documentos? ¿Y qué historias, completamente distintas, podrían contarse con cada combinación, cada nueva forma de barajar, de reordenar aquellos papeles?

Dentro de la Caja II de mi esposo, bajo algunos cuadernos, hay un libro titulado *El paisaje sonoro*, de R. Murray Schafer. Recuerdo haberlo leído hace muchos años y haberme fascinado con él. El libro era sobre el Paisaje Sonoro Mundial, un proyecto titánico para catalogar todos los sonidos existentes. Schafer pensaba que en un mundo que produce más y más ruido, la única manera para la mente humana de tolerar el día a día era atomizar el ruido en sus componentes. Al separar y catalogar todos los sonidos que, conjuntamente, forman el ruido, Schafer intentaba deshacerse del ruido. Hojeo las páginas del libro, llenas de complejas gráficas, notaciones simbólicas con los diferentes tipos de sonido y un vasto inventario que cataloga los sonidos del planeta. El inventario va desde los «Sonidos acuáticos» y «Sonidos estacionales», a los «Sonidos corporales» y los «Sonidos domésticos», pasando por «Motores de combustión interna», «Instrumentos de guerra y destrucción» y «Sonidos del tiempo». Dentro de cada una de estas categorías hay una lista de casos. Por ejemplo, bajo «Sonidos corporales» aparece: latidos del corazón, respiración, pasos, manos (aplausos, rasguños, etcétera), comer, beber, defecar, hacer el amor, sistema nervioso, sonidos del sueño. Al final de todo el inventario está la categoría «Sonidos que indican hechos futuros», pero no hay ningún caso particular adscrito a ella, desde luego.

Pongo el libro de vuelta en su caja, abro la Caja I y rebusco en su interior. Saco un cuaderno marrón, en cuya primera página mi esposo ha escrito: «Sobre el coleccionismo». Me salto a una página al azar más adelante y leo una nota: «Coleccionar es una forma fructífera de la procrastinación, de inactividad cargada de posibilidades». Unas líneas más abajo hay una cita tomada de un libro de Benjamin: «Toda pasión linda con el caos, pero la de un coleccionista linda con el caos del recuerdo». El libro del que viene la cita es mío, y probablemente yo subrayé esa frase alguna vez. Verla ahí, en el cuaderno de mi esposo, se siente como un hurto intelectual, como si se hubiera robado una experiencia personal mía y la hubiera hecho suya. Pero en cierto sentido me enorgullece el robo. Por último, saco de la caja, aunque es improbable que me ayude a pensar en mi proyecto sonoro, un libro de Susan Sontag titulado *Renacida: Diarios tempranos, 1947-1964.*

CONCIENCIA Y ELECTRICIDAD

Me quedo en el porche de la cabaña leyendo los diarios de Sontag. Mis brazos y piernas, un manjar para los mosquitos. Por encima de mí, los escarabajos azotan sus tercos exoesqueletos contra el único foco, las polillas blancas giran en torno a su halo para luego caer de golpe, y una araña teje su trampa en la intersección de una viga y una columna. A lo lejos, una constelación intermitente de luciérnagas perfila la oscura inmensidad que se extiende más allá del rectángulo del porche.

Yo no llevo un diario. Mis diarios son las cosas que subrayo en los libros. Nunca le prestaría un libro a nadie después de haberlo leído. Subrayo demasiado, a veces páginas enteras, a veces con doble subrayado. Una vez, mi esposo y yo leímos juntos este mismo ejemplar de los diarios de Sontag. Acabábamos de conocernos. Los dos subrayamos pasajes enteros del libro, con entusiasmo, casi frenéticamente. Leíamos en voz alta, turnándonos, abriendo las páginas como si consultáramos un oráculo —nuestras piernas desnudas entrelazadas en una cama individual—. Supongo que las palabras, en el orden correcto y el momento oportuno, producen una luminiscencia. Cuando lees palabras como ésas en un libro, palabras hermosas, te embarga una emoción intensa, aunque fugaz. Sabes que, muy pronto, el concepto que recién aprehendiste y el rapto que produjo se van a esfumar. Surge entonces una necesidad de poseer esa extraña y efímera luminiscencia, de aferrarse a esa emoción. Así que relees, subrayas, y quizás incluso memorizas y transcribes las palabras en algún sitio —un cuaderno, una servilleta, en tu mano—.

De nuestro ejemplar de los diarios de Sontag, subrayados una, dos veces, con ocasionales recuadros y notas al margen:

> «Una de las principales funciones (sociales) de un dietario o diario consiste justamente en la lectura furtiva de otras personas, la gente (como los padres + los amantes) sobre la que se ha sido cruelmente sincera sólo en el diario».
>
> «En tiempos vaciados por el decoro, se debe dominar la espontaneidad».
>
> «1831: Muerte de Hegel».
>
> «Y mientras, aquí estamos con el culo en esta ratonera acrecentando nuestra eminencia, madurez y barriga...».
>
> «La contabilidad moral requiere un ajuste de cuentas».
>
> «En el matrimonio he sufrido alguna pérdida de personalidad; al comienzo la pérdida fue agradable, fácil...».
>
> «El matrimonio se funda en el principio de *inercia*».
>
> «El cielo, visto en la ciudad, es negativo; donde no están los edificios».
>
> «La despedida fue vaga, porque la separación aún parece irreal».

La última línea está subrayada con lápiz, luego marcada con un círculo de tinta negra y también destacada al margen con un signo de exclamación. ¿Fui yo quien la subrayó? No lo recuerdo. Pero sí recuerdo, en cambio, que cuando leí a Sontag por primera vez, como cuando leí por primera vez a Hannah Arendt, a Emily Dickinson o a Pascal, experimentaba cada tanto uno de esos éxtasis repentinos, sutiles y tal vez microquímicos —pequeñas luces centelleando en lo más hondo del tejido cerebral— que ocurren cuando encontramos finalmente las palabras para expresar un sentimiento muy simple que, sin embargo, había permanecido innombrable hasta ese momento. Cuando las palabras de alguien más entran en la conciencia de ese modo, se convierten en pequeñas marcas de luz conceptuales. No es que sean necesariamente iluminadoras. Un cerillo encendido de pronto en un pasillo oscuro, la brasa de un cigarro cuando se fuma en la cama a media noche, los rescoldos en una chimenea que se apaga: ninguna de esas cosas tiene luz propia suficiente como para revelar nada. Tampoco las palabras de otro. Pero a veces una luz, por chica y tenue que sea, puede evidenciar la oscuridad, ese espacio desconocido que rodea, y la ignorancia sin bordes que envuelve todo aquello que creemos saber. Y esa admisión y aceptación de la oscuridad es más valiosa que todo el conocimiento factual que podamos llegar a acumular.

Al releer los fragmentos subrayados en este ejemplar de los diarios de Sontag, al encontrarlos poderosos una vez más, al cabo de los años, y subrayar de nuevo algunos de ellos —especialmente sus reflexiones en torno al matrimonio—, caigo en cuenta de que todo lo que leo fue escrito entre 1957 y 1958. Hago la cuenta con los dedos. Sontag tenía sólo veinticuatro años en ese entonces, nueve menos de los que yo tengo. Siento una vergüenza repentina, como si me hubiesen sorprendido riéndome de un chiste antes de que termine o aplaudiendo entre dos movimientos de un concierto. Así que me salto hasta 1963, cuando Sontag tenía ya treinta y tantos, un divorcio a cuestas y tal vez más claridad sobre el presente y el futuro. Pero estoy demasiado cansada para seguir leyendo. Doblo la esquina de la página, cierro el libro, apago la luz del porche —el foco un enjambre de escarabajos y polillas— y me voy a la cama.

ARCHIVO

A la mañana siguiente me despierto temprano, antes que los demás, y arrastro los pies hasta la zona de la sala y cocina. Abro la puerta del porche, el sol se asoma detrás de la montaña. Por primera vez en muchos años hay ciertas porciones de nuestro espacio privado que quiero grabar, sonidos que tengo el impulso de documentar y almacenar. Quizás es solamente porque la novedad tiene un aire de cosa ida, de pasado inmediato. Los comienzos y los finales se confunden.

Quiero grabar estos primeros sonidos de nuestro viaje juntos, quizás porque parecen los últimos sonidos de algo. Pero al mismo tiempo no quiero hacerlo, porque no quiero interferir al grabarlos; no quiero convertir este momento particular de nuestra vida compartida en un documento para un archivo futuro. Si pudiera subrayar simplemente ciertas cosas con el pensamiento, lo haría: esta luz que entra por la ventana de la cocina, inundando la cabaña entera con una calidez ambarina mientras pongo la cafetera; esta brisa que sopla a través de la puerta y me acaricia las piernas mientras enciendo la estufa; ese sonido de pasos —pies diminutos, desnudos y tibios— cuando la niña sale de la cama y se acerca a mis espaldas, para anunciar:

Mamá, ¡me desperté!

Me encuentra de pie junto a la estufa, esperando a que salga el café. Me mira, sonríe y se frota los ojos cuando le digo buenos días. No conozco a nadie más para quien despertar sea una noticia tan buena, un acontecimiento tan alegre. Sus ojos son sorprendentemente grandes, tiene el torso desnudo y sus calzones, blancos y abombados, le quedan demasiado grandes. Con seriedad y decoro absolutos, me dice:

Mamá, tengo una duda.

¿Qué pasa?

Quería preguntarte: ¿qué quiere decir «Jesupinchecristo»?

No le respondo, pero le sirvo un gran vaso de leche.

ORDEN Y CAOS

El niño y su padre duermen todavía, y nosotras dos nos sentamos en el sillón, en la pequeña sala de la cabaña. Mi hija sorbe su vaso de leche y abre su cuaderno de dibujos. Después de algunos intentos fallidos por dibujar algo, me pide que trace cuatro rectángulos —dos abajo, dos arriba— y me da instrucciones para que los rotule en el siguiente orden: «Personaje»,

«Escenario», «Problema», «Solución». Cuando termino de rotularlos y le pregunto para qué son, me explica que en la escuela le enseñaron a contar historias así. La mala educación literaria empieza demasiado pronto y continúa por demasiado tiempo. Recuerdo que un día, cuando el niño estaba en segundo de primaria y yo le ayudaba a hacer la tarea, me di cuenta de que tal vez no sabía la diferencia entre verbo y sustantivo. Así que se lo pregunté. Él miró hacia el techo con aire teatral y, después de unos segundos, me dijo que por supuesto que lo sabía: los sustantivos eran las palabras escritas en cartulinas amarillas arriba del pizarrón, y los verbos en cartulinas azules abajo del pizarrón.

Ahora la niña se concentra en su dibujo, llenando los rectángulos que dibujé para ella. Yo bebo mi café, abro nuevamente los diarios de Sontag y releo frases y palabras sueltas. Matrimonio, despedida, contabilidad moral, vaciados, separación. Al subrayar esas palabras, ¿presagiábamos algo? ¿Cuándo comenzó nuestro final? No sé decir cuándo ni por qué. No estoy segura de cómo. Cuando le conté a algunos amigos, poco antes de emprender este viaje, que al parecer mi matrimonio estaba llegando a su fin, o que por lo menos atravesaba una crisis aguda, todos me preguntaban:

¿Qué pasó?

Pedían una fecha precisa:

¿Cuándo te diste cuenta, exactamente? ¿Antes o después de tal cosa?

Pedían una razón:

¿Diferencias políticas? ¿Hartazgo? ¿Abuso? ¿Violencia emocional?

Pedían un acontecimiento:

¿Te puso el cuerno? ¿Le pusiste el cuerno?

Yo les repetía a todos que no, que no había pasado nada. O, más bien, que sí: que todas las opciones enlistadas habían sucedido, muy probablemente, pero que ése no era el problema. A pesar de ello, insistían. Pedían razones, motivos y, especialmente, pedían un comienzo:

¿Cuándo? ¿En qué preciso momento?

Recuerdo un día que fuimos al supermercado, poco antes de emprender el viaje. El niño y la niña discutían sobre cuál era el mejor sabor de no sé qué porquería de puré exprimible. Mi esposo se quejaba sobre mi elección de algún producto, tal vez era la leche, tal vez el detergente. Recuerdo que imaginé, por primera vez desde que nos mudamos juntos, cómo sería hacer la compra sólo para la niña y para mí, en un futuro en el que nuestra familia no fuera ya una familia de cuatro miembros. Recuerdo el dolor y el remordimiento que sentí enseguida —quizás nostalgia por el pasado visto desde el futuro, o quizás el vacío interior de la melancolía— mientras colocaba el champú escogido por el niño, con aroma a vainilla y para uso frecuente, sobre la cinta transportadora de la caja.

Pero ciertamente no fue aquel día, en aquel supermercado, cuando entendí lo que estaba sucediendo. Los comienzos, los desarrollos y finales son sólo una cuestión de perspectiva. Si nos vemos forzados a elaborar una historia en retrospectiva, la narración se articula selectivamente en torno a los elementos que parecen relevantes, saltándose todos los demás.

La niña ha terminado su dibujo y me lo enseña con aire triunfal. En el primer recuadro dibujó un tiburón. En el segundo, un tiburón rodeado por otros animales marinos y algas, la superficie del agua por encima de todos ellos, el sol hasta arriba, en una esquina lejana. En el tercer recuadro, un tiburón, también bajo el agua, de apariencia angustiada y enfrente de una especie de pino submarino. En el cuarto y último recuadro, un tiburón mordiendo y probablemente comiéndose a otro pez grande, quizás también un tiburón.

Y entonces, ¿de qué trata la historia?, le pregunto.

Tú cuéntala, mamá, adivina.

Bueno, pues primero hay un tiburón; en el segundo cuadro, está en el mar, en donde vive; en el tercero, el problema es que sólo hay árboles para comer, y el tiburón no es vegetariano porque es un tiburón; y en el cuarto, por último, encuentra comida y se la come.

No, mamá. Te equivocaste en todo. Los tiburones no comen tiburones.

Bueno. ¿Entonces cuál es la historia?, le pregunto a mi hija.

Es así. Personaje: un tiburón. Escenario: el océano. Problema: el tiburón está triste y confundido porque otro tiburón lo mordió, así que se va a su árbol de pensar. Solución: por fin, el tiburón entiende todo.

¿Qué entiende?, le pregunto a la niña.

¡Que sólo tiene que morder al otro tiburón por haberlo mordido!

El niño y su padre se despiertan por fin y, mientras desayunamos, hablamos de nuestros planes. Mi esposo y yo decidimos que tenemos que retomar el camino. Los niños se quejan, dicen que quieren quedarse más tiempo en esa cabaña. Éstas no son unas vacaciones normales, les recordamos; aunque nos detengamos y disfrutemos de los lugares cada tanto, nosotros dos tenemos que trabajar. Yo tengo que empezar a grabar material sobre la crisis en la frontera sur. Por lo que he alcanzado a comprender, escuchando la radio y pescando noticias en internet cuando puedo, la situación es cada día más grave. El Gobierno, con respaldo de los tribunales, acaba de anunciar la creación de un expediente prioritario para menores indocumentados, lo cual quiere decir que los niños que llegan a la frontera tendrán prioridad para ser deportados. Los tribunales federales de inmigración procesarán sus casos antes que los otros, y si no encuentran a un abogado que los defienda en el lapso imposiblemente breve de veintiún días, los niños no tendrán ninguna oportunidad y recibirán de parte del juez su orden definitiva de expulsión.

No digo todo esto enfrente de nuestros hijos, desde luego. Pero sí le digo al niño que tengo un tiempo limitado para hacer mi trabajo, y que necesito llegar a la frontera sur lo antes posible. Mi marido dice que él quiere llegar a Oklahoma –donde visitaremos un cementerio apache– lo más pronto posible. Como si encarnara de pronto a un ama de casa suburbana de los años cincuenta, el niño nos dice que siempre «anteponemos el trabajo a la familia». Le explico que cuando sea grande entenderá que ambas cosas son inseparables. Él pone los ojos en blanco, me dice que soy predecible y egocéntrica –dos adjetivos que nunca le he oído antes–. Yo lo regaño, le digo que su hermana y él tienen que lavar los platos del desayuno.

¿Te acuerdas de cuando teníamos otros padres?, le pregunta a su hermana mientras empiezan a lavar y nosotros recogemos la cabaña y hacemos las maletas.

¿Qué quieres decir?, responde ella, confundida, pasándole el detergente líquido.

Una vez, hace mucho tiempo, teníamos mejores papás que estos de ahora.

Yo lo escucho, reflexiono y me preocupo. Quiero decirle que lo amo, incondicionalmente, que no tiene que demostrarme nada, que quiero tenerlo cerca, siempre, y que yo también lo necesito. Debería decírselo, pero en vez de eso, cuando se pone así yo tiendo a alejarme, me vuelvo reservada y quizás incluso fría. Me exaspera no saber cómo calmar su ira. En general expreso mi revoltijo de sentimientos regañándolo por pequeñeces: ponte los zapatos, péinate, recoge esa mochila. La mayor parte de las veces, su padre también internaliza su propia desesperación, pero sin regañarlo, sin decir ni hacer nada. Sólo se vuelve pasivo: un espectador triste de nuestra vida familiar, como si viera una película muda en un cine vacío.

Fuera de la cabaña, mientras nos preparamos para partir, le pedimos al niño que ayude a ordenar las cosas de la cajuela y hace un berrinche todavía más grande. Grita cosas horribles, dice que desearía estar en otro mundo, pertenecer a una familia mejor. Creo que a veces cree que estamos aquí, en este mundo, para orillarlo a la infelicidad: cómete el huevo estrellado cuya textura detestas; vamos, apúrate; aprende a andar en patines aunque te dé miedo; ponte esos pantalones que acabamos de comprarte aunque no te gustan, salieron caros; juega con ese niño en el parque que te ofrece su efímera amistad y su pelota; sé normal, sé feliz, sé un niño.

El niño grita con más y más fuerza, nos desea la muerte, quiere que desaparezcamos, patea las llantas del coche, lanza piedras y gravilla al aire. Cuando entra en una de estas espirales de rabia su voz me parece distante, remota, extraña, como si la oyéramos en una vieja grabadora analógica, a través de cables metálicos y estática, o como si yo fuera una operadora telefónica escuchándolo desde un país distante. Reconozco el timbre de su voz como en segundo plano, pero no alcanzo a descifrar si se dirige a nosotros en un intento por hacer contacto, anhelando nuestro amor y nuestra atención absoluta, o si más bien nos dice con ello que nos vayamos a la chingada, que nos alejemos de sus diez años de vida en este mundo y lo dejemos madurar más allá de nuestro pequeño círculo de lazos familiares. Lo escucho, reflexiono y me preocupo.

El berrinche continúa y su padre pierde finalmente la paciencia. Camina hasta él, lo sujeta de los hombros con firmeza y le grita. El niño se zafa retorciéndose y patea a su padre en los tobillos y las rodillas —no son patadas que pretendan lastimar, pero de todas formas son patadas—. En respuesta, su padre se quita el sombrero y, con él, le da tres, cuatro nalgadas. Para un niño de diez años no es un castigo doloroso, sino humillante: nalgadas con un sombrero. Lo que viene a continuación era de esperarse, pero de todas formas me conmueve: lágrimas, gimoteos, sollozos y un tartamudeo que dice ya, lo siento, está bien.

Cuando él se ha calmado por fin, su hermana camina hasta él y, con una mezcla de esperanza y prudencia, le pregunta si quiere jugar con ella un rato. Necesita que su hermano le confirme que siguen compartiendo un mundo. Que siguen juntos en este mundo, inseparables, más allá de sus padres, de los defectos de sus padres. Al principio el niño la rechaza, con amabilidad pero también con firmeza:

Déjame un momento.

Pero después de todo sigue siendo chiquito, así que cuando su padre sugiere postergar la partida para que puedan jugar a los apaches de la banda de Gerónimo antes de irnos, una alegría profunda y primigenia lo embarga. Ronda los alrededores de la cabaña en busca de plumas y palos, prepara un penachito, un arco y una flecha. Disfraza a su hermana atando un cinto de algodón en torno a su frente, cuidando que el nudo no quede ni demasiado apretado ni demasiado suelto. Y luego corre en círculos aullando como un poseso, aligerado y salvaje. Llena nuestras vidas con su aliento, con su ternura repentina, con su forma tan particular de estallar en una estruendosa carcajada.

ARCHIVO

Bajo el sol concreto del mediodía, los niños juegan a los apaches de la banda de Gerónimo con su padre. La cabaña está en la cima de una colina, en lo alto de un valle que ondula hacia la carretera principal, oculta a nuestros ojos. No se puede ver ninguna casa, sólo tierras de cultivo y pastizales, moteados aquí y allá con flores salvajes cuyos nombres ignoramos. Hay flores blancas y violetas, y alcanzo a distinguir algunas zonas anaranjadas. Más allá, a lo lejos, pace una confederación de vacas, discretamente conspirativas.

Por lo que alcanzo a ver, sentada en el banco del porche, por ahora el juego consiste nada más en recoger palitos del bosque, traerlos frente a la cabaña y colocarlos ordenadamente en el suelo, uno al lado de otro. Cada tanto hay pequeñas disputas que aderezan el juego: la niña dice de pronto que quiere ser vaquera y no apache. Mi esposo le dice que en este juego no hay vaqueros. Discuten. Al final, la niña acepta, poco convencida. Seguirá siendo una apache, pero sólo si puede ser Lozen y si le dejan usar, en lugar de la cinta que se le cae todo el tiempo de la frente, el sombrero vaquero que encontramos en la cabaña.

Sentada en el porche, leyendo distraídamente mi libro, volteo a mirarlos cada tanto. Desde donde estoy, a esta distancia, parecen un recuerdo más que un presente, y siento un impulso por fotografiarlos. Casi nunca tomo fotos de mis propios hijos. Odian salir en las fotos y siempre boicotean los momentos fotográficos de la familia. Si se les pide posar para una foto, se aseguran de exhibir un desdén manifiesto, fingen una sonrisa cínica y exagerada. Si se les deja hacer lo que les plazca, hacen muecas porcinas o sacan la lengua, se contorsionan como extraterrestres de película en mitad de un ataque, ensayan actitudes antisociales. Supongo que así son todos los niños. Los adultos, en cambio, le profesan al instante documental de una fotografía una reverencia casi religiosa. Adoptan gestos solemnes, sonríen con esmero; miran al horizonte con vanidad patricia, o directo al lente con la intensidad solitaria de una estrella de porno. Ni hablar de un adulto en todas sus facultades tomándose una *selfie:* no hay nada más descorazonador para el futuro de nuestra especie. Los adultos posan para la eternidad; los niños, para el instante.

Entro a la cabaña en busca de la Polaroid y su manual de usuario. Le prometí al niño que lo estudiaría, porque seguro estamos haciendo algo mal si las fotos salen todas blancas. Encuentro ambas cosas —la cámara, el instructivo— en la mochila del niño, entre cochecitos, ligas, cómics, su flamante navaja suiza. ¿Por qué será que esculcar entre las cosas de alguien genera una sensación enternecedora y triste, como si la profunda fragilidad de la persona quedara expuesta en su ausencia, a través de los objetos que le pertenecen? Una vez tuve que buscar una identificación que mi hermana había olvidado en su escritorio y me sorprendí, de pronto, secándome las lágrimas con la manga del suéter al revisar sus lápices bien ordenados, sus clips multicolores y unos recordatorios dirigidos a sí misma —visitar a mamá esta semana, hablar más despacio, comprar flores y aretes largos, caminar más seguido—. Es imposible entender la forma en que algunos objetos triviales llegan a revelar aspectos tan importantes de una persona; y es difícil comprender la súbita melancolía que generan cuando esa persona está ausente. Tal vez lo que pasa, nada más, es que las pertenencias sobreviven a menudo a sus dueños, y por eso podemos imaginar con facilidad un futuro en el que existan las pertenencias, pero no sus dueños. Anticipamos la ausencia de nuestros seres queridos a través de la presencia material de sus objetos.

Al regresar al porche me pongo a estudiar el instructivo de la cámara. Los niños y su padre están ahora juntando piedras, que colocan junto a los palitos en el suelo, alternando una piedra, un palo y una piedra, y empieza una batalla. El manual de la cámara es complicado. Debe evitarse que le dé la luz a la lámina de papel fotográfico tan pronto como ésta salga expulsada por la ranura, explica el folleto. De lo contrario, la película se quema. El niño y su padre están conquistando Texas, defendiendo el territorio frente al ejército estadunidense, entregándoselo a sus compañeros apaches, y levantando vallas, piedra, palo, piedra. Las fotos a color tardan media hora en revelarse; si son en blanco y negro tardan diez minutos. Durante ese lapso, la foto debe permanecer horizontal y en total oscuridad. Un simple rayo de luz dejará una marca, un accidente. Las instrucciones recomiendan dejar la Polaroid revelándose dentro de una caja oscura especial, de venta en tiendas oficiales. De lo contrario, puede colocarse entre las páginas de un libro y guardarse ahí hasta que sus colores y sus sombras se hayan fijado por completo.

No tengo la caja oscura, evidentemente. Pero tengo un libro, los diarios de Sontag, que puedo dejar abierto a mi lado para meter la Polaroid en cuanto salga de la cámara. A modo de preparación, abro el libro al azar en una página cualquiera. Antes de dejar el libro a mi lado, sobre la banca, leo algunas líneas para cerciorarme de que la página elegida presagia cosas buenas. Por una de esas coincidencias, mínimas y sin embargo extraordinarias, la página que tengo ante los ojos es un extraño reflejo del momento preciso que transcurre ante mí. Los niños juegan a los apaches con su padre, y Sontag describe el siguiente momento con su hijo: «A las 5:00 gritó David; entré en la habitación a toda prisa + nos abrazamos + nos besamos una hora. Él era un soldado mexicano (+ por lo tanto yo también); alteramos la historia para que México pudiera conservar Texas. "Papi" era un soldado americano».

Tomo la cámara, recorro el campo con la mirada a través del lente. Al fin, encuentro a los niños: enfoco, reenfoco y disparo. Tan pronto como la cámara escupe la foto, la sostengo entre el pulgar y el índice y la inserto entre esa página y la siguiente.

DOCUMENTO

La foto sale en tonos pardos: sepia, ocre, beige y siena. El niño y la niña, tomados por sorpresa, a unos metros del porche, aparecen de pie junto a una cerca. Él sostiene un palo en la mano derecha y ella señala hacia un claro de bosque tras la cabaña, quizás para sugerir que allí pueden encontrar más palitos. Detrás de ellos hay un camino estrecho y, más allá, una hilera de árboles que sigue la línea descendiente de la colina, desde la cabaña hasta la carretera principal. Aunque no puedo explicar cómo ni por qué, pareciera que los niños no están allí realmente, como si fueran recordados en vez de fotografiados.

CAJA II

§ Cuatro cuadernos (19.6 x 12.7 cm)

«Sobre el paisaje sonoro»
«Sobre la acustemología»
«Sobre el proceso documental»
«Sobre las grabaciones de campo»

§ Siete libros

Sound and Sentiment, Steven Feld
Los americanos, Robert Frank (prólogo de Jack Kerouac)
Immediate Family, Sally Mann
Ilf and Petrov's American Road Trip, Ilya Ilf and Evgeny
    Petrov
El paisaje sonoro, R. Murray Schafer
A Field Guide to Getting Lost, Rebecca Solnit
In the Field: The Art of Field Recording, Cathy Lane y An-
    gus Carlyle (eds.)

§ Tres discos compactos

Voices of the Rainforest, Steven Feld
Lost & Found Sound, The Kitchen Sisters
Desert Winds, Scott Smallwood

§ Fólder «sobre mapas sonoros»
(notas, recortes, facsímiles)

«Sound Around You», proyecto, Universidad de Sal-
    ford, Reino Unido
The Soundscape Newsletter, vols. I-X, World Forum for
    Acoustic Ecology
«NYSoundmap», New York Society for Acoustic Eco-
    logy
«Fonoteca Bahía Blanca», Argentina

INDOCUMENTADOS

Un exiliado siente que el estado de exilio
es una sensibilidad especial y constante al
sonido.

Dubravka Ugrešić

Escuchar es una forma de tocar a la distancia.

R. Murray Schafer

Adentro del coche, el aire es familiar y el olor es nuestro olor. Nos dirigimos hacia el suroeste, atravesando los Apalaches en dirección a Carolina del Norte. Mi marido mantiene la vista fija en la carretera, que serpentea y se curva hacia lo alto de los acantilados, y los niños van callados, apoyando las cabezas en la ventana. Escuchamos la radio: en un centro de detención en Nixon, Texas, un reportero entrevista a un niño de nueve o diez años, a juzgar por el timbre de su voz.

¿Cómo viajaste a los Estados Unidos?, pregunta el reportero.

Con una voz templada y segura, el niño responde en español diciendo que vino a bordo de la Bestia. Yo le traduzco la respuesta a mi marido.

¡Como las hijas de Manuela!, exclama el niño desde el asiento trasero.

Así es, le digo.

El reportero explica que cerca de medio millón de migrantes se montan cada año en los techos de aquellos trenes que la gente llama la Bestia, y dice que el niño al que entrevista ahora perdió a su hermano menor en esos mismos trenes. El reportaje regresa entonces con el niño. Su voz ha perdido la calma. Ahora se quiebra, duda, tartamudea. El niño dice que su hermanito se cayó del tren poco antes de alcanzar la frontera. Cuando comienza a explicar a detalle lo sucedido, apago la radio. Siento una náusea pesada y sorda: una reacción a la historia del niño y a su voz, pero también a la manera en que la cobertura periodística explota la tristeza y la desesperación para construir su representación: tragedia. Nuestros hijos re-accionan con violencia a la historia; quieren oír más, pero a la vez no quieren oír más. No paran de preguntarnos:

¿Qué pasó después?

¿Qué le pasó al hermanito?

Para distraerlos, mi esposo les cuenta historias de los apaches, les cuenta cómo la tribu chiricahua consistía de cuatro bandas distintas, les cuenta sobre la banda más pequeña, que era también una de las más poderosas porque la lideraba un hombre de casi dos metros de altura, llamado Mangas Coloradas.

¿Pero existía una banda de apaches niños?, interrumpe la niña.

¿Qué quieres decir?, le pregunta mi esposo.

O sea, que si tenían también una banda de niños, dice ella.

El niño replantea la pregunta, traduciendo:

Creo que lo que quiere decir es: ¿Había alguna banda formada sólo por niños?

Su padre, con la vista fija en la carretera, le da un sorbo al café y antes de responderles me pasa el vaso desechable para que yo lo ponga en el posavasos.

Había una banda así, hasta donde él sabe, les dice, buscando los ojos de los niños con sus ojos grises en el espejo retrovisor. Se llamaban los Guerreros Águilas. Era una banda de niños apaches liderada por un niño más grande. Eran temibles, vivían en las montañas, se comían a los pájaros recién caídos del cielo, todavía tibios, tenían el poder de controlar el clima, podían atraer la lluvia o retrasar una tormenta si querían. Les cuenta a los niños que estos jóvenes guerreros vivían en un lugar llamado Echo Canyon, un lugar donde los ecos son tan fuertes que, incluso cuando murmuras, tu voz vuelve a ti nítidamente.

No sé si lo que les cuenta es cierto, pero la historia resuena en mí. Mientras el coche atraviesa lentamente los Apalaches, me imagino con claridad las caras de aquellos niños guerreros. La carretera traza una curva cerrada y el bosque se abre de pronto. Vemos un conjunto de nubes oscuras —rayos intermitentes— agrupándose sobre los picos hacia el suroeste.

Metidos tantas horas en el estrecho espacio del coche nos damos cuenta de cuán poco conocemos a nuestros hijos. Escuchamos sus juegos en el asiento trasero. Son juegos aleatorios, ruidosos, incomprensibles, como una televisión con alucinaciones febriles.

Pero cada tanto encuentran una cadencia más ligera, una energía más suave. Hablan más despacio, sopesando sus palabras. A veces retoman el hilo de una de las historias de apaches de su padre, o de las historias sobre los niños atrapados en la frontera, y actúan sus posibles desenlaces:

¡Si nos obligan a dejar de cazar animales salvajes, tendremos que asaltar sus ranchos y robar sus vacas!

¡Eso, robemos las vacas blancas, las blancas, las vacas de los ojosblancos!

¡Cuidado con los uniformados y con la migra!

Nos damos cuenta de que, en realidad, los niños han estado escuchando, más atentamente de lo que creíamos, las historias sobre Jefe Nana, Jefe Loco, Chihuahua, Gerónimo, así como esa otra historia que seguimos en las noticias, sobre los niños en la frontera. Pero combinan esas historias, las confunden. Se inventan finales posibles y ucronías.

¿Y si Gerónimo nunca se hubiera rendido a los ojosblancos?

¿Y si hubiera ganado esa guerra?

¡Los niños perdidos serían los amos de los Apalaches!

Cuando nuestros hijos hablan sobre los niños refugiados, los llaman siempre «los niños perdidos». Supongo que la palabra «refugiado» es más difícil de recordar. E incluso si el término «perdidos» no es muy preciso, en nuestro léxico familiar los refugiados se han convertido en «los niños perdidos». Y en cierto sentido, supongo, sí son niños perdidos. Son niños que han perdido su derecho a la niñez.

Comienzos

Las historias de los niños perdidos perturban más y más a nuestros hijos. Mi marido y yo decidimos dejar de escuchar las noticias en la radio, al menos mientras estén despiertos. En lugar de eso, decidimos escuchar música. O, mejor aún, audiolibros.

«Al despertarse en el bosque en medio del frío y la oscuridad nocturnos...», dice una voz de hombre por las bocinas del coche, «había alargado la mano para tocar al niño que dormía a su lado». Le doy *stop* tan pronto como hace una pausa al final de la frase. Mi marido y yo coincidimos en que Cormac McCarthy, aunque nos guste, y a pesar de que *La carretera* nos gusta especialmente, puede ser demasiado duro para los niños. Además, coincidimos en que el lector de esta versión en audiolibro es un actor actuando —se esmera demasiado, sus inflexiones son artificiales—, y no una persona leyendo. Así que le doy *stop*. Luego desplazo la lista hacia abajo y le doy *play* a otro audiolibro.

«Vine a Comala porque me dijeron que acá vivía mi padre, un tal Pedro Páramo», la voz fluye como con prisa, atropellando la sintaxis característica de Rulfo y añadiendo un énfasis telenovelesco en algunas líneas. Desplazo nuevamente la lista y le doy *play* otra vez.

«Soy un hombre invisible». Es una primera frase seca y perfecta. Pero no, tampoco *El hombre invisible* de Ralph Ellison es lo que queremos escuchar. Lo que queremos es superponer, al territorio que recorremos en coche, una voz y una narrativa que se amolden de alguna forma al paisaje, y no algo que nos distraiga del todo de la realidad mientras nos movemos a través de esta húmeda amalgama de hiedras y bosques. Siguiente. *Play.*

«En la ciudad había dos mudos, y siempre estaban juntos». Me gustaría escuchar este libro, pero no obtengo la aprobación de los dos traidores que viajan en el asiento trasero. Mi esposo tampoco quiere oírlo, dice que el único logro de Carson McCullers es el título y solamente el título de esa novela: *El corazón es un cazador solitario*. Se equivoca, y se lo digo, lanzándole mi desacuerdo con un poco de veneno al preguntarle si no cree que esa primera frase es, justamente, sobre nosotros dos, y si no deberíamos escuchar el resto de la historia, como quien visita al oráculo. Ignora mi comentario; no se ríe ni sonríe. Siguiente libro.

«Conocí a Dean poco después de que mi mujer y yo nos separásemos». Pausa. Éste lo comentamos con mayor detenimiento. Mi esposo opina que *En el camino*, de Jack Kerouac, es la elección perfecta. Incluso si los niños no entienden su significado, dice, todos podemos disfrutar del ritmo del libro mientras vamos en coche. Recuerdo que leí a Kerouac a mis veintipocos años, cuando tuve un novio librero. Me regaló todos sus libros, uno por uno. Los leí como si tuviera que terminarme un plato infinito de sopa tibia. Cada vez que estaba a punto de terminar, me llenaba el plato de nuevo. Algunos años después releí algunos libros de Kerouac, empecé a agarrarles el modo y llegó a gustarme su prosa, esa forma desgarbada de anudar las frases, el modo en que acelera en ciertas partes de la historia como si no estuviera imaginando o recordando sino poniéndose al corriente, y su forma de cerrar los párrafos como quien hace trampa en un examen. Pero no quiero concederle esta victoria a mi esposo, así que digo:

Preferiría escuchar una estación de radio evangélica antes que *En el camino*.

¿Por qué?, me pregunta.

Es una pregunta válida, que me hace esforzarme en busca de una buena razón. Mi hermana, que da clases de literatura en Chicago, siempre dice que Kerouac es como un pene gigante que se mea sobre los Estados Unidos; piensa que su sintaxis se lee como si estuviera marcando un territorio, conquistando vacíos mientras apila palabras en sus oraciones, ocupando todos los silencios. Me encanta ese argumento, aunque no estoy segura de entenderlo del todo. Ni siquiera sé si es un argumento. Por eso no lo digo. Nos acercamos a una caseta de cobro y yo rebusco algo de cambio. Nos detenemos, le pagamos a una máquina y continuamos. Los Estados Unidos de Kerouac no se parecen en nada al país actual, tan esquelético, desolado, hiperreal. Aprovecho la distracción para dejar atrás la discusión en torno a Jack Kerouac, que sin duda conduciría a una calle cerrada. Y mientras aceleramos nuevamente, deslizo la lista en la pantalla de mi teléfono y le doy *play* al siguiente audiolibro.

«El niño rubio se dejó caer por la roca y se abrió paso hacia la laguna». Tras escuchar esa primera frase, los cuatro coincidimos: éste es el bueno, éste es el que vamos a escuchar: *El señor de las moscas* leído en voz del propio William Golding. Sabemos que no se trata de un cuento de hadas, ni de una visión edulcorada de la infancia, pero al menos es ficción. Una ficción que no nos alejará de la realidad ni a nuestros hijos ni a nosotros, sino que incluso puede ayudarnos a hacerla parcialmente comprensible para ellos. Y si no hacerla comprensible, al menos puede ayudarnos a formular preguntas que nos permitan contemplarla con mayor claridad.

Escuchamos la lectura durante algunas horas, y probablemente tomamos algunas salidas equivocadas y nos perdemos un poco, así que escuchamos la lectura un rato más, hasta que no podemos seguir escuchando, ni manejando, ni estar un minuto más sentados. Encontramos un motel en un pueblo llamado Damasco, cerca de la frontera entre Virginia y Tennessee. No tengo idea de por qué se llama así el pueblo, pero, al entrar al estacionamiento y ver el letrero que dice Wi-Fi gratis y TV por cable, me queda claro que algunas apropiaciones de nombres son más perturbadoras que otras.

Afuera del cuarto de motel, mientras los otros se preparan para dormir, me lío un cigarro y trato de llamar por teléfono a Manuela. No contesta, pero le dejo un mensaje preguntándole

cómo va avanzando lo del caso, y le digo que me llame cuando
tenga un tiempo.

Arco narrativo

A la mañana siguiente, la niña le pide crayolas y hojas al mese-
ro mientras esperamos nuestros desayunos en una cabina del
diner, y luego me pide que le dibuje cuatro rectángulos y que
les ponga título, como hice en la cabaña el otro día.

Te los dibujo, le digo, pero sólo si me dejas hacerte un
poco más difícil el juego.

¿Cómo?, me pregunta la niña, escéptica.

Te dibujo ocho rectángulos en vez de cuatro, y tú decides
qué hacer con el resto.

No está nada convencida, rezonga, cruza los brazos y clava los codos en la mesa. Pero cuando su hermano dice que él
quiere intentarlo, ella por fin cede:

Está bien, ya, está bien, ocho rectángulos.

Mi esposo lee el periódico y los niños se concentran en
sus dibujos, arman una trama más compleja, resuelven cómo
acomodar y reacomodar la información en un espacio dividido en ocho.

Cuando asistía a las audiencias en la Corte de Inmigración
en Nueva York, y escuchaba y grababa los testimonios de varios
niños, con la grabadora escondida bajo un suéter en mi regazo,
sentía que sabía exactamente lo que estaba haciendo y por qué. Al
transitar por los pasillos, las oficinas o las salas de espera, grabadora en mano, hablando con abogados, sacerdotes, policías,
ciudadanos comunes, recolectando los sonidos de la realidad
legal, confiaba en que tarde o temprano entendería cómo ordenar todas las piezas para contar una historia significativa.
Pero en cuanto le daba *stop* a mi equipo de grabación, guardaba
todas mis cosas en el bolso y me iba a casa, todo el impulso y la
certeza que había albergado se disolvían lentamente. Y cuando escuchaba de nuevo el material grabado, pensando en las

posibles maneras de editarlo en una secuencia narrativa, me inundaban las dudas y los problemas, me paralizaban la indecisión y las preocupaciones constantes.

La comida llega, finalmente, pero a los niños no les interesa. Están demasiado ocupados decidiendo qué hacer con sus últimos recuadros. Los observo con orgullo y quizás con un poco de envidia: un sentimiento infantil, como si deseara tener también yo una crayola y participar en el reto de la historia en ocho viñetas. Me pregunto cómo distribuiría, en ocho recuadros, todas mis preocupaciones.

Preocupación política: ¿Cómo puede un documental radiofónico contribuir a que más menores indocumentados obtengan asilo? Problema estético: Por otro lado, ¿por qué una pieza sonora, o cualquier otro modo de contar historias, para el caso, tendría que ser un medio para alcanzar un fin? Ya debería saber, a estas alturas, que el instrumentalismo, aplicado al arte, sólo garantiza pésimos resultados: material ligero y didáctico, novelas moralistas para jóvenes adultos, arte aburrido en general. Duda profesional: Al mismo tiempo, ¿no sucede a menudo que aquello del arte por el arte es sólo un ridículo despliegue de arrogancia y onanismo intelectual? Preocupación ética: ¿Y por qué se me ocurre siquiera que puedo o que debo hacer arte a partir del sufrimiento ajeno? Preocupación pragmática: ¿No debería más bien limitarme a documentar, sin más, como la periodista seria que era cuando empecé a trabajar en radio y producción sonora? Preocupación realista: Quizás lo mejor sería mantener las historias de los niños tan lejos de los medios como sea posible, en cualquier caso, ya que conforme más atención mediática recibe un asunto polémico, más susceptible se vuelve de politizarse, y en estos tiempos que corren un asunto politizado, lejos de producir un debate urgente y comprometido en la arena pública, se convierte en una baza utilizada frívolamente por los partidos para hacer avanzar sus intereses. Preocupaciones constantes: la apropiación cultural, orinar fuera de la bacinica, quién soy yo para contar esta historia, microgestión de las políticas identitarias, parcialidad extrema, ¿estoy demasiado enojada? ¿He sido colonizada intelectualmente por categorías occidentales, blancas y anglosajonas? ¿Cuál es el uso correcto de los pronombres personales? Que no se te pase la mano con los adjetivos. Y ¿a quién le importa una chingada si los verbos preposicionales son caprichosos?

Cópula y cúpula

El papá de los niños quiere que escuchemos *Appalachian Spring*, de Aaron Copland, mientras recorremos la sinuosa carretera que atraviesa el Bosque Nacional Cherokee en dirección a Asheville, Carolina del Norte. Piensa que sería ilustrativo. Así que abro la ventanilla, respiro el aire de la montaña y accedo a buscar la pieza en mi celular. Cuando por fin recibo un poco de señal, encuentro una grabación —al parecer la primera— de 1945, y le doy *play*.

Durante varios kilómetros, conforme ascendemos hacia la cúspide de la cordillera y perseguimos el horizonte, vamos escuchando *Appalachian Spring* una y otra vez, y luego una vez más. Mi esposo me indica que ponga pausa, *play* y pausa de nuevo mientras les explica a los niños cada elemento de la pieza: el tempo, los vínculos tonales entre cada movimiento, la estructura general de la composición. Les dice que se trata de una pieza programática, y que habla de unos ojosblancos que se casan, se reproducen y conquistan nuevos territorios, y que luego expulsan a los indios americanos de su tierra. Explica, también, en qué consiste una composición programática, cómo cuenta una historia, cómo cada sección de instrumentos en la orquesta —alientos, cuerdas, percusión— representa a un personaje en específico, y cómo los instrumentos interactúan como si fueran personas: hablan, se enamoran, pelean y se reconcilian.

¿O sea que los instrumentos de viento son los indios americanos y los violines son los malos?, pregunta la niña.

Mi esposo asiente con la cabeza.

¿Pero qué son los malos en realidad, papá?, pregunta ella de nuevo, exigiendo más detalles para acomodar toda la información en su cabecita.

¿Qué quieres decir?

Que qué son. ¿Osos, o vaqueros, o bacterias...?

Son vaqueros y vaqueras republicanos, le responde mi esposo.

La niña considera la respuesta mientras los violines tocan una nota más alta, y finalmente concluye:

Bueno, yo soy una niña vaquera, a veces, pero jamás república.

Entonces, pa —el niño busca confirmación—, ¿esta canción que estamos oyendo sucede en las montañas donde estamos ahorita?

Así es, dice su padre.

Y luego, en vez de ayudar a que los niños entiendan el asunto con un mayor nivel de detalle histórico, mi esposo añade una coda pedante:

Salvo que no se le llama canción. Se le dice simplemente pieza, o más bien suite.

Y mientras explica las diferencias precisas entre esas tres cosas —canción, pieza, suite—, yo dejo de escucharlo y me concentro en la pantalla estrellada de mi pequeño teléfono, en donde escribo «Copland Appalachian» y encuentro una página de apariencia más o menos oficial que contradice toda la explicación de mi esposo, o al menos una buena parte. Es verdad que la pieza de Copland es sobre gente que se casa, se reproduce y demás, pero no es para nada una pieza política sobre los indios americanos y los ojosblancos, y los violines de la orquesta no son, de ninguna manera, republicanos. *Appalachian Song* de Copland es un ballet sobre una boda entre dos jóvenes y esperanzados pioneros del siglo xix que —al final— se vuelven viejos y pierden la esperanza. Más que una pieza política sobre cómo estos dos pioneros se jodieron a los indios americanos —práctica extendida, sin duda, en aquellos tiempos, y vigente hoy en día, aunque de otro modo—, se trata de un simple ballet. Un ballet sobre dos pioneros que 1) desean secretamente coger entre sí, y 2) al final, quién sabe por qué, desean públicamente chingarse uno al otro.

Encuentro un video del ballet, con coreografía e interpretación de Martha Graham. Antes de que comience, una voz lee las siguientes palabras, escritas por Isamu Noguchi, que diseñó y esculpió toda la utilería para la pieza: «Hay un júbilo de ver la escultura cobrar vida en el escenario en su propio mundo de tiempo atemporal. Luego el aire se carga de sentido y emoción, y la forma juega un papel esencial en la recreación de un rito. El teatro es una ceremonia; la actuación es un ritual». Pienso en nuestros hijos y en cómo ellos, al jugar en el asiento trasero, recrean constantemente algunos fragmentos e instantes de las historias que escuchan. Y me pregunto qué tipo de mundo y qué «tiempo atemporal» cobra vida en sus actuaciones y en sus rituales privados. Lo que me queda claro, en todo caso, es que todo lo que recrean, en el asiento trasero del coche, en efecto carga nuestro mundo, si no de «sentido y emoción», sí por lo menos de una electricidad peculiar.

El cuerpo pequeño y compacto de Martha Graham, en el video de la coreografía, se mueve con fluidez. Va narrando la vida interior de los personajes con un léxico corporal preciso —contracción, relajación, espiral, caída, recuperación—, hilando todos sus movimientos para construir frases claras. Baila las frases tan impecablemente que parecen deletrear un significado preciso, aunque el significado se disuelve si se intenta traducir en palabras, como sucede generalmente cuando se intenta verbalizar la danza.

Poco a poco, al ver la filmación del ballet y su recreación de un ritual, comienzo a entender una de las capas más profundas de la historia que Copland cuenta en su pieza —sobre cómo el fracaso de la mayoría de los matrimonios se puede explicar como el cambio de un verbo transitivo (coger con alguien) a una expresión con verbo reflexivo (chingarse a alguien)—. Graham se contrae, empuja la pelvis hacia el torso y traza una espiral hacia el lado derecho de su cuerpo. Sus hombros continúan esa espiral mientras el cuello y la cabeza quedan atrás, en contrapunto con el resto de su masa corporal. Una vez que el cuerpo ha alcanzado su límite de contorsión, Graham proyecta la pierna derecha hacia delante, luego lanza su pierna izquierda hacia arriba y cae al suelo en una sola secuencia: amortiza el peso del cuerpo con el pie; luego el tobillo; luego la parte externa del músculo de la pantorrilla, y finalmente la rodilla. Todo su torso reacciona a la caída, fingiendo una especie de desmayo sobre la pierna flexionada, los brazos estirados al frente, el cuerpo extendido sobre el suelo de madera oscura del escenario. El cuerpo de Graham, en este momento de la coreografía, se parece a una de las abstracciones tardías de Noguchi: una piedra que es también un líquido. Queda vencida, descoyuntada, completamente hecha mierda tras recrear el ritual salvaje y cotidiano de un matrimonio que se quiebra.

La generosidad en el matrimonio, la generosidad real y sostenida, no es un asunto sencillo. Sé que no he sido generosa con el futuro proyecto de mi esposo. De hecho, he intentado chingarlo al respecto todo el tiempo. El problema —mi problema— es que probablemente sigo enamorada de él, o al menos soy incapaz de imaginar la vida sin ser testigo de la coreografía cotidiana de su presencia: esa manera suya, distraída y reservada, a veces imprudente pero del todo encantadora de caminar por un espacio mientras graba sonidos, y la grave expresión de su rostro cuando escucha de nueva cuenta el material sampleado; sus piernas hermosas y demasiado largas, muy morenas y huesudas; la parte alta y ligeramente curva de su espalda; los pequeños cabellos rizados de su nuca y sus patillas largas; su proceso, intuitivo, suave y medio salvaje a la vez, para hacer el café por las mañanas, para editar sus piezas sonoras, y para hacerme el amor, a veces. Hacia el final de la secuencia, Graham se contrae para levantarse de nuevo en vertical, y justo cuando su pierna izquierda traza una espiral hacia el frente, sirviéndose de la plataforma plana de su pie

fornido para levantarse, se va la señal de internet y me pierdo
el resto del video.

ALEGORÍA

No esperábamos encontrar lo que encontramos al llegar a
Asheville esa tarde. Pensábamos, con ignorancia y un poco de
condescendencia, que íbamos a dar con un pueblito desolado. En vez de eso, llegamos a una ciudad chica pero vibrante y
agitada. A lo largo de la calle principal, bien arreglada y fran-
queada de arbolitos, las vitrinas de las tiendas de antigüedades
parecen llenas de promesas futuras, aunque no sabría decir de
qué tipo –promesas, quizá, de amueblar vidas futuras imagi-
narias–. En las terrazas de los cafés vemos jóvenes pálidos con
barbas largas, y mujeres con el pelo suelto y pecas en el escote.
Los vemos beber cerveza en frascos de mermelada, fumar tabaco de liar, fruncir el ceño con aire filosófico. Todos parecen
actores de una película de Éric Rohmer, que fingen que es perfectamente normal –a pesar de ser demasiado jóvenes y demasiado bellos– participar en una discusión profunda sobre cosas
como la mortalidad, el ateísmo, las matemáticas y tal vez Blaise
Pascal. A lo largo de las banquetas vemos también lánguidos
drogadictos con cara de camello que sostienen letreros de cartón y se acurrucan junto a sus bulldogs robustos. Vemos Hells
Angels reformados, con cruces que cuelgan plúmbeas en sus
pechos peludos y encanecidos. Vemos, en las cafeterías, grandes máquinas italianas que producen café fino. Me pregunto
qué tipo de rapsodia compondría Thomas Wolfe sobre el Asheville de hoy. Por último, vemos una librería y decidimos entrar.
    No bien cruzamos el umbral, notamos que hay un club del
libro sesionando. Asumimos, los cuatro, el respetuoso y discreto papel de los espectadores que entran al teatro ya comenzada
la obra. Los niños encuentran dos pequeñas sillas para sentarse en la sección infantil, y mi esposo se concentra en la sección
de Historia. Yo deambulo lentamente entre las estanterías,

acercándome poco a poco a la reunión del club del libro. Están comentando un volumen grueso, colocado verticalmente en el centro de la mesa como un tótem. Impresa en un póster junto al libro, se ve la cara de un hombre atractivo, demasiado atractivo tal vez: el cabello alborotado, semblante curtido por el clima, ojos melancólicos, un cigarrillo sostenido entre los dedos.

No me gusta reconocerlo, pero hay caras como ésa que me recuerdan, de manera abstracta, a cierta cara que alguna vez amé, la cara de un hombre que quizás no me correspondía en ese amor, pero con quien al menos tuve una hija antes de que él desapareciera. Esa cara tal vez me recuerda, además, a los hombres futuros que podría llegar a amar y que podrían amarme, aunque quizás no tendré suficientes vidas para intentarlo. Hombres cuyos cuartos son austeros, cuyas camisetas están calculadamente deshilachadas del cuello, cuyas notas escritas a mano están llenas de letras pequeñas y torcidas, como batallones de hormigas que intentan conformar algún significado, porque nunca aprendieron buena caligrafía. Hombres cuya conversación no siempre es inteligente pero sí viva. Hombres que llegan como una catástrofe natural, luego se marchan. Hombres que producen un vacío hacia el que tiendo a gravitar. Los hombres del pasado son iguales a los hombres del futuro, en cualquier caso.

A pesar de las repeticiones cotidianas, dice un miembro del club del libro con aire de docta suficiencia, el autor logra articular el valor de lo real.

Sí, dice otro asistente del club del libro, como en la escena del matrimonio.

Estoy de acuerdo, dice una mujer joven. Se trata de ir labrando el detalle del día a día y de encontrar la médula de lo real en el corazón mismo del aburrimiento.

La mujer tiene ojos hipertiroideos y unas manos huesudas que se aferran con ansiedad a su ejemplar del libro.

Yo creo que más bien es sobre la imposibilidad de la ficción en la era de la no-ficción, dice una mujer de voz suave cuya contribución pasa inadvertida.

Más que un club del libro, la reunión suena como a un seminario de posgrado. No entiendo nada de lo que dicen. Tomo un libro de una estantería, al azar. Es de Kafka. Lo abro y leo: «Miedo de la noche. Miedo de la no-noche». Inmediatamente pienso que debería comprar este libro, hoy mismo. Ahora hay un hombre mayor hablando ante el grupo, y entona como si estuviera a punto de ofrecer la exégesis definitiva:

El libro presenta la verdad como una mercancía, y cuestiona el valor de cambio de presentar la verdad como ficción, y a su vez, el valor añadido de la ficción cuando ésta se presenta como si fuese no-ficción.

Repito la frase en mi cabeza, tratando de entenderla mejor, pero me pierdo en la parte de «a su vez». Yo estudié una licenciatura, aunque sólo durante un tiempo, con profesores que hablaban así. Me reventaba la paciencia ese lenguaje autoindulgente, como animado por anfetaminas, rizomático y tantas veces vacío. Pero al espiar entre los estantes, descubro que el hombre que acaba de hablar se parece menos a mis profesores y más a los jóvenes post-post-marxistas, aspirantes a académicos, con quienes estudié y me acosté con tanto placer durante mi breve paso por la universidad, y de pronto siento una simpatía total por él. Otro miembro del club continúa:

Leí en un blog que el autor se volvió adicto a los opioides después de escribir esto; ¿saben si es verdad?

Algunos asienten. Algunos sorben sus botellas de agua. Algunos hojean sus ajados ejemplares del libro. El acuerdo entre ellos parece ser que el valor de la novela que discuten está en que no es una novela. En que es ficción y al mismo tiempo no lo es.

Abro de nuevo el libro de Kafka, en cualquier página: «Mis dudas se levantan en círculo alrededor de cada palabra, las veo antes que la palabra».

Nunca le he pedido una recomendación a un librero. Revelar mis deseos y expectativas ante un extraño cuya única conexión conmigo es, de manera abstracta, el libro, me resulta demasiado parecido a la confesión católica —a una versión ligeramente más intelectual de ésta—. Querido librero:

me gustaría leer una novela sobre la búsqueda banal del deseo concupiscible, que en última instancia le reporta sólo infelicidad a aquellos que lo persiguen, y a todos los que los rodean. Una novela sobre una pareja en donde cada uno intenta deshacerse del otro, y al mismo tiempo intenta, desesperadamente, salvar a la pequeña tribu que han creado juntos, con cuidado, amor y no poco trabajo. Están desesperados y confundidos, querido librero; no los juzgue. Necesito una novela sobre dos personas que simplemente han dejado de entenderse, porque han elegido dejar de entenderse. Que salga un hombre que sabe cómo desenredarle el pelo a su mujer, pero que una mañana decide no hacerlo más, tal vez porque de pronto le interesa el cabello de otra mujer, tal vez porque se ha cansado, sin más. Que salga una mujer que decide irse, bien alejándose poco a poco o bien con un elegante y triste *coup de dés*. Una novela sobre una mujer que se va antes de perder algo, como la mujer en la novela de Nathalie Léger que estoy leyendo, o como Sontag a sus veintitantos. Una mujer que empieza a enamorarse de desconocidos, probablemente por la simple razón de que son desconocidos. Hay dos amantes que pierden la capacidad de reírse cuando están juntos. Un hombre y una mujer que a veces se odian, y que terminarán por asfixiar el último soplo de inocencia que hay en el otro a menos que algo en su interior los detenga a tiempo. Una novela con una pareja que sólo conversa para volver a escenificar, una otra vez, sus desencuentros pasados, capas y más capas de desencuentros, que forman juntos una piedra enorme de resentimientos. Querido librero, ¿conoce usted el mito de Sísifo? ¿Tiene alguna versión? ¿Algún antídoto? ¿Algún consejo? ¿Una cama que le sobre?

¿Tiene algún buen mapa de la zona suroeste de los Estados Unidos?, le pregunto finalmente al librero.

Compramos el mapa que nos recomienda —detallado y gigante—, aunque lo cierto es que no necesitamos otro mapa. Mi esposo compra un libro sobre la historia de los caballos, el niño escoge una edición ilustrada de *El señor de las moscas* de Golding, para acompañar el audiolibro que hemos estado escuchando, y la niña un libro titulado *El libro sin dibujos*. Yo no compro el libro de Kafka, pero sí uno con los trabajos fotográficos de Emmet Gowin, que apenas hojeé de pasada pero que estaba en exhibición en la caja y me pareció —de pronto— indispensable. Es un libro demasiado grande como para caber en nuestras cajas de archivo, así que por el momento vivirá bajo mis pies en el asiento del copiloto. También compro *El amante*, de Marguerite Duras, que leí a los diecinueve años, y también el guion de *Hiroshima mon amour* anotado por Duras y con imágenes de la película de Resnais.

Punto de vista

Al día siguiente, por fin, el niño aprende a usar bien la cámara Polaroid. Es casi mediodía y paramos en una gasolinera a las afueras de Asheville. El niño y yo estamos de pie junto al coche mientras su padre llena el tanque y revisa las llantas. He sacado, de la parte superior de mi caja, el pequeño libro rojo titulado *Elegías para los niños perdidos* para meter la foto. El niño apunta la cámara, enfoca y dispara, y tan pronto como la foto sale del aparato, la mete entre las páginas del libro rojo, que yo le detengo abierto entre mis manos. Nos subimos de nuevo al coche y durante los siguientes quince o veinte minutos, mientras salimos de Asheville por la Ruta 40, en dirección a Knoxville, el niño permanece sentado en silencio con el libro rojo sobre las piernas, como si cuidara de un cachorro dormido.

Mientras esperamos, hojeo distraídamente el libro de Emmet Gowin. Su forma de documentar personas y paisajes me produce una extraña pero placentera sensación de vacío y aburrimiento. En algún lugar leí, probablemente en un texto de museo, que Gowin decía que, en la fotografía de paisaje, tanto la mente como el corazón necesitan tiempo para encontrar su lugar justo. Tal vez porque su nombre, Emmet, es un poco raro, siempre creí que Gowin era mujer, hasta que me enteré de que era hombre. Después de eso me siguió gustando su obra, aunque tal vez menos que antes. Pero de todas formas me gustaba más que Robert Frank, Kerouac y todos los demás que han intentado comprender este paisaje, quizás porque Gowin se toma su tiempo para mirar las cosas, en vez de imponerles su punto de vista. Gowin observa a las personas, olvidadas y salvajes; les permite acercarse a la cámara con todo su deseo, su frustración y desesperación, sus deformaciones y su inocencia. También observa los paisajes. Los paisajes que fotografía se vuelven visibles más lentamente que sus retratos familiares. Son menos contundentes a primera vista, y mucho más sutiles. Sólo después de mirarlos durante un rato, conteniendo el aliento, adquieren su verdadero significado, como cuando atravesamos un túnel en el coche, contenemos la respiración supersticiosamente y, cuando alcanzamos el final del túnel, el mundo se abre ante nosotros, inmenso e inasible: silencio.

La fotografía del niño sale perfecta esta vez. Me la pasa desde el asiento trasero, emocionado:

¡Mira, mamá!

Un pequeño documento perfecto, rectangular y en sepia: dos bombas despachadoras de gasolina sin plomo y, al fondo, una hilera de pinos de los Apalaches, sin kudzu. Un índice, no tanto de las cosas fotografiadas, sino más bien del instante en el que el niño aprendió a fotografiarlas.

Sintaxis

Las cumbres de las Great Smoky Mountains son visibles sólo a medias, se alzan ominosas y espectrales en la distancia, cubiertas por una neblina que parece emanar de ellas. Es temprano por la tarde y los niños duermen en el asiento trasero. Le cuento a mi esposo una historia de mis padres, una historia que yo misma he escuchado muchas veces a lo largo de mi vida, aunque sólo desde la perspectiva de mi madre. A comienzos de los ochenta viajaron a la India. Eran jóvenes, se amaban, todavía no se habían casado. Hicieron una escala de veinticuatro horas en Londres, de camino a Delhi, y durmieron en casa de un amigo. Este amigo trabajaba en la industria tecnológica y tenía el prototipo de un reproductor de discos compactos que sería lanzado al mercado mundial, con éxito, unos años más tarde. A la mañana siguiente, antes de que mis padres salieran otra vez rumbo al aeropuerto, su amigo les dio el reproductor de discos compactos, y también unos audífonos, y el único disco que tenía. El trato era que le devolverían todo aquello a su regreso de la India.

Durante la primera parte del viaje no usaron el reproductor porque no encendía. Pero después, en un hotel junto al Ganges, en Varanasi –mis padres le siguen diciendo Benarés–, mi padre se acostó en el catre y estuvo peleando con el aparato hasta que descubrió cómo hacerlo funcionar. Había que dar vuelta a las pilas, nada más, alineando los polos positivos y negativos. En el camino de Varanasi a Katmandú, en un autobús nocturno en el que no durmieron nada, mis padres se turnaron el aparato; escuchaban la música extasiados, mirando por la oscura ventanilla, tarareando, silbando, señalando, contando estrellas, tal vez, hablándole al otro en voz muy alta cuando tenían los audífonos puestos mientras el autobús ascendía cada vez más alto. En Katmandú casi no usaron el reproductor: había demasiadas cosas a su alrededor que pedían ser escuchadas, demasiado por absorber, fotografiar, anotar.

Unos días más tarde, siguieron camino desde Katmandú hacia un pequeño pueblo a las faldas del Himalaya. Ahí acamparon y probablemente hicieron el amor (aunque esta parte me cuesta imaginar). Se tomaron varias fotos que deben estar todavía en algún baúl en el sótano de alguna casa. Ante las majestuosas montañas envueltas en bruma, un día, al amanecer, hicieron una fogata, prepararon café y sacaron el reproductor de discos compactos de la mochila. Estaban sentados sobre la hierba escarchada, las espaldas contra la tienda de campaña, el sol asomándose en el horizonte montañoso. Primero fue el turno de mi madre con el reproductor, luego el de mi padre. Y entonces, en mitad de ese instante casi sagrado que compartían pero que quizá no compartían del todo, mi padre, con los ojos cerrados, dijo un nombre. No era el nombre de mi madre, ni el de su madre, ni parecía ser el nombre de la madre de nadie. Era el nombre de una desconocida, de una mujer, de otra mujer. Fue sólo una palabra, una palabra mínima. Pero una palabra cargada e imprevista, una fría verdad que cayó súbitamente desde el cielo, golpeando, abriendo una grieta, partiendo la tierra sobre la que se encontraban ambos. Mi madre arrancó entonces el reproductor de CD de las manos de mi padre, los audífonos de sus orejas, y caminó hasta unas rocas, contra las que lanzó el aparato. Cables, pedazos, baterías: el reproductor de CD estaba destrozado, mutilado, deshecho, su corazón electrónico reventado contra el Himalaya nepalí. El disco que había dentro sobrevivió, intacto.

¿Qué disco era?, pregunta mi marido.

Nunca he sabido.

¿Y luego qué pasó?

Luego nada. Volaron de regreso a Londres y le devolvieron el aparato roto a su amigo.

¿Pero qué le dijeron al amigo?

Ni idea. Me imagino que le pidieron perdón.

¿Y luego?

Se casaron, nos tuvieron a mi hermana y a mí, en algún punto se divorciaron y vivieron felices para siempre.

RITMO Y MÉTRICA

Hemos bajado al fin de las Great Smoky Mountains y nos acercamos a un valle poblado. El paisaje cambia tan dramáticamente que es difícil creer que se trata del mismo país, del mismo planeta. En menos de una hora, pasamos de las neblinosas cumbres en tonos de verde, azul, y morado, a una sucesión de estacionamientos descubiertos, enormes y en su mayoría vacíos, que rodean a sus respectivos moteles, hoteles, restaurantes, supermercados y farmacias (la relación entre espacio destinado a los coches y el espacio para seres humanos se inclina ominosamente en favor de los primeros). Hacemos una breve escala para comer un almuerzo tardío en un lugar llamado Dolly Parton's Stampede, y nos aseguramos de irnos antes de que empiece el espectáculo de la tarde, que, según se anuncia en el menú, incluye música, comedia, fuegos artificiales y animales vivos.

De regreso en el coche, los niños exigen que pongamos un audiolibro. El niño quiere seguir escuchando *El señor de las moscas*.

«Al despertarse en el bosque en medio del frío y la oscuridad nocturnos...», dice la voz masculina cada vez que conecto mi teléfono al sistema de sonido del coche. Supongo que es porque *La carretera* de McCarthy es el primero en la lista de reproducción, pero no logro descifrar por qué comienza a sonar en automático, como un juguete diabólico. Los niños se quejan desde el asiento trasero. Le pongo *stop* y les pido que tengan paciencia mientras busco *El señor de las moscas*.

La niña dice que no quiere seguir oyendo esa historia, que no la entiende, y que además, cuando sí la entiende le da miedo. El niño le dice que se calle, que sea más madura y aprenda a escuchar historias. Le dice, también, que *El señor de las moscas* es un clásico, y que tiene que entender los clásicos si quiere llegar a entender cualquier otra cosa. Yo tengo el impulso de preguntarle al niño de dónde sacó eso, pero no lo hago, por el momento. A veces me pregunto si los niños, en efecto, entienden algo de *El señor de las moscas*, o incluso si deberían entenderla. Tal vez los exponemos demasiado —a demasiado mundo—. Y tal vez esperamos demasiado, esperamos que entiendan cosas que quizá no están listos para entender.

Cuando mi esposo y yo empezamos a trabajar en el proyecto del paisaje sonoro de la ciudad, hace cuatro años, entrevistamos a un hombre llamado Stephen Haff. En la planta baja de un edificio en Brooklyn, Haff había creado una escuela de un solo salón y la había llamado Aguas Quietas en la Tormenta.

Sus alumnos, inmigrantes o hijos de inmigrantes, la mayoría de origen hispano, tenían entre cinco y diecisiete años, y él les enseñaba latín, música clásica, y literatura. Les enseñaba a leer poesía, a entender el ritmo y la métrica. Cuando lo entrevistamos, sus alumnos estaban trabajando en una traducción colectiva de *Don Quijote*, del español al inglés. Pero, en su versión, Don Quijote no era un viejito español sino un grupo de niños que habían migrado de América Latina a los Estados Unidos. Supongo que se requiere de valor y un poco de locura para hacer algo así. Y en especial, pensé entonces y sigo pensándolo, se requiere claridad y humildad para entender que los niños pueden perfectamente aprender latín o traducir a Cervantes. Durante una sesión de registro para el paisaje sonoro, mi esposo y yo grabamos a una de las alumnas más pequeñas, de ocho o nueve años, que discutía apasionadamente con los demás sobre la mejor manera de traducir una canción que canta Cardenio en el bosque, cuando el cura y el barbero andan buscando a Don Quijote, disfrazados de escudero y de doncella:

> ¿Quién mejorará mi suerte?
>> La muerte.
> Y el bien de amor, ¿quién le alcanza?
>> Mudanza.
> Y sus males, ¿quién los cura?
>> Locura.
> De ese modo, no es cordura
> querer curar la pasión,
> cuando los remedios son
> muerte, mudanza y locura.

Se sabía los versos de memoria. Supongo que después de escuchar a aquella niña, ambos decidimos, aunque en realidad nunca lo hablamos, que teníamos que tratar a nuestros hijos no como destinatarios imperfectos de un saber más elevado, que nosotros, los adultos, debíamos transmitirles en dosis pequeñas y edulcoradas, sino como nuestros iguales desde el punto de vista intelectual. A pesar de que éramos los guardianes de la imaginación de nuestros hijos, y de que era nuestro deber proteger su derecho a transitar suavemente desde la inocencia hacia realidades cada vez más arduas, eran al mismo tiempo nuestros compañeros de viaje en la tormenta junto a quienes luchábamos por encontrar un remanso de aguas calmas.

Encuentro por fin el archivo de *El señor de las moscas* y le doy *play* para seguir donde nos habíamos quedado la última vez. Alguien había pisado los lentes de Piggy, destrozándolos. Sin ellos, el pobre estaba perdido: «El mundo, aquel mundo comprensible y legislado, estaba desapareciendo», dice la voz de Golding. Mientras se pone el sol y atravesamos Knoxville, decidimos dormir en algún motel alejado de la ciudad, quizás a medio camino entre Knoxville y Nashville. Estamos cansados de mundo y no queremos interactuar con demasiada gente.

Clímax

No hay clímax a menos que haya sexo, o a menos que haya un arco narrativo reconocible: comienzo, desarrollo, fin.

En nuestra historia hubo mucho sexo, durante algún tiempo, pero nunca una narrativa clara. Ahora, si hubiera sexo tendría que ser en un cuarto de motel, con los niños durmiendo en la cama de junto. Como cantar dentro de una botella. Yo no quiero; mi esposo, sí. Me va a bajar pronto, y una vez una curandera me dijo que, cuando una pareja coge justo antes de que a la mujer le baje la regla, emerge cierta violencia entre ellos. Por supuesto no creo que esto ocurra, pero lo uso como excusa, y mejor propongo que juguemos a los nombres. Mi esposo dice el nombre de alguna conocida nuestra:

Natalia.

Está bien, Natalia.

¿Te gustan sus tetas?

Un poco.

¿Sólo un poco?

Me encantan.

¿Cómo son?

Más grandes que las mías, más redondas.

¿Y sus pezones?

Mucho más claros que los míos.

¿A qué huelen?

A piel.

¿Te gustaría tocarla ahora?

Sí.

¿Dónde?

La cintura, los vellos del cóccix, el interior de sus muslos.

¿Alguna vez la has besado?

Sí.

¿Dónde?

En un sofá.

¿Pero en qué parte del cuerpo?

En la cara.

¿Cómo es su cara?

Pecosa, angulosa, delgada.

¿Y sus ojos?

Pequeños, valientes, color miel.

¿Su nariz?

Andina.

¿Boca?

Monica Vitti.

Al terminar el juego mi esposo está, tal vez, enojado, pero también caliente, y yo estoy caliente, pero no por él: pienso en otro cuerpo.

Mi esposo se gira hacia su lado de la cama, dándome la espalda, y yo enciendo la lámpara del buró. Examino detenidamente mis dos nuevos libros de Marguerite Duras mientras él se retuerce esporádicamente bajo las sábanas, como quejándose en silencio. En la traducción al inglés de *El amante*, Duras describe su joven rostro como «destroyed». Me pregunto si no debería decir más bien «devastated» o incluso «unmade», «deshecho», como una cama después del sexo. Mi esposo tira de las sábanas. Me parece que la palabra que Duras usa en francés es «défait» (deshecho) aunque también podría ser «détruit».

No creo que sea verdad que llegamos a conocer y memorizar por completo los rostros y los cuerpos que amamos; ni siquiera aquellos cuerpos con los que dormimos cada día, y con los que hacemos el amor casi diario. Sé que alguna vez me quedé viendo las pecas del hombro izquierdo de Natalia y pensé que las conocía, cada posible constelación que trazaban. Pero en realidad no recuerdo si era el hombro izquierdo o el derecho, o si las pecas eran más bien lunares, o si al unir los puntos se creaba el mapa de Australia, la huella de un gato o el esqueleto de un pescado, y a decir verdad todo ese rollo lírico sólo tuvo sentido mientras la persona en sí ocupó un lugar particular en nosotros.

Dejo a un lado *El amante* y abro el guion anotado de *Hiroshima mon amour*. En el prólogo, Duras describe un abrazo entre dos amantes como algo «banal» y como un «lugar común». Subrayo esas tres palabras, adjetivos atípicos para el nombre que modifican. Luego, en la página 15, subrayo la descripción de una toma donde hay dos pares de hombros y brazos desnudos, sudados y cubiertos por una especie de rocío de ceniza. La descripción especifica que «lo principal es que se tenga la sensación de que ese rocío, esa transpiración, ha sido depositado por el 'hongo' atómico a medida que se alejaba, a medida que se esfumaba». Después viene una sucesión de imágenes: un pasillo de hospital, edificios que permanecen en pie en Hiroshima, gente que camina por un museo donde hay una exposición sobre el bombardeo y, por último, un grupo de niños de primaria que se inclinan sobre una maqueta de la ciudad reducida a cenizas. Me quedo dormida con estas imágenes reproduciéndose en bucle en mi cabeza. Probablemente no sueño nada.

A la mañana siguiente me despierto, voy a hacer pipí, y asomándome entre mis piernas veo los pequeños hongos nucleares de las gotas de sangre menstrual que se expanden en cámara lenta en el agua del escusado. Tantos años de esta imagen que se repite todos los meses y —todavía— me desconcierta.

SÍMILES

Hace años, cuando tenía unos tres meses de embarazo, fui a visitar a mi hermana a Chicago. Cenamos en un restaurante japonés con una amiga suya que trabajaba haciendo trajes espaciales. Cada una de las tres —mi hermana, su amiga y yo— acababa de pasar por una ruptura amorosa, y por lo tanto andábamos muy ensimismadas, orbitando con obstinación en torno a nuestro dolor. Estábamos atoradas en nuestras narrativas personales, cada una intentando construir una historia demasiado enredada en las hebras del detalle —me llamó el martes y luego el jueves; se tardó tres horas en contestar mi mensaje; olvidó su cartera en mi cama—, como para resultar interesante o tener sentido para nadie más. Pero no nos habíamos desconectado de la realidad por completo: nos dimos cuenta a tiempo de que el solipsismo radical en el que nos sumían nuestras decepciones amorosas imposibilitaba la empatía entre las tres, y por tanto la posibilidad de una conversación real. Así que, tras unas cuantas declaraciones generales, intercambiadas entre sorbos de sopa miso —el sexo después del matrimonio, la soledad, el deseo no correspondido, la implacable presión social para someternos a la maternidad—, viramos la conversación hacia nuestra vida laboral.

En respuesta a una pregunta mía, la amiga de mi hermana dijo que acababa de fundar una pequeña empresa familiar que se encargaba ahora de proveer a la NASA con algunos de los mejores trajes espaciales del mercado. Sentí una curiosidad instantánea y seguí interrogándola. Ella había adquirido una buena reputación como modista y soldadora, haciendo máscaras de lobo desprendibles para el Cirque du Soleil hacía unos años, y alguien relacionado con la NASA la había contactado y le había pedido diseñar un mecanismo para un guante espacial desprendible. Escuché los detalles, al principio con escepticismo, pensando que a lo mejor la amiga de mi hermana buscaba elaborar una complicada metáfora, extrañamente sarcástica, a partir de las ruinas de nuestra fallida conversación previa. Pero conforme siguió contando su historia, comprendí que hablaba de cosas muy concretas, que simplemente describía su oficio. Mi hermana repartió tres platitos de cerámica y yo vertí salsa de soya en cada uno. Con los años, las habilidades de su amiga se habían ido refinando, y había pasado de hacer mangas, a cascos y luego a trajes completos. Ahora estaba trabajando en un TMG para mujeres astronautas.

¿TMG?, pregunté.

Thermal micrometeoroid garment, una prenda diseñada especialmente para mujeres, dijo, y mojó su rollo California en la salsa de soya. Había pasado el último mes considerando qué hacer con la menstruación en el espacio.

La pregunta es dónde meter toda esa sangre, dijo.

Era una pregunta retórica, desde luego. Ella sabía de lo que hablaba, había estudiado en detalle las necesidades de las personas que flotan en el espacio, incluyendo las mujeres por supuesto, así como los obstáculos y las posibilidades de sus materiales. Continuó con su explicación, dijo que un día se dio cuenta de que lo mejor era no luchar nunca contra la naturaleza. Así que el traje térmico micrometeoroidal incluía, dijo, una prenda interior que absorbía los fluidos menstruales, repartiéndolos hermosamente por todo el traje. Una vez expulsados, estos fluidos se dispersaban lentamente en un diseño similar al de las camisetas *tie-dye,* cambiando de colores y creando patrones únicos conforme la luna menstrual de la astronauta transitaba desde el desgajamiento de la pared uterina hasta la maduración de un nuevo óvulo. La miré estupefacta, y supongo que murmuré algo para expresar mi admiración. Cuando terminó de explicar su proyecto sonrió generosamente, y yo le sonreí también, y con la punta de su palillo me señaló que yo tenía algo atorado entre los dientes frontales.

¿Y entonces cuál es el plan, papá?, pregunta el niño.

Es muy temprano, el sol no ha salido todavía y, a pesar de que llueve, ambos se preparan para salir a grabar algunos sonidos en los alrededores del motel. Su padre le dice que el plan es trabajar en el inventario de ecos, nomás.

Todavía no estoy segura de entender qué quiere decir exactamente con eso de «inventario». Supongo que quiere decir que recogerá sonidos incidentales y voces que, en algún momento del proceso de edición, sugieran una historia. O tal vez nunca los organice en una historia. Caminará por distintos lugares, entre la gente, haciendo preguntas de vez en cuándo, tal vez sin preguntar nada, con el boom en alto para captar lo que se cruce en su camino. Tal vez quedará todo sin narrar, un collage de ambientes y voces que contarán su propia historia, en lugar de una sola voz que subsuma todo en una clara secuencia narrativa.

¿Pero qué vamos a hacer realmente?, le pregunta el niño a su padre mientras se ponen los zapatos.

Coleccionar sonidos que normalmente pasan inadvertidos.

¿Pero qué tipo de sonidos?

La lluvia sobre el techo de lámina, tal vez, algunos pájaros, si encontramos, o quizá solamente el ruido de algunos insectos.

¿Cómo se graba el ruido de los insectos?

Pues lo grabas y ya.

Mi esposo le explica al niño que usarán un micrófono estereofónico, con el boom, y que intentarán acercarse lo más posible a las fuentes. Quiere que todos los sonidos suenen naturales, sugerencias sutiles sobre un fondo constante y homogéneo. Pero eso se tiene que hacer después, le dice, a la hora de mezclar, ahí es cuando puedes modular realmente los sonidos. Antes de eso, le dice al niño, mientras estás grabando todavía ese tipo de sonidos, lo que tienes que hacer es acercarte lo más posible a las fuentes.

¿O sea que nos acercamos a los insectos y los grabamos? ¿Eso es todo?

Algo así, sí.

Acostada en la cama, ya despierta pero con los ojos todavía cerrados, los escucho hablar mientras se preparan para salir. Pienso en cómo se podría aplicar todo lo que mi esposo le dice al niño a mi propia pieza sonora. No sé si alguna vez seré capaz de acercarme lo más posible a mis fuentes —y no sé si debería—. Aunque un archivo valioso de los niños perdidos debería estar compuesto, en lo fundamental, por una serie de testimonios o historias orales que registren sus propias voces contando sus experiencias, no me parece correcto convertir a esos niños, sus vidas, en material de consumo mediático. ¿Por qué? ¿Para qué? ¿Para que otros puedan escucharlos y sentir lástima? ¿Rabia? ¿Y después hacer qué? Nadie decide no ir a trabajar y comenzar una huelga de hambre tras escuchar la radio en la mañana. Todo el mundo sigue con su vida, sin importar la gravedad de las noticias que escuchan, a menos que la gravedad se refiera al clima.

El niño y su padre salen finalmente del cuarto, al chubasco, y cierran la puerta. Yo doy vueltas en la cama, intento volver a dormirme. Me reacomodo varias veces y escondo la cabeza bajo la almohada que usó mi marido, que sigue tibia y está un poco sudada. Trato de dormir de nuevo, busco razones, hago listas, hago planes, busco respuestas, soluciones. Aprieto más la cabeza contra la almohada, situándome en una zona más profunda y callada de mí misma. Deseo la oscuridad, el silencio, el vacío. Deseo.

INVENTARIO

La mañana madura, luminosa, poblada de sonidos diurnos. La niña sigue dormida, pero yo no puedo volver a dormirme. Más allá de la ventana de la habitación, más allá del techo de nubes que se cierne sobre esta porción de mundo, el sol hace su recorrido habitual. Los rayos que penetran las nubes generan humedad y vapor, pero no logran iluminar el espacio, ni aclarar el pensamiento, ni incitar a mi cuerpo a lanzarse a la acción y la vigilia. Una vez más, me giro, amodorrada, sobre un costado. Encima de la cama, de su lado, mi marido ha dejado un libro de los de sus cajas, *El paisaje sonoro*, de R. Murray Schafer. Lo tomo, me acuesto bocarriba y sostengo el libro por encima de mi cara para abrirlo. De entre las páginas cae una pequeña nota manuscrita. Revolotea hasta mi pecho. Es una nota dirigida a mi esposo, sin fechar:

> Me encanta la idea de un «inventario de ecos»: resuena en ella, hermosamente, el doble poder que tiene el bosque para los bosavi, que es, al mismo tiempo, un diagnóstico acustémico de la salud/riqueza de un mundo vivo, y las «reverberaciones y los reflejos pasados» de aquellos que se han «convertido» en pájaros al alcanzar la muerte. Nos vemos pronto, espero. Un abrazo,
>
> STEVEN FELD

Recuerdo ese nombre, Steven Feld. Mi esposo aprendió a grabar y a pensar el sonido junto a un grupo de etnomusicólogos, lingüistas y ornitólogos que compilaban los sonidos de selvas y desiertos. En sus años de estudiante, leyó y escuchó el trabajo de Steven Feld, un acustemólogo que, como Murray Schafer, pensaba que los sonidos que emiten las personas, tanto en la música como en el lenguaje, eran siempre los ecos del paisaje que las rodea, y dedicó toda su vida a buscar ejemplos de esa conexión profunda e invisible. En Papúa Nueva Guinea, a finales de los años setenta, Feld había grabado por primera vez los lamentos funerarios y las canciones ceremoniales del pueblo bosavi, y más tarde se dio cuenta de que las canciones y lamentos que había compilado eran, en realidad, mapas vocalizados de los paisajes circundantes, cantados desde el punto de vista, mutable y pasajero, de los pájaros que sobrevolaban esos espacios, así que empezó a grabar a los pájaros. Después de escucharlos durante algunos años, se dio cuenta de que los bosavi concebían a los pájaros como «reverberaciones pasadas»: una ausencia convertida en presencia; y, al mismo tiempo, una presencia que hacía audible una ausencia. Los bosavi imitaban los sonidos de los pájaros en sus ritos funerarios porque los pájaros eran la única materialización en el mundo que reflejaba una ausencia. Los sonidos de los pájaros eran, de acuerdo con los bosavi, y en palabras de Feld, «la voz de la memoria y la resonancia del linaje».

Las ideas de Feld nutrieron la cosmovisión de mi esposo —o, más bien, su cosmo*audición*–, y en algún momento lo fue a buscar a Papúa Nueva Guinea, donde le ayudó a grabar los cantos de los pájaros y las canciones de los senderos selváticos, para cartografiar el paisaje sonoro de los muertos a través de sus reverberaciones en la música de las aves. Mi esposo caminaba detrás de Feld, con la bolsa llena de todos los instrumentos de grabación colgada al hombro. Caminaban durante horas, hasta que Feld decidía detenerse, se ponía los audífonos, encendía la grabadora y comenzaba a apuntar su micrófono parabólico hacia los árboles. Siempre había algunos niños de la zona que los seguían por donde fueran, curiosos, tal vez, de todos los aparatos y los cables que estos hombres necesitaban para escuchar los sonidos de la selva. Los niños se reían a carcajadas cuando Feld apuntaba su micrófono hacia lo alto, hacia abajo, alrededor. Mi esposo se quedaba de pie detrás de su maestro, escuchando también los sonidos con sus audífonos, imitando los movimientos de Feld. A veces sucedía que un niño tiraba de la manga de Feld y lo ayudaba a apuntar en la dirección correcta. Todos se quedaban quietos, bajo la sombra de un árbol enorme, esperando. Y de repente, la invisible presencia de una miríada de pájaros inundaba el espacio sonoro.

Cuando conocí a mi esposo, mientras trabajábamos en el proyecto del paisaje sonoro de Nueva York, sus ideas sobre el paisajismo sonoro me resultaron intrigantes, y su vida pasada grabando música de pájaros y mapas sonoros en las selvas me parecía fascinante, pero nunca entendí del todo los métodos que utilizaba para compilar sonidos en nuestro proyecto: no hacía entrevistas directas, no preparaba nada, sólo caminaba por ahí escuchando el sonido de la ciudad como si esperara el paso de un ave exótica. Él, por su parte, nunca entendió ni llegó a estar de acuerdo con la tradición sonora en la que me eduqué, una tradición mucho más fundada en el periodismo y de intención narrativa. Todos esos periodistas radiofónicos, solía decir, ¡bajándose el zíper para sacar sus largos micrófonos tipo *shotgun* y grabar *su* historia! Yo no estaba de acuerdo con él, aunque a veces su carisma era tan convincente. Y a menudo me veía, si no dándole la razón, al menos riéndome con él.

Cuando estábamos de buen humor podíamos bromear sobre nuestras diferencias. Decíamos que yo era una documentalista y él un documentólogo, lo cual significaba que yo era más parecida a una alquimista y él a un bibliotecólogo. Lo que mi esposo nunca entendió sobre la forma en que yo entendía mi trabajo —el trabajo que hacía antes de conocernos y al que probablemente volvería ahora, con la historia de los niños perdidos— es que contar historias de forma pragmática, comprometerse con la verdad y abordar un tema de manera directa no era, como pensaba él, un simple apego a las convenciones del periodismo radiofónico. Yo me había formado como profesional en un escenario sonoro y un clima político muy diferentes. La manera en que aprendí a grabar audio tenía que ver sobre todo con no cagarla, con averiguar los hechos de la historia lo mejor posible sin que te mataran por acercarte demasiado a las fuentes, y sin que mataran a las fuentes por acercarse demasiado a ti. Mi aparente falta de principios estéticos más nobles o más elevados no se debía a una ciega obediencia a los patrocinadores y las subvenciones, como decía mi esposo con frecuencia. Más bien, en mi trabajo abundaba la solución improvisada, como en esas casas viejas en las que todo se está viniendo abajo y sólo puedes dedicarte a resolver cosas, con urgencia, sin detenerte a plantear preguntas y elucubrar respuestas en torno a las teorías estéticas del sonido.

En otras palabras, escuchábamos y entendíamos los sonidos del mundo de maneras distintas y, tal vez, irreconciliables. Yo era periodista, siempre lo había sido, a pesar de que me había aventurado más allá de mi zona de confort durante un tiempo y ahora estaba confundida respecto a cómo volver a mi trabajo, cómo reinventar un método y una forma y cómo reencontrar el significado en lo que hacía. Mi esposo era un acustemólogo y un artista del paisaje sonoro que había dedicado su vida a compendiar ecos, vientos y pájaros, y que había encontrado cierta estabilidad económica trabajando para un gran proyecto urbano, pero que ahora regresaba a lo que siempre había querido hacer. Durante los últimos cuatro años, mientras trabajaba en el proyecto del paisaje sonoro de la ciudad, él se había plegado a modos más convencionales, pero sin abandonar realmente sus ideas sobre el sonido; y yo me había adentrado en el proyecto, había aprendido de él, había disfrutado —para variar— no sentirme agobiada por las consecuencias políticas inmediatas de lo que grababa. Pero ahora gravitaba nuevamente hacia los problemas y las interrogantes que me habían perseguido desde siempre.

Nuestros fantasmas habían regresado para acosarnos a ambos —al menos seguíamos teniendo eso en común—. Y ahora que cada uno de nosotros se aventuraba otra vez por su cuenta, y que, de algún modo, además, regresábamos a los lugares de los que cada uno había surgido, nuestros caminos se estaban separando. Era una fractura más honda de lo que esperábamos.

Pero por ahora, hay un puente que nos mantiene vinculados, y ese puente es el libro titulado *El libro sin dibujos*, que le compramos a la niña en Asheville. Es una historia sencilla, aunque bastante metafıccional. Trata sobre leer un libro sin imágenes, y de por qué puede ser mejor que leer uno con imágenes. El niño y su padre han regresado de su sesión de grabación y sigue cayendo un buen chubasco. Coincidimos en que no sería seguro manejar bajo ese tormentón.

Así que leemos. Leemos *El libro sin dibujos* en voz alta, una y otra vez, un nudo de piernas y codos sobre la cama. El libro está pensado para burlarse del adulto que se lo lee en voz alta a un niño: está lleno de onomatopeyas raras y palabras que se tienen que leer haciendo sonidos guturales, como de gorila, o haciendo pedorretas y trompetillas: «Ete ete culete; Patachúuuuuun, cacaplán, ñoñoñaaaac... Gogooooooooooooooomazo... ¡cara de pocopate coloroca chipán!». Leemos con la puerta de la habitación abierta de par en par porque queremos escuchar la lluvia y dejar que entre un poco de brisa húmeda, pero quizás también porque los niños se ríen de manera tan desaforada con cada página del libro, que parece apropiado dejar que algo de este momento, más grande que la suma de todos nosotros, salga del cuarto y viaje.

Exégesis

Esa misma tarde, cuando la lluvia se ha convertido por fin en sólo una llovizna mojapendejos, volvemos al coche y partimos rumbo a Nashville. Cada día avanzamos un poco más, aunque a veces me parece que estamos en una caminadora eléctrica. Dentro del coche hay una suerte de corriente cíclica de voces, preguntas, actitudes y reacciones predecibles.

Entre mi esposo y yo, el silencio se espesa progresivamente. Se escucha de nuevo la frase: «Al despertarse en el bosque en medio del frío y la oscuridad nocturnos...». Le doy pausa a la grabación y busco alguna canción. Para evitar pleitos, decidimos que cada uno tiene derecho a elegir una canción, y que vamos a hacer juntos una *playlist*. Yo escojo la versión de Odetta de «With God on Our Side» que me parece mucho mejor que la original de Dylan. Mi esposo escoge «Straight to Hell» en la versión original de The Clash. El niño quiere algo de los Rolling Stones y elige «Paint It Black» —y yo le aplaudo su buen gusto musical—. La niña quiere «Highwayman», del grupo The Highwaymen, con Willie Nelson, Johnny Cash y otros dos que no conocemos y cuyos nombres siempre olvidamos buscar. Ponemos esa canción un par de veces mientras avanzamos, desentrañando la letra como si estuviéramos lidiando con poesía barroca. Mi teoría es que es una canción sobre la ficción, sobre ser capaces de vivir varias vidas a través de la ficción. Mi esposo piensa que es una canción sobre la historia estadounidense, sobre la culpa histórica de los gringos. El niño piensa que es una canción sobre los desarrollos tecnológicos en los medios de transporte: desde cabalgar a caballo, a las goletas, a la navegación espacial. Quizás tenga razón. La niña no tiene una teoría aún, pero a todas luces intenta inventar algo:

¿Qué es una cuchilla?

Es la parte del cuchillo que corta cosas.

¿O sea que el bandolero utilizó su cuchillo?

Sí.

¿Para cortar gente en cachitos?

Bueno, tal vez, sí.

¿Y él era un nativo americano o un vaquero?

Ninguno de los dos.

Entonces era un policía.

No.

Entonces era un ojoblanco.

Tal vez.

Conforme nos vamos internando en el oeste, en dirección a Tennessee, vamos pasando más y más gasolineras abandonadas, iglesias vacías, moteles cerrados, tiendas y fábricas clausuradas. Asomándose por la ventanilla y a través del visor de su cámara, el niño me pregunta nuevamente:

¿Entonces, ma, qué quiere decir exactamente documentar cosas?

Tal vez debería decirle que documentar con una cámara es cuando sumas una cosa más luz, y luego luz menos una cosa, foto tras foto; o cuando añades sonido, más silencio, menos sonido, menos silencio. Lo que queda, al final, son todos esos momentos que no formaron parte de la experiencia misma. Una secuencia de interrupciones, agujeros, partes faltantes sustraídas del momento en que la experiencia tuvo lugar. Porque un documento de una experiencia es igual a la experiencia menos uno. Lo extraño es esto: si un día, en el futuro, sumas todos esos documentos otra vez, lo que resulta, una vez más, es la experiencia. O al menos una versión de la experiencia que reemplaza a la experiencia vivida, incluso si lo que documentaste en un inicio fueron los momentos sustraídos a la experiencia.

¿En qué me tengo que fijar?, insiste el niño.

No sé qué decirle. Lo que sí sé, mientras recorremos las largas y solitarias carreteras de este país —un paisaje que voy viendo por vez primera— es que lo que veo no es exactamente lo que veo. Lo que veo es lo que otros han documentado antes: Ilf y Petrov, Robert Frank, Robert Adams, Walker Evans, Stephen Shore —los primeros fotógrafos de carreteras y sus imágenes de letreros, lotes baldíos, coches, moteles, restaurantes, repetición industrial, todas las ruinas del capitalismo temprano hoy engullidas por las ruinas del capitalismo tardío—. Cuando veo a la gente de este país, su vitalidad, su decadencia, su soledad, su desesperada manera de estar juntos, veo la mirada de Emmet Gowin, Larry Clark y Nan Goldin.

Hago un esfuerzo por responderle:

Documentar significa simplemente coleccionar el presente para la posteridad.

¿Posteridad?

O sea, para después.

Ya no estoy segura, sin embargo, de lo que ese «después» significa. Algo cambió en el mundo. Hace no mucho tiempo, algo cambió, y lo sabemos. No sabemos cómo explicarlo todavía, pero creo que todos podemos sentirlo, en algún lugar hondo de nuestras vísceras o en nuestros circuitos neuronales. Experimentamos el tiempo de manera distinta. Nadie ha logrado captar realmente lo que sucede ni por qué. Tal vez es sólo que sentimos la ausencia de futuro, porque el presente se ha vuelto demasiado abrumador y por tanto se nos ha hecho imposible imaginar un futuro. Y sin futuro, el tiempo se percibe nada más como una acumulación. Una acumulación de meses, días, desastres naturales, series de televisión, atentados terroristas, divorcios, migraciones masivas, cumpleaños, fotografías, amaneceres. No hemos entendido la forma exacta en la que ahora se experimenta el tiempo. Y quizás la frustración del niño al no saber qué fotografiar, o cómo encuadrar y enfocar las cosas que observa desde el coche, mientras atravesamos este paisaje extraño, sea simplemente un signo de cómo nuestras maneras de documentar el mundo resultan insuficientes. Tal vez si encontramos una nueva manera de documentarlo empezaremos a entender esta nueva forma de experimentar el tiempo y el espacio. Las novelas y las películas no logran captarlo del todo; tampoco el periodismo; la fotografía, la danza, la pintura y el teatro no lo captan; la biología molecular y la física cuántica tampoco, desde luego. No hemos entendido cómo es que existe el tiempo y el espacio en nuestros días, como los experimentamos realmente. Y hasta que encontremos una forma de documentarlos, no los entenderemos. Le digo al niño:

Sólo tienes que encontrar tu propia forma de entender el espacio, para que el resto de nosotros nos sintamos menos perdidos en el tiempo.

Bueno, ma, ok –dice el niño–, pero ¿cuánto falta para la próxima parada?

Tropos

Habíamos planeado pasar unos días en Nashville, visitando estudios de grabación, pero en vez de eso nos seguimos de largo y dormimos en un motel cerca de Jackson. Luego, a la mañana siguiente, hacemos algo completamente predecible: ponemos la canción «Graceland» en repetición sucesiva mientras manejamos por Memphis hacia Graceland, e intentamos descifrar dónde está exactamente el delta del Misisipi, y por qué podría brillar como una guitarra nacional, o si la letra de la canción dice «guitarra nacional» siquiera. El niño piensa que es guitarra «racional», pero no creo que tenga razón. Nuestra entrada a la ciudad, con la canción como música de fondo, tiene un aire triunfal, pero a la vez triste y discreto. Como si regresáramos de una guerra que se perdió con integridad y con resiliencia. Cada quien canta lo que oye, pero todos cantamos.

Cuando termina la canción, antes de volver a empezar, el niño señala que estamos todos desentonados, y también, que el niño mencionado en la canción tiene sólo un año menos que él: nueve. Además, dice, al igual que él, el niño de la canción es hijo del primer matrimonio de su padre. Me pregunto cómo nos sonará esa frase del epicentro de la canción –que dice que perder un amor es como una ventana que se abre de súbito en el corazón– dentro de unos meses, cuando no estemos juntos, y si el padre del niño y yo mostraremos resiliencia e integridad; si nos comportaremos como guitarras racionales.

Ya adentrados en Memphis, apago el estéreo del coche y miro por la ventanilla hacia aquella ciudad rota, abandonada, pero también hermosa.

La infelicidad crece lentamente. Merodea en tu interior, en silencio, de manera subrepticia. La alimentas, le das de comer pedazos de ti misma todos los días —es el perro encerrado en el patio trasero que te arrancaría la mano de una mordida si le dieras la oportunidad—. La infelicidad se toma su tiempo, pero tarde o temprano se apodera de ti por completo. Y luego está la felicidad —esa palabra— que llega sólo cada tanto, y siempre como un cambio repentino del clima. A nosotros nos encontró durante el décimo día del viaje. Yo había llamado a varios moteles de Graceland. Sólo en uno contestaron el teléfono. Una mujer mayor, su voz ronca y crepitante:

Motel Boulevard Elvis Presley, a sus órdenes.

Me pareció que yo había oído mal cuando me dijo:

Sí, señora, tenemos muchas habitaciones libres y también tenemos una nueva alberca en forma de guitarra.

Pero eso fue justamente lo que encontramos: un motel entero para nosotros. Un motel con una alberca en forma de guitarra eléctrica. Un motel en el que, en vez de Biblia de buró, hay un cancionero con las canciones de Elvis Presley. Un motel con todo de Elvis Presley, por todas partes, desde las toallas de mano en las habitaciones hasta el salero y el pimentero en el área de desayuno.

El niño y su padre se quedan en el estacionamiento, desarmando el rompecabezas diario de nuestro equipaje, y la niña y yo corremos hasta la habitación para hacer pipí. Subimos escaleras, pasamos de largo inquietantes estatuas de cera de Elvis, cientos de fotos y dibujos, una piñata de Elvis, una rocola consagrada a Elvis, pequeñas esculturas, y camisetas amarillentas con la cara del Rey clavadas a las paredes. Para cuando llegamos a la habitación, hemos comprendido —ella en sus propios términos— que estamos en una especie de templo o de mausoleo. La niña entiende que este hombre es o era alguien importante. Mientras yo hago pipí, ella se queda parada frente al retrato de un Elvis treintañero que cuelga de la pared, entre las dos camas matrimoniales de nuestra nueva habitación, y pregunta:

¿Ése es Jesupinchecristo?

No, amor, es Elvis.

Mamá, ¿podrías dejar a papá y casarte con Elvis? Si quisieras.

Intento no reírme, pero no puedo evitarlo. Le digo que voy a considerarlo. Pero después añado:

Lo haría, pero resulta que está muerto, amor.

¿Ese pobre joven está muerto?

Sí.

¿Igual que Johnny Cash está muerto?

Sí.

¿Igual que Janis Joplin está muerta?

Sí.

Cuando el niño y mi esposo entran con las mochilas y las maletas, nos ponemos todos los trajes de baño y corremos a la alberca de guitarra. Se nos olvidan las toallas y el protector solar, pero también es cierto que somos el tipo de familia que nunca lleva mantel de pícnic a los pícnics, ni sillas plegables a la playa.

La niña, tan cauta y filosófica en todas sus actividades cotidianas, se convierte en una bestia salvaje al entrar al agua. Parece poseída, delirante. Se da palmadas en la cabeza y en la panza como uno de esos tamborileros de las playas que llevan demasiadas décadas metiéndose LSD. La risa brota como un trueno de su boca abierta, que es toda dientes de leche. Aúlla al entrar de un salto en el agua. Se retuerce para liberarse de nuestras manos nerviosas, que tratan de asirla. Descubre, ya suelta, debajo del agua, que no sabe cómo volver a la superficie. Así que la pescamos y la sujetamos fuerte y le decimos:

No vuelvas a hacer eso.

Ten cuidado.

No sabes nadar todavía.

No sabemos, nosotros, cómo lidiar con el caudal de su entusiasmo, con sus estallidos de vitalidad volcánica. Es difícil para nosotros, me parece, aguantarle el paso al tren —irrefrenable y desbocado— de su felicidad. Difícil, al menos para mí, dejarla en paz cuando siento que tengo que salvarla del mundo. Todo el tiempo me imagino que se va a caer, o a quemar, o que van a atropellarla. O que va a ahogarse, ahora mismo, en esta alberca con forma de guitarra en Memphis, Tennessee —su cara, en mi imaginación, toda azul e hinchada—. Una amiga le llama a esto la «distancia de rescate»: esa constante ecuación que se computa en la mente de los padres, calculando el tiempo y la distancia para saber si les será posible salvar a un hijo del peligro.

Pero en algún momento, como si apagáramos un interruptor, todos dejamos de calcular catástrofes sombrías y soltamos. Aceptamos seguirla tácitamente, en vez de esperar que se quede a nuestro lado, en nuestra segura y mesurada incapacidad para la vida. Aullamos, ululamos, rugimos, nos sumergimos y volvemos a la superficie para flotar de espaldas, mirando el cielo despejado. Abrimos del todo los ojos dentro del agua clorada. Yo les enseño una coreografía de la canción «All Shook Up» que recuerdo vagamente haber aprendido de una amiga de la infancia: mucho movimiento de hombros y la cadera proyectada hacia delante en los «uhs» de la canción. Y después, cuando el hechizo que la niña puso sobre nosotros finalmente se rompe, nos sentamos todos en la orilla de la alberca, balanceando los pies en el agua, recuperando el aliento.

Más tarde, por la noche, acostados en la oscuridad en nuestra habitación de motel, mi esposo les cuenta a los niños una historia de apaches, sobre cómo obtenían sus nombres de guerra. Lo escuchamos en silencio. Su voz asciende y se arremolina por el cuarto, empujada a través del aire denso y cálido que el ventilador del techo distribuye —sus aspas baratas rechinan un poco—. Estamos bocarriba, despatarrados, intentando pescar el fresco. Excepto la niña. Ella está bocabajo chupándose el dedo, su ritmo de succión en síncopa con el cíclico traqueteo del ventilador de techo. El niño espera a que su padre termine de contar la historia y luego dice:

Si mi hermana fuera apache, su nombre sería Pulgar Ruidoso.

¿Yo?, pregunta la niña, sacándose el dedo de la boca y levantando la cabeza en la oscuridad, un poco ofendida, pero en el fondo siempre orgullosa de que se hable de ella.

Sí. Pulgar Ruidoso o Pulgar Chupado.

No, no. Mi nombre de guerra sería Grace Landmemphis Tennessee. O Alberca de Guitarra. Uno de los dos.

Ésos no son nombres apaches, ¿verdad, pa?

No, no lo son, confirma mi esposo. Alberca de Guitarra no es un nombre apache.

Bueno, entonces pido ser Grace Landmemphis, dice ella.

Es Graceland, coma, Memphis, mensa, le informa el niño desde la altura de su superioridad de persona que ya tiene diez años.

Bueno, está bien. Entonces pido ser Memphis. Nomás Memphis.

La niña dice esto último con la seguridad confiada del burócrata que cierra su ventanilla, no más solicitudes, no más quejas, y después se mete el dedo en la boca nuevamente. Conocemos ese lado suyo: cuando su cabecita terca toma una decisión, no hay manera de hacerle cambiar de idea, así que cedemos, respetamos su resolución y no decimos nada más.

¿Y tú cómo te llamarías?, le pregunto al niño.

¿Yo?

Él sería Pluma Ligera, sugiere su padre sin dudarlo.

Sí, eso, Pluma Ligera. ¿Y mamá? ¿Cómo se llamaría ella?, pregunta el niño.

Mi esposo se toma su tiempo para pensarlo, y por último dice:

Ella sería Flecha Suertuda.

Me gusta el nombre, así que sonrío con aceptación, o tal vez con gratitud. Es la primera vez que le sonrío a mi esposo en varios días, incluso semanas, quizá. Pero él no puede verme la sonrisa porque la habitación está a oscuras y sus ojos, en cualquier caso, probablemente cerrados. Le pregunto:

¿Y tú? ¿Cuál sería tu nombre?

La niña interviene, sin sacarse el dedo de la boca, balbuceando, ceceando y susurrando las palabras:

Papá es El Elvis. O el Jesupinchecristo. Una de dos.

Mi esposo y yo nos reímos, y el niño la regaña:

Te vas a ir al infierno si sigues diciendo eso.

Probablemente la regaña más por nuestra risa aprobatoria que por el contenido de su declaración. Ella, en todo caso, no tiene ni idea de por qué habrían de censurarla. Entonces, sacándose el dedo de la boca, pregunta:

¿Quién es tu guerrero apache favorito, papá? ¿Gerónimo?

No. Mi favorito es Jefe Cochise.

Entonces puedes ser Papá Cochise, dice ella, como si le tendiera un regalo.

Papá Cochise, murmura mi esposo.

Y lenta y suavemente nos quedamos dormidos, abrazando nuestros nuevos nombres, con el ventilador de techo rebanando el denso aire de la habitación, haciéndolo más ligero. Yo me duermo al mismo tiempo que ellos tres, quizá por primera vez en varios años, y mientras me quedo dormida, me aferro a esas cuatro certezas: Pluma Ligera, Papá Cochise, Flecha Suertuda, Memphis.

CAJA III

§ Cuatro cuadernos (19.6 x 12.7 cm)

«Sobre la lectura»
«Sobre la escucha»
«Sobre la traducción»
«Sobre el tiempo»

§ Once libros

Cantos, Ezra Pound
El señor de las moscas, William Golding
En el camino, Jack Kerouac
El corazón de las tinieblas, Joseph Conrad
Ciencia nueva, Giambattista Vico
Meridiano de sangre, *Todos los hermosos caballos* y *Ciuda-
    des de la llanura*, Cormac McCarthy
2666, Roberto Bolaño
Supplément à la vie de Barbara Loden, Nathalie Léger
The New Oxford Annotated Bible, ¿Dios?

§ Carpeta (partituras musicales)

Metamorphosis, Philip Glass
Cantigas de Santa María (Alfonso el Sabio), Jordi Savall

DESAPARECIDOS

Un espacio fronterizo es un lugar vago e in-
determinado creado por el residuo emocional de un límite no natural. Es un estado
constante de transición. Sus habitantes son
los prohibidos y los proscritos.

GLORIA ANZALDÚA

Más te vale nunca ver ángeles en la reserva.
Si los ves, será que vienen a expulsarte hacia
Zion o hacia Oklahoma, o hacia algún otro
infierno que hayan trazado para nosotros.

NATALIE DIAZ

Destellos de aluminio y neón blanco, los postes de luz sembrados a orillas de la carretera. Vamos tendidos, somos el único coche. El sol se asoma a nuestras espaldas, emerge de la capa de asfalto en el extremo este de la Autopista 50. Manejamos en dirección este, por Arkansas, y las rejas de los ranchos se extienden hacia adelante y hacia atrás, más allá de donde la vista alcanza. Detrás de las rejas, en esos ranchos, hay, quizás, personas leyendo, durmiendo, cogiendo, llorando, viendo televisión. Personas viendo las noticias o *reality shows,* vigilando, cuidando quizás —al hijo enfermo, la madre moribunda, la vaca pariendo, los huevos abriéndose—. Miro a través del cristal de la ventana, y me pregunto quiénes son, de qué hablan, qué pensamientos los atormentan.

Mi teléfono suena cuando vamos atravesando un campo de soya. Es Manuela, que me llama por fin. La última vez que hablé con ella fue hace casi tres semanas, creo, justo antes de que saliéramos de la ciudad. No tiene buenas noticias. El juez falló en contra de la petición de asilo que el abogado había interpuesto por sus hijas. A raíz de eso, el abogado abandonó el caso. A Manuela le dijeron que ambas niñas serían transferidas desde el centro de detención donde habían estado esperando, en Nuevo México, hasta otro centro en Arizona, desde donde serían deportadas. Pero justo el día en que debían ser transferidas, desaparecieron.

¿Cómo que desaparecieron?, le pregunto.

El oficial de migración que la llamó para darle la noticia le dijo que habían puesto a las niñas en un avión con destino a la

Ciudad de México. Pero las niñas nunca llegaron. El hermano de Manuela había viajado de Oaxaca a la capital y las había esperado en el aeropuerto durante cuatro horas, pero no las había visto salir por la puerta de llegadas.

No entiendo, le digo. ¿Dónde están las niñas ahora?

Ella me dice que no lo sabe, que todas las personas con las que ha hablado le dicen que sus hijas siguen, probablemente, en el centro de detención. Todo el mundo le dice que espere, que sea paciente. Pero ella piensa que sus hijas no están en ningún centro de detención. Dice que está segura de que se escaparon, que quizás alguien en el centro de detención, una persona amigable, les ayudó a escapar, y que posiblemente ambas van, en ese momento, rumbo adonde está ella.

¿Por qué crees eso?, le pregunto, con la sospecha de que quizás está perdiendo sentido de realidad.

Porque conozco a mi sangre, responde.

Me dice que está esperando a que alguien la llame con noticias. Después de todo, las niñas deben tener todavía sus vestidos, o sea que tienen también su número de teléfono. Yo no la interrogo más al respecto, pero sí le pregunto:

¿Qué vas a hacer ahora?

Buscarlas.

¿Y cómo puedo ayudarte?

Tras una breve pausa, me dice:

No puedes, por ahora. Pero si llegas a Nuevo México o a Arizona, me ayudas a buscarlas.

Vigilia

Unos meses antes de que saliéramos en este viaje, durante un periodo en el que yo iba semanalmente a la Corte Federal de Inmigración en Nueva York, conocí a un cura, el padre Juan Carlos. Dado que estudié en un internado anglicano para niñas, nunca he sentido demasiado aprecio por los curas, las monjas ni la religión en general. Pero este cura me cayó bien de inmediato. Nos conocimos a la entrada de la corte migratoria. Yo estaba formada, esperando para acceder al edificio; él estaba parado a un costado de la fila, llevaba lentes oscuros a pesar de que era demasiado temprano para usar lentes oscuros, y repartía volantes sonriéndole a todo el mundo.

Tomé uno de sus volantes y leí la información. Si corres riesgo de ser deportado, decía, podías ir a su iglesia cualquier fin de semana y apuntarte para el programa de asistencia de santuario. Y si algún miembro de tu familia era indocumentado y había desaparecido, podías contactar a su organización a cualquier hora, llamando al número de emergencia anotado al calce. Lo llamé al día siguiente y le dije que no tenía ninguna emergencia, pero quería saber de qué se trataban sus volantes. Quizás porque era un sacerdote, su explicación fue más alegórica que práctica, pero al final de nuestra conversación me invitó a reunirme, al siguiente jueves, con él y otras personas para una vigilia semanal.

La vigilia tuvo lugar a las 6:00 p.m., afuera de un edificio sobre la calle Varick. Yo llegué un par de minutos tarde. El padre Juan Carlos estaba allí con otras doce personas. Me saludó, dándome la mano con formalidad, y me presentó al resto del grupo. Le pregunté si podía grabar la reunión con mi grabadora de mano. Dijo que sí y los demás asintieron también. Enseguida, con cierta solemnidad, pero también con humildad —poco común en los hombres acostumbrados al podio—, comenzó a hablar. Señaló hacia un letrero que colgaba junto a la entrada principal del edificio, en el que se leía «Agencia de Pasaportes», y dijo que muy pocas personas sabían que aquel edificio, que ocupaba una manzana completa, en realidad no era un lugar de expedición de pasaportes, sino un lugar donde se retenía a las personas sin pasaporte. Era un centro de detención, donde los oficiales de ICE (la agencia de inmigración y aduanas) encerraban a individuos detenidos en las calles durante el día o extraídos por las noches de sus hogares. La cuota federal diaria de indocumentados, dijo el padre, era de treinta y cuatro mil personas, y crecía continuamente. Eso significaba que al menos treinta y cuatro mil personas tenían que ocupar una cama en alguno de los centros de detención —centros idénticos a éste, unos mejores, otros peores— repartidos por todo el país. Se llevan a las personas, continuó el padre, y las encierran en centros de detención por tiempo indefinido. A algunos se les deporta después a sus países de origen. Muchos más son canalizados hacia el sistema penitenciario, que lucra con ellos sometiéndolos a jornadas de trabajo de 16 horas por las que reciben menos de tres dólares. Y muchos otros, simplemente, desaparecen en los laberintos del sistema.

Al principio creí que el padre Juan Carlos predicaba desde una especie de delirio distópico orwelliano. Me llevó un tiempo advertir que el resto de las personas reunidas allí aquel día, la mayoría de ellos garífunas de Honduras, eran familiares de alguien que, de hecho, había desaparecido tras una redada de ICE. Cuando el padre Juan Carlos terminó su discurso, indicó que le daríamos la vuelta al edificio dos veces. Todos comenzaron a caminar en fila, en absoluto silencio. Estaban allí para reclamar a sus desaparecidos, para protestar silenciosamente contra un silencio mayor y más profundo. Yo los seguí en silencio, la última de la fila, con la grabadora sostenida en alto, registrando aquel silencio.

Caminamos media cuadra hacia el sur, una cuadra hacia el oeste, una cuadra hacia el norte, una cuadra hacia el este, media cuadra hacia el sur. Y lo mismo una vez más. Al terminar la segunda vuelta, nos quedamos todos quietos en la banqueta durante algunos minutos, hasta que el cura nos dio la instrucción de colocar las palmas de las manos contra el muro del edificio. Guardé la grabadora en el bolsillo de mi chamarra e imité a los demás. El concreto se sentía frío y áspero en las manos. Pasaban coches a toda prisa a espaldas de nuestra fila, por la calle Varick. A continuación, el padre Juan Carlos preguntó, con una voz más fuerte y más severa que antes:

¿Quiénes son nuestros desaparecidos?

Una por una, las doce personas que formaban la fila, con las manos firmes contra los muros del edificio y las espaldas vueltas al tráfico de la calle, fueron gritando un nombre:

Awilda.

Digana.

Jessica.

Barana.

Sam.

Lexi.

Cada persona de la fila gritaba el nombre de un familiar desaparecido por ICE y los demás lo repetíamos en voz alta. Pronunciábamos cada nombre de manera clara y audible, aunque era difícil evitar que nuestras voces se quebraran, difícil evitar que nuestros cuerpos temblaran:

Cem.

Brandon.

Amanda.

Benjamín.

Gari.

Waricha.

BORRADOS

Winona, Marianna, Roe, Ulm, Humnoke: observo el mapa de carreteras, repasando los nombres de los lugares por los que pasaremos hoy mientras cruzamos Arkansas. Tras varios días de viaje, mi esposo cree que hemos avanzado a un ritmo demasiado lento, deteniéndonos con demasiada frecuencia y quedándonos de más en cada pueblo. Yo he disfrutado este ritmo, la velocidad moderada de las carreteras secundarias que atraviesan parques nacionales, las largas paradas en restaurantes y moteles. Pero sé que tiene razón: tenemos tiempo limitado, especialmente yo, y se me está acabando. Además, tengo que llegar a la zona fronteriza lo más pronto posible. A Nuevo México o Arizona, si se puede. Así que accedo cuando él sugiere que manejemos más horas por día y que paremos con menor frecuencia. Pienso en otras familias, parecidas, pero también muy distintas a la nuestra, que viajan hacia un futuro imposible de imaginar, en las amenazas y peligros que les aguardan. ¿Qué haríamos si uno de nosotros desapareciera de pronto? Más allá del terror y la angustia inmediatos, ¿qué pasos concretos podríamos dar? ¿A quién llamaríamos? ¿Adónde ir?

Me doy la vuelta para mirar a nuestros hijos, que duermen en el asiento trasero. Los oigo respirar. Me pregunto si sabrían sobrevivir en manos de los coyotes, y qué les pasaría si tuvieran que cruzar el desierto a pie. Si nuestros hijos se vieran de pronto solos, como quizás estén las hijas de Manuela, ¿sobrevivirían?

Caídas

En 1909, Gerónimo se cayó del caballo y murió. De todas las cosas que mi esposo les cuenta a los niños sobre Gerónimo, éste es el dato que más fascinación y tormento les provoca. Especialmente a la niña. Desde que escuchó la historia, la trae de nuevo a colación cada que puede, inesperadamente y sin preámbulos, como si fuera una manera normal de iniciar una conversación.

Entonces Gerónimo se cayó de su caballo y se murió, ¿verdad?

O bien:

¿Sabes cómo se murió Gerónimo? ¡Se cayó de su caballo!

O bien:

Pues Gerónimo nunca se moría, pero un día se murió porque se cayó de su caballo.

Ahora, mientras avanzamos en dirección a Little Rock, Arkansas, la niña se despierta de pronto y dice:

Soñé con el caballo de Gerónimo. Yo iba montada y el caballo iba tan rápido que casi me caigo.

¿Dónde estamos?, pregunta el niño, despertándose también —esa extraña sincronía de sus sueños y vigilias—.

Arkansas.

¿Y qué hay en Arkansas?

Me doy cuenta de que sé muy poco sobre Arkansas. Sé que el poeta Frank Stanford se disparó a sí mismo en el corazón —tres veces— en Fayetteville, Arkansas, y cayó muerto. La pregunta mórbida, desde luego, no es por qué sino cómo se disparó tres veces. Pero no le cuento esta historia a mi familia.

También está la muerte, un poco más cómica que trágica, del escritor checo Bohumil Hrabal, que no murió en Arkansas, pero a quien admiraba, por alguna extraña razón, el expresidente Bill Clinton, que vivía en Little Rock cuando era gobernador de Arkansas, o sea que existe esa conexión. Una vez vi una fotografía de Bill Clinton, rojo de beber cerveza, cachetón y sonriente, colgada de una pared en un bar del centro de Praga. No parecía fuera de lugar ahí, como suele suceder con los mandatarios en las fotos de restaurantes. Podría haber sido el hermano del dueño del bar, o uno de los parroquianos habituales. Era difícil imaginar que el hombre retratado en esa foto, afable y sencillo, era el mismo que había puesto el primer ladrillo del muro que separa México de los Estados Unidos, para después fingir que aquello nunca había pasado. En la foto se veía a Clinton estrechando la mano de Hrabal, cuyo libro *Clases de baile para mayores* el entonces presidente había leído y disfrutado. Yo había leído ese libro durante ese mismo viaje a Praga. Lo leí en un estado de asombro extático. Pero más que sus libros, más que su humor crudo y sus retablos decameronianos de la tragicomedia humana, más que cualquier otra cosa, es la historia de la muerte del propio Hrabal la que me ha perseguido desde siempre. Murió así: se estaba recuperando de una bronquitis en un cuarto de hospital cuando, por tratar de alimentar a unas palomas que gorjeaban afuera de la ventana, se defenestró.

Pero Hrabal no vivía en Arkansas, así que tampoco le hablo sobre él a mi familia.

En Little Rock vemos coches, supermercados, casas enormes: lugares probablemente habitados por personas. Pero no vemos personas, al menos no en la calle.

En los límites de la ciudad hay un Walmart. Vemos muchas otras cosas más allá, como cabe esperarse de una visita a un supermercado. Excepto que en verdad hay demasiadas cosas, más de lo normal, un número abrumador de objetos, algunos de los cuales, estoy segura, nadie nunca ha visto antes, ni imaginado siquiera. Por ejemplo, vemos un clasificador, a $19.99. ¿Qué es, en verdad, un clasificador? ¿Para qué sirve? ¿A qué se parece? ¿Quién podría necesitarlo? Sólo una cosa queda clara al examinar la caja: tiene cajones (con divisores ajustables) de cierre de bisagra y, montadas sobre un eje, bandas antideslizamiento. Viene con un soporte de bloqueo y sus unidades pueden apilarse. Un clasificador «erradica la necesidad de rebuscar a gatas en la camioneta cada vez que necesitas algo, colocando todo al alcance de la mano», dice la caja. Me imagino que si le das un clasificador a una persona brillante y ligeramente intolerante a la estupidez —digamos Anne Carson, Sor Juana Inés de la Cruz o Marguerite Yourcenar—, podría escribir un poema perfecto en el que un grupo de venados camina sobre la nieve.

En el Walmart descubrimos también que Walmart es donde está todo el mundo. Cientos de personas. Hay dos que me caen bien de inmediato: un viejo y su nieta escogiendo aguacates, juzgando cada uno por su olor. El viejo le dice a la niña que tiene que olerlos «no por la mitad sino en el ombligo», y luego procede a hacer una demostración de cómo oler aguacates por el ombligo. Otra persona me molesta de inmediato: una mujer en Crocs que camina lentamente, arrastrando los pies, sonríe fingiendo distracción hacia la gente que hace cola para pagar, simulando estar perdida o confundida, y de pronto… ¡se cuela en la fila!

Compramos botas. Hay unos descuentos increíbles. Compramos botas vaqueras baratas, grandes y hermosas para toda la familia. Aunque las mías no son botas vaqueras. Son botas imitación cuero de punketa −$15.99−, y me las pongo de inmediato, incluso antes de pagarlas, para gran indignación de los niños, que no pueden concebir que algo se use sin haberlo pagado antes. Desde luego, tienen razón.

Me siento bastante astropunk al salir de la tienda con mis botas puestas, alguien que va dejando huellas en la grava lunar de un estacionamiento gigantesco, caminando por un «mundo vacío como una estrella», como sin duda habría calificado Hrabal a este Walmart en particular. El niño dice que tenemos que guardar las cajas de las botas, ya vacías, en la cajuela del coche, en caso de que las necesitemos, o en caso de que él las necesite más tarde. Me pregunto si no le habré contagiado mi manía documental: almacenar, coleccionar, archivar, inventariar, enlistar, catalogar.

¿Para qué las quieres?, le pregunto.

Para después, dice.

Pero lo convenzo de que ya tenemos suficientes cajas, y le recuerdo que él mismo tiene ya una caja vacía que no ha usado siquiera.

¿Por qué no has usado tu caja, por cierto?, le pregunto, buscando distraerlo y llevar la conversación por otro lado.

Porque es para después, ma, responde él.

Y lo dice con tal autoridad, como un auténtico archivista que sabe exactamente lo que hace, que me quedo callada y le sonrío.

No nos quedamos más en Little Rock, y esa tarde manejamos hasta el límite oeste de Arkansas, a un pueblo llamado De Queen, a sólo unos kilómetros de la frontera con Oklahoma. Allí encontramos un motel lo suficientemente presentable, llamado Joplin Inn. A los niños les entusiasma sinceramente la idea de quedarse ahí, en el Joplin. La niña, en vez de pedir que le contemos un cuento, saca su ejemplar de *El libro sin dibujos* y lee teatralmente para toda la familia, mientras va pasando las páginas: «Ésta es la historia de Janis Joplin, la gran bruja de la noche...». A veces me enorgullece y me preocupa al mismo tiempo, aunque quizá más lo primero que lo segundo: tiene cinco años y le ocupan temas como Janis Joplin. Por esta única ocasión, les permitimos a los niños que se vayan a dormir sin haberse lavado los dientes.

Dicks Whisky Bar

Las luces de la habitación están apagadas, los niños duermen en su cama. Mi esposo y yo peleamos en la nuestra. Un intercambio de rutina: sus adjetivos ponzoñosos, murmurados cortantemente de una almohada a otra, y mi silencio como un escudo sordo frente a su cara. Uno activo, la otra pasiva; ambos igualmente agresivos. En el matrimonio sólo existen dos tipos de acuerdos: los acuerdos que una persona insiste en mantener y los acuerdos que la otra insiste en infringir.

¿Por qué tiene que haber siempre una leve reverberación de odio acompañando al amor?, me escribió una vez una amiga, parafraseando a alguien más. No recuerdo ya si me dijo que la frase era de Alice Munro o Lydia Davis. Después de la pelea, mi esposo se queda dormido y yo no. Un sentimiento de furia florece en mi esternón. Poco a poco, una distancia se abre entre su sueño y mi vigilia. Recuerdo que Charles Baudelaire escribió algo así como que todos somos convalecientes en un cuarto de enfermos, siempre queriendo cambiar de cama. Sin duda lo soy. ¿Pero a qué cama ir, en dónde? La otra cama en esta habitación, junto al aliento de los niños, es acogedora, pero yo no quepo ahí. Cierro los ojos e intento no dejarme arrastrar hacia la fantasía de otros lugares y otras camas.

Cada vez más, mi presencia aquí, en este viaje familiar, manejando hacia un futuro que muy probablemente no compartiremos, instalándonos en habitaciones de motel para pasar la noche, tiene algo fantasmal, de vida observada y no vivida.

Sé que estoy aquí, con ellos, pero a la vez no estoy. Actúo como esas visitas que están haciendo siempre las maletas, siempre listos para partir al día siguiente, pero que no se van; o como los ancestros en algunas novelas de realismo mágico, que mueren, pero después se olvidan de partir.

No soporto los sonidos guturales que hace mi esposo al respirar, tan tranquilo en sus sueños sin culpas. Así que me salgo de la cama, garabateo una nota —«regreso al rato»— por si alguien se despierta y se preocupa, y me voy del cuarto. Mis botas astropunketas me guían, de una oscuridad a otra. Las botas me confieren un peso, una gravedad que últimamente he dejado de sentir bajo los pies. Una de las hebillas de metal va golpeando el flanco de falso cuero rítmicamente —golpeteo, paso, tacón, punta—: mierda, seguro que estoy haciendo demasiado ruido. Como yonqui adolescente huyendo de su casa, recorro el pasillo del motel buscando invisibilidad. Una luz de neón parpadea sobre la puerta que da a la recepción vacía. Bajo el brazo llevo un libro que leeré, o no, dependiendo de si encuentro un bar o un restaurante abierto.

No tengo que ir demasiado lejos. A menos de un kilómetro, por la autopista, encuentro el Dicks Whisky Bar, cuyo nombre me cuesta pronunciar correctamente en mi cabeza: la primera palabra, ¿es un pronombre posesivo o un plural? Las meseras van vestidas con disfraces de pioneras, y los lavabos de los baños son barriles. Se escucha una versión de «Harvest Moon» en segundo plano, al parecer en modo repetición.

Encuentro un banco libre en la barra y me siento. Siempre me han resultado incómodos los bancos de los bares porque mis piernas son demasiado cortas y mis pies no llegan al suelo, lo cual detona un recuerdo muscular en mi memoria: tengo otra vez cuatro años, balanceo las piernas en mi sillita mientras espero a que me regalen un vaso de leche y tal vez un poco de atención en medio del ajetreo matutino, en una casa con una hermana mayor y muy ruidosa, a sabiendas de que nadie me escuchará por más que grite. Los hermanos mayores no escuchan, y el barman tampoco escucha nunca. Pero me giro ligeramente en el banco y descubro que el tacón de mis botas encaja perfectamente en el tubo horizontal que une las patas del banco. Así que de pronto me siento bien anclada, presente, lo suficientemente mujer y adulta como para estar allí. Reposo los antebrazos en la barra de zinc y pido un whisky.

Sin hielo, por favor.

Dos asientos más allá, miro a un hombre, también solo, que escribe notas en los márgenes de un periódico. Sus piernas son largas y delgadas, sus pies tocan el suelo. Tiene la barba bien rasurada, una arruga de tristeza cruzándole la frente, un mentón fuerte, el cabello tupido y revuelto. Es el tipo de hombre, me digo, a cuyos encantos habría sucumbido cuando era más joven y tenía menos experiencia. Lleva una camiseta sin mangas algo gastada y unos pantalones de mezclilla. Y mientras analizo sus brazos morenos y desnudos, la marca de nacimiento en su hombro, la gruesa vena que le palpita en el cuello y el remolino de vellos en la parte baja de su nuca, me digo que no, que este hombre en realidad no es nada interesante. Alineadas junto a su trago —whisky, también sin hielo— tiene cuatro plumas, todas del mismo color (además de la pluma con la que subraya algo en el artículo de periódico que lo tiene tan absorto). Me repito a mí misma que no, no es interesante, sólo es guapo, y su belleza es del tipo más vulgar: indiscutible. Y mientras recorro su costado con la mirada, descendiendo hacia su cadera, no logro reprimir la pregunta:

¿Puedo usar una de tus plumas o necesitas las cinco?

Al tenderme una de las plumas, el hombre sonríe con una timidez algo infantil, y su mirada revela ferocidad a la vez que cierta decencia básica. No una decencia de modales y costumbres, sino de un carácter más profundo: simple y noble. Los hombres guapos están acostumbrados a la atención, y observan a los otros hombres y mujeres con la fría autocomplacencia del actor ante la cámara. Pero éste no.

Terminamos por hablar entre nosotros, al principio siguiendo todos los tropos y lugares comunes.

¿Qué nos trae aquí?

Él me cuenta que va de camino a un pueblo llamado Poetry, y yo pienso que probablemente es una mentira, una mentira que revela demasiado sentimentalismo. No creo que exista un lugar con ese nombre, pero tampoco lo interrogo al respecto. A cambio de su mentira, yo le digo que voy de camino a la Apachería —el mismo tipo de respuesta vaga y medio ficticia—.

¿A qué nos dedicamos?

Nuestras respuestas son evasivas, mitad ocultas tras un velo de misterio sobreactuado que no significa sino inseguridad. Después de un rato hacemos un poco más de esfuerzo. Le digo que me dedico al periodismo, sobre todo al periodismo radiofónico, y que he estado trabajando en un documental sonoro sobre los niños refugiados, pero que mi plan por el momento es llegar hasta la Apachería y buscar a dos niñas perdidas en Nuevo México, o tal vez en Arizona. Él me dice que solía dedicarse a la fotografía, pero que ahora prefiere la pintura, y que va de camino a Poetry, Texas, porque le encargaron pintar una serie de retratos de la generación más veterana del pueblo.

Después hablamos de política; él me explica cosas sobre la manipulación de los distritos electorales y el término «gerrymandering», que nunca he entendido pese a llevar muchos años viviendo en los Estados Unidos. Garabatea una serie de líneas en una servilleta de papel; la imagen resultante parece un perro. Me río, le digo que es malísimo para explicar y peor para el dibujo, y que sigo sin entender el término. Pero doblo la servilleta por la mitad y la escondo en una de mis botas.

Lentamente, aunque no tan lentamente, la conversación nos va llevando hacia espacios más oscuros y genuinos. Resulta que su circunstancia es opuesta a la mía. Él no está nada enredado, yo soy un nudo. Yo tengo hija, o hijos, y él no tiene responsabilidades. Él planea tenerlos en algún momento, yo no quiero tener más. Es difícil explicar por qué dos completos desconocidos deciden, de repente, compartir un retrato sin retoques de sus respectivas vidas. Pero, al mismo tiempo, tal vez es fácil de explicar, porque dos personas solas en un bar a las dos de la mañana necesitan, muy probablemente, contarse una versión sincera de sí mismos antes de volver adonde sea que pasarán la noche. Hay una compatibilidad de nuestras soledades, y una absoluta incompatibilidad de nuestras situaciones, y un cigarrillo compartido afuera del bar, y luego la súbita compatibilidad de nuestros labios, y su aliento en mi escote, y la punta de mis dedos tocando su cinturón, entrando apenas en sus pantalones. Mi ritmo cardiaco se acelera de un modo que conozco bien pero que no he sentido en mucho tiempo. Me dejo gobernar por la absoluta carnalidad del deseo. Él me propone acompañarlo a su hotel, y yo quiero ir.

Quiero ir, pero sé que es mala idea. Con hombres como éste, sé que yo interpreto el papel de cazadora solitaria; ellos, el de presa elusiva. Y sé que ya no estoy para perseguir a personas a las que les gusta correr.

Nos tomamos un último whisky y cada quien garabatea algo —recomendaciones geográficas, números de teléfono— en una servilleta. La suya, extraviada quizá dentro de unas horas, cuando vacíe sus bolsillos por costumbre, deshaciéndose del peso innecesario; la mía, guardada en una de mis botas, como un souvenir de ese camino que no tomé, y en algún momento posterior deshecha por el sudor y la fricción de mis pantorrillas.

PISTOLAS Y POESÍA

A la mañana siguiente, en una gasolinera a las afueras de Broken Bow, paramos a comprar café, leche, galletas y un periódico local titulado *The Daily Gazette*. Me pesan en la cabeza los whiskys de la noche anterior. Leo un artículo titulado «Niños, la plaga bíblica», sobre la crisis de los menores en la frontera. Lo leo velozmente, estupefacta ante el maniqueísmo que despliega: patriotas contra invasores ilegales. No es fácil reconciliarse con el hecho de que existe una visión del mundo así, más allá de los cómics de superhéroes. Leo en voz alta, para mi familia, algunas frases sueltas:

«Decenas de miles de niños llegan a raudales desde los caóticos países de Centroamérica hasta los Estados Unidos».

«… esta masa de sesenta mil a noventa mil invasores ilegales menores ha venido a Estados Unidos…».

«Estos niños traen consigo enfermedades con las que no estamos familiarizados en los Estados Unidos».

Pienso en las hijas de Manuela y no puedo evitar que la rabia me corroa. Pero supongo que siempre ha sido así. Supongo que la narrativa más conveniente siempre ha sido retratar a las naciones oprimidas sistemáticamente por naciones más poderosas como tierras de nadie, periferias bárbaras cuyo caos y color de piel amenazan la blanca paz de los civilizados. Sólo una narrativa así puede justificar décadas de guerra sucia, políticas intervencionistas y el delirio colectivo de la superioridad moral y cultural de las potencias económicas y militares del mundo. Al leer artículos así me descubro casi divertida con su inamovible certeza de lo que es el bien y el mal, los buenos y los malos. Más que divertida, en realidad, un poco asustada. Nada de esto es nuevo, pero me parece que estoy acostumbrada a convivir con versiones más edulcoradas de la xenofobia. Ya no sé qué es peor.

Sólo existe un lugar donde se puede comer a esta hora en Boswell, Oklahoma, y se llama Dixie Cafe. El niño es el primero en bajarse del coche. Se baja de un salto, alistando su cámara de fotos. Le recuerdo que tiene que llevarse el librito rojo que está hasta arriba de mi caja, y le pido que de paso se traiga el gran mapa de carreteras, que también puse en la caja ayer porque la guantera estaba demasiado llena. El niño corre hacia la parte posterior del coche, recoge todo, y nos espera a la entrada del café, con el mapa y el libro bajo el brazo y su cámara lista en la mano. Después toma una foto mientras los demás salimos del coche sin prisa y con pereza, poniéndonos nuestras nuevas botas de Walmart.

Además de nosotros, los únicos clientes en el Dixie Cafe son una mujer cuya cara y brazos tienen la textura del pollo hervido, y un niño pequeño en una sillita para bebés al que la mujer alimenta con papas fritas. Ordenamos cuatro hamburguesas y cuatro limonadas rosas, y desplegamos nuestro mapa sobre la mesa mientras esperamos la comida. Seguimos las líneas de autopistas rojas y amarillas con la punta del dedo, como gitanas leyendo la gigantesca palma de una mano. Así nuestro pasado y nuestro futuro: un punto de partida, un cambio, aventura corta, arduas circunstancias en el horizonte, aquí torcerás hacia el sur, en tal otro punto encontrarás dudas y tribulaciones, un cruce de caminos te espera.

Sólo sabemos una cosa: para llegar a Nuevo México y, en algún momento, a Arizona, podemos manejar en dirección oeste atravesando Oklahoma, o bien en dirección suroeste por Texas.

¿También Oklahoma era parte de México, ma?, pregunta el niño.

Sí.

¿Y Arkansas?

Creo que no.

¿Y Arizona?

Sí, digo yo, Arizona era México.

¿Y qué pasó?, quiere saber el niño.

Los Estados Unidos se robaron ese territorio, dice mi esposo.

Yo matizo su respuesta. Le digo al niño que México se los medio-vendió, pero sólo después de perder una guerra en 1848. Le digo que fue una guerra de dos años, que los gringos llaman la Guerra México-Americana y los mexicanos llaman, con mayor acierto, la Intervención Estadounidense.

¿O sea que va a haber muchos mexicanos en Arizona?, pregunta ahora la niña.

No, le dice el niño.

¿Por qué?

Los matan, explica su hermano.

¿Con arcos y flechas?

Con pistolas, dice él. Y al decirlo imita a un francotirador y juega a disparar a los botes de cátsup y de mayonesa, y cuando está a punto de derramar cátsup sobre Arizona, su padre le quita el bote.

Seguimos estudiando el mapa. Mi esposo quiere pasar un par de días en Oklahoma, donde está el cementerio apache. Dice que esa parada es uno de los principales objetivos de este viaje. Nuestros deseos son incompatibles: yo quiero tomar el camino de Texas. Mirándolo desde mi asiento, inclinada sobre la mesa, el estado se extiende magnánimo ante mis ojos. Sigo la línea de una autopista con la punta del índice. Paso lugares como Hope, Pleasant y Commerce de camino hacia Merit, luego al sur en dirección a Fate y después a Poetry, Texas, que después de todo existe, para mi sorpresa, y sonrío.

La niña dice que ella quiere regresar a Memphis. El niño dice que a él no le importa, sólo quiere que le traigan su comida, que se muere de hambre.

Llegan nuestras bebidas y las sorbemos en silencio, escuchando a la mujer de la mesa contigua. Le está hablando en voz muy alta y muy despacio a su hijo —o tal vez sólo habla hacia su hijo—. Habla sobre las rebajas de un supermercado local, mientras le pasa largas papas fritas bañadas primero en cátsup y luego en mayonesa. El bebé responde con chillidos y bufidos. Plátanos, noventa y nueve centavos la libra. El niño chilla. Y la leche, un bote de leche, por setenta y cinco centavos. El niño gorjea. Después la mujer nos voltea a ver, suspira, y le dice al niño que los fuereños son cada vez más comunes en estos días, y no hay problema, ella no tiene ningún problema, siempre y cuando no armen líos. La mujer le da a su hijo una papa con tanta mayonesa y cátsup que la punta se dobla, como una disfunción eréctil.

Todos nos giramos cuando una nueva familia —padre, madre, bebé en carriola— entra al restaurante. Son de un estilo más discreto, salvo por el bebé, que es más bien grande. Tal vez, incluso, inquietantemente enorme. Resulta difícil afirmar que alguien de ese tamaño es un bebé. Pero a juzgar por sus facciones abultadas, su cabeza lampiña y sus movimientos pixelados es, sin lugar a duda, un bebé. El niño pequeño, blandiendo una papa frita, lleno de entusiasmo, grita desde su sillita:

¡Bebé!

No, no, eso no es un bebé, le dice la madre, meneando una papa frita en señal de negación.

¡Bebé!, insiste el niño.

No, no, eso no es un bebé, mi niño, no no no. Esa cosa es enorme. Da miedo de tan grande. Como esos tomates que vimos en el súper. No eran tomates de Dios.

A la mujer no parece importarle el hecho de que sus gritos llegan a cada rincón del restaurante, más allá de su hijo, de nosotros, de la familia de estilo más discreto —que, desde luego, está ahora al tanto de su opinión, que en realidad es también nuestra opinión, salvo que nosotros no nos atrevemos a expresarla, ni siquiera en voz baja—. La familia se va del restaurante y al mismo tiempo llegan nuestras hamburguesas. Pruebo la combinación de mayonesa con cátsup en mis propias papas y, la verdad, me sabe bien.

Al final de la comida, la decisión está tomada. Manejaremos de Boswell hasta un pueblo llamado Gerónimo, sólo para ver y entender por qué se llama así. Luego iremos rumbo a Lawton, que está a unos pocos kilómetros del cementerio donde está enterrado Gerónimo, aunque existen toda suerte de teorías que dicen que su cuerpo fue vendido de contrabando en algún otro lugar, por una sociedad secreta de la universidad de Yale, o algo así. Mi esposo lleva meses planeando la visita al cementerio. Desde donde estamos ahora hasta Lawton es un viaje de unas cuatro horas en coche, nada más, así que podemos hacer un par de escalas de camino, pasar la noche en Lawton y visitar el cementerio a la mañana siguiente.

Una amiga de padres tamiles, refugiados, que nació en Tulsa, me lo había advertido: viajar por las profundidades de Oklahoma es como quedarse dormido e irse hundiendo en las capas más profundas y más extrañas del subconsciente atormentado de una persona.

Cerca de Tishomingo, al sur de Oklahoma, pasamos un letrero que el niño lee en voz alta:

¡Área para nadar más adelante! ¡Diversión garantizada!

Los niños insisten, así que aceptamos detenernos para que naden un poco. Hay múltiples coches estacionados frente a un pequeño estanque artificial —el estacionamiento es más grande que el estanque mismo—. Mi esposo saca su equipo de grabación mientras los demás agarramos algunas cosas. Tendemos nuestras dos toallas cerca de la orilla y los niños se quitan la ropa y corren al agua en ropa interior. El estanque tiene poca profundidad cerca de la orilla y los niños pueden jugar solos, así que me siento en una de las toallas y los superviso desde allí, distrayéndome cada tanto con la gente de alrededor.

Una mujer madura pasa frente a mí. Pasea a lo largo de la playa con un hombre mayor y muy delgado, posiblemente su padre. Tienen dos perros diminutos, que ladran y brincan a unos pocos pasos de ellos. Uno de los perros se tropieza todo el tiempo con las piedras, o tal vez con sus propias patas, y suelta ladridos estridentes. Cada vez que esto sucede, la mujer le pregunta: «¿Estás bien, Pastelito? ¿Estás bien, mi amor?». El perro no le responde, pero el anciano, en cambio, sí: «Estoy bien, cariño. Gracias por preguntar».

A mi izquierda hay un hombre que bebe cerveza, despatarrado sobre un bote inflable de color amarillo. Su esposa, una mujer pequeña y huesuda, lee una revista sentada sobre una toalla a rayas, cruzada de piernas. Cada tanto, la mujer pronuncia en voz alta algún titular o alguna frase suelta: «¡Los científicos afirman que esta dieta reduce el riesgo de Alzheimer en un

35 %!». «Llevas toda la vida cortando mal el pastel: ¡esta es la mejor forma de hacerlo!». Cuando se cansa de leer, se pone de pie y le trae a su esposo otra cerveza –que tal vez él le pide por telepatía, porque de algún extraño modo ella siempre aparece con la cerveza nueva en el momento justo–. Tienen un labrador que va en busca de los objetos que el hombre lanza al estanque desde su bote amarillo. El perro ahora trae las piedras que el hombre lanza.

Mi esposo está en el estanque, con el agua hasta las rodillas, su Porta Brace colgada del hombro derecho y el boom sostenido en alto. El hombre del bote repara en él y le pregunta si está comprobando los niveles de radiación. Mi esposo le sonríe con amabilidad y le dice que nada más está grabando los sonidos del estanque. A manera de respuesta, el hombre del bote estornuda y carraspea. Ahora me doy cuenta de que él y su esposa no están solos. Son los padres de tres niños que juegan cerca de nosotros: dos niñas que se ríen sin control y un niño rechoncho de nariz casi invisible, con un chaleco salvavidas que le queda grande. Cada tanto, el niño grita «¡Brócoli, brócoli!». En un primer momento pienso que el labrador que recoge piedras se llama Brócoli. Pero al poner atención comprendo que el niño se refiere al vegetal, no a la mascota. La madre le responde, tranquilizándolo desde detrás de su revisa: «Sí, mi vida, cuando volvamos a casa te daremos brócoli».

Una mujer muy gorda con una toalla rosa alrededor del cuello presencia también la escena del labrador, que ahora se revuelca en la orilla lodosa del estanque. Está sentada en una silla plegable a medias sumergida en el agua, fumando. Tiene un aspecto más o menos normal, excepto que su silla está colocada como para ver hacia los coches del estacionamiento, no hacia el estanque. De pronto habla, preguntándole a la familia cómo piensan bañar luego al perro sin armar un desastre en su casa. El hombre del bote amarillo le responde, sin inmutarse: «Manguera», y la mujer gorda estalla en una carcajada desmesurada, ronca, con un gorjeo de flemas.

Me decido por fin a alcanzar a nuestros hijos; me pongo el traje de baño cubriéndome con la toalla. Ya en la orilla del estanque, me arrastro en posición anfibia —panza abajo, impulsándome con las manos para deslizarme—. Justo antes de hundir la cara en el agua fría, los ojos a ras de la superficie, veo a un hombre radiante, de calva redonda y enternecedora, que se aleja lentamente sobre una tabla de surf. Parece ser el único de toda esta extraña constelación humana que es genuinamente feliz.

Westerns

La gente nos pregunta de dónde somos, a qué nos dedicamos y qué estamos haciendo «acá tan lejos».

Vinimos en coche desde Nueva York, digo.

Trabajamos en radio y sonido, dice mi esposo.

Somos documentalistas, digo a veces.

Documentólogos, corrige él.

Estamos trabajando en un documental sonoro, les digo.

Un documental de la naturaleza, miente él.

¡Sí!, le sigo. Sobre las plantas y los animales de esta zona.

Pero, conforme nos vamos alejando, estas pequeñas mentiras y verdades tranquilizan cada vez menos a los lugareños, ávidos de explicaciones. Cuando, en un restaurante, mi esposo le explica a un desconocido particularmente preguntón que también él nació en el sur del país, el desconocido le responde con un frío asentimiento y una ceja arqueada. Más tarde, en una gasolinera a las afueras de un pueblo llamado Loco, alguien me pregunta por mi acento y por el lugar donde nací, y yo respondo que no, que no nací en este país, y cuando digo el nombre del lugar donde nací no recibo ni siquiera una ceja arqueada por respuesta. Sólo un silencio áspero y rotundo, como si acabara de confesar un pecado. Poco después comenzamos a ver manadas de patrullas fronterizas pasar a toda velocidad, como corceles de mal agüero, precipitándose hacia la frontera.

Y cuando unos oficiales de la migra, en un pueblo llamado Comanche, nos piden que les mostremos nuestros pasaportes, les muestro el mío como pidiendo disculpas, forzamos todos una sonrisa y les explicamos que sólo estamos grabando sonidos.

¿Qué hacemos allí y qué estamos grabando?, quieren saber.

Desde luego, no digo nada de los niños refugiados, y mi esposo no dice nada sobre los apaches.

Estamos grabando un documental sonoro sobre historias de amor en el país, decimos, y estamos aquí porque nos gustan los cielos amplios y el silencio.

Tendiéndonos de regreso nuestros pasaportes, uno de los oficiales dice:

Así que vinieron hasta acá buscando *inspiración*...

Y como nunca le llevamos la contraria a nadie que tenga placa y pistola, simplemente respondemos:

Así es, oficial.

Después de ese episodio, decidimos no decirle a nadie más de dónde soy. Por eso, cuando un hombre con sombrero y con una pistola al cinto nos pregunta —una vez que llegamos, por fin, al pueblo llamado Gerónimo— quiénes somos y qué queremos, y nos dice que no encontraremos ahí lo que sea que estemos buscando, y luego pregunta por qué carajos nuestro hijo está tomando una foto del cartel a la entrada de su licorería, sabemos bien que deberíamos responder Perdón, perdón, volver rápidamente al coche e irnos. Pero en vez de eso, por alguna razón, quizá por aburrimiento, quizá por cansancio, quizá simplemente porque estamos demasiado inmersos, a estas alturas, en una realidad muy distante de nuestro contexto habitual, creemos que es una buena idea quedarnos un rato más y hacer plática. Y yo, estúpidamente, creo que es una buena idea mentir:

Somos guionistas, señor, y estamos escribiendo un espagueti western.

A continuación, para nuestra sorpresa, el hombre se quita el sombrero, sonríe, y dice:

En ese caso, sean ustedes bienvenidos.

Y nos invita a sentarnos en torno a la mesa de plástico en el pequeño porche afuera de su licorería, y nos ofrece una cerveza fría. A un lado de la mesa, sobre una silla de plástico, una televisión sin volumen pasa un comercial sobre una enfermedad y su horroroso remedio. El cable de la tele, tenso, se pierde más allá de una ventana medio abierta, seguramente conectado a un enchufe dentro de la tienda.

Doblando la lengua en forma de W, el hombre silba y su esposa sale inmediatamente, acompañada por su hijo. Él la presenta como Dolly. Luego le dice a su hijo, Junior, un niño más o menos de la edad del nuestro, que se vaya a jugar con nuestros hijos, y señala el lote que se extiende frente al porche: un terreno baldío lleno de trozos de malla de gallinero, pirámides incompletas hechas de latas de cerveza y un montón de juguetes extraños (muchas muñecas, algunas de ellas con el pelo trasquilado). Nuestros hijos, reticentes, caminan detrás de Junior hacia el baldío. A continuación, Dolly —una mujer joven y musculosa, de brazos largos y cabello sedoso— nos trae cerveza en vasos de plástico. Desde el porche, observo a mis hijos durante algunos minutos, mientras negocian las reglas de un juego más bien violento con el otro niño. El cabello de Junior tiene exactamente el mismo corte que algunas de las muñecas regadas por el baldío.

Cuando el anfitrión comienza quizá a dudar de nuestro profesionalismo, me doy cuenta de que deberíamos sentir miedo en la médula misma de los huesos. No sabría decir si nos cuestiona con base en nuestra apariencia o, simplemente, por nuestro obvio desconocimiento del espagueti western. Él, resulta, es un experto en el género.

¿Acaso hemos visto *El sheriff de la quijada rota*? ¿Y *El sabor de la violencia*? ¿Y *Los tres implacables*?

No, no las hemos visto. Pronto nos rellenan los vasos de plástico, y yo extiendo la mano —sudorosa— para darle un largo trago a la cerveza recién servida. Encima de la televisión hay un molde dental deforme, e intento recordar en dónde he visto o leído una imagen parecida: tal vez en Carver, tal vez en Capote. Mientras, mi esposo hurga en su memoria en busca de nombres de directores y actores de espagueti western. Es obvio que se está esforzando por ganar al menos un poco de credibilidad ante nuestro anfitrión. Pero no lo está haciendo muy bien, así que interrumpo:

Mi western favorito es *Sátántangó*, de Béla Tarr.

¿Qué dijiste?, replica el hombre, analizándome el rostro y el escote.

Sátántangó, repito.

El recuerdo de ese título me viene de un pasado remoto, cuando vivía un esplendor post-adolescente de inteligencia, pretensión y marihuana. La verdad es que nunca he visto *Sátántangó* completa (dura siete horas). Es decir que, aprovechando mi exigua educación cinematográfica, decidí arriesgarme, envalentonada por el tercer vaso de cerveza. Por suerte para nosotros, el hombre dice que nunca ha visto esa película, así que yo puedo contarle la trama en clave western de manera convincente. Se la empiezo a contar con tal morosidad y detalle que estoy segura de que nuestro anfitrión se cansará de nosotros y nos dejará partir. Pero el hombre parece revitalizado de súbito por el espíritu de Béla Tarr. Tanto, que tiene una idea de borracho que resulta aterradora:

¿Por qué no la rentamos en internet y la vemos juntos en nuestra casa?

Podríamos quedarnos a cenar, sugiere, e incluso dormir ahí si se nos hace muy tarde y la noche «se pone loca» —pronuncia estas últimas palabras con una amplia sonrisa, sus dientes demasiado perfectos para ser reales—. Tienen espacio más que suficiente para visitas, dice. En mi mente se proyecta una secuencia de eventos posibles, casi todos ellos terroríficos: la cena sería de microondas, rentaríamos la película sin problemas, nos sentaríamos los siete en torno a la tele y la película comenzaría. Mi resumen previo de la trama no se parecería en nada a las imágenes de la pantalla. Así que el hombre, primero molesto y más tarde tal vez furioso, apagaría el aparato. Caería entonces en cuenta de que todo este tiempo le habíamos estado mintiendo. Y al final todos terminaríamos asesinados y enterrados en el lote baldío, bajo muñecas y latas vacías, donde los niños siguen jugando ahora.

Oímos de pronto que nuestro hijo grita, un grito agudo, de dolor, así que su padre y yo corremos hacia el terreno baldío para ver qué sucede. Le picó una abeja y está dando gritos y retorciéndose de dolor sobre el polvo del terreno. Su padre lo levanta, intercambiamos una mirada y un gesto cómplice. Yo veo la oportunidad de exagerar mi reacción, así que finjo estar muy alterada y preocupada. Mi esposo dice, siguiéndome la corriente, que tenemos que irnos corriendo a un hospital porque el niño es alérgico a muchas cosas y no podemos arriesgarnos a que lo sea también a las abejas. La pareja parece tomarse muy en serio el tema de las alergias, así que nos ayudan a llegar al coche y nos dan indicaciones para llegar al hospital más cercano. Mientras nos despedimos, el hombre sugiere que llevemos a nuestros hijos al Museo de los Ovnis en Roswell, cuando el niño se mejore, claro. Puede ser un buen premio para él por haberse portado «como un hombrecito» a pesar del dolor y del peligro potencial de muerte. Nosotros le decimos que sí, sí, gracias, sí, gracias y partimos en dirección al crepúsculo.

Manejamos rápido, sin mirar atrás, mientras el dolor del piquete de abeja remite lentamente en el cuerpo del niño, y la leve intoxicación de todas esas cervezas sorbidas con prisa y ansiedad se va diluyendo de nuestra conciencia, y los niños quieren que prometamos que los llevaremos al Museo de los Ovnis de cualquier modo, aunque la crisis del piquete de abeja haya terminado y no haya sido tan grave después de todo, y como nos sentimos culpables como padres, se los prometemos, sí, sí, los llevaremos, y conversamos sobre las cosas que podremos ver en el museo hasta que los dos se quedan dormidos, y avanzamos en silencio mientras cae la noche, hasta que encontramos un estacionamiento frente a un motel a las afueras de Lawton. Cargamos a los niños hasta su cama y luego nos dormimos rápidamente en nuestra propia cama, abrazándonos por primera vez en varias semanas, abrazándonos con la ropa puesta, incluidas las botas.

CAMAS

La mañana siguiente, antes de entregar la llave del hotel y subirnos al coche, descubro una mancha de orina en las sábanas de los niños, pero no pregunto quién es el responsable. Yo me hice pipí en la cama hasta los doce años. Y me hice pipí, sobre todo, entre los diez y los doce. Cuando cumplí diez años, exactamente la edad que tiene el niño, mi madre nos dejó —a mi padre, mi hermana y a mí— para unirse a un movimiento insurgente. Durante muchos años, a partir de aquel día odié la política, cualquier cosa que tuviera que ver con la política, porque la política me había arrebatado a mi madre. Durante años estuve enojada con ella, incapaz de comprender por qué la política y otras personas y sus movimientos le importaban más que nosotros, su familia.

Un par de años más tarde, justo después de mi cumpleaños número doce, la vi de nuevo. Como regalo de cumpleaños, o tal vez sólo como regalo general por vernos de nuevo, mi madre nos compró a mi hermana y a mí dos boletos para ir con ella a Grecia. En nuestro primer día en Atenas, nos dijo que quería llevarnos al templo del Oráculo de Delfos. Así que abordamos un autobús local. Mientras buscábamos nuestros asientos, quejándonos del calor y de la falta de espacio para las piernas, mi mamá nos explicó que, en griego, la palabra para decir «viaje en autobús» era μεταφορά, o metáfora, así que debíamos estar agradecidas de que una metáfora nos llevara al siguiente destino. Mi hermana se quedó más tranquila que yo con la explicación de mi madre.

Viajamos durante muchas horas hacia el oráculo. Mientras tanto, por el camino, mi mamá nos iba contando de la fuerza y el poder de las pitonisas, las sacerdotisas del templo que, en la antigüedad, actuaban como vehículos del oráculo al permitir que las embargara el ἐνθουσιασμός, o entusiasmo. Recuerdo la definición que dio mi madre del término, dividiéndolo en dos partes. Hizo una especie de gesto como de cortar algo con sus manos, una mano como tabla y la otra como cuchillo, y dijo: «En, theos, seismos», que quiere decir algo así como «en, dios, terremoto». Creo que lo recuerdo todavía porque, hasta ese momento, no sabía que las palabras se podían dividir en partes para entenderlas mejor. Luego explicó que el entusiasmo era una especie de terremoto interno que se produce cuando uno se permite ser poseído por algo más grande y más poderoso, como un dios o una diosa.

Mientras avanzábamos rumbo al oráculo, mi madre nos habló sobre su decisión, un par de años antes, de dejarnos, de dejar a su familia, para unirse a un movimiento político. Mi hermana le hizo preguntas difíciles y a veces hasta agresivas. Aunque amaba a nuestro padre, explicó mi mamá, lo había estado siguiendo de un lado a otro toda su vida, dejando siempre de lado sus propios proyectos. Y tras muchos años así, finalmente había sentido un «terremoto» interno, algo que la había sacudido profundamente y que tal vez incluso había destrozado una parte suya, y por eso había decidido irse y buscar una forma de arreglar eso que estaba roto. O tal vez no arreglarlo, pero al menos entenderlo. El autobús serpenteaba por la carretera de montaña hacia Delfos, y mi madre intentaba responder a nuestras preguntas lo mejor posible. Yo le pregunté dónde había dormido todo ese tiempo en que no había estado, qué había comido, si había sentido miedo, y si sí, miedo de qué. Le quise preguntar si había tenido novios o amantes, pero no lo hice. La escuché hablar y miré su rostro para observar las muchas líneas de preocupación en su frente, su nariz recta y sus orejas grandes, de las que pendían unos largos aretes que se balanceaban con el movimiento del autobús. Por momentos, cuando el autobús ascendía, yo cerraba los ojos y recargaba la mejilla contra su brazo desnudo, y lo olía, intentando aprehender todos esos olores antiguos que recordaba en su piel.

Cuando por fin llegamos a Delfos y nos bajamos del autobús, resultó que ya estaba cerrado el acceso al templo y al oráculo. Habíamos llegado demasiado tarde. Eso nos pasaba con frecuencia al viajar con mi madre: llegábamos demasiado tarde a todo. Ella sugirió que entráramos a escondidas, que nos saltáramos una reja y fuéramos a ver el oráculo de todas formas. Mi hermana y yo obedecimos, haciendo un esfuerzo por fingir que disfrutábamos ese tipo de aventuras.

Saltamos la reja las tres y caminamos por un bosque. No llegamos muy lejos. Casi de inmediato, empezamos a oír los temibles ladridos de algún perro, y luego más ladridos, todos acercándose, ladridos de múltiples perros, seguro una gran manada, salvaje. Así que corrimos hacia la reja, la saltamos de nueva cuenta y esperamos a la orilla del camino a que pasara el autobús nocturno, la metáfora que nos llevaría de regreso a Atenas. Detrás de nosotros, al otro lado de la reja, cinco o seis perros amenazantes seguían ladrando.

Aunque fue una aventura fallida, aquel encuentro con mi madre sembró en mí algo que, años más tarde, siendo ya una adulta, floreció bajo la forma de un entendimiento más profundo de las cosas. Tanto de las cosas personales como de las políticas, y de cómo ambas tienden a confundirse; y también sobre mi madre en particular y sobre las mujeres en general. Aunque tal vez la palabra correcta no sea «entendimiento», que tiene una connotación más pasiva. Tal vez la palabra correcta es «reconocimiento», en el sentido de re-conocer, conocer de nuevo, por segunda o tercera ocasión, como un eco de un conocimiento que trae consigo aceptación, y tal vez perdón. Espero que también mis hijos me perdonen, nos perdonen, algún día, por todas nuestras decisiones.

PRISIONEROS

Era el año de 1830, comienza a contarle mi esposo a los niños mientras hacemos fila en el Dunkin' Donuts de Lawton.

Andrew Jackson era presidente de los Estados Unidos en ese momento, y pasó una ley, aprobada por el congreso, llamada Indian Removal Act, o Ley de Expulsión de los Indios. Volvemos al coche cargados de donas, cafés y botecitos de leche, y yo me pongo a estudiar nuestro mapa de Oklahoma en busca de una ruta hacia Fort Still, donde están enterrados Gerónimo y el resto de su banda de apaches. El cementerio de Fort Still para prisioneros de guerra debe de estar a una media hora de camino.

Gerónimo y su banda fueron los últimos hombres en rendirse a los ojosblancos y a su Indian Removal Act, les explica mi esposo a los niños. No quiero interrumpir su historia para decirlo en voz alta, pero la palabra «removal», en inglés, se sigue utilizando como eufemismo de «deportación» en nuestros días. En algún lugar leí, aunque ya no recuerdo dónde, que «remover» es a «deportar» lo mismo que el sexo es a la violación. Cuando deportan a un inmigrante «ilegal» en nuestros días, él o ella, según se asienta por escrito, es «removido/a»: «removed». Saco mi grabadora de la guantera y comienzo a grabar a mi esposo, sin que él ni nadie se dé cuenta. Sus historias no guardan una relación directa con la pieza sonora en la que estoy trabajando, pero cuanto más escucho lo que cuenta sobre el pasado de este país, más me parece que podría estar hablando sobre su presente.

Gerónimo y su gente se rindieron en Skeleton Canyon, continúa él. Es una cañada cerca de Cochise Stronghold, que es adonde vamos a llegar pronto, el destino final de todo este viaje. En la capitulación final, que tuvo lugar en 1886, había quince hombres, nueve mujeres, tres niños y Gerónimo. Después de eso, el General Miles y sus hombres partieron a pie a través del desierto que rodea Skeleton Canyon, y fueron arreando a la banda de Gerónimo como quien arrea ovejas para subirlas a los barcos de la muerte. Caminaron en dirección norte más de 150 kilómetros, hasta lo que ahora son las ruinas de Fort Bowie, enclavadas entre las montañas Dos Cabezas y las Chiricahua, cerca de donde está Echo Canyon.

¿Donde vivían los Guerreros Águila?, pregunta el niño, interrumpiendo.

Sí, exactamente, confirma su padre.

Luego caminaron otros treinta y cinco kilómetros, más o menos, hasta el pueblo de Bowie, les dice a los niños, que probablemente se pierden un poco con las referencias geográficas. Allí, en Bowie, amontonaron a Gerónimo y a su gente en un vagón de tren y los mandaron hacia el este, lejos de todos y de todo, a la Florida. Pero unos años después los volvieron a amontonar en un vagón de tren y los trajeron de regreso a Fort Still, donde la mayoría se fueron muriendo, poco a poco. Ahí enterraron a los últimos chiricahuas que habían nacido libres, en el cementerio que vamos a visitar hoy, les dice a los niños.

Pasamos varios terrenos baldíos, un Target, un restaurante abandonado, dos clínicas de atención de urgencias, una al lado de otra, un letrero que anuncia una feria de venta de armas y, por último, un semáforo en donde una pareja de viejos y una niña pequeña venden cachorros.

¿Me siguen escuchando?, pregunta mi esposo a los niños al detenerse en el semáforo.

Sí, pa, dice el niño.

Pero papá, interviene la niña, ¿puedo decir una cosa?

¿Qué cosa?

Sólo quiero decir que estoy empezando a aburrirme de tus historias de apaches, pero no te ofendas.

Está bien, dice él, sonriendo, no me ofendo.

Yo quiero seguir oyendo, pa, dice el niño.

Durante la guerra, continúa entonces su padre, el objetivo era eliminar al enemigo. Erradicar al enemigo por completo. Eran guerras muy crueles y sangrientas. Los apaches solían decir: «Ahora hemos emprendido el camino de la guerra».

Pero siempre por venganza, ¿verdad, pa? Nunca lo hacían así nada más, sin una razón, ¿no?

Exacto. Siempre por venganza.

Da vuelta a la izquierda en la próxima salida, interrumpo yo.

Estoy temblando, me dice mi esposo. Dice que no sabe si es por el café de Dunkin' Donuts o de pura emoción. Después, sigue hablando. Les dice a los niños que cuando alguno de los grandes jefes, como Victorio, Cochise o Mangas Coloradas declaraban la guerra a los ojosblancos, reunían a todos los guerreros de todas las familias apaches y, entre todos, formaban un ejército. Luego atacaban pueblos y los destruían por completo.

Estoy temblando, mira, repite mi esposo en voz baja.

Sus manos, en efecto, tiemblan un poco. Pero él sigue contando la historia a los niños.

Si lo que querían era hacer saqueos, la estrategia era un poco distinta. De los saqueos se encargaban sólo siete u ocho guerreros, los mejores, e iban siempre a caballo. Entraban cabalgando a los ranchos y se robaban las vacas, los granos, el whisky y también niños. Robaban sobre todo niños y whisky.

¿Se llevaban a los niños?, pregunta la niña.

Sí, se los robaban.

Ahí adelante das vuelta, susurro. Mis ojos transitan del mapa a los letreros de la carretera y de regreso.

¿Y qué les hacían?, pregunta el niño.

A veces los mataban. Pero si tenían ciertas cualidades, si demostraban que podían convertirse en grandes guerreros, entonces los perdonaban. A esos niños los adoptaban y se volvían parte de la tribu.

¿Alguna vez trataban de escaparse?, pregunta el niño.

A veces lo intentaban. Pero en general les gustaba más su nueva vida, con su nueva familia, que la vida que llevaban antes.

¿Cómo? ¿Por qué?

Porque la vida de un niño de entonces no era igual que ahora. Los niños trabajaban todo el día en las granjas, sus padres eran muy duros con ellos, muchas veces pasaban hambre, y nunca tenían tiempo para jugar. Con los apaches la vida también era dura, pero por lo menos era más emocionante. Podían montar a caballo, cazaban y participaban en ceremonias. En la granja, con sus padres, lo único que hacían era trabajar en los campos y con los animales, todo el día, todos los días lo mismo. Incluso cuando se enfermaban.

Yo me habría quedado con los apaches, declara el niño después de pensarlo un poco.

¿Yo también?, pregunta la niña.

Y responde ella misma a su pregunta casi de inmediato:

Sí, yo también. Me habría quedado contigo, le dice a su hermano.

Nos acercamos a las rejas de la base militar. Todo este tiempo creímos que el nombre del lugar era Fort Still, pero ahora tenemos el letrero frente a nosotros:

Bienvenidos a Fort Sill, dice el niño, leyendo en voz alta. Es Fort Sill y no Fort Still, pa. Hay que decirlo sin la T. Necesitas el nombre correcto para tu inventario.

Qué lástima, dice su padre, Fort Still es mucho mejor nombre para un cementerio.

Puesto de control, dice el niño, leyendo de nuevo.

Y luego pregunta:

¿Hay un puesto de control?

Claro, le responde su padre. Estamos entrando en una zona del ejército de los Estados Unidos.

La idea de entrar en territorio militar me pone nerviosa. Como si me convirtiera de inmediato en una criminal de guerra. Bajamos las ventanillas y un joven, que parece menor de veinte años, nos pide nuestras identificaciones. Se las damos —en mi caso, el pasaporte; mi esposo, su licencia de conducir— y el joven las examina rutinariamente, sin poner demasiada atención. Cuando le pedimos indicaciones para llegar a la tumba de Gerónimo, nos mira a los ojos por primera vez y esboza una sonrisa casi tierna, sorprendido quizá por nuestra petición.

¿La tumba de Gerónimo? Sigan por Randolph, por este mismo camino, hasta llegar a Quinette.

¿Quintet?

Quinette. En Quinette a la derecha. Allí verán unos letreros que dicen Gerónimo. Sólo síganlos.

Una vez que subimos las ventanillas y avanzamos por la calle Randolph, el niño pregunta:

¿Ese señor era un apache?

Tal vez, digo yo.

No, dice la niña, hablaba igual que mamá, así que no puede ser apache.

Seguimos las indicaciones −Randolph, luego Quinette−, pero no hay ningún letrero que diga Gerónimo. En los jardines que franquean el camino vemos algunas reliquias de guerra y piezas ornamentales de artillería: obuses, morteros, casquillos, proyectiles. Un misil del tamaño de un niño de dos años, pintado de rosa, apunta hacia el cielo como el falo de un potro salvaje, listo, dispuesto, perturbadoramente lindo. La niña lo confunde con una nave espacial de juguete y decidimos no contradecirla.

Pasamos barracas convertidas en librerías y museos, casas viejas y casas nuevas, parques, canchas de tenis, una escuela primaria. Es un pueblito idílico, protegido del mundo exterior, tal vez no tan distinto de los miles de campus universitarios diseminados por el país, como el lugar donde vive ahora mi hermana, donde los jóvenes intercambian una vida dedicada a los esfuerzos familiares por créditos, que se convierten en calificaciones, que se convierten en un papelito que no les garantiza nada, nada salvo una vida vivida en el fantasmagórico limbo de los puestos en lugares no elegidos, la búsqueda de trabajo, las aplicaciones y la inevitable partida hacia un nuevo puesto.

¿Viven en una tumba o en una tomba?, pregunta la niña.

¿Qué? Nadie entiende la pregunta.

¿Gerónimo y los otros, viven en una tumba o en una tomba?

Los tres respondemos al unísono:

Una tumba.

Pero todavía recorremos unos kilómetros más antes de encontrar el primer letrero que indica cómo llegar a la tumba. El niño es quien lo ve primero, concentrado como va en la tarea que se le ha asignado. De pronto señala con el dedo y grita:

¡A la derecha! ¡Tumba de Gerónimo!

El camino serpentea, pasa por encima de unas vías de tren y de pequeños puentes, alejándose cada vez más de las escuelas, las casas, las reliquias de guerra, los parques, hasta internarse en un bosque, como si incluso ahora fuera necesario mantener a los apaches a cierta distancia. Como si Gerónimo pudiera, todavía, regresar a vengarse el día menos pensado.

Nos acercamos a un claro en el bosque salpicado simétricamente de lápidas grises y blanquecinas, y la niña grita:

¡Mira, papá, allí están: las tombas!

Su hermano la corrige.

Nos estacionamos frente a un letrero muy grande que el niño lee en voz alta mientras nos desabrochamos los cinturones:

Cementerio de Prisioneros de Guerra Apaches.

Abrimos las puertas y bajamos del coche.

En una placa de metal fijada a una piedra, a la entrada del cementerio, hay una especie de explicación de lo que vamos a ver. Es responsabilidad del niño, él lo decidió así, leer la información relativa a cada sitio. Se detiene ante ella y la lee en voz alta —su prosodia en sintonía con la hipocresía necrológica de la placa—. Se explica que los apaches chiricahuas descansan en aquel cementerio, donde fueron enterrados como prisioneros de guerra tras rendirse al ejército estadounidense en 1894. La placa conmemora «su determinación y perseverancia en el largo camino hacia un nuevo modo de vida».

Elegías

Caminamos en silencio por el cementerio siguiendo a mi esposo, que nos lleva directamente a la tumba de Gerónimo como si conociera el lugar. La tumba se destaca de las otras —una especie de pirámide hecha de piedras y cemento, coronada con una escultura de un águila de mármol apenas más pequeña que un águila de verdad—. A los pies del águila hay cigarrillos, una armónica, dos navajas de bolsillo; y flotando por encima de ella, atada a una rama, hay varios pañuelos, cinturones y otros artículos personales que la gente deja como ofrendas.

Mi esposo ha sacado sus instrumentos de grabación y ahora está de pie, inmóvil, ante la tumba de Gerónimo. Aunque no nos pide soledad o silencio, los tres sabemos que tenemos que darle su espacio, así que seguimos caminando entre las lápidas, primero juntos, pero después dispersándonos.

La niña corre por ahí buscando flores. Las arranca y luego las deja sobre las tumbas, una y otra vez. El niño zigzaguea entre las lápidas, concentrado en fotografiar algunas. Se toma muy en serio esta tarea. Primero mira a su alrededor, encuentra una tumba, levanta su cámara buscando un encuadre y luego enfoca y dispara. Una vez que la cámara escupe la foto, el niño la coloca entre las hojas del librito rojo que lleva bajo el brazo. Al cabo de un rato su padre lo llama para que lo ayude con el boom, así que el niño me deja la cámara y el libro y corre para alcanzarlo bajo una fila de árboles que bordean el lento riachuelo que marca el límite norte del cementerio.

Yo encuentro una buena sombra bajo un viejo cedro, y me siento. La niña sigue corriendo, recogiendo y distribuyendo flores, así que abro el librito rojo, *Elegías para los niños perdidos*, dispuesta a leer un rato, en silencio. Algunas fotos se caen de entre las hojas, y noto que el libro ha ido engordando con las Polaroids del niño. Las recojo y las meto entre las últimas páginas, y luego regreso a las primeras páginas con cuidado de no tirar de nuevo las fotos.

El prólogo explica que *Elegías para los niños perdidos* fue escrito originalmente en italiano por Ella Camposanto, y traducido luego al español por Sergio Pitol. Es la única obra de Camposanto (1928-2014), quien probablemente la escribió a lo largo de varias décadas, y está inspirada vagamente en la histórica Cruzada de los Niños, en la que decenas de miles de menores viajaron solos a través de Europa, y tal vez incluso más allá, y que tuvo lugar en el año de 1212 (aunque los historiadores no se ponen de acuerdo respecto a ciertos detalles fundamentales). En la versión de Camposanto, la «cruzada» sucede en lo que parece ser un futuro no tan lejano, y en una región que quizá podría situarse en África del Norte, el Medio Oriente y el sur de Europa, o bien entre Centroamérica y Norteamérica (los niños del libro montan en el techo de «góndolas», por ejemplo, una palabra que en Centroamérica designa a los vagones o los carros de los trenes de carga).

Al cabo de un rato, la niña, cansada y tal vez aburrida, viene a sentarse conmigo bajo el cedro, así que cierro el libro y lo guardo en mi bolsa. Mientras el niño y su padre terminan de recolectar sonidos, las dos nos ponemos a dar machincuepas y a ver cuántos segundos aguantamos paradas de manos.

CABALLOS

Está cayendo la tarde cuando nos vamos del cementerio, así que decidimos buscar un lugar cerca para pasar la noche. El niño se duerme al cabo de unos pocos minutos, antes incluso de pasar el puesto de control militar a la salida de Fort Sill. La niña hace un esfuerzo por seguir despierta un poco más:

Mamá, papá...

¿Qué pasó, mi vida?, le digo.

¡Gerónimo se cayó de su caballo! ¿Verdad?

Así es, dice mi esposo.

La niña llena el espacio entero del coche con el aire tibio de su aliento de cachorro. Nos cuenta, desde el asiento trasero, historias largas e incomprensibles que me recuerdan a algunas letras tardías de Bob Dylan, posteriores a su conversión cristiana. Luego, de pronto, parece cansarse de estar en el mundo y se queda callada, mirando por la ventana sin decir nada. Ahí, en esos ratos en que se quedan de pronto callados y miran hacia fuera de lo que sea que los contiene, quizás empieza a crecer el misterio que nos separa de nuestros hijos. No dejes de ser niña, pienso, pero no lo digo. Ella mira por la ventana y bosteza. No sé qué piensa; no sé si ve el mismo mundo que nosotros vemos. Afuera del coche se extiende el paisaje vejado, casi lunar de Oklahoma, su cáncer industrial multiplicado hacia el horizonte. Defiéndete de este mundo llano y jodido, pienso, tápalo con un dedo, cierra los ojos, pero no digo nada, desde luego.

La niña guarda silencio, observa atentamente por la ventanilla. Luego nos observa atentamente a nosotros, desde quién sabe qué larga distancia, ensimismada, para asegurarse de que no la estamos viendo cuando se mete el dedo pulgar a la boca. Se lo chupa. En el asiento trasero se instala un silencio distinto. El dedo adentro, la boca chupa. Poco a poco se va ausentando, casi borrada de entre nosotros. El dedo, chupado, la boca, bombea, el dedo, hinchado de saliva. Cierra los ojos, sueña caballos.

ECOS Y FANTASMAS

Mientras avanzamos en dirección norte, hacia las montañas de Wichita, cierro los ojos e intento dormir también, como mis hijos. Pero mi mente se hunde sin remedio en la idea de los niños perdidos, otros niños perdidos, y recuerdo a las dos niñas, solas, las imagino caminando a través del desierto, quizá ya no muy lejos de aquí.

Se me ocurre que tengo que grabar el documental sonoro sobre los niños perdidos usando las *Elegías*. Pero ¿cómo? Sé que necesito grabar algunas notas de voz. Tal vez debería, como mi esposo, ir recolectando sonidos por los lugares por los que pasamos en este viaje. ¿Será que yo también estoy persiguiendo fantasmas, como él? En todo este tiempo no he terminado de entender a qué se refiere cuando dice que su inventario de ecos tiene que ver con los «fantasmas» de Gerónimo, Cochise y los otros apaches. Pero al verlo hace rato, caminando con paciencia por el cementerio, y con el niño siguiéndolo a unos pasos con el boom y el Porta Brace —el hombro ligeramente levantado para sostener el pesado equipo de audio de su padre–, ambos con sus enormes audífonos, tratando de captar el sonido del viento entre las ramas, el rumor de los insectos y, sobre todo, el extraño y variado sonido de los pájaros; al verlo así, creo que empecé por fin a entender algo.

Creo que su plan es grabar los sonidos que ahora, en el presente, se escuchan en ciertos lugares por los que alguna vez caminaron, hablaron y cantaron Gerónimo y los otros apaches que pelearon junto a él. De algún modo, está intentando captar su presencia pasada en el mundo, y hacerla audible a pesar de su ausencia actual. Y lo hace recolectando cualquier eco de ellos que todavía reverbere. Cuando un pájaro grazna o un viento sopla entre las ramas de los cedros en el cementerio donde Gerónimo está enterrado, ese pájaro y esas ramas iluminan una porción de un mapa, un paisaje sonoro, en donde Gerónimo estuvo alguna vez. El inventario de ecos no es una colección de sonidos que se han perdido para siempre —eso sería imposible–, sino una colección de sonidos presentes en el momento de la grabación y que, al escucharlos, nos recuerdan a los sonidos del pasado.

Al cabo de un rato llegamos a Medicine Park, donde rentamos una cabañita austera que tiene un buen porche con vistas a un arroyo. La cabaña tiene una cocineta sencilla, un cuarto de baño y cuatro catres como de campamento militar sobre los que depositamos a los niños, que duermen. Nuestros cuerpos caen sobre los catres, pesados y sumisos como árboles talados, y nos quedamos dormidos.

ARCHIVO

A la mañana siguiente me levanto antes del amanecer, lista para trabajar y tomar algunas notas de voz. Todos están dormidos, así que hago pipí y me lavo la cara sin hacer ruido, tomo mi bolsa y salgo. Siento el aire fresco en el rostro al caminar hacia el coche, que está estacionado junto a unos contenedores de basura, justo enfrente de la cabaña. De la guantera, saco mi grabadora y el mapa grande que uso para nuestras rutas diarias.

Me siento en el banco del porche; la lámpara que hay sobre la puerta de la cabaña sigue encendida porque afuera está oscuro todavía. Lo primero que hago es estudiar el mapa, localizar el punto en el que estamos. Nos hemos alejado de casa mucho más de lo que creía —un vértigo me pesa en el estómago, como una marea—. Enciendo la grabadora y grabo una nota de voz:

Estamos mucho más cerca del destino final del viaje que del punto de partida.

Después, saco de mi bolsa el libro de las *Elegías*, ensanchado por las fotos del niño que descansan entre sus páginas. Una por una, saco las fotos y las apilo a mi lado. Algunas son buenas, incluso muy buenas, y comienzo a describirlas en voz alta con la grabadora funcionando. La última foto, de una tumba, es inquietante. Me grabo diciendo:

El arco de la lápida de Jefe Cochise puede distinguirse con claridad, pero el nombre tallado en ella parece haber sido borrado de algún modo, irreconocible.

Hojeo las páginas del libro una última vez, asegurándome de que no queden fotos guardadas, y luego me detengo a analizarlo. Observo la sobria portada una vez más, leo partes del texto de contraportada y, por último, lo abro y leo en voz alta las primeras líneas de la historia:

(Primera elegía)

Caras al rayo de luna, duermen. Niños, niñas: labios partidos, cachetes agrietados, y el viento que castiga día y noche. Ocupan el espacio completo, tiesos y tibios como cadáveres recientes, alineados en una sola hilera sobre el techo de la góndola del tren. Y el tren avanza lento sobre las vías, paralelo a un muro de acero. El hombre a cargo otea los cuerpos dormidos, los cuenta por debajo de la visera de su gorra. Cuenta: seis; siete menos uno. Sobre el techo de la góndola silba el viento, ulula,

arrastra los sonidos de la noche hasta las cuencas blandas de
los oídos de los niños, perturbándoles el sueño. Abajo, el suelo
del desierto es pardo; arriba, el cielo azabache, inmóvil.

Archivo

Leo esas primeras líneas una vez, y luego otra —en ambas ocasiones me pierdo un poco en las palabras, en la sintaxis—. Regreso unas cuantas páginas, al prólogo del editor, que había
leído sólo a medias. Leo el resto del prólogo, pasando por encima de algunos párrafos y deteniéndome en ciertos detalles
cada tanto: el libro se estructura en una serie de fragmentos
numerados, dieciséis en total; cada fragmento es una «elegía», y cada elegía se compone, en parte, de una serie de citas. A lo largo del libro se toman prestadas citas de diversos
escritores. En algunos casos las citas han sido «traducidas li-
bremente» por la autora o «recreadas» hasta el punto de que
no siempre es posible rastrear su origen. En esta primera edición (publicada en 2014), Sergio Pitol decidió traducir todos
esos préstamos directamente del italiano y no desde las fuentes originales. Una vez que termino de leer el prólogo, releo la
primera elegía en voz baja una vez más, y luego comienzo a leer
la segunda en voz alta para la grabadora:

(Segunda elegía)

Se llevaron Biblias, escapularios, talismanes, fotos, y cartas.
Pero también advertencias, recordatorios y consejos de los
parientes que los despidieron: «No te deshagas en llanto», le
dijo su madre a uno tras darle un beso en la frente, en la puerta de casa, cuando amanecía. Y una abuela previno a sus nietas
diciéndoles que temieran «los vientos de popa». Y una viuda
del barrio repartió consejos: «No llores nunca en sueños, o
perderás las pestañas».

Llegaron de pueblos distintos, los seis que ahora duermen sobre el tren. Llegaron de puntos muy distantes en el mapa, de otras vidas. Los que duermen a bordo del tren nunca antes cruzaron caminos, y sus vidas nunca debieron de haberse encontrado, pero se encontraron. Antes de abordar el tren, caminaban a la escuela, paseaban por parques o callejuelas, se perdían en el entramado de sus ciudades, algunas veces solos y otras veces no tan solos. Ahora, dormidos sobre el techo de la góndola, arracimados uno junto al otro, sus historias dibujan una sola línea que atraviesa estas tierras yermas. Si alguien trazara en un mapa su recorrido, el recorrido de estos seis, pero también de las decenas de niños como ellos y los cientos y miles que han viajado y seguirán viajando a bordo de idénticos trenes, ese mapa tendría una sola línea: una delgada grieta, una larga fisura partiendo en dos un hemisferio entero. «Chingada frontera sirve nomás pa partir esas vidas chingadas aquí y allá», dice una mujer a su marido cuando entra el silbido del tren distante por la ventana abierta de su casa.

Mientras viajan, dormidos o dormitando, los niños no saben si viajan solos o acompañados. El hombre al mando está sentado, cruzado de piernas, a su lado. Fuma una pipa y exhala humo hacia la oscuridad. Las hojas secas anidadas en el hornillo de su pipa sisean cuando inhala y luego se encienden —azafrán violento—, como una maraña de circuitos eléctricos en una ciudad nocturna, vista desde lo alto. Un niño acostado junto a él gime y traga un poco de saliva. Las ruedas del tren escupen chispas, una rama reseca se quiebra en lo oscuro, el tabaco crepita de nuevo y, cuando el conductor mete el freno, de las entrañas metálicas de la bestia se oye el sonido de mil chillidos, como si a su paso machucara racimos de pesadilla.

Pozos

Quizá, grabar algunos fragmentos del libro, leídos en voz alta, me ayudará a descubrir cómo armar este proyecto sonoro, a encontrar la mejor manera de contar la historia de los niños perdidos. Mis ojos recorren las líneas de tinta. Mi voz, suave pero firme, va leyendo las palabras: traga, escupe, crepita, chillidos; mi grabadora registra cada una y las convierte en cúmulos de información digital, y mi mente convierte la suma de esas palabras en impresiones, imágenes, recuerdos prestados. Grabo una nota de voz: «Debo grabar un documento que registre los sonidos, las huellas y los ecos que los niños perdidos dejan tras de sí».

Ahora oigo las voces y los pasos de mis hijos saliendo de la cabaña. Se han despertado, así que le doy *stop* a la grabadora, vuelvo a guardar las fotos del niño entre las páginas del libro y meto ambas cosas, grabadora y libro, en mi bolso de mano. El niño y la niña salen al porche y preguntan:

¿Qué estás haciendo aquí, ma?

¿Cuándo vamos a desayunar?

¿Qué vamos a hacer hoy?

¿Podemos ir a nadar?

Han descubierto, en la cabaña, un folleto que invita a los huéspedes a visitar la «joya» de Medicine Park: un pozo para nadar llamado Bath Lake, a menos de dos kilómetros de distancia.

Sólo cuesta dos dólares por persona, dice el niño, señalando con el índice la información en el folleto.

Y se puede ir caminando, añade.

Desayunamos un pan con jamón medio verdoso, que lleva varios días en la hielera. Después nos colgamos las toallas al cuello, yo agarro mi bolso de mano, y nos vamos caminando por un sendero estrecho hasta el pozo para nadar. Pagamos nuestros ocho dólares y extendemos nuestras toallas sobre unas piedras. No se me antoja meterme al agua fría, así que digo que me está bajando y que naden sin mí. Los tres corren hacia el agua mientras yo me siento al rayo del sol, mirándolos a la distancia, como fantasma de mí misma.

Lo que hubo, entre Arkansas y Oklahoma, fueron horas de grabaciones.

Lo que hubo, a lo largo de tormentas y autopistas, fue mi esposo, que bebía en silencio su café o hablaba con los niños mientras manejaba. A veces, mi deseo de que todo terminara pronto, de alejarme de él lo más posible. Otras veces, mi deseo siguiendo sus pasos, con la esperanza de que él cambiara de idea de repente y anunciara que él y el niño regresarían a Nueva York, al terminar el verano, con nosotras. Lo que hubo, entre nosotros, fue silencio.

Lo que hubo fue una llamada telefónica de Manuela, sobre sus hijas, que no habían llegado todavía y quién sabe en dónde estaban. A veces, cuando cerraba los ojos para dormirme, veía el número de teléfono cosido al cuello de los vestidos que las niñas llevaban en su viaje rumbo al norte. Y, una vez dormida, veía un enjambre de números imposibles de recordar.

Lo que hubo, entre Memphis y Little Rock, fue la historia de Gerónimo, cayéndose del caballo una y otra vez.

Lo que hubo en Little Rock, Arkansas, fue Hrabal asomándose a la ventana del hospital, las manos llenas de migas, las palomas dispersándose cuando su cuerpo cae y se estrella contra el pavimento.

Lo que hubo fue Frank Stanford, cayendo al interior o al exterior de su propia mente, tres disparos secos.

En Broken Bow hubo noticias de niños que caían del cielo: un diluvio.

Lo que hubo en Boswell fue miedo.

Lo que hubo en Gerónimo fue un western.

También hubo un libro, *Elegías para los niños perdidos*, en el que un grupo de niños se suben al techo de un tren, los labios partidos, los cachetes agrietados.

Todo lo que hubo entre Arkansas y Oklahoma en realidad no estaba ahí: Gerónimo, Hrabal, Stanford, nombres en lápidas, nuestro futuro, los niños perdidos, las dos niñas perdidas.

Lo único que veo, a la distancia, es el caos de la historia repetida, una y otra vez, la historia recreada, reinterpretada. El mundo, su corazón jodido palpitando bajo nuestros pies; su fracaso, su ruina inevitable y progresiva mientras seguimos dando vueltas alrededor del sol. Y en medio de todo eso, tribus, familias, gente, cosas hermosas que se desmoronan, escombros, polvo, borraduras.

Pero, al final, hay algo. Tengo una única certeza. Me llega como un puñetazo en el estómago mientras nos adentramos más tarde ese mismo día en Texas, a toda velocidad por una autopista. La historia que tengo que contar no es la de los niños perdidos que sí llegan, aquellos que finalmente alcanzan sus destinos y pueden contar su propia historia. La historia que necesito documentar no es la de los niños en las cortes migratorias, como alguna vez creí. Todavía no estoy segura de cómo voy a hacerlo, pero la historia que tengo que contar es la de los niños que no llegan, aquellos cuyas voces han dejado de oírse porque están, tal vez irremediablemente, perdidas. Tal vez yo también voy a la búsqueda de ecos y fantasmas. Excepto que los míos no están en los libros de historia, ni en los cementerios. ¿Dónde están, los niños perdidos? ¿Y dónde están las dos hijas de Manuela? No lo sé, pero de esto en cambio estoy segura: si lo que quiero es encontrar algo, a alguien, si lo que quiero es contar su historia, tengo que empezar a buscar en otro lado.

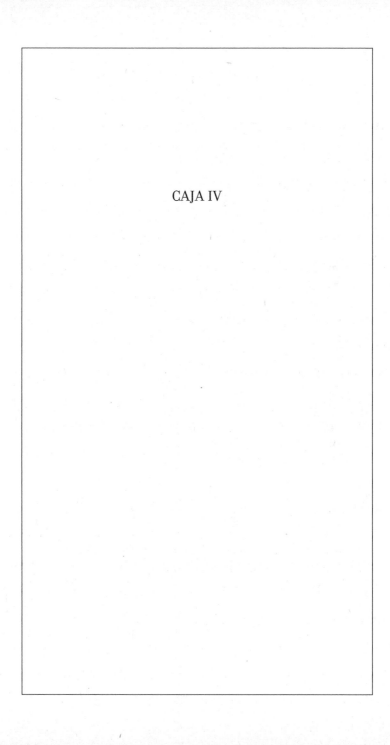

CAJA IV

§ Cuatro cuadernos (19.6 x 12.7 cm)

«Sobre la cartografía»
«Sobre la historia»
«Sobre las recreaciones históricas»
«Sobre las borraduras»

§ Ocho libros

Los indios de Norteamérica, Edward S. Curtis
From Cochise to Geronimo: The Chiricahua Apaches, 1874-1886, Edwin R. Sweeney
Lt. Charles Gatewood & His Apache Wars Memoir, Charles Gatewood (Louis Kraft, ed.)
Gerónimo. Historia de su vida, S. M. Barrett
Mangas Coloradas: Chief of the Chiricahua Apaches, Edwin R. Sweeney
A Clash of Cultures, Robert M. Utley
The Horse, the Wheel, and Language: How Bronze-Age Riders from the Eurasian Steppes Shaped the Modern World, David W. Anthony
Cochise, Chiricahua Apache Chief, Edwin R. Sweeney

§ Un folleto

«Desert Adaptations (The Sonoran Desert Species)», Servicio de Parques Nacionales

§ Cuatro mapas

Nuevo México
Arizona
Sonora
Chihuahua

§ Un caset

Hands in Our Names, Karima Walker

§ Un disco compacto

Echo Canyon, James Newton

§ Carpeta (cinco estereográficas / copias)

Postal (¡!) que muestra a cinco hombres, encadenados
   de los tobillos, H. D. Corbett Stationery Co.
Dos hombres jóvenes, encadenados
Reserva de San Carlos, siete personas afuera de una
   casa de adobe
Gerónimo sosteniendo un rifle
Gerónimo y otros prisioneros en el tren de camino a la
   Florida, 10 de septiembre de 1886

EXPULSIONES

Oye, hijo mío, el silencio.
Es un silencio ondulado,
un silencio,
donde resbalan valles y ecos
y que inclina las frentes
hacia el suelo.

FEDERICO GARCÍA LORCA

El avión siguió alejándose hasta no ser ya
más que un punto brillante; un deseo; un
centro; un símbolo [...] del alma humana; de
la voluntad humana [...] de salir del propio
cuerpo.

VIRGINIA WOOLF

Tormentas

Todos hablan del gran vacío de estas llanuras. Todos dicen:
vastas y yermas. Todos: hipnóticas. Nabokov probablemente dijo en algún sitio: indómitas. Pero nunca nadie nos había
hablado de las tormentas que desgajan el cielo de las mese-
tas. Se ven a kilómetros de distancia. Inspiran miedo, y aun así
conduces de frente por la autopista, con la tenacidad estúpida
de los mosquitos, hasta alcanzarlas, hasta sumergirte en ellas.
Las tormentas de autopista borran la división ilusoria entre el
paisaje y tú, el espectador; funden tu mirada observante y lo
que observa. Incluso adentro del espacio hermético del coche,
pareciera que el viento soplara hasta meterse en tu cabeza. Se
cuela por las cuencas de los ojos, atónitos, nublándote el juicio. Y la lluvia, que naturalmente cae, parece que asciende. Los
truenos retumban con tal fuerza que reverberan en tu pecho
como una ansiedad súbita. Los rayos estallan tan cerca que no
sabes si están afuera o adentro de ti, un destello que ilumina
el mundo o una confusión de nervios y circuitos en tu cerebro:
interacciones efímeras e incandescentes.

Lenguajes privados

Pasamos la tormenta, pero la lluvia sigue mientras atravesamos el extremo norte del estado de Texas, en dirección a Nuevo México. Ahora jugamos. El juego se trata de los nombres,
de conocer exactamente los nombres de las cosas que hay en
el desierto. Mi esposo les ha dado a los niños un catálogo de

especies vegetales, y ellos tienen que memorizar el nombre de algunas cosas, cosas como el saguaro, nombres difíciles como gobernadora, jojoba, árbol de mezquite, y nombres más fáciles como órgano y choya güera, nombres de cosas comestibles, como tunas, nopales, y también nombres de animales que se comen esas cosas, como sapos pata pala, crótalo cornudo, tortuga del desierto, coyote, rata montera, pecarí.

Desde el asiento trasero, el niño lee los nombres en voz alta, saguaro, gobernadora, uno por uno, jojoba, mezquite, y su hermana va repitiéndolos, choya güera, y a veces se ríe cuando su lengua, nopales, no los pronuncia correctamente, sapo pata pala, crótalo cornudo, y a veces incluso ruge de frustración. Cuando nos detenemos para comprar cafés y leche, en un restaurante a la orilla de la carretera, su padre los pone a prueba. Señala la foto de una de las especies, cubriendo el nombre bajo la imagen, y los niños tienen que decir el nombre correcto, por turnos. El niño se ha aprendido ya casi todas las especies de memoria. La niña no. Sin importar qué imagen señale mi esposo, la niña grita, invariablemente, sin dudarlo un instante:

¡Saguaro!

Y nosotros tres, a veces sonriendo, a veces con impaciencia, respondemos:

¡No!

De regreso en el coche, la niña toca el vidrio de la ventana con la punta de un dedo, señalando hacia todas partes y ninguna, y dice:

¡Saguaro, saguaro, saguaro!

Pronuncia la palabra como si hubiera descubierto un planeta o una nueva estrella. Pero no hay saguaros aquí, no todavía, porque esto no es realmente el desierto, explica mi esposo. La niña no parece convencida y sigue contando saguaros por las planicies húmedas, pero ahora en voz baja, para sí misma, y su dedito pringoso deja marcas en la ventana empañada, como cartografiando lentamente la imposible constelación de todos sus saguaros.

Más tarde, ese mismo día, en una gasolinera cerca de Amarillo, Texas, escuchamos por casualidad una conversación entre la cajera y un cliente. Mientras cobraba, la cajera le dijo al otro que al día siguiente mandarían en aviones privados, financiados por un millonario patriótico, a cientos de niños invasores, «*aliens*» —como le dicen en inglés a los extranjeros, pero también a los extraterrestres—, para deportarlos, «de regreso a Honduras, o a México, o a algún otro lugar de Sudamérica». Los aviones, llenos de esos «niños *aliens*», saldrán de un aeropuerto cerca del famoso Museo de los Ovnis de Roswell, Nuevo México. No sé si la cajera pretende hacer hincapié irónico cuando pronuncia las palabras «niños *aliens*» y «Museo de los Ovnis» o si, por el contrario, la ironía le pasa totalmente inadvertida.

Tras una breve búsqueda en internet, de regreso en el coche, confirmamos el rumor. O, si no lo confirmamos, al menos encontramos dos artículos que lo respaldan. Me vuelvo hacia mi esposo y le digo que tenemos que ir a ese aeropuerto. Tenemos que manejar hasta allí y estar presentes cuando la deportación ocurra.

No vamos a alcanzar a llegar, me dice él.

Pero sí que lo haremos. Estamos a sólo unas pocas horas del primer pueblo de la frontera entre Nuevo México y Texas, un pueblo llamado Tucumcari, donde podemos pasar la noche. Podríamos despertarnos antes del alba al día siguiente y manejar unos trescientos kilómetros en dirección sur hasta aquel aeropuerto cerca de Roswell.

¿Cómo vamos a encontrar ese preciso aeropuerto?, pregunta él.

Lo encontramos, y ya.

¿Y luego qué?

Luego veremos, le digo, remedando un tipo de respuesta que mi esposo da con cierta frecuencia.

¡Luego podemos ir al Museo de los Ovnis!, dice el niño desde el asiento trasero.

Sí, digo yo, luego al Museo de los Ovnis.

Juegos

Mi espalda suda contra el cuero negro y desgastado del asiento del copiloto, mi cuerpo rígido de ir sentada en la misma posición durante tanto tiempo, tantos días. En la parte de atrás del coche, los niños juegan. El niño dice que ambos tienen sed y están perdidos y caminan por el desierto infinito, dice que ambos tienen tanta sed y tanta hambre que parece que el hambre los está rompiendo por dentro, comiéndoselos por dentro, dice que las penurias y la desesperanza los están venciendo. Me pregunto de dónde saca esas palabras. De *El señor de las moscas*, me imagino. En cualquier caso, quiero decirle que su juego de recreaciones es frívolo porque qué van a saber ellos sobre los niños perdidos, sobre las penurias y la desesperanza o sobre perderse en el desierto.

Cada vez que el niño empieza a fingir, en el asiento trasero, que su hermana y él nos han abandonado, que se escaparon y ahora son también niños perdidos que vagan solos por el desierto, sin adultos, mi primer impulso es frenarlo de inmediato. Quiero pedirles que no sigan con ese juego. Decirles que ese juego es irresponsable, insensible, e incluso peligroso. Pero no encuentro argumentos persuasivos ni razones suficientemente sólidas para ponerle un dique así a su imaginación. Quizás cualquier tipo de entendimiento profundo, y sobre todo la comprensión histórica, requiere de cierta recreación del pasado, con todas sus pequeñas posibilidades y ramificaciones. El niño sigue, y yo lo dejo seguir. Le dice a su hermana que van caminando bajo el sol ardiente, y ella retoma la imagen y dice:

Estamos caminando en el desierto y hace tanto calor que es como si camináramos encima del sol, no bajo el sol.

Y muy pronto nos vamos a morir de sed y de hambre, dice él.

Sí, responde ella, y nos van a comer los animales, ¡a menos que lleguemos a Echo Canyon pronto!

GRAVEDAD

El paisaje se despliega, cada vez más plano, cada vez más seco. Llevamos ya más de tres semanas de viaje, aunque a veces se siente como si hubiéramos salido del departamento hace unos pocos días; y otras veces, como ahora mismo, se siente como si lleváramos toda una vida viajando, y como si los cuatro fuéramos muy distintos de aquellos cuatro que empezaron el viaje.

El niño habla desde el asiento trasero. Me pide que ponga la canción de David Bowie sobre los astronautas. Le pregunto cuál canción es ésa, de cuál disco, pero no sabe. Dice que es una canción sobre dos astronautas que platican mientras uno despega hacia el espacio y el otro permanece en tierra. Busco en mi teléfono las canciones posibles, encuentro «Space Oddity» y le doy *play*.

¡Sí, ésa es!, dice el niño, y me pide que le suba.

Así que la pongo a todo volumen mientras miro por la ventanilla los cielos imposiblemente amplios de Texas. Ground Control habla con Major Tom, que está a punto de despegar hacia el espacio. Fantaseo con otras vidas —distintas, aunque tal vez no tan distintas de la mía—. Algunas personas, cuando sienten que su vida se ha estancado, dinamitan los puentes y comienzan de cero. Admiro a esa gente: mujeres que dejan a sus hombres, hombres que dejan a sus mujeres, gente capaz de detectar el momento en que esa vida, elegida tiempo atrás, ha llegado a su fin, a pesar de los planes para el futuro, a pesar de los niños que quizá tienen, a pesar de las próximas Navidades, la hipoteca que firmaron, las vacaciones de verano reservadas, la familia y los amigos a quienes tendrán que dar explicaciones. Yo nunca he sido buena para eso: reconocer el final cuando llegó e irme a tiempo. «Space Oddity» suena a todo volumen en las viejas bocinas del coche, que crujen un poco. Son como una chimenea en torno a la cual nos congregamos. La voz de Bowie salta de Ground Control a Major Tom y de regreso.

¡Más fuertísimo!, grita la niña, que ama el hechizo que está produciendo esta canción.

¡Ponla de nuevo!, dice el niño cuando la canción termina.

Ponemos «Space Oddity» más veces de las que creía que podría escuchar una canción. Cuando los niños piden que la ponga de nuevo, me vuelvo en mi asiento para mirarlos con aire de fastidio, dispuesta a decirles que no puedo soportarlo más, que no voy a aguantar escuchar una vez más esa canción. Pero, antes de que pueda decir nada, descubro que el niño se está poniendo un casco imaginario a sí mismo y otro a la niña, y que simula hablar a través de un walkie-talkie invisible:

Te copio, te copio, ¡Ground Control a Major Tom!

Les sonrío a los dos, pero ellos no me sonríen. Están demasiado concentrados aferrándose a un volante imaginario, listos para despegar en una cápsula hacia el espacio, expulsados de la parte de atrás del coche, quizá, hacia las anchas llanuras que se extienden a nuestro alrededor mientras avanzamos. Sé que he comenzado a distanciarme, yo también. Me alejo del núcleo familiar, del centro gravitacional que alguna vez mantuvo en órbita mi vida. Voy sentada en esta caja de hojalata, alejándome de mi hija, de mi hijo. Soy su Major Tom. Y ellos son mi Ground Control y se alejan a su vez de mí. No estoy segura de qué papel juega mi esposo en esta canción. Va callado, retraído. Persiste en su tarea, al volante. Se concentra en la autopista que se extiende ante él como si estuviera subrayando una frase larga en un libro muy difícil. Cuando le pregunto en qué piensa, normalmente responde:

En nada.

También ahora le pregunto en qué piensa y espero su respuesta. Observo sus labios. Los tiene secos, cuarteados, pero besables. Él reflexiona un poco, se moja los labios con la punta de la lengua:

En nada, dice.

El miedo, durante el día, bajo la luz del sol, es algo concreto y les pertenece a los adultos: acelerar de más en la autopista, los policías blancos, los posibles accidentes, un adolescente armado, el cáncer, los ataques cardiacos, los fanáticos religiosos, insectos grandes y medianos.

De noche, el miedo les pertenece a los niños. Es más difícil localizar su origen, ponerle un nombre. El miedo nocturno, en los niños, es un ligero cambio cualitativo de las cosas, como cuando una nube pasa de pronto frente al sol y los colores se vuelven una versión más pálida de sí mismos.

Por la noche, el miedo de nuestros hijos es la sombra que una cortina proyecta sobre la pared, el rincón más oscuro de la habitación, los sonidos de la madera al expandirse y del agua desplazándose por las tuberías.

Pero ni siquiera es eso, en realidad. Es algo mucho más grande que todo eso. Está más allá de todo eso. Demasiado lejano como para aprehenderlo o enfrentarlo, no digamos para domarlo. El miedo de nuestros hijos es una especie de entropía que desestabiliza siempre el equilibrio, sumamente frágil, de nuestro mundo adulto.

Las carreteras largas y sin curvas, vacías y monótonas, nos llevaron desde Oklahoma, a través del extremo norte de Texas, y nos trajeron hasta este tramo de concreto junto a la Ruta 66. El pueblo es Tucumcari, Nuevo México, y aquí encontramos un hotel que alguna vez fue una casa de baños. No sé bien si eso significa que en el fondo era un burdel. El dueño de la gasolinera lo describió como un paraíso, cuando le preguntamos por algún lugar cercano para alojarnos: elegancia sencilla, mecedoras, ambiente familiar.

En lugar de eso, lo que encontramos al estacionar el coche es un cementerio de bañeras y sillas rotas, regadas por un terreno en pendiente que desembocaba en un porche con hamacas deshilachadas pendiendo sobre macetas vacías. Encontramos cantidades alarmantes de gatos. La pensión parece de mal agüero. Los niños están en lo correcto al señalar que el espacio es:

Espeluznante.

Terrorífico.

Dicen:

Vámonos a casa.

¿Aquí hay fantasmas, ma?

¿Por qué hay una mujer espantapájaros en el pasillo, con un vestido puesto, en una mecedora?

¿Para qué ponen máscaras y sombreros y cruces en las habitaciones?

Las noches se están volviendo más y más largas y llenas de miedos pasados y futuros. En esta pensión tenemos dos habitaciones adyacentes, y mi esposo se ha ido a dormir, temprano, a la nuestra. Cuando meto a los niños a su cama, me preguntan:

¿Qué va a pasar, mamá?

No va a pasar nada, les aseguro.

Pero insisten. No pueden dormir. Están asustados.

¿Me puedo chupar el dedo, mamá?

¿Nos puedes leer una historia antes de dormir?

Hemos leído demasiadas veces *El libro sin dibujos* y ya no nos da risa, sólo a la niña. Así que elegimos la edición ilustrada de *El señor de las moscas*. La niña se queda dormida casi de inmediato, chupándose el dedo. El niño escucha con atención, los ojos abiertos y expectantes y no del todo preparados para dormir. Algunas frases leídas en voz alta flotan por la habitación como sombras:

«Tal vez hay una fiera… tal vez la fiera somos nosotros».

«Hicimos todo lo que hubieran hecho los adultos. ¿En qué fallamos?».

«El mundo, aquel mundo comprensible y legislado, estaba desapareciendo».

«Lo que quiero decir es… que tal vez sólo somos nosotros».

Mi esposo me dijo una vez que cuando el niño era pequeño, cuando era todavía un bebé, poco después de la muerte de
su madre biológica, comenzó a despertarse casi cada noche
con pesadillas, llorando en la cuna destartalada donde dormía.
Mi esposo caminaba hasta él, lo sacaba de la cuna y, arrullán-
dolo en sus brazos, le cantaba algunas frases de un poema que
le gustaba, de Galway Kinnell:

Cuando camino sonámbulo
hasta tu cuarto, y te tomo en brazos,
y te sostengo a la luz de la luna, tú te aferras a mí con fuerza
como si aferrándote pudieras salvarnos. Creo
que tú crees
que no moriré nunca, creo que exudo
para ti la permanencia del humo o de las estrellas,
a pesar de que
son mis brazos rotos los que sanan al rodearte.

El niño se aferra a mi brazo ahora, mientras intento pasar una página del libro. Antes de que pueda seguir leyendo, me pregunta:

¿Qué pasaría si también yo me quedara solo, sin ti y sin
mi papá?

Eso nunca sucedería.

Pero le pasó a las hijas de Manuela, dice él. Y ahora están
perdidas, ¿no?

¿Cómo sabes eso?, le pregunto, quizás ingenuamente.

Te oí hablando de eso con mi papá. No los estaba espiando. Tú siempre estás hablando de eso.

Bueno, pero no te va a pasar lo mismo a ti.

Pero imagínate…

¿Qué me imagino?

Imagínate que mi papá y tú se van, y nosotros nos perdemos. O imagínate que estamos dentro de *El señor de las moscas*.
¿Qué pasaría entonces?

Me pregunto qué diría mi hermana, que entiende más de
libros que de la vida, si tuviera que responder una pregunta

como ésta. Se le da muy bien lo de explicar los libros y sus significados, más allá de lo evidente. Tal vez diría que todos esos libros y esas historias que tratan de niños sin adultos —libros como *Peter Pan*, *Las aventuras de Huckleberry Finn*, el cuento aquel de García Márquez de «La luz es como el agua» y, por supuesto, *El señor de las moscas*— no son sino intentos desesperados, por parte de los adultos, de hacer las paces con la infancia. Que a pesar de que parezcan historias sobre mundos infantiles —mundos sin adultos—, en realidad son historias sobre un mundo adulto lleno de miedos infantiles. O quizá son historias sobre el modo en que la imaginación de los niños desestabiliza nuestro sentido adulto de la realidad y nos obliga a cuestionarnos los fundamentos mismos de esa realidad. Sin duda, cuanto más tiempo pasamos rodeados de niños, desconectados de otros adultos, más se filtra esa imaginación por las grietas de nuestras endebles estructuras.

El niño repite su pregunta, exige una explicación de cualquier tipo:

Entonces, ¿qué pasaría, mamá?

Sé que tengo que responderle desde mi aventajada posición de madre, mi papel es ser la voz que sirva de andamiaje a su propio mundo —un mundo inacabado, en construcción—. El niño no necesita oír sobre mis propios miedos o mis dudas filosóficas. Lo que necesita es explorar esa hipótesis aterradora —estar solo, sin sus padres— a fin de hacerla menos aterradora. Y yo tengo que ayudarlo a construir esa situación en su cabeza para que logre, tal vez, encontrar la solución imaginaria al problema imaginario y sienta que controla un poco más su miedo.

Pues… es una buena pregunta, porque este libro se trata exactamente de eso.

¿Qué quieres decir? ¿Por qué? ¿De qué se trata?

Creo que se trata de la naturaleza humana.

Odio cuando dices ese tipo de cosas, ma.

Está bien. Quiero decir que el autor, William Golding, escribió este libro después de la Segunda Guerra Mundial, y estaba decepcionado de que la gente se la pasara peleando y buscando tener más poder sin entender siquiera por qué o para qué. Así que imaginó una situación, una especie de experimento científico imaginario, en el que unos niños se quedan varados en una isla y tienen que valerse por sí mismos para sobrevivir. Y con ese experimento imaginario concluyó que la naturaleza humana nos lleva a cosas muy malas, como la barbarie y el abuso, si nos sustraemos al imperio de la ley y al contrato social.

¿Qué quiere decir sustraemos?

Que no lo tenemos o no lo hacemos, nada más.

¿Pero qué es eso de la naturaleza humana sustraída al imperio de la ley? Ojalá no hablaras así, ma.

Quiere decir solamente el modo en que nos comportamos de manera natural, sin las instituciones y las leyes. La historia de estos niños es en realidad una fábula de lo que les pasa a los adultos en tiempos de guerra.

Sé lo que es una fábula, ma, y este libro no se parece nada a una fábula.

Pero sí es. Porque los niños en realidad no son niños. Son adultos imaginados como niños. Tal vez sea más bien una metáfora.

Bueno, está bien, ya está, ma.

Pero ¿sí entiendes lo que te estoy diciendo, verdad?

Sí, entiendo. Quieres decir que la naturaleza humana es la guerra.

Sí, bueno, no. Digo que ésa es la idea de William Golding sobre la naturaleza humana. Pero no es la única idea posible sobre la naturaleza humana.

¿Entonces?

Entonces nada, entonces el punto principal que el libro trata de plantear es simplemente que los problemas de la sociedad se remontan a la naturaleza humana. Si A, entonces B. Si los humanos son por naturaleza egoístas y violentos, entonces siempre terminarán matándose y abusando del otro, a menos que vivan bajo leyes y bajo un contrato social. Y como los niños de *El señor de las moscas* son egoístas y violentos por naturaleza, y han sido sustraídos del contrato social, crean una especie de pesadilla de la que no logran despertar, y terminan creyendo que sus propios juegos y sus locuras son ciertos, y en algún momento empiezan a torturarse y matarse unos a otros.

Pero volviendo a lo de la naturaleza humana. Si mi papá y tú y todos los adultos desaparecieran, ¿qué pasaría con nuestro contrato social?

¿Qué quieres decir?

O sea, ¿mi hermana y yo terminaríamos haciéndonos todo eso que se hacen, unos a otros, los niños de *El señor de las moscas?*

¡No!

¿Por qué no?

Porque ustedes son hermanos, y se aman.

Pero a veces la odio, aunque sea mi hermana. Aunque sea chiquita. Aunque nunca dejaría que le pasara nada malo. Pero tal vez sí dejaría que le pasara algo un poquito malo. No sé exactamente cuál es mi naturaleza humana. Entonces, ¿qué pasaría con nuestro contrato social?

Me acerco unos centímetros más para olerle la coronilla. Puedo ver sus pestañas subir y bajar lentamente conforme sus párpados se van volviendo más pesados.

No sé. ¿Qué crees tú que pasaría?, le digo.

El niño se encoge de hombros y suspira, así que yo le aseguro que no le pasaría nada malo, nunca. Pero lo que no le digo es que su pregunta me pesa tanto como le pesa a él mismo. ¿Qué pasaría?, me pregunto. ¿Qué pasa cuando los niños se quedan solos por completo?

Cuéntame qué pasa en el otro libro que estás leyendo, dice el niño.

¿Te refieres al rojo, *Elegías para los niños perdidos?*

Sí, ése, sobre los otros niños perdidos.

El niño me escucha con atención mientras le cuento sobre los trenes de carga, sobre el monótono ruido de pasos y sobre el desierto, inanimado y calcinado por el sol, y sobre un país extraño bajo un cielo extraño.

¿Me leerías un poquito de ese libro?

¿Ahorita? Es muy tarde, mi amor.

Sólo un capítulo.

Bueno, pero sólo uno, ¿está bien?

Está bien.

(Tercera elegía)

Los niños querían preguntar, todo el tiempo:

¿Cuánto falta para llegar?

¿Cuánto tiempo más?

¿Cuándo podemos parar a descansar?

Pero el hombre al mando no aceptaba preguntas. Lo había dejado muy claro desde el principio del viaje, antes de que abordaran el tren, mucho antes de que llegaran al desierto, cuando eran todavía siete y no seis.

Lo dejó claro desde el primer día, cuando cruzaron el río marrón y furibundo a bordo de la gran cámara. El balsero —dos ojos mansos y cansados, manos arrugadas y callosas— los acomodó por peso alrededor del borde de la cámara. Después de recolectar la cuota, se paró en el centro del tablón de madera atravesado sobre la cámara, clavó la punta de su pértiga de palo en la orilla del río, empujó, y la cámara se deslizó sobre el agua.

La cámara de hule, mucho antes de servir a los niños para cruzar el río, había sido el intestino de una llanta, una llanta que había pertenecido a un camión, un camión que había llevado mercancía de un país a otro, atravesando fronteras nacionales, un camión que había viajado de ida y vuelta, numerosas veces, por decenas de caminos diferentes, hasta que un día se estampó con otro camión similar en la curva cerrada de una carretera sinuosa, y los dos se fueron dando tumbos por el desbarrancadero, hasta que tocaron fondo. El estruendo metálico que reverberó en la noche quieta se escuchó en una aldea cercana, de la cual, la mañana siguiente, llegaron varios curiosos a investigar la escena y a rescatar vestigios. Sobrevivientes no había. De un camión rescataron cajas de jugo para muchos meses, casetes de música, un escapulario colgado del retrovisor. Del otro, bolsas y más bolsas de polvo. «Tal vez es cemento», dijo uno de los aldeanos. «Seas pendejo», respondió otro, «qué cemento va a ser». Los días pasaron y los aldeanos fueron y vinieron, vinieron y fueron, entre sus casas y el lugar del accidente, llevándose todo lo que podían, todo lo que pudiera serles útil o que pudieran vender a otras personas. Y casi todo servía o se podía vender, salvo los dos cadáveres de los choferes, aferrados todavía a sus respectivos volantes y cada día más descompuestos e innombrables. Nadie sabía qué hacer con ellos y nadie acudió a reclamarlos, así que un día una viejita de la aldea fue a darles su bendición y dos jóvenes cavaron tumbas y clavaron cruces blancas en el suelo para que pudieran descansar en paz. Antes de partir, los dos jóvenes echaron un ojo a ver si había algo más para llevarse, y no había casi nada excepto las llantas de los camiones, veinte llantas cada uno. Sacaron las cámaras de todas esas llantas, las desinflaron y se las vendieron al triciclero de la aldea, que pedaleaba todas las madrugadas hasta la orilla del río para vender ahí su mercancía: empanadas, agua fría, pan dulce y ahora, a lo largo de varios viajes, cuatro decenas de cámaras para balsas, para llevar personas de un lado a otro del río.

Ahora la cámara de la llanta se deslizaba por el agua parda, y los siete niños iban sentados en su borde, abrazados a sus mochilas, y ligeramente inclinados hacia el frente para mantener el equilibrio. Se habían quitado los zapatos, y los tenían prensados entre los dedos, a salvo de la salpicadera de la corriente. El poderoso río fluía a su alrededor como un sueño intranquilo. «No habrá alegría en el brillo intenso de la luz», había dicho la abuela de las dos niñas al describir el largo tramo de aguas revueltas que tendrían que atravesar. Y era verdad que no había alegría en los rayos que les rebotaban en las frentes, ni belleza en los destellos de luz que rebotaban en los pliegues de ese río.

La mayor de las dos niñas, llena de miedo y de espanto, se había atrevido a preguntarle al hombre al mando:

¿Cuánto falta –cuánto más– para llegar a la orilla?

La niña trataba de no bajar la vista, de no mirar el agua. Nomás voltear, se imaginaba ahogada, tragada por esa lengua larga y marrón que era el río, su barriga henchida y flotando en el caudal, ya luego escupida en quién sabe qué orilla muy lejos. Su abuela, antes de que ella y su hermana se marcharan con el hombre al mando, les había advertido que era el tipo de río que «te miraba vengativo, como un áspide moribundo». No volteaba a ver el agua abajo pero tampoco quería alzar la vista para no verle la cara al hombre, que ahora la miraba a ella desde la sombra diagonal de su visera, los ojos dos cuevas.

Antes de responder a la pregunta de la niña, el hombre alargó un brazo lento hacia ella y le arrebató de las manos un zapato. Luego, lo dejó caer en una espiral que la corriente arremolinaba en el centro vacío de la cámara. El balsero siguió remando. El zapato tragó un poco de agua, pero permaneció a flote, resistiendo el empuje y rozando la pared interna del hule de la cámara. Mirando hacia el zapato desde su puesto, y después hacia la orilla que los esperaba, el hombre al mando le habló a la niña, pero también a todos los demás:

Un trato te hago, niña. Vas a llegar al otro lado cuando este zapato llegue al otro lado. Pero si el zapato se hunde antes de llegar a la otra orilla, tampoco llegas tú.

La niña miró a su hermana, más chica pero más recia que ella. Le hizo una seña para que cerrara los ojos, para que no mirara ni el agua ni al hombre ni nada, para que no mirara nada, y la más grande cerró los ojos, pero la más chica no hizo caso. La chica miró el agua, miró al hombre, miró hacia el cielo donde surcaban dos pájaros grandes, tal vez águilas tal vez buitres, y pensó son los dioses que flotan que cuidan y que saben.

La hermana mayor mantuvo los ojos cerrados, intentando no escuchar al hombre, intentando no escuchar sino el hule de la cámara golpeando contra el agua, ascendiendo y cayendo. El hombre murmuró amenazas que embargaron a los niños de terror, amenazas como «hundirse hasta el fondo», «las caras azules» y «alimento de peces». Todos entendieron, mientras la cámara encallaba ya en la otra orilla del río puerco, que habían llegado pero que no habían llegado a ninguna parte.

Aquí

Todos duermen, por fin: los niños en su cuarto y mi esposo en el nuestro. Yo salgo al porche de la antigua casa de baños. Estoy cansada, pero no tengo sueño, así que prefiero seguir leyendo un rato. Rodeada de bañeras viejas y lavabos, me siento en una mecedora de mimbre desbaratado y madera astillada, y saco mi grabadora de mano y el librito rojo de mi bolso. Le doy grabar y sigo leyendo:

(Cuarta elegía)

En la otra orilla del río, el hombre al mando les ordenó hacer una fila india, y en fila penetraron la selva tupida. Con la punta de una vara el hombre los tocó a cada uno en la cabeza, en el orden en que estaban, y dijo: niña uno, niña dos, niño tres, niño cuatro, niño cinco, niño seis, niño siete.

Las primeras horas fueron fáciles, incluso alegres. Era mejor estar así, los pies calzados y en tierra firme, avanzando juntos por un camino trazado, abierto a machetazos entre la maleza. Era mejor estar ocultos, protegidos por la espesura de la selva, que andar atravesando el río puerco a bordo de una cámara, en pleno sol y a la vista de tantos.

Pero a medida que descendían por el camino de la selva, cuando ya empezaba a hacerse de noche y el aire se hizo más espeso y la selva más cerrada, se les fue agotando la voluntad. Y cuando llegó la noche y siguieron caminando, empezaron a escuchar las cosas que de día la selva no mostraba. Escucharon muchos otros pasos, y no sabían si venían detrás de ellos o si iban delante. Escucharon susurros, voces. Unas eran voces reales, como las suyas, provenientes de distintas direcciones. Otras voces no sonaban a nada humano. Las oían no con los oídos sino como con el recuerdo. A esas voces les temían. A ratos se desvanecían y a ratos se oían cerca, como si estuvieran ahí mismo entre los niños, atoradas en las piedras que pisaban, en las hojas puntiagudas de los helechos que se sacudían cuando los rozaban con los brazos, en los troncos de los árboles detrás de los cuales se escondían para vaciarse las vejigas. Y aunque casi siempre eran voces solas, palabras sueltas y a veces ni palabras, a ratos parecía que entre ellas también se oían y conversaban:

«¿Cómo llegaste?».

«Pernocté».

«Adverso hado y abundoso».

«Bajando descuidado».

«Caí de golpe».

«Rompiéndome la nuca».

«Ante los muertos en la sombra».

«Sal de la fosa».

«Sal de la fosa».

«Sal de la fosa».

Yo también las escucho, les dijo un señor, un cura evangélico, que en la mañana apareció sentado junto a los rescoldos de la hoguera que les había alumbrado la primera noche. El cura se les pegó y anduvo caminando junto a ellos un buen trecho. Pertenecen a los extinguidos, los antiguos y los recientes, les dijo. No le hagan caso, les dijo el más grande de los niños, no le hagan caso y sigan caminando, está loco, es uno de los evangélicos y anda buscando nomás quien lo escuche para volverlo loco también. El hombre a cargo no lo callaba, pero tampoco lo escuchaba. Los demás niños sí lo escucharon, porque escuchaban esas voces y tenían miedo y tenían preguntas y el evangélico tenía respuestas. Las voces pertenecían a las almas

que se alzaban de las osamentas oscuras, les dijo el evangélico, almas muertas pero necias de apego al mundo: algunas
de muchachos jóvenes, algunas de niñas, muchas de hombres
y mujeres, todos sus gemidos reverberando, persistiendo
en la superficie del mundo sin saber que la salvación estaba en
otra parte. Cuando hacían hoguera y se acostaban en el suelo
para pasar la noche, el evangélico sacaba unos trozos de papel
de su bolsillo, y leía pregones. Decía: «¡Impetuosos muertos
impotentes!». Leía: «¡Los insepultos, lanzados sobre la tierra
vasta!». Vaticinaba: «¡El niño no plañido, el insepulto!». Y
aunque no entendían sus palabras tan largas, tan oscuras, y el
evangélico desapareció una mañana, sin aviso, igual que había
aparecido, siguieron caminando como bajo la sombra de esas
palabras el resto del camino.

Detrás del hombre al mando, los siete niños se echaban a
andar con los primeros rayos del sol y caminaban en fila hasta el mediodía. A la hora más alta del sol, cuando el hombre al
mando daba la señal, podían detenerse a comer lo que trajeran
en la mochila: pan, pasas, nueces, tragos de agua. Pero enseguida tenían que retomar camino. Continuaban así hasta la hora de
las sombras largas, cuando empezaba a caer la tarde, y muchas
veces seguían andando aún cuando el sol engordaba y empezaba
a hundirse, rojo y remoto, entre los columpios del horizonte.

Viajaron a pie durante diez días. Marchaban desde el alba
hasta que el hombre al mando dijera que podían por fin parar,
o hasta que alguno de los más chicos no pudiera dar un paso
más y se cayera al suelo. Era frecuente que los más chicos se
tropezaran o que se tiraran a propósito al piso. Sus cuerpos no
estaban listos para caminar tantas horas. Tenían las piernas
demasiado cortas, los pies atamalados y muy chicos, los empeines planos, la piel de los tobillos y de los metatarsos del-
gadísima. Incluso los niños más grandes —callos más recios,
arcos de empeine más pronunciados, articulaciones apun-
taladas por músculos y tendones macizos— apenas si podían
caminar más allá del atardecer. Si seguían adelante no era por
ganas, sino por orgullo, o por puro vapor de voluntad. Así que,

cuando alguno de los más chicos por fin se rendía y se tumbaba al suelo, jadeando y chillando de dolor, y obligaba a la caravana completa a detenerse, lo agradecían.

Entrada la noche, cuando el hombre al mando daba la señal, de a dos, se ponían a buscar hojas, palos y ramas, recogiendo todo lo que estuviera seco y muerto, y lo apilaban en un centro para encender la hoguera. Sólo entonces, con la hoguera ya bien encendida, tenían permiso de descansar y quitarse los zapatos. Con las piernas cruzadas o extendidas en el suelo, algunos se quedaban como desmayados, mansos, quietos y tiesos, la mirada clavada en los lengüetazos tenaces de las llamas de la hoguera. Otros, poco a poco, se desataban las agujetas, y se quitaban los zapatos y luego los calcetines como si despegaran una calcomanía. Se masajeaban los empeines entumidos, aliviándose los calambres. Unos se ponían a llorar de dolor ya que se descalzaban. Y uno, una vez, vomitó de espanto cuando se vio los calcetines ensangrentados y la piel de los tobillos hecha jirones.

Antes de dormirse, todos se preguntaban, cada uno a su manera, cuánto faltaba, cuánto tiempo más, cuánto más había que caminar antes de llegar al patio de maniobras de los trenes. Pero ninguno se animaba nunca a hacerle la pregunta al hombre a cargo. Sentados en círculo alrededor de la hoguera moribunda, se iban pasando de mano en mano un pocillo de agua caliente, hasta que el sueño los iba venciendo. Ponían los cachetes contra la tierra tibia y áspera, cerraban los ojos, y deseaban sólo no soñar con nada, dormirse nomás.

JUNTOS SOLOS

Al meterme en la cama y acurrucarme junto a mi esposo, alcanzo a oír todavía los ecos de esos otros niños. Oigo el monótono sonido de los miles de pasos perdidos, y un apagado coro de voces que tejen y destejen frases.

Está la historia de los niños perdidos y su cruzada, su peregrinación a través de junglas y tierras yermas, que yo leo y sobre la cual mi hijo tiene más y más curiosidad. Y luego está también la historia de los niños perdidos de verdad, entre los que hay algunos que van a abordar un avión pronto. Hay miles de niños más, también, que cruzan la frontera o se dirigen hacia ella montados en trenes, escondiéndose de peligros. Están las dos hijas de Manuela, perdidas en algún sitio, esperando a que alguien las encuentre. Y por último están, desde luego, mis propios hijos. A uno podría perderlo pronto. Ambos se la pasan fingiendo en juegos, ahora, que son niños perdidos, que tienen que huir, ya sea porque escapan de los ojosblancos, a lomos de sus caballos en bandas de apaches infantiles, o montados en trenes, evitando a la migra.

Cuando mi esposo percibe mi cuerpo junto al suyo, desde las profundidades de su sueño, se aleja un poquito, así que me giro hacia el otro lado y me acurruco contra la almohada. Me quedo dormida con la misma pregunta que me hizo el niño hace un rato:

¿Qué pasa cuando los niños se quedan solos?

La pregunta regresa a la mañana siguiente, más como presentimiento que como pregunta, mientras empacamos para partir y nos preparamos para el viaje en coche hasta el aeropuerto cerca de Roswell.

Triángulos

En la radio escuchamos un largo reportaje sobre los niños en la frontera. Habíamos decidido no escuchar más noticias al respecto, o al menos no mientras nuestros hijos estuvieran despiertos. Pero los últimos acontecimientos, y en particular la historia de los niños que están a punto de ser deportados cerca de Roswell, nos impiden ignorar el mundo que se extiende más allá de nuestro coche.

Ahora entrevistan a una abogada experta en temas migratorios que intenta argumentar a favor de los niños que serán enviados de regreso a Tegucigalpa esta misma tarde. Yo escucho en busca de alguna pista, cualquier mínima información sobre el punto y la hora exactos de la deportación.

No dan ningún detalle, pero escribo el nombre de la abogada en el reverso de un recibo; un nombre que han repetido varias veces ya. Busco a la abogada en internet mientras ella explica que, cuando se trata de niños mexicanos, se les expulsa inmediatamente, son deportados. Pero si provienen de Centroamérica, dice, la ley migratoria indica que tienen derecho a una audiencia. Así que esta deportación es ilegal, concluye. Encuentro el nombre de la abogada y su correo electrónico en la página de una pequeña organización que tiene su sede en Texas, y le escribo un mensaje. Presentación cordial, unas cuantas frases sobre por qué quise contactarla, y mi única pregunta urgente:

¿Sabes desde dónde serán deportados los niños?

Tras otra pregunta del entrevistador, la abogada sigue explicando que, al llegar a la frontera, los niños saben que su mejor opción es que los atrapen los oficiales de la migra. Cruzar el desierto que se extiende más allá de esa frontera, solos, es demasiado peligroso. Pero algunos lo hacen. Mi imaginación vuela hacia los niños perdidos del librito rojo, que caminan solos, perdidos y olvidados por la historia. El entrevistador explica que los niños también saben que, de no entregarse a la justicia, su destino es seguir siendo indocumentados, como la mayoría de sus padres o familiares adultos que los esperan en los Estados Unidos. Los niños que serán deportados hoy han estado detenidos en un centro cerca de Artesia, Nuevo México.

Busco qué aeropuertos hay cerca de Artesia, encuentro uno y anoto su ubicación. Artesia está cerca de Roswell, le digo a mi esposo, así que debe de ser ése. Si la abogada no me responde al correo electrónico, nuestra mejor opción es manejar hasta ese aeropuerto. Habrá que tener confianza, y quizá tengamos también suerte.

Saliva

Mientras avanzamos, mi esposo les va contando a los niños una historia larga y enredada que los inquieta y fascina, sobre una mujer llamada Saliva. Era una curandera, amiga de Gerónimo, que para curar a las personas les escupía encima. Saliva, dice mi esposo, ahuyentaba la mala suerte, la enfermedad y la melancolía con sus poderosos y salados escupitajos.

Cuando les termina de contar la historia de Saliva, les propongo leerles una elegía del libro rojo. La niña dice que no gracias, pero el niño muestra tanto entusiasmo, que su hermana se ve obligada a acceder, e incluso, quizá, a prestar atención.

(Quinta elegía)

Al atardecer del décimo día los niños llegaron por fin al claro de la selva desde donde salían todos los trenes. El claro no era propiamente una estación, pero tampoco una playa de maniobras. Parecía más bien una gran sala de espera al descampado. Los siete niños descubrieron, con algo de miedo pero también con alivio, que ahí había muchas personas que, como ellos, esperaban abordar un tren. Había incontables gentes dispersas y merodeando, hombres y mujeres, algunos solos, otros en grupos, algunos niños, algunos viejos, todos esperando. Y ahí, entre todas esas personas, encontraron un espacio libre, extendieron los restos de una lona y trozos de mantas, y abrieron sus mochilas para sacar agua, nueces, una biblia, una manzana, una bolsita de canicas verdes.

Una vez que los tuvo instalados, el hombre al mando les dijo que no se movieran de su sitio, que se tenía que ir pero volvía más tarde, y vagó hasta un pueblo cercano. Ahí, entró y salió de cantinas lúgubres, tugurios, de burdeles y camas de putas, inhalando largas rayas sobre platos de peltre y luego pequeños bultos de polvo sobre tarjetas de crédito; se enfrascó en discusiones necias y pidió otro trago, repartiendo billetes y exigiendo servicios, escupiendo insultos y después propinando consejos, y más tarde pidiendo disculpas a sus adversarios y repentinos compadres, hasta que al final se quedó dormido, con la boca abierta, sobre una mesa de aluminio, un hilo de saliva descendiendo como un río perezoso entre las fichas de dominó y la ceniza de los cigarros. Por encima, más allá del techo del tugurio, más allá de las nubes bajas y espesas, pasó un avión, dejando una larga cicatriz en el paladar azul del cielo.

Mientras tanto, los niños esperaron. Algunos se quedaron sentados sobre la lona que habían extendido en la grava, como se les había ordenado. Otros, cuando vieron que el hombre a cargo se tardaba, se animaron a alejarse un poco y caminaron a lo largo de las vías, a cuyos lados esperaban tantos otros como ellos. Aunque se dieron cuenta de que no todos en la estación esperaban un tren.

Había tricicleros y ambulantes, que vendían alimentos, y aceptaban hasta cinco míseros centavos por una botella reutilizada de agua y una rebanada de pan con mantequilla. Había también escribanos públicos, arrancaliendres y limpiaorejas. Había curas con largas sotanas negras que leían palabras del interior de sus biblias, a gritos, y evangélicos sin sotanas que hacían lo mismo. Había adivinas, entretenedores, timadores y penitentes. Había voluntarios güeros de organizaciones humanitarias.

Los niños vieron a un joven sonriente que blandía un brazo incompleto envuelto en vendajes sucios y que advertía: «¡Vivo entras, momia sales!». El joven repetía su sentencia como una maldición dirigida a los niños, pero la pronunciaba con una amplia sonrisa, balanceándose sobre una vía de tren, punta-talón-punta. Se parecía un poco a uno de esos funambulistas de los circos de sus pueblos, antes de que los pueblos se fueran vaciando de niños y los circos dejaran de hacer parada.

Más tarde se les acercó un penitente de rostro triste, que mucho tiempo atrás había plantado una semilla en un montoncito de tierra sobre la palma de su mano, y la semilla se había convertido en un árbol pequeño, y sus raíces ahora se aferraban y retorcían en torno a su mano abierta y su antebrazo. Una de las dos niñas, la más grande, casi le paga cinco centavos al penitente para que la dejara tocar el árbol milagroso, pero los otros la disuadieron, le dijeron no seas tan crédula, es sólo un truco, guárdate tu dinero.

Poco antes del anochecer, un viejo invidente se sentó con ellos y les preguntó si ya conocían los trucos y secretos de los trenes que iban a abordar. Como respondieron que no, que no les habían explicado nada todavía, el viejo se puso en pie ante los siete niños, como un maestro de escuela, y murmuró instrucciones. Eran instrucciones confusas y complicadas, sobre los trenes que tendrían que montar durante su viaje: los vagones más seguros para subirse eran las góndolas; los vagones pipa eran demasiado curvos y resbaladizos; los furgones iban casi siempre cerrados y con candado; y los vagones contenedores eran trampas mortales en las que se podía entrar y no salir nunca. Les dijo que el tren llegaría pronto, y que tenían que escoger una góndola. También dijo: «Ya que estén encima de la góndola, no piensen en sus casas, no piensen en sus personas, no piensen ni siquiera en sus dioses. No recen, no hablen mucho, no predigan consecuencias, no deseen nada».

Al amanecer del día siguiente, el hombre al mando no había regresado. Pero llegaron muchos otros hombres y mujeres, pregonando oportunidades en coros confusos, arrimándose como con sed lupina a los rebaños de personas que apenas despertaban sobre la grava. Ofrecían reparaciones de calzado económicas, zurcidos por casi nada. Pregonaban veinticinco por suelas de hule, veinticinco centavos por pegar las suelas de hule con goma, y decían veinte, sólo veinte por zapatos de piel, veinte por servicio profesional con martillo y clavos a suelas de piel, y cantaban quince, sólo quince por reparaciones cosméticas, apaños, y zurcidos de chamarras, mochilas, suéteres y mantas.

Uno de los niños, el niño número cuatro, según la numeración del hombre al mando, le pagó quince centavos a un hombre para que le parchara un agujero en el flanco de su bota con un retazo cortado de su propia chamarra de lona recia. Los otros niños le dijeron idiota, retrasado, burro pendejo, le dijeron, tenías que haber vendido la chamarra o haberla cambiado por algo mejor. Ahora tenía una bota parchada y una chamarra rota mal remendada, y ¿para qué le iban a servir? El niño no respondió, pero sabía que las botas eran más nuevas, recién compradas para el viaje, y que la chamarra de lona era de herencia, pasada entre primos y sobrinos y hermanos, una chamarra vieja ya, así que en silencio se tragó la desaprobación, se miró la bota, y el resto del día anduvo repasando con el dedo las orillas rasposas del parche, satisfecho.

El hombre al mando no había regresado todavía cuando la luz blanquecina de la mañana dio paso a la más tenue, casi plácida, luz de media tarde. Las caras y las cosas de la estación de trenes parecieron, durante un rato, menos tristes, menos jodidas y ominosas. Los niños jugaron el resto de la tarde con las canicas que había llevado uno de ellos.

Pero cuando comenzó a caer la noche, una mujer con cara de escroto, cuello salpicado de verrugas, cabello suelto y enmarañado, y ojos de tapete en el que se han limpiado las botas demasiadas personas, apareció de pronto a su lado, como si hubiera salido de entre la grava. Les tomó las manos uno por uno, leyéndoles la fortuna, vaticinando fragmentos delirantes de historias que no se podían permitir escuchar por completo:

«Veo un brillo color vino en las sombras, pequeño».

«Junto a una poza usted, jovencito, se llenará de mosto y musgo como tronco de árbol caído».

«A ti te harán esclavo, niño, por un dinerito de nada mientras los demás siguen rumbo al norte».

«Y tú, niña, tú brillarás como una luciérnaga moribunda en una jaula de cristal».

Les prometió contarles el resto de cada historia por cincuenta centavos, cincuenta por persona. Cincuenta centavos era el doble de lo que costaban las reparaciones de calzado, pensó el niño cinco, al que le había vaticinado llenarse de mosto y musgo, pero no lo dijo en voz alta. Y si querían que intercediera en su favor ante la fortuna, les costaría setenta y cinco centavos, que era muchas veces el precio de una ración de agua y pan con mantequilla. Y aunque todos querían escuchar más, se guardaron las manos, evitaron los ojos de la bruja esa, y fingieron no escuchar más los presagios que todavía le salieron como gargajos de entre los labios delgados y curtidos.

Cuando por fin consiguieron ahuyentarla, la mujer los maldijo a todos en una lengua extranjera de cadencia brutal, y antes de desaparecer entre las líneas paralelas de las vías, se dio media vuelta para mirarlos una última vez. Chifló para que la voltearan a ver, y lanzó una naranja hacia donde estaban ellos. La naranja golpeó a uno de los niños en el brazo, el niño siete, el más grande, y después cayó al suelo sin rodar. Por más que sintieron curiosidad y hambre, ninguno se atrevió a tocar la naranja. Otros como ellos, después de ellos, sintieron quizá la misma cosa oscura encerrada en esa fruta, porque pasaron días y la naranja siguió ahí, redonda y anaranjada, sin que nadie la recogiera ni tocara, luego poco a poco pudriéndose, cubriéndose en la superficie con manchas de moho verdoso rodeadas de aros blancos, y fermentándose del centro hacia fuera, primero dulce y luego amarga, hasta que quedó ennegrecida, reducida, arrugada, y desapareció finalmente entre la grava con una tormenta de verano.

Las únicas personas en la estación que no maldecían, no transaban, no pedían nada a cambio, eran tres jovencitas con largas trenzas del color de la obsidiana que cargaban cubetas de magnesio en polvo y algunos utensilios. Las tres jóvenes ofrecían, gratuitamente, atender los pies destrozados de los niños, sus talones y metatarsos que se abrían en pústulas, reventados como tomates hervidos.

Las jóvenes se sentaron junto a los siete niños y, haciendo un cuenco con sus manos, ofrecieron el bálsamo de sus cubetas. Les empolvaron las plantas y empeines, y después se sirvieron de unas telas deshilachadas o retazos de toallas para envolverles las pieles levantadas. Con piedras pómez redujeron los callos más ásperos, cuidando de no rozar la piel abierta, y les masajearon las pantorrillas contracturadas con sus pulgares, pequeños pero firmes. Ofrecieron reventar las pústulas más hinchadas con una aguja estéril. «¿Ves la flama del cerillo?», preguntó una de ellas, y luego explicó que cuando la flama tocaba la aguja, la aguja quedaba limpia. Y, por último, la menor de las tres jóvenes, la que tenía los mejores ojos —negros y amplios, con vista perfecta— les mostró a los niños un conjunto de ganchos retorcidos y un par de pinzas grandes que sacó de la cubeta, y con ellos se ofreció a aliviar el dolor más profundo y acuciante de los que tenían uñas enterradas.

Sólo un niño, el niño seis, dijo sí, sí, por favor. No era uno de los más pequeños, pero tampoco era el mayor de todos. Al ver las pinzas que le ofrecían se había acordado de las langostas. Recordaba a su abuelo saliendo del mar, caminando con sus piernas largas e inseguras, que semejaban ramas, y llevando a cuestas las langostas en una red varias veces remendada con hilos dobles y parafina. El viejo se detenía en la orilla —la espalda doblada hacia adelante para contrarrestar el peso de la pesca— y lo llamaba con un silbido. Al llamado de su abuelo, el niño corría siempre hacia la orilla cargando una cubeta vacía, y ayudaba a vaciar las langostas de la red a la cubeta. Él cargaba la cubeta mientras volvían desde las arenas duras y mojadas de la orilla hacia las dunas altas y secas, para luego cruzar la carretera y esperar al autobús de pasajeros. Ya trepados en el autobús, el abuelo pagaba la cuota, y en el recorrido de vuelta a casa le desquitaba a la tarde una siesta corta pero profunda, mientras él miraba por la ventana, asomándose de cuando en cuando a la cubeta. Las langostas, esos monstruos marinos lentos, torpes, pero voluntariosos y algo sexuales, apiñadas en ese nido de muerte, se trepaban unas sobre otras, y él especulaba cuánto ganarían, contaba cuántas habían atrapado. Sólo a veces sentía la punzada de un remordimiento, viendo a las pequeñas bestias que abrían y cerraban sus pinzas como si comunicaran hondas cuitas en lenguaje de señas.

Nunca había tenido un concepto muy favorable de las langostas que atrapaban. Y, sin embargo, ahora las recordaba y

extrañaba su olor a salado y podrido, sus cuerpecitos perfectamente articulados que se movían, apenas y en vano, atrapados en la cubeta. Por eso, cuando la joven de la cubeta le
enseñó las pinzas, él levantó la mano, y ella vino y se arrodilló
ante él y acercó las pinzas a sus pies y le dijo que no se preocupara aunque ella misma estaba preocupada. Sus manos
temblaban un poco. El niño cerró los ojos y pensó en los pies
huesudos y morenos de su abuelo, sus venas henchidas y sus
uñas amarillentas. Después, cuando el instrumento de metal
perforó, primero tímidamente y luego con mayor firmeza su
piel, él gimió y maldijo y se mordió el labio inferior. La muchacha sintió el empuje de la determinación por debajo de su
miedo mientras perforaba la piel, y sus manos dejaron de
temblar. Cortó con sosiego y destreza la uña partida mientras
se mordía también ella el labio inferior, por concentración o
tal vez por empatía. El niño la maldijo en su cabeza mientras
ella cortaba y torcía, pero al final, cuando le dijo que ya había
acabado, abrió los ojos, lloroso y avergonzado.

Quiso darle las gracias pero no le salieron palabras. Tampoco le pudo decir nada cuando ella le deseó buena suerte y le
dijo que usara siempre calcetines. La buscó a la mañana siguiente, cuando finalmente llegó el hombre al mando y llegó el
tren, y uno a uno lo abordaron. La buscó desde el techo alto de la
góndola, mientras todos se subían y encontraban dónde sentarse y acomodarse. La buscó por última vez cuando el tren empezó
a moverse, pero entre la multitud de caras que el tren rebasaba,
agarrando velocidad y alejándose de la estación, no reconoció a
nadie.

Espinas

¡Mamá!, grita la niña desde el asiento trasero.

Dice que tiene una espina en el pie. Llora y llora y sigue
llorando, como si le hubieran amputado una pierna o como si
se hubiera roto algo.

¡Una espina de saguaro!, insiste.

Me vuelvo sobre mi asiento, me lamo la punta del dedo y la coloco con suavidad sobre la espina completamente imaginaria. El talón de su pie es suave y blando.

La respuesta a mi correo electrónico a la abogada llega hacia el mediodía, cuando estamos a sólo unos cuantos kilómetros de Roswell comprando cafés y jugos en una gasolinera. La abogada dice que no conoce la hora exacta, pero que piensa que será temprano por la tarde, y confirma mi inferencia: los aviones despegarán del Aeropuerto Municipal de Artesia. Reviso el mapa. El aeropuerto está a menos de setenta kilómetros de Roswell. Si el plan es que despeguen a primera hora de la tarde, tenemos tiempo de sobra para llegar hasta allí.

Shuffle

Tomamos la salida a la izquierda en la Ruta 285, al sur de Roswell. El niño nos pregunta cuál es nuestra canción favorita de este viaje. Mi marido le dice que «Ring of Fire», de Johnny Cash. Yo no sé decirle si la mía es «Alright», de Kendrick Lamar, que él adora y se sabe de memoria, o «Superman», de Laurie Anderson, que la niña adora, o una canción bastante ajena a mis hábitos generacionales de escucha, titulada «People II: The Reckoning», de una banda de Phoenix llamada Andrew Jackson Jihad. (Queremos pensar que es un nombre irónico, aunque no estamos seguros de en qué sentido podría o debería serlo).

Aún no hemos comentado la letra de las canciones a detalle, como solemos hacer, pero creo que se trata de canciones sobre nosotros cuatro, y sobre cada habitante de este enorme país que no posee una pistola, no puede votar y no le teme a dios. O, al menos, que le teme a dios menos que a la gente.

Me gusta una frase de la canción de Anderson, sobre los aviones de guerra gringos: «They're American planes, made in America», dice con voz robótica. Los aviones, la constante amenaza de guerra, de dominación, atormentan siempre a las personas que crecen teniéndole miedo –y con razón– a Estados Unidos.

En la canción de Lamar, me gusta cantar el verso que dice «Our pride was low, lookin' at the world like, "Where do we go?"».

La canto siempre a buen volumen, mirando por la ventanilla del coche. El niño, desde el asiento trasero, canta el resto de la estrofa todavía más alto.

Y, por último, me gusta un verso en «People II» que quizás no entiendo por completo, pero que dice algo sobre estar en «firefly mode». Ahora que vamos escuchando la canción, le pregunto a los niños qué les parece:

¿Ustedes qué creen que quiere decir lo de «firefly mode», o modo luciérnaga?

Quiere decir que se prende y se apaga, se prende y se apaga, dice la niña.

Creo que tiene razón. Es una canción sobre apagarse y encenderse, sobre estar presente y luego ausente en la vida de uno mismo.

Durante los siguientes veinte minutos, más o menos, vamos todos en silencio en el coche, escuchando las canciones que se suceden en modo aleatorio, mirando por las ventanillas un paisaje herido por décadas o tal vez siglos de agresión agropecuaria sistemática: campos partidos en parcelas cuadrangulares, violados por perforadoras y maquinaria pesada, hipertrofiados con semillas modificadas e inyectados con pesticidas, donde los árboles raquíticos sostienen frutos robustos e insípidos para exportación; campos encorsetados por una circunscripción de cultivos de plantas herbáceas, organizados en patrones que recuerdan al infierno de Dante, irrigados con sistemas de riego de pivote central; y campos convertidos en no-campos, soportando el peso del cemento, los paneles solares, tanques y molinos gigantescos. Atravesamos una franja de tierra punteada con cilindros cuando suena de nuevo la canción de «firefly mode». De pronto el niño se aclara la garganta y anuncia que tiene algo que decirnos:

Lamento darles esta noticia, pero la letra de esa canción dice «fight-or-flight mode», modo de lucha o huida, y no «firefly mode».

Suena como un adolescente hablándonos así, y yo no estoy preparada para aceptar su corrección, aunque sé que probablemente tenga razón. Desestimo su opinión, injustamente, pidiéndole alguna prueba —que no puede darnos, por supuesto, porque no pienso prestarle mi celular para que busque la letra en internet ahora mismo—. Pero a partir de este momento, mientras la canción suena repetidamente en las bocinas del coche, el niño insiste en cantar esa parte del coro a un volumen particularmente alto: «Fight-or-flight mode!». Me doy cuenta de que su hermana y su padre hacen una pausa y no cantan esa parte de la canción, al menos las primeras veces que suena. Yo, en cambio, insisto en cantar las palabras «firefly mode» con una voz alta y clara. El niño y yo siempre nos hemos tratado como iguales en este tipo de campos de batalla, al margen de la enorme diferencia de edad que nos separa. Tal vez sea porque nuestros temperamentos se parecen, a pesar de que no compartimos ningún vínculo sanguíneo. Ambos defendemos hasta el final nuestras posiciones, sin importar que éstas se revelen totalmente absurdas en algún punto.

El niño grita:

Fight-or-flight mode!

Al mismo tiempo, yo canto a voz en cuello:

Firefly mode!

En el coche me he ido acostumbrando a nuestro olor, al silencio intermitente entre nosotros, al café instantáneo. Pero no me he acostumbrado a los espectaculares plantados como presagios a la orilla de la autopista: El Adulterio Es Un Pecado; Patrocine Una Autopista; ¡Feria De Armas de Fuego Este Fin de Semana! Nunca me he habituado, tampoco, a ver cementerios de juguetes de plástico abandonados en los jardines delanteros en las reservas nativo americanas, ni a la melancolía de los adultos mayores que hacen fila, como niños, para rellenar sus enormes vasos de plástico con refrescos fosforescentes en las gasolineras, ni a esas tenaces torres de agua en los pueblos pequeños, que me recuerdan al equipo que usábamos en la escuela en la clase de laboratorio de ciencias. Todas esas cosas me dejan en modo luciérnaga.

TRANSFERENCIAS

Apago el estéreo y escucho a nuestros hijos jugando en el asiento trasero. Sus juegos se han vuelto más vívidos, más complejos, más convincentes. Los niños tienen una manera lenta y silenciosa de transformar la atmósfera que los rodea. Son mucho más porosos que los adultos, y su vida interior, más caótica, parece filtrarse al exterior todo el tiempo, enrareciendo y afantasmando la realidad. Las imaginaciones de los niños interrumpen la normalidad del mundo, rasgan el velo, permiten ver como no-normal lo que hemos normalizado a fuerza de costumbre o resignación.

Me ausento durante un rato y permito que sus dos voces llenen simplemente el espacio del coche y el espacio de mi cabeza. Ahora están montando toda una coreografía verbal que involucra caballos, aviones y una máquina espacial. Sé que su padre también los escucha, aunque va concentrado en la autopista, y me pregunto si siente lo mismo que yo siento. Si acaso percibe cómo nuestro mundo, racional, lineal y organizado, se disuelve en el caos de palabras de nuestros hijos. Me pregunto y quisiera preguntarle si también él se da cuenta de cómo sus ideas van llenando nuestro mundo, dentro de este coche, llenándolo y borrando sus contornos con la lenta persistencia del humo que se expande en un cuarto pequeño. No sé hasta qué punto mi esposo y yo hemos hecho suyas nuestras historias; y no sé hasta qué punto ellos han hecho nuestros sus juegos y relatos desde el asiento trasero. Tal vez los cuatro nos contagiamos mutuamente los miedos, las obsesiones y expectativas, tan fácilmente como se contagia el virus de la gripe.

El niño dispara flechas envenenadas a un oficial de la migra desde un enorme caballo. Mientras tanto, la niña se esconde de los soldados federales bajo una especie de arbusto con espinas (aunque encuentra mangos brotando de sus ramas y se detiene a comer uno antes de saltar de nuevo al ataque). Tras una larga batalla, los dos cantan juntos una canción para resucitar a otro niño guerrero.

Al escucharlos ahora, de pronto comprendo que son ellos quienes cuentan la historia de los niños perdidos. La han venido contando desde el principio, una y otra vez, en el asiento trasero del coche, durante las últimas tres semanas. Pero yo no los había escuchado con la atención suficiente. Y tampoco los había grabado lo suficiente. Tal vez las voces de mis hijos son como aquellos cantos de aves que grabó Steven Feld con ayuda de mi esposo, y que funcionan como ecos de personas fallecidas. Sus voces, la única forma de oír otras voces inaudibles: voces de niños que ya no pueden oírse porque esos niños ya no están. Ahora me doy cuenta, quizá demasiado tarde, de que los juegos y las representaciones de mis hijos en el asiento de atrás tal vez sean la única manera de contar realmente la historia de los niños perdidos, una historia sobre los niños que desaparecieron en su viaje hacia el norte. Tal vez sus voces sean la única forma de registrar las huellas sonoras, los ecos que los niños perdidos han dejado a su paso.

¿En qué estás pensando, ma?, me pregunta de repente el niño, desde atrás.

Estaba pensando que tienes razón. Es «fight-or-flight mode» y no «firefly mode».

AEROPLANO

En una franja de grava, estacionamos el coche. A la derecha hay una larga reja de malla de alambre; y del otro lado de la reja, una pista en la que se ve un pequeño avión, estacionado, con una escalera adosada a su única puerta. No es un avión comercial, pero tampoco una aeronave militar. De hecho, parece un avión privado (un avión americano, hecho en América, como dice la canción de Laurie Anderson). Nos bajamos del coche, al denso calor, el sol del mediodía cayendo a plomo. La niña está dormida en el asiento trasero, así que dejamos dos puertas abiertas para que circule el aire al interior del coche.

No hay nadie en la pista de despegue, salvo un encargado de mantenimiento que conduce en círculos una especie de carrito de golf. Tengo conmigo la grabadora de mano y la atoro en mi bota izquierda, asegurándome de que el micrófono sobresalga, listo para captar, por lo menos, los sonidos más cercanos. Nos recargamos en el coche mientras esperamos a que algo suceda, pero no pasa nada. Mi esposo enciende un cigarro y se lo fuma dándole largas y tensas caladas. Me pregunta si puede grabar algunos sonidos, si me molesta. Yo le digo que adelante; por eso estamos aquí, después de todo. Observo al encargado de mantenimiento, que ahora desciende de su carrito, recoge algo del pavimento —¿una piedra? ¿una moneda? ¿un envoltorio?—, lo guarda en una bolsa negra que cuelga del carro de golf y luego vuelve a su asiento y sigue con su rutina hasta que, en algún momento, desaparece al interior del hangar que se alza al final de la pista.

Le pido al niño sus binoculares, para ver más de cerca el avión estacionado en la pista. El niño los saca del asiento trasero y saca también su cámara y el librito rojo de mi caja.

Ambos caminamos por la franja de grava y nos detenemos frente a la reja. Ajusto los binoculares a mis ojos. Su borde metálico está caliente. Enfoco el pequeño avión, pero no hay nada que ver. Mientras juego con los ajustes de los binoculares, escucho que el niño prepara su cámara a mi lado. Hay un silencio suspendido mientras contiene el aliento e intenta enfocar el avión, luego suena el clic del disparador y luego el mecanismo de la cámara escupiendo la foto. Con los binoculares, recorro el área debajo y alrededor del avión. Sorprendo un pájaro en pleno vuelo y lo sigo hasta que desaparece. Veo el cielo, las nubes juntándose a la distancia, algún árbol cada tanto, el vapor que se desprende del asfalto en el extremo más distante de la pista. Oigo al niño murmurar algo, concentrado en ocultar la fotografía del rayo ardiente del sol, metiéndola entre las páginas del libro para que se revele allí dentro, y me pregunto qué sonidos estará captando el micrófono de mi esposo en este preciso instante, y qué sonidos, en cambio, se perderán. Recorro lentamente la pista de despegue con los binoculares, a la izquierda, luego a la derecha, luego hacia arriba, casi verticalmente, hacia el cielo, y luego abajo, inclinándome hasta ver mis propios pies, borrosos sobre la grava. Escucho al niño caminar hacia el coche para guardar de nuevo su cámara, y lo escucho volver caminando sobre la grava en dirección a la reja, donde estoy yo. Me dice que es su turno de usar los binoculares y yo se los paso. Ajusta los visores al tamaño de su cara y, entrecerrando los ojos, se asoma a los lentes con el mismo gesto con que su padre mira la autopista cuando maneja.

¿Qué ves?, pregunto.

Sólo unas colinas marrones que se ven borrosas y el cielo que está muy azul, y el avión.

¿Qué más? Esfuérzate.

Si me esfuerzo mucho, me arden los ojos, y veo esas figuras transparentes que aparecen flotando en el cielo, como gusanos.

No son gusanos. Los oftalmólogos les dicen cuerpos flotantes, pero los astrónomos les dicen supercuerdas. Su función es mantener atado el universo. Pero ¿qué más ves además de las supercuerdas?

No sé qué más.

Venga. ¿Después de tantos años de ir a la escuela? Puedes echarle más ganas.

El niño hace una pausa, me mira, comprendiendo que le estoy tomando el pelo, y después se esfuerza, quizás demasiado, en parecer condescendiente. Sigue siendo lo bastante pequeño como para que el sarcasmo y la condescendencia le queden como unos pantalones demasiado grandes. Vuelve a mirar por los binoculares y me dice de pronto:

¡Mira, mamá! ¡Allí!

Veo una fila de mínimas figuras que salen andando del hangar hacia la pista. Son todos chicos. Niños, niñas: uno detrás de otro, sin mochilas ni nada. Avanzan con el aire de quien ha capitulado, prisioneros silenciosos de una guerra que ni siquiera les toca pelear. No son «cientos», como habíamos oído que serían, pero alcanzamos a contar quince, quizás veinte. Deben ser ellos. Ayer en la noche los trajeron en autobús desde un centro federal de entrenamiento policial en Artesia hasta este pequeño aeropuerto sobre la Carretera Estatal 559. Ahora caminan hacia el avión que los llevará de vuelta al sur. Si no los hubieran detenido, probablemente habrían llegado a vivir con su familia, a ir a la escuela, a los patios del recreo y los parques. Pero, en vez de eso, serán expulsados, reubicados, borrados, como si no hubiera lugar para ellos en este país enorme y vacío.

Le pido nuevamente los binoculares al niño y enfoco. Varios policías marchan junto a los niños como si fueran a escaparse, como si pudieran. Sé que ellas no están allí, y que incluso si estuvieran no sería capaz de reconocerlas, pero desde luego busco a las hijas de Manuela, intento distinguir a dos niñas con vestidos a juego.

El niño me jala de una manga:

¡Es mi turno!

Del asfalto caliente emanan espejismos. Un oficial escolta al último niño hasta la escalera del avión, un niño pequeño, de cinco o seis años tal vez, que va chupándose el dedo mientras aborda. El oficial cierra la puerta detrás de él.

Me toca mirar, ma.

Espera, le digo.

Me vuelvo para ver cómo está la niña dentro del coche. Sigue durmiendo, y tiene el pulgar en la boca, también. Dentro del avión, aquel niño se sentará, obediente, en su lugar, se pondrá el cinturón y habrá un aire seco pero fresco. El niño hará un esfuerzo por no dormirse mientras espera el despegue, como hace mi hija cuando viajamos, como hacen los niños de esa edad.

Mamá, pensará tal vez.

Pero nadie contestará.

¡Mamá!, me dice el niño, jalándome de nuevo la manga.

¿Qué pasa?, respondo, perdiendo la paciencia.

¡Mis binoculares!

Espera un segundo, le digo.

¡Dámelos!

Al fin le paso los binoculares. Me tiemblan las manos. Se toma su tiempo para enfocar. Yo miro a mi alrededor con ansiedad, la mandíbula tensa y mi respiración cada vez más agitada y superficial. El avión sigue en el mismo sitio, pero los oficiales que escoltaron a los niños caminan ahora de regreso al hangar, como un equipo de futbol después del entrenamiento, bromeando entre ellos, dándose zapes. Algunos nos ven a la distancia, creo, pero no podríamos importarles menos. En todo caso, pareciera que nuestra presencia, tras la reja que nos divide, los excita y anima. Se vuelven para mirar el avión mientras se encienden las turbinas y aplauden al unísono cuando empieza a maniobrar lentamente. Desde algún oscuro y desconocido rincón de mí misma se desata una rabia súbita, volcánica, indomable. Le doy una patada a la malla de la reja con todas mis fuerzas, grito, pateo de nuevo y lanzo mi cuerpo contra el metal, aúllo insultos a los oficiales. No pueden oírme por las turbinas del avión. Pero sigo gritando y pateando hasta que siento los brazos de mi esposo rodeándome desde atrás, sosteniéndome con firmeza. Más que un abrazo, una contención.

Cuando recobro el control de mi cuerpo, mi esposo me suelta. El niño observa el avión con sus binoculares, y el avión está colocándose en la pista de despegue. No sé qué estará pensando el niño ni lo que se dirá a sí mismo en un futuro sobre todo esto, ni siquiera si recordará este instante al que lo estoy exponiendo. Siento el impulso de taparle los ojos, como hago todavía a veces cuando vemos juntos ciertas películas. Pero los binoculares ya le han acercado el mundo demasiado, el mundo ya se ha proyectado en su interior, así que ¿de qué voy a protegerlo, y cómo, y para qué? Lo único que me queda por hacer, pienso, es asegurarme de que los sonidos que registra su cabeza en estos momentos, los sonidos que revisten este instante que vivirá siempre en su interior, sean sonidos que le hagan saber que no estaba solo ese día. Me acerco más a él, lo envuelvo en un abrazo, y le digo:

Dime qué estás viendo, Ground Control.

Duda unos instantes pero acepta mi invitación al juego:

La nave espacial se mueve hacia la pista de despegue, responde.

Muy bien, ¿y qué más?

Los astronautas ya están adentro de la nave.

Bien.

Estamos casi listos para el lanzamiento.

Bien. ¿Qué más?

El personal despeja el área de lanzamiento. La presurización del helio y el nitrógeno ha comenzado. El vehículo está funcionando con alimentación de energía interna.

¿Qué más? ¿Qué más?

Espera, ma, por favor, no sé qué más decir.

Sí sabes. Sólo mira detenidamente y cuéntamelo todo. Todos contamos contigo, Ground Control.

Por un momento el niño deja de mirar a través de los binoculares, me mira a mí, luego a su padre, que sostiene su boom, y luego a su hermana, que duerme todavía, y luego vuelve una vez más a los binoculares. Respira profundamente antes de hablar. Su voz emerge firme:

Área de explosión despejada. El piloto ha reportado que está listo para despegar. Sesenta segundos. Interruptor de lanzamiento en posición de encendido. Treinta segundos. Oxígeno líquido lleno y válvula de escape cerrada. Nueve, ocho, siete. Vamos con el encendido de la turbina principal. Y seis, cinco, cuatro. Orden de encender turbina. Tres, dos, uno, despegue…

¿Y qué más?

Eso es todo. Despegue.

¿Y qué más ves?

Ahora es difícil enfocar. La nave está en el cielo y va cada vez más rápido, es demasiado difícil enfocar.

Observamos cómo se desvanece el avión en el azul sin límites, rápido y cada vez más tenue, planeando hacia la lejanía y hacia un cielo que de pronto parece ligeramente nublado. Pronto volará sobre ciudades deshabitadas, sobre llanuras y cánceres industriales que se multiplican sin tregua, sobre ríos y bosques. Mi esposo sigue con el boom en alto, como si todavía hubiera algo más que registrar. El final de las cosas, el verdadero final, no es jamás una nítida vuelta de tuerca, nunca una puerta cerrada de pronto, sino más bien algo parecido a un cambio atmosférico, nubes que se espesan poco a poco, «no con un golpe seco sino con un lamento».

Durante algún tiempo me ha preocupado qué decirle a los niños, sobre cómo contarles una historia coherente de todo esto. Pero ahora, al escuchar al niño contar él mismo la historia de este instante, la historia de lo que estamos viendo y la historia de cómo lo estamos viendo, a través de él, una certeza lenta pero sólida me va recorriendo, finalmente. Es su versión de la historia la que nos sobrevivirá; su versión la que quedará y será transmitida. No sólo su versión de nuestra historia, de quiénes fuimos como familia, sino también su versión de las historias de otros, como las de los niños perdidos. Desde el principio, el niño había comprendido todo mucho mejor que yo, mucho mejor que el resto de nosotros. Había escuchado, observado las cosas —observando, enfocando, ponderando realmente las cosas— y, poco a poco, su mente había compuesto un mundo ordenado con todo el caos que nos rodeaba.

Lo único que los padres pueden darle realmente a los hijos son los pequeños saberes: así es como te cortas las uñas, ésta es la temperatura de un verdadero abrazo, así es como se desenreda el pelo, así es como te amo. Y lo que los hijos pueden darle a los padres es algo menos tangible, pero a la vez más grande y duradero, algo así como el impulso para aceptar la vida plenamente y comprenderla para ellos y tratar de explicársela, comunicársela con «aceptación y sin el más mínimo rencor», como escribió James Baldwin, pero también con una cierta furia y valentía. Los niños obligan a los padres a buscar un pulso específico, una mirada, un ritmo, la manera correcta de contar una historia, a sabiendas de que las historias no arreglan nada ni salvan a nadie, pero quizás hacen del mundo un lugar más complejo y a la vez más tolerable. Y a veces, sólo a veces, más hermoso. Las historias son un modo de sustraer el futuro del pasado, la única forma de encontrar la claridad en retrospectiva.

El niño sigue observando el cielo vacío con sus binoculares. Así que le pregunto de nuevo, ahora en un susurro:

¿Qué más alcanzas a ver, Ground Control?

DEPORTACIONES

Partida

Llamando a Major Tom.

Checando el sonido. Uno, dos, tres.

Aquí Ground Control. ¿Me copias me copias, Major Tom?

Ésta es nuestra historia y la de los niños perdidos, desde el principio hasta el final, y yo voy a contártela, Memphis.

Estábamos allí y los niños perdidos habían desaparecido dentro de un avión en el cielo. Yo los estaba buscando con mis binoculares pero ya no alcanzaba a ver nada, y eso es lo que le dije a mamá. Tú tampoco vas a ver mucho en la foto que tomé del avión antes de que despegara. Las cosas importantes sólo pasaron después de que tomé la foto, mientras se revelaba en la oscuridad, adentro de un librito rojo donde guardaba todas mis fotos, adentro de una caja, adentro del coche donde tú estabas dormida.

Y lo que pasó, te lo digo para que sepas y también para que puedas ver las cosas como yo las vi cuando mires la foto en el futuro, fue que los niños perdidos salieron andando del hangar en fila india, iban todos muy callados y mirándose los pies como se miran los pies los niños que tienen que salir al escenario y tienen pánico escénico, pero mucho peor, por supuesto. Metieron a todos los niños al avión y yo fijé la vista en él apretando bien los binoculares contra mis ojos. Mamá empezó a insultar a los soldados, luego gritó como nunca la había oído gritar, y luego nada más se quedó respirando, sin decir nada.

Yo enfoqué el avión y tuve que enfocar de nuevo cuando el avión empezó a moverse despacio por la pista. Después fue más difícil seguir al avión mientras aceleraba y apuntaba al cielo, e imposible encontrarlo una vez que estuvo en el aire, rápido y cada vez más chiquito y más invisible. Hundí los ojos lo más posible en el visor de los binoculares, como si estuviera tapándome las orejas, sólo que eran los ojos. Hasta que al final saqué los ojos de allí porque no había nada más que ver en el cielo, ningún avión arriba en el cielo, nada. El avión había desaparecido, con los niños a bordo. Lo que pasó ese día no se llama despedida ni se llama expulsión. Se llama deportación. Y nosotros la documentamos.

LÉXICO FAMILIAR

Oficialmente, papá era documentólogo y mamá documentalista, y muy pocas personas conocen la diferencia. La diferencia es, sólo para que sepas, que un documentólogo es como un bibliotecólogo y un documentalista es más parecido a un alquimista. Pero en el fondo papá y mamá hacían casi lo mismo: tenían que encontrar sonidos, grabarlos, meterlos en una computadora y luego ordenarlos para que contaran una historia.

Las historias que contaban, aunque eran historias de sonido, no eran como los audiolibros que escuchábamos en el coche. Los audiolibros eran historias inventadas, que servían para que el tiempo desapareciera o por lo menos para que pasara más rápido. «Al despertarse en el bosque en medio del frío y la oscuridad nocturnos...», decían las bocinas del coche cada vez que mamá prendía la radio, cuando su teléfono estaba conectado. Yo me sabía esa frase de memoria y la decía en voz alta cuando sonaba en el coche, y tú a veces te sacabas el dedo de la boca y la repetías en voz alta conmigo, y eras muy buena imitadora. Los dos decíamos el final de la frase juntos aunque mamá detuviera la grabación antes de que acabara: «... había alargado la mano para tocar al niño que dormía a su lado». Entonces mamá le ponía *stop* y buscaba el audiolibro de *El señor de las moscas*, o prendía la radio o a veces ponía música.

Pero cuando nos subimos de nuevo al coche después de que el avión despegó con los niños, mamá no puso nada en el estéreo. Ella y papá iban en los asientos de adelante. Tú y yo, atrás. Mamá desdobló su mapa viejo y arrugado y papá se concentró en la carretera. Íbamos muy rápido, como si alguien viniera persiguiéndonos. Todos íbamos callados. Sentí que todos estábamos perdidos. No era algo que pudiera ver sino algo que sabía, como a veces sabes algo cuando acabas de despertarte pero no puedes explicarlo porque tu cabeza está llena como de niebla. Y esto no puede explicarse, pero algún día sabrás a qué me refiero.

Cuando ya estábamos por fin lejos del aeropuerto de Roswell, desde donde mandaron a los niños perdidos a no sé dónde, le pregunté a papá qué iba a pasar ahora. Tú seguías dormida y yo me iba agarrando del respaldo de papá y trataba de acercarme más a él, pero el cinturón de seguridad me jalaba hacia atrás y raspaba. Esperé a que papá dijera algo, esperé y esperé como si siguiera enfocando la nada con mis binoculares, pero esta vez sólo esperaba sus palabras. Papá se aferraba al volante con ambas manos y cerraba un poco los ojos para ver mejor la autopista, como siempre hacía. No dijo nada, casi nunca decía nada.

Le pregunté a mamá qué pensaba ella que iba a pasar con los niños del avión. Me dijo que no sabía bien, pero dijo que si no los hubieran atrapado se habrían desperdigado por el país entero, y me enseñó el mapa grande desde su asiento, que como siempre llevaba abierto sobre sus piernas. Es un país enorme y está vacío, dijo, y hay lugar para todos y de sobra. Y luego dijo que todos habrían encontrado un lugar adonde ir, Ohio, Dakota, Wisconsin, y mientras decía nombres iba moviendo el índice de un lugar a otro sobre el mapa, como si dibujara con la punta del dedo. Y cuando le pregunté adónde, adónde exactamente habrían ido todos esos niños, mamá me dijo que no sabía exactamente adónde, no sabía a qué puntos del mapa habrían ido exactamente, pero que todos habrían ido a vivir a distintas casas con distintas familias, a vivir su vida normal, en algún sitio. ¿Y habrían ido a la escuela?, le pregunté. Sí. ¿Y al área de juegos y a la biblioteca? Sí. ¿Y al parque y todos esos lugares? Sí.

Hace mucho, mucho tiempo, también nosotros caminábamos a la escuela cada mañana con nuestros padres, y ellos se iban al trabajo, y siempre se les hacía tarde para recogernos, y algunas veces nos llevaban a un parque por la tarde, y los fines de semana andábamos todos en bici junto a la orilla del enorme río gris, aunque tú siempre ibas sentada en tu sillita de bebé, o sea que en realidad no andabas en bici, y siempre te quedabas dormida en algún momento. Era la época en la que estábamos juntos aunque no estuviéramos juntos, porque los cuatro vivíamos adentro del mismo mapa. Dejamos de vivir en ese mapa cuando empezamos este viaje en coche, y aunque dentro del coche íbamos sentados muy cerca todo el tiempo, se sentía como lo contrario de estar juntos. Papá iba mirando hacia el frente, hacia la autopista. Mamá iba mirando el mapa abierto sobre sus piernas, y nos decía los nombres de los lugares que íbamos a visitar, como Little Rock, Boswell y Roswell.

Le pregunté más cosas a mamá, y ella las respondió. ¿De dónde venían los niños y cómo habían llegado aquí? Y ella me dijo lo que yo ya sabía pero que quería oír otra vez, y es que habían venido en un tren, y antes de eso habían caminado kilómetros y kilómetros y habían caminado tanto que sus pies se habían enfermado y se los habían tenido que curar. Y habían sobrevivido en el desierto, y habían tenido que mantenerse a salvo de las personas malas, y habían recibido ayuda de otras personas mejores, y habían logrado llegar hasta aquí, a buscar a sus papás y tal vez a sus hermanos y hermanas que vivían aquí. Pero, en lugar de eso, los atraparon y los metieron en un avión para expulsarlos, dijo mamá, para desaparecerlos del mapa, que es como una metáfora pero en realidad no. Porque es verdad que los desaparecieron y que no pudieron vivir en el mapa.

Luego le pregunté a mamá por qué estaba tan enojada en vez de estar triste, y no respondió, pero después de un rato papá dijo algo. Dijo no te preocupes, eso ya no importa ahora, se acabó. Y entonces habló mamá. Dijo sí, justo. Dijo que estaba enojada justo porque las cosas no podían acabar así sin más, de pronto, que la gente no podía simplemente desaparecer, sin importarle a nadie. La entendí bien cuando dijo eso, porque también yo había visto el avión desaparecer con los niños, y también había visto los nombres en las tumbas del cementerio apache, y luego sus nombres borrados en mis fotos, y también había visto por la ventana cuando pasábamos por algunos lugares, como Memphis. No tú, Memphis, sino Memphis, Tennessee, donde vi a una mujer muy, muy vieja, que parecía un esqueleto, y que iba arrastrando una montaña de cartón por la banqueta, y también un grupo de niños, sin papá ni mamá, sentados en un colchón en un terreno baldío junto a la carretera.

Pensé que debía decirle todo eso a mamá, decirle que entendía lo que quería decir, y que yo también estaba enojado como ella y como papá, pero era imposible decirlo, imposible encontrar las palabras correctas, así que en vez de eso les recordé que se suponía que teníamos que ir al Museo de los Ovnis, como nos habían prometido. Ellos se quedaron callados como si ni siquiera me hubieran oído, como si fuera una mosca zumbando en la parte de atrás del coche. Y cuando les dije, otra vez, creo que deberíamos ir al Museo de los Ovnis porque miren a mi hermana, miren, necesita que la metan en una nave espacial y la manden al espacio como a los niños del avión porque, miren, mi hermana es un *alien*, mamá se dio la vuelta desde su asiento, furiosa, y estaba a punto de regañarme muchísimo, creo, pero entonces te vio dormida con la boca abiertísima, babeando, con la cabeza caída para un lado, y parecías totalmente un marciano, con tu cabezota, así que mamá sonrió un poquito, una casi sonrisa, y sólo dijo está bien, tal vez tengas razón en eso.

TRAMA FAMILIAR

Antes de empezar este viaje, si hago un esfuerzo por recordar, papá y mamá se reían mucho. Cuando nos mudamos juntos al departamento, aunque no nos conocíamos bien entre los cuatro, los cuatro nos reíamos mucho juntos. Mientras tú y yo estábamos en la escuela, papá y mamá trabajaban en una grabación muy larga sobre todos los idiomas que se hablan en la ciudad. A veces ponían partes de esa grabación en casa y tú, Memphis, tú dejabas de hacer lo que estuvieras haciendo y te quedabas quieta en mitad de la sala, cerca de las bocinas. Te ponías muy seria, te aclarabas la garganta y empezabas a imitar las voces grabadas que hablaban en idiomas extraños. Lo que decías no tenía ningún sentido pero a la vez se parecía mucho a las voces de las grabaciones. Eras muy buena para las imitaciones, desde muy chiquita. Mamá y papá se quedaban de pie, escuchándote, a veces escondidos detrás de la pared de la cocina, y aunque intentaban contenerse e incluso se tapaban la boca con la mano, siempre terminaban por reírse. Si los descubrías, si los oías reírse, siempre te enojabas, porque pensabas que se estaban burlando de ti. Y no entendías cuando yo te explicaba que se estaban riendo contigo y no de ti.

Cuando por fin te despertaste en el coche, y por supuesto preguntaste si ya estábamos en el Museo de los Ovnis, te dije que ya habíamos pasado por ahí y que estaba cerrado por reparaciones, pero que estábamos yendo a un lugar aún mejor, que era donde los apaches de los que hablaba papá habían vivido realmente, lo cual era cierto, aunque te tomó un tiempo hacerte a la idea del nuevo plan y estuviste enfurruñada un rato.

Mamá miraba su mapa grande y preguntó si queríamos parar en el siguiente pueblo, llamado La Luz, o si queríamos seguir hasta un pueblo más lejano, llamado Truth or Consequences. Tú y yo votamos por quedarnos en La Luz y mamá y papá votaron por seguir. Se decidió que iríamos hasta Truth or Consequences. Cuando me quejé, papá dijo que ésas eran las reglas y que eso se llamaba democracia.

INVENTARIO

Yo tenía una navaja suiza, unos binoculares, una linterna, una brújula chiquita y una cámara Polaroid. Papá tenía un palo de boom y un micrófono, que grababa de todo, y mamá tenía una grabadora más chica, que grababa sólo algunas cosas, en general las que estaban más cerca. Tenían zepelines y dirigibles, y ésos no sé exactamente para qué servían. Cuando parábamos en moteles, papá se sentaba durante horas en el piso, desenredando cables y esperando a que se cargaran las pilas de su grabadora. Después tomaba algunas notas en una libreta que siempre llevaba en el bolsillo, se ponía en la cabeza sus audífonos grandes y salía al estacionamiento con el palo de boom en alto. A veces, cuando me dejaba, yo lo acompañaba y lo ayudaba a cargar sus cosas. Tú te quedabas adentro con mamá, y no sé qué hacías allí. Tal vez mamá te desenredaba el pelo, que siempre estaba enredado, igual que papá desenredaba sus cables. O tal vez dibujaban y leían. Yo estaba afuera con papá, los dos grabando cosas. Aunque en realidad la mayor parte del tiempo los únicos sonidos que grabábamos eran los coches que pasaban y el viento que soplaba. Una vez se me ocurrió decirle una especie de chiste a papá y le pregunté si estábamos grabando los sonidos del aburrimiento, y yo estaba seguro de que papá iba a reírse, pero no.

COVALENCIA

Tocaste la ventana del coche como si fuera una puerta y dijiste:
    Toc toc.
    ¿Quién es?, respondimos todos al mismo tiempo.
    Armas.
    ¿Qué armas?
    ¡Armas-cando!
    Contabas los peores chistes de toc-toc del universo, no tenían ningún sentido, pero de todas formas mamá y papá fingían que eran chistosos y se reían de mentiras.

Mamá fingía la risa como haciendo ja-ja.

Papá hacía más bien je-je.

Yo fingía la risa en silencio, nada más dándome palmadas en la panza en cámara lenta, como una caricatura sin sonido.

Y tú, tú no habías aprendido a fingir la risa todavía.

Aunque no sabías contar buenos chistes, y aunque eras malísima leyendo, y tampoco sabías escribir bien, a veces eras muy inteligente y decías cosas sabias. Una vez tú y yo nos resfriamos, así que mamá nos dio una medicina para la gripa que nos hizo sentir todavía peor. Y cuando más tarde nos preguntó cómo se sienten ahora, a mí sólo se me ocurrió decir peor, pero tú lo pensaste bien y dijiste: me siento embrujada.

Mitos

Al fin llegamos al pueblo de Truth or Consequences, que a mí me parecía un nombre idiota. Mamá pensaba que era un nombre encantador y papá brillante, y yo creo que ésa es la única razón por la que nos detuvimos allí. Los moteles por los que pasábamos se veían tan abandonados que incluso tú te diste cuenta y nos dijiste a los demás, miren, en este pueblo hay moteles para árboles. Y nadie entendió de qué estabas hablando, sólo yo. Dijiste que había moteles para árboles porque no había nadie en ellos, y sólo se veían ramas y hojas a través de las ventanas rotas y las puertas rotas de esos moteles, y por eso los árboles parecían ser los huéspedes, que nos saludaban sacando las ramas por la ventana cuando pasábamos.

El motel que encontramos no estaba tan mal como esos que habíamos visto antes. Nos instalamos y papá salió, dijo que iba a entrevistar a un hombre que era un auténtico descendiente de Gerónimo, dijo que volvería tarde. Mamá se acostó en su cama, se concentró en el libro que estaba leyendo, que era el mismo librito rojo donde yo guardaba mis fotos, y dejó de ponernos atención, lo cual yo medio me lo esperaba pero de todas formas me puso de malas. Ese librito rojo se titulaba

Elegías para los niños perdidos, y cuando le pedí a mamá que nos lo leyera antes de dormir, como a veces hacía, ella dijo está bien, pero sólo un capítulo.

Salió de su cama y se metió en la nuestra, en el medio, y nos acurrucamos junto a ella, cada uno bajo uno de sus brazos como si mamá fuera una especie de águila. Tú dijiste: somos el pan y mamá es la mantequilla. Yo olí su piel, justo en la rayita entre su brazo y su antebrazo, y olía como a madera o cereal, y quizás también un poco a mantequilla. Mamá abrió el libro con mucho cuidado, porque no quería que se cayeran las fotos que yo había tomado y que estaban guardadas entre algunas de las páginas, como separadores. Después empezó a leernos con su voz rasposa.

(Sexta elegía)

Largas vainas pendían de las ramas más bajas, rozándoles cachetes y hombros. Sentados unos, bocarriba otros, aupados al leproso lomo de la góndola, atravesaban acres de selva tropical. Tenían que estar alerta, tener cuidado de los hombres, pero también tener cuidado de las bestias y las plantas. Incluso el tren se arrastraba aquí más lento que de costumbre, como si también él temiera despertar a la maleza. Los tábanos recubrieron a los siete niños con ronchas rosadas que más tarde adquirieron un tono violáceo, luego marrón, y luego desaparecieron, dejando sembrado en algunos el veneno del dengue.

La selva era umbría y estaba llena de terrores ocultos. Asfixiaba a los niños con el deseo de escapar, sin ofrecer ningún alivio inmediato. Sus cabezas iban llenas de aire denso y de fiebre. Los colores de la selva, sus vapores fétidos, incendiaban sus ojos con visiones salvajes. En los sueños de los siete florecían las pesadillas: húmedas lenguas y dientes amarillos, manos grandes y secas de hombres muy viejos, caras de niños moribundos o muertos. Una noche, insomnes y temblorosos a pesar del calor, con los huesos sacudidos por el traqueteo, todos los niños la vieron: la silueta fugaz de un ahorcado que pendía de una rama.

El hombre al mando les dijo que el ahorcado había dejado de ser un hombre, que no debían preocuparse por él, que no debían rezarle, pues ya no era más que carne para los insectos y huesos para las bestias. Les dijo a los niños que si cometían cualquier error, si hacían un movimiento en falso, también ellos acabarían siendo sólo carne y huesos, cadáveres, cabezas cercenadas. Después procedió al recuento. Gritó: «¡Teniente, un recuento! ¡Cuente todos sus cadáveres!». Y se respondió a sí mismo: «¡Sí, señor!» y comenzó a contar, pegándole a cada niño en la nuca por cada número que gritaba: uno, dos, tres, cuatro, cinco, seis, siete.

En este punto, mamá dejó de leer y dijo que tal vez debía leernos otra cosa. Pero tú ya te habías dormido, así que le dije no, mamá, por favor, mira, ya se durmió. Y yo ya estoy grande. Hasta mis cómics son más violentos que esto. Así que mamá siguió leyendo:

Mientras cruzaban la selva en el techo de aquel vagón, los siete, que intentaban dormirse pero temían quedarse dormidos, iban oyendo historias y rumores. «Estaba lleno de maleantes y asesinos», decía la gente. «Nos sacarán los corazones a todos, los clavarán en una pica», dijo una señora que viajaba en el techo de un furgón. «A uno le arrancaron ambos ojos, le quitaron sus pertenencias», decían. También decían, «Aquí despojan, aquí te obligan a estar de pie». Las palabras viajaban por el techo del tren más rápido que el tren mismo, y llegaban hasta los siete niños, que intentaban, sin lograrlo, no escucharlas. Las palabras eran como esos tábanos, inyectaban pensamientos en sus cabezas, colmándolas, reptando dentro de ellas por todas partes.

Un niño, el niño número seis, el niño cuyos pies había curado la muchacha de la cubeta, se enroscaba cada noche en posición fetal, esperando el sueño. Trataba de recordar a su abuelo, pero el viejo había desaparecido de su mente, lo mismo que sus langostas. Todo se estaba borrando. El niño se enroscaba y después se extendía para quedar bocarriba viendo el cielo, giraba y se revolvía buscando el sueño. Después intentó recordar las suaves manos de la muchacha mientras ésta le arreglaba los pies con unas pinzas, trató de evocar sus ojos negros y deseó que estuvieran a su lado, sus ojos y sus desnudas manos, avanzando lentamente por su cuerpo hacia lugares más ocultos. Pero, por mucho que lo intentaba, su mente lo obligaba a volver a las enormes tenazas metálicas de la bestia que en ese momento se arrastraba sobre las vías férreas.

De noche, los niños no se atrevían a cerrar los ojos por mucho tiempo y, cuando lo hacían, no eran capaces de imaginarse el futuro. No podían imaginar nada más allá de la selva mientras siguieran bajo su dominio. Excepto una noche, cuando el mayor de los niños, el niño siete, se ofreció a contarles un cuento.

¿Quieren oír un cuento?, preguntó.

Sí, dijeron algunos de los más chicos, sí, por favor. Los mayores no dijeron nada, pero también querían oírlo.

Les contaré un cuento, pero después tienen que cerrar todos los ojos y pensar en el cuento, en lo que significa, y no pensar en el tren ni en el hombre al mando ni en la selva ni nada.

Está bien, dijo uno. Bueno, dijo otro. Está bien, sí, dijeron.

¿Me lo prometen?

Lo prometieron. Todos estuvieron de acuerdo.

Cuenta el cuento, dijeron. Cuéntalo.

Bueno, el cuento es éste: «Cuando despertó, el dinosaurio todavía estaba allí».

Eso no es un cuento, dijo uno de los niños más grandes.

Shhh, dijo una de las niñas. Lo prometimos. Dijimos que nos callaríamos y pensaríamos en el cuento.

¿Puedes contarlo de nuevo?, preguntó el niño número tres, con los párpados hinchados, plúmbeos.

Bueno, pero sólo una vez más, y después se callan y se van a dormir: «Cuando despertó, el dinosaurio todavía estaba allí».

Y mientras el niño tres escuchaba e intentaba dormirse, miró al cielo a través de las hojas negras, la profunda oscuridad constante que se extendía en lo alto, y se preguntó, ¿flotan los dioses allá arriba, y qué dioses adoramos en qué lugares? Los buscó intensamente con la mirada en las alturas, pero no había ningún dios, no había nada.

Lenguas maternas

Le pedí a mamá que me leyera sólo un capítulo más. Pero dijo que no, que había dicho que uno solamente, y eso era todo. Regresó a su cama y apagó las luces. Yo hice un esfuerzo por seguir despierto, fingiendo dormir, y esperé y esperé, y cuando me aseguré de que mamá ya estaba dormida encendí la lámpara del buró, agarré el libro y lo abrí.

La foto que había tomado ese mismo día, la del avión que se iba a llevar a los niños, todavía detenido sobre la pista, cayó de entre las páginas del libro. Me quedé viéndola fijo, como si esperara ver a los niños aparecer ahí, pero por supuesto no aparecieron. No hay nada en esa foto, cuando la miras, excepto ese avión, y eso me desesperaba. Pero cuando metí la foto de nuevo entre las páginas hacia el final del libro, me di cuenta de algo importante, y era esto: todo lo que pasó después de que tomé la foto estaba también ahí, aunque nadie pudiera verlo, excepto yo cuando miraba bien, y tal vez también tú podrás verlo, en el futuro, al mirar la foto, aunque no hayas visto el momento original con tus propios ojos. Y esto tampoco se puede explicar con palabras pero se siente, y un día lo vas a entender.

Finalmente, siendo más cuidadoso esta vez y sosteniendo los bordes para que no se cayeran las demás fotos, abrí el libro en las primeras páginas. Leí las primeras líneas de la historia, que había oído leer a mamá en voz alta una vez pero que eran mucho más difíciles de entender cuando las leía yo mismo:

(Primera elegía)

Caras al rayo de luna, duermen. Niños, niñas: labios partidos, cachetes agrietados, y el viento que castiga día y noche. Ocupan el espacio completo, tiesos y tibios como cadáveres recientes, alineados en una sola hilera sobre el techo de la góndola del tren. Y el tren avanza lento sobre las vías, paralelo a un muro de acero. El hombre a cargo otea los cuerpos dormidos, los cuenta por debajo de la visera de su gorra. Cuenta: seis; siete menos uno. Sobre el techo de la góndola silba el viento, ulula, arrastra los sonidos de la noche hasta las cuencas blandas de los oídos de los niños, perturbándoles el sueño. Abajo, el suelo del desierto es pardo; arriba, el cielo azabache, inmóvil.

Tiempo y dientes

Releí esas líneas una y otra vez y traté de memorizarlas, hasta que pensé que las había entendido. Ya era un lector de nivel Z. Tú no llegabas ni al nivel A, porque confundías las letras b y d, y también las letras g y p, y cuando te enseñaba un libro y te preguntaba ¿qué ves aquí, en esta página?, tú decías no sé, y cuando te decía bueno, pero ¿qué te imaginas, por lo menos?, tú decías que te imaginabas todas las letritas saltando y echándose clavados como los niños de nuestro barrio cuando por fin era verano y abrían la alberca pública y nos dejaban nadar.

Leí la primera página del libro rojo de mamá una y otra vez, hasta que escuché los pasos de papá, que regresaba de la calle, se detenía afuera del cuarto y abría lentamente la puerta. Fingí estar dormido, con la boca un poquito abierta para ser más realista.

Trabalenguas

Esa noche soñé que mataba un gato y que, después, caminaba por el desierto yo solo, y mientras caminaba iba enterrando las partes del gato en distintos lugares: la cola, los pies, los ojos y algunos de sus bigotes. Luego una voz me preguntaba si las partes del gato eran el gato y yo me ponía a llorar. Obviamente no hice nada de eso, en la realidad. Era sólo un sueño, por suerte, aunque eso sólo lo supe cuando me desperté a media noche. Entonces me acordé que estábamos en un pueblo, un pueblo llamado Truth or Consequences, y sentí que el pueblo estaba embrujado.

Procedimientos

Al día siguiente tú y yo nos despertamos temprano y salimos a jugar al patio mientras mamá y papá seguían dormidos, y el patio estaba lleno de gatos que dormían sobre las bancas y las sillas y bajo las mesas, lo cual me hizo sentir un poco culpable, como si de verdad hubiera matado a uno en vez de soñarlo solamente. Así que inventé un juego sobre rescatar gatos, y jugamos un rato a eso, pero tú nunca entendiste bien las reglas, y yo no sabía tampoco explicarlas, así que terminamos peleándonos.

En el coche no peleábamos tanto, aunque sí peleábamos. También, a veces nos aburríamos de verdad y a veces fingíamos estar aburridos. Yo sabía que mamá y papá no sabían qué responder a la pregunta, pero de todas formas se la hacía, tal vez sólo para molestarlos:

¿Cuánto falta?

Y luego tú preguntabas:

¿Cuándo vamos a llegar?

Para distraernos, o para que nos quedáramos callados, papá y mamá a veces ponían las noticias en la radio o ponían audiolibros. Las noticias en general eran malas noticias. Los audiolibros eran aburridos o eran demasiado de adultos como para nosotros, y al principio papá y mamá se la pasaban cambiando de opinión sobre qué audiolibro escuchar, y pasaban de uno a otro, hasta que un día dieron con *El señor de las moscas* y ése ya lo dejaron. Tú dijiste que lo odiabas y te quejaste de que no entendías ni una palabra, pero yo me di cuenta de que intentabas ponerle atención de todas formas, cuando lo escuchábamos, así que me esforcé por poner atención también y fingí que entendía todo, aunque a veces era difícil entenderlo.

DECLARACIONES CONJUNTAS

Cuando teníamos suerte, apagaban el estéreo del coche y nos contaban cuentos e historias. Las historias de mamá siempre eran sobre niños perdidos, como las noticias de la radio. Nos gustaban, pero a la vez nos hacían sentir raros o preocupados. Las historias de papá eran sobre el viejo Oeste americano, de la época en que todavía era parte de México. Todo esto era México, decía mamá cuando papá empezaba a hablar sobre eso, y movía sus brazos como abarcando todo el espacio alrededor del coche. Papá nos contaba de los federales, del Batallón de San Patricio y de Pancho Villa. Pero nuestras historias favoritas eran las que contaba sobre Gerónimo. Y aunque yo sabía que sus historias eran sólo un truco para distraernos mientras íbamos en el coche, cuando empezaba a hablar sobre Gerónimo yo caía en la trampa, cada vez, y tú también, y los dos nos olvidábamos del coche, de las ganas de hacer pipí, del tiempo y de cuánto faltaba para llegar. Y, cuando nos olvidábamos del tiempo, el tiempo pasaba mucho más rápido, y además nos sentíamos más felices, aunque esto no se puede explicar.

Tú casi siempre te quedabas dormida escuchando esas historias. Yo en general no, pero al menos podía cerrar los ojos y fingir que dormía. Y cuando mamá y papá pensaban que los dos dormíamos a veces peleaban, o se quedaban callados, o papá ponía en el estéreo pedazos de sus inventarios, que había ido grabando por el camino y quería comentar con mamá. Él iba haciendo inventarios para una cosa llamada «inventario de ecos». Y, en caso de que te estés preguntando qué es un inventario de ecos, te lo voy a explicar. Los inventarios de ecos son cosas hechas de sonidos, sonidos que se perdieron pero que alguien encontró después, o que se hubieran perdido si no los hubiera capturado alguien, alguien como papá, que hacía un inventario con ellos. Así que eran como una colección, o como un museo de sonidos que la gente podría seguir escuchando gracias a personas como papá, que los metía en inventarios, o algo por el estilo.

A veces sus inventarios eran sólo el viento soplando y la lluvia cayendo y los coches pasando, y ésos eran los más aburridos de todos. Otras veces eran conversaciones con personas, cuentos que la gente contaba, o sólo voces. Una vez incluso nos grabó hablando en el asiento trasero del coche, y luego le puso la grabación a mamá, pensando que los dos estábamos dormidos y no íbamos oyendo. Yo iba despierto. Y fue raro escuchar nuestras voces en el coche, como si estuviéramos ahí y a la vez no estuviéramos. Como si hubiéramos desaparecido, pensé. Y luego pensé: ¿qué tal que en realidad no estamos sentados aquí sino que solamente se están acordando de nosotros?

Juntos y solos

Le pedíamos a papá que nos contara más cuentos de apaches. Mi cuento favorito, aunque también era el que me daba más tristeza y enojo, era el de cuando se rindieron los últimos chiricahuas libres. Caminaron durante días, nos contaba papá: hombres, mujeres, niñas, niños, uno detrás del otro, con las caras tristes, sin mochilas, sin palabras ni nada. Caminaron en fila, los llevaban como prisioneros, como los niños perdidos que vimos en Roswell.

Los últimos apaches libres caminaron desde Skeleton Canyon hacia las montañas del norte. Iba un general ojoblanco y todos sus hombres. Hacían cada tanto un recuento de los prisioneros de guerra para asegurarse de que nadie se había escapado. Contaban a Gerónimo más otros veintisiete. Avanzaban despacio a través de la cañada bajo el sol terrible, decía papá. Y lo que papá no decía pero que yo iba pensando todo el tiempo es que, en sus cabezas, esos prisioneros seguramente iban asustados y llenos de palabras, aunque en sus bocas hubiera sólo silencio.

Mamá iba callada casi todo el tiempo mientras papá contaba sus historias, tal vez pensaba en su propia historia de los niños perdidos, y en su mente los imaginaba metidos en aquel avión que vimos en Roswell, o tal vez sólo iba escuchando lo que papá decía y no pensaba en nada.

Papá nos contó cómo Gerónimo y su banda fueron las últimas personas de todo el continente en rendirse a los ojosblancos. Quince hombres, nueve mujeres, tres niños y Gerónimo. Ésas fueron las últimas personas libres, explicó papá, y nos dijo que teníamos que recordarlo siempre. Antes de rendirse habían caminado sin rumbo por las montañas de la Sierra Madre, habían escapado de las reservas, tomado asentamientos, matado a muchos federales malos y a muchos soldados mexicanos malos.

Tú escuchabas y mirabas por la ventana. Yo escuchaba y me agarraba del respaldo de papá y a veces me acercaba a él. Él se aferraba al volante con ambas manos, mirando siempre hacia la autopista. Antes de que se cayera de su caballo y muriera, dijo papá, las últimas palabras de Gerónimo fueron: «Nunca debí haberme rendido. Debí haber peleado hasta ser el último hombre vivo». Eso nos contó papá. Y creo que probablemente es cierto que Gerónimo dijo eso, aunque papá también nos dijo que en realidad era imposible saberlo porque no había ninguna grabación ni nada para probarlo. Papá dijo que, después de la rendición de Gerónimo, el general ojoblanco y sus hombres emprendieron la travesía por el desierto, cruzando Skeleton

Canyon, y arrearon a Gerónimo y su banda como se arrea a las ovejas. Y dijo que, al cabo de dos días, llegaron a Bowie y ahí los apiñaron a bordo de un vagón de tren y los mandaron al Este, lejos de todo y de todos. Le pregunté a papá qué había pasado después, y estaba pensando en la banda de Gerónimo, pero también en los niños perdidos de mamá, que en vez de a un tren los habían subido a un avión, sin saber adónde iban o por qué o qué podía sucederles.

Mientras papá hablaba, a veces yo dibujaba un mapa de su historia con la punta del dedo en el respaldo de su asiento, un mapa lleno de flechas, sobre todo, flechas apuntando en todas direcciones, flechas disparadas, ¡zum!, por jinetes galopantes, flechas que cruzaban ríos, medias flechas que desaparecían como fantasmas, flechas disparadas desde cuevas oscuras y algunas flechas remojadas en veneno de serpiente que apuntaban al cielo, y nadie podía ver mis mapas de dedo, salvo tú y yo.

Yo ya había inventado y perfeccionado los mapas de dedo desde mucho antes de nuestro viaje. En segundo de primaria, mientras hacía sumas o practicaba caligrafía sentado en mi pupitre, me gustaba imaginar dónde estarían mamá y papá, tal vez porque me sentía solo y los extrañaba, aunque en realidad no estoy seguro de por qué. Cuando terminaba una sección de sumas o una línea de aes o de haches, a veces deslizaba la punta de mi lápiz más allá del borde de la hoja y dibujaba sobre el pupitre. Dibujar en el pupitre estaba prohibido. Pero yo cerraba los ojos e imaginaba a mamá y papá subiéndose al metro, desplazándose cinco cuadras en línea recta hacia el norte, luego saliendo del metro y caminando tres cuadras hacia el este. Y mientras imaginaba todo eso, la punta de mi lápiz seguía el recorrido, cinco arriba, tres a la derecha. Dibujé esos mapas imaginarios durante varias semanas y, después de un tiempo, mi pupitre estaba lleno de rutas que yo sabía exactamente cómo recorrer, o casi. Hasta que un día la maestra le dijo a la directora que yo me la pasaba haciendo dibujitos en el pupitre en vez de hacer los ejercicios, y luego la directora le dijo a mamá y papá que yo había dañado propiedad escolar, que era propiedad pública. Al final tuvimos que pagar una multa de cincuenta dólares, que papá dijo que yo tendría que reembolsarle ayudando en la casa. Después de eso seguí dibujando mapas en mi pupitre de todas formas, pero empecé a usar la punta del dedo nada más, para que nadie pudiera verlos salvo yo. Y a eso se le llama mapas de dedo.

Sabía que tú podías ver mis mapas de dedo a la perfección porque, cuando los dibujaba en el respaldo de papá, tú los mirabas durante mucho, mucho tiempo, con esa manera tuya de mirar las cosas cuando querías entenderlas.

Lo que pasó pocos años después, dijo papá, fue que volvieron a amontonar a los apaches en un vagón de tren y los mandaron a un lugar llamado Fort Sill, donde la mayoría de ellos murieron y terminaron enterrados. Yo escuché esa parte de la historia pero no la dibujé porque era indibujable. Tú seguro no te acuerdas, Memphis, pero fuimos los cuatro juntos a ese mismo cementerio, y yo tomé fotos de las tumbas de los apaches: Jefe Loco, Jefe Nana, Jefe Chihuahua, Mangas Coloradas, Naiche, Joh y por supuesto Gerónimo y Jefe Cochise.

Más tarde, cuando volví a ver esas fotos, me di cuenta de que los nombres de las lápidas no habían salido. Así que cuando les enseñé las fotos a mamá y papá, papá dijo que eran perfectas porque había documentado el cementerio tal y como existe en la historia oficial, y al principio no entendí lo que me decía, pero después lo entendí. Quería decir, creo, que mi cámara había borrado los nombres de los jefes apaches, igual que los ojosblancos los habían borrado de la historia, que es algo que papá se la pasaba recordándonos, y por eso era tan importante que memorizáramos esos nombres, porque si no, nos olvidaríamos —como se había olvidado todo el mundo— de que esos chiricahuas fueron los mejores guerreros de todo el continente, y no una especie extraña en el Museo de Historia Natural, junto a los animales disecados, y en cementerios como aquél, juntos y solos como prisioneros de guerra.

Durante el viaje, mamá se encargaba, sobre todo, de estudiar el mapa y planear la ruta de cada día, aunque de vez en cuando, muy de vez en cuando, también manejaba. Papá se encargaba de manejar y de grabar sonidos para su inventario. Tú la tenías fácil: tenías que ayudar a papá a hacer los sándwiches o ayudar a mamá a limpiar las botas de todos cuando se habían empolvado o enlodado, o ayudar a quien fuera a hacer cualquier cosa. Mi trabajo era más difícil. Por ejemplo, tenía que asegurarme de que la cajuela del coche estuviera ordenada y limpia antes de partir, cada vez, después de una escala. Lo más difícil era asegurarme de que las cajas estuvieran en su sitio. Había siete cajas en la cajuela. Una era tuya y estaba vacía, otra era mía y también estaba vacía. Papá tenía cuatro cajas y mamá tenía una. Yo tenía que asegurarme de que todas estaban en su lugar, con el resto de nuestras cosas en la cajuela. Era como hacer un rompecabezas, cada vez.

Teníamos prohibido andar asomándonos a las cajas, pero yo me gané el derecho de abrir una caja, la de mamá, que tenía la etiqueta de Caja V. Me había ganado el derecho de abrir la caja de mamá, yo creo, porque cuando empecé a tomar las Polaroids con mi cámara, mamá descubrió que teníamos que usar un libro para guardar las fotos mientras se revelaban, porque si no se quemaban y salían todas blancas, aunque no sabría decirte por qué pasaba eso.

El punto es que, antes de tomar una foto, mamá me dejaba sacar un libro de su caja, el libro que estaba siempre hasta arriba, que era el librito rojo sobre los niños perdidos. Me dejaba usarlo para meter ahí mis fotos, guardadas entre las páginas. Y cada vez que abría la caja para sacar el libro, revolvía todas las cosas que había adentro, para echar un vistazo rápido. En la caja había algunos libros, todos llenos de post-its marcando las páginas especiales. Mamá guardaba esos libros fuera de tu alcance, creo que porque, cuando todavía vivíamos en el departamento, tú siempre te robabas los post-its de sus libros para hacer tus dibujos o pegarlos en las paredes por toda la casa. Así que ella se aseguraba de que ni te acercaras a su caja.

Dentro de su caja había también algunos recortes de periódico, mapas, fólderes y pedazos de papel de diferentes tamaños con notas escritas por ella. No estoy seguro de por qué, pero siempre me dieron curiosidad las cosas que había en la caja. No porque estuvieran medio prohibidas. Creo que más bien porque me recordaban a un juego que tú y yo nos inventamos un día en un parque, y que jugábamos a veces. Hacíamos figuritas de barro, juntábamos palos, basuritas, papelitos, lo que fuera, y luego los metíamos en una caja o bolsa y enterrábamos todo, para que algún científico del futuro las encontrara y creyera que los habían hecho los miembros de una antigua tribu. Sólo que, en el caso de la caja de mamá, yo era el científico que había descubierto algo siglos después.

DESCONOCIDOS QUE PASAN

Poco después del comienzo del viaje supe que, aparte de mantener la cajuela limpia y ordenada, mi deber era también ir tomando fotos de todo lo importante. Las primeras fotos salieron blancas y me desesperé. Después estudié el manual y finalmente aprendí. Los profesionales tienen que trabajar así, y a eso se le llama prueba y error. Pero durante un tiempo, después de que aprendí a tomar fotos, seguí sin saber qué debía fotografiar. No estaba seguro de qué era importante y qué no. Al principio tomaba fotos de lo que fuera, sin ningún plan ni nada.

Pero un día, mientras tú estabas dormida y yo fingía dormir pero en realidad escuchaba a mamá y papá discutir sobre la radio, sobre la política, sobre el trabajo, sobre sus planes a futuro juntos, y luego separados, sobre nosotros, sobre ellos, y sobre todo en general, se me ocurrió un plan, y ese plan era el siguiente. Me convertiría en documentalista y documentólogo al mismo tiempo. Podría ser ambas cosas, por un rato, al menos durante el viaje. Podría documentar todo, incluso las cosas que no parecían importantes a primera vista. Porque entendía, aunque mamá y papá pensaban que no lo entendía, que ése era nuestro último viaje juntos, en familia.

También sabía que tú no recordarías nada de ese viaje, porque tenías sólo cinco años, y nuestro pediatra nos había dicho que los niños no empiezan a guardar recuerdos de las cosas sino hasta que cumplen seis años.

Cuando me di cuenta de eso, de que yo tenía diez años y tú sólo cinco, pensé: mierda. Pero por supuesto no lo dije en voz alta. Sólo lo pensé, mierda, en silencio, para mí mismo. Me di cuenta de que yo recordaría todo y tú quizás no recordarías nada. Y eso me dio terror por mí y tristeza por ti. O terror y tristeza por ambos. Necesitaba encontrar una forma de ayudarte a recordar, aunque sólo fuera a través de las cosas que yo documentaba para ti, para el futuro. Y así es como me convertí en documentalistólogo.

APACHERÍA

Las carreteras de camino a la Apachería eran largas y rectas. Pero era como si avanzáramos en círculos. Siempre volvía la voz del audiolibro en las bocinas del coche, diciendo «Al despertarse en el bosque en medio del frío y la oscuridad nocturnos, había alargado la mano para tocar al niño que dormía a su lado». A veces yo también fingía dormir. A veces lo intentaba de verdad. En especial cuando papá y mamá se peleaban. Tú no. Cuando se peleaban, tú te inventabas chistes o a veces, incluso, decías papá, mejor vete a fumar tu cigarrito, y mamá, tú concéntrate en tu mapa y en tus noticias.

A veces te hacían caso. Dejaban de pelearse, y mamá ponía la música en modo aleatorio o encendía la radio. Siempre que salía una noticia sobre los niños perdidos nos pedía que nos calláramos, y siempre se ponía toda rara después de escucharla. Se ponía rara y empezaba a hablarnos de ese librito rojo que estaba leyendo sobre otros niños perdidos, y sobre su cruzada y cómo atravesaban desiertos a pie o viajaban en trenes a través de mundos vacíos, y todo eso nos daba curiosidad, pero no alcanzábamos a entender mucho. Era eso o mamá se ponía tan triste y enojada después de escuchar las noticias en la radio, que ya no quería hablar con nosotros, no quería siquiera mirarnos.

Eso me hacía enojarme mucho con ella. Quería recordarle que, aunque esos niños estaban perdidos, nosotros no lo estábamos, estábamos allí, justo a su lado. Y todo eso hacía que me preguntara, ¿y si nosotros nos perdiéramos? ¿Nos prestaría atención por fin si nos perdiéramos? Pero yo sabía que era una idea inmadura y egoísta, y además nunca supe con qué palabras decirle que estaba enojado con ella, así que me quedaba callado y tú te quedabas callada y todos escuchábamos sus historias o escuchábamos el silencio del coche, nada más, y el peor tipo de silencio era el silencio después de un pleito.

PRONOMBRES Y COSMOLOGÍA

Creo que tú no entendías casi nada de las noticias ni de las historias de mamá. Yo no entendía todo, sólo algunas partes, pero cuando las voces de la radio empezaban a hablar sobre los niños refugiados o mamá empezaba a hablar sobre la cruzada de los niños, yo te susurraba: escucha, están hablando de los niños perdidos de nuevo; escucha, están hablando sobre los Guerreros Águila de los que nos contó papá, y tú abrías los ojos y asentías y fingías que entendías todo y que estabas de acuerdo.

No sé si vas a recordar lo que nos contó papá sobre los Guerreros Águila. Dijo que los Guerreros Águila eran una banda de niños apaches, todos guerreros, liderados por un niño un poco mayor. Dijo que ese niño era como de mi edad. Los

Guerreros Águila comían pájaros que habían cazado en pleno vuelo lanzándoles piedras, todo con sus propias manos. Eran invencibles, nos dijo, y vivían ellos solos en las montañas, sin papás ni mamás, y a pesar de eso no tenían miedo nunca. Y también eran un poco como unos dioses pequeños, porque habían adquirido el poder de controlar el clima y podían atraer la lluvia o alejar las tormentas. Creo que les decían los Guerreros Águila por este poder que tenían sobre el cielo, pero también porque si alguna vez los veías desde muy lejos, corriendo hacia abajo por la montaña o en las llanuras o el desierto, corrían tan ágilmente y tan rápido que parecían águilas flotando más que personas atadas a la tierra. Y a veces, mientras papá nos contaba todo esto, tú y yo mirábamos por la ventana del coche hacia el cielo vacío, buscando águilas.

Un día, en el coche, preguntaste si íbamos a vivir en el coche para siempre. Aunque yo sabía la respuesta, sentí alivio cuando escuché a papá decir que no, que no siempre. Dijo que al final llegaríamos, y pronto, a una casa hermosa hecha de grandes piedras grises, y que la casa tendría un porche y más allá del porche habría un jardín de arena tan grande que podríamos perdernos en él. Y tú dijiste yo no me quiero perder. Y yo dije no seas tonta, sólo quiere decir que alrededor de la casa está el desierto, que es como el arenero más grande que has visto en tu vida. Aunque después me pregunté muchas veces si sería posible realmente perderse ahí y deseé con todas mis fuerzas que estuviéramos de vuelta en nuestro viejo departamento, que tenía más que suficiente espacio para los cuatro.

La casa a la que estábamos yendo, dijo papá, estaba entre las montañas Dragoon y las montañas Chiricahua, no muy lejos de Skeleton Canyon, en el corazón de la Apachería, cerca de donde Gerónimo y los otros veintisiete miembros de su tribu se habían rendido. Yo pregunté si se llamaba así porque había esqueletos de verdad allí enterrados, y papá dijo que tal vez sí y se secó la frente con la mano, y yo pensé que iba a seguir contando la historia, pero sólo se quedó callado y siguió mirando la autopista. Creo que cuando Gerónimo y los otros caminaron por esa barranca, iban escuchando y viendo todo con atención, para asegurarse de que sus pies no pisaran los huesos de los esqueletos del pasado, y si alguna vez vamos a esa barranca, tú y yo vamos a hacer lo mismo.

Futuro

Cumplí diez años un día antes de que empezara el viaje. Y aunque ya tenía diez años, a veces preguntaba cuánto falta y dónde vamos a detenernos. Y luego tú preguntabas ¿adónde estamos yendo, y cuándo vamos a llegar al final de todo? A veces mamá sacaba su mapa grande, que era demasiado grande para desdoblarlo por completo, y hacía un círculo con el dedo sobre el mapa mientras decía aquí, aquí termina el viaje. A veces papá nos recordaba, aunque ya lo sabíamos, que todo eso había sido, en el pasado, parte de la Apachería. Estaban las montañas Dragoon, y el lago seco de Wilcox, y luego las montañas Chiricahua, y mamá leía los nombres de los lugares con su voz rasposa: San Simón, Bowie, Dragoon, Cochise, Apache, Ánimas, Shakespeare, Skeleton Canyon. Cuando terminaba, dejaba el mapa frente a ella, bajo el parabrisas inclinado, y luego ponía los pies encima del mapa. Una vez tomé una foto de sus pies y salió una buena foto, aunque en la vida real sus pies se veían un poquito más grandes, más morenos y callosos.

MAPAS Y CAJAS

MAR DE LOS SARGAZOS

Todo este país, dijo papá, es un enorme cementerio, pero sólo a algunas personas les tocan tumbas como dios manda, porque la mayoría de las vidas no importan. La mayoría de las vidas son borradas, se pierden en el torbellino de basura que llamamos historia, dijo.

Así hablaba papá, a veces, y cuando lo hacía, en general miraba a través de una ventana o hacia alguna esquina. Nunca a nosotros. Cuando todavía vivíamos en nuestro viejo departamento, por ejemplo, y se enojaba con nosotros por algo que habíamos hecho o que no habíamos hecho, miraba directo hacia el librero, no a nosotros, y decía palabras como responsabilidad, privilegio, estándares éticos o compromiso social.

Ahora hablaba sobre el torbellino de la historia y las vidas borradas, y miraba la carretera curvosa, mientras subíamos por un paso de montaña muy angosto, donde no crecía nada verde, ni árboles, ni arbustos, nada vivo, sólo piedras afiladas y troncos de árboles partidos y quemados como si unos dioses con hachas gigantescas y antorchas se hubieran enojado y hubieran despedazado esa parte del mundo.

Tú, que en general no te fijabas mucho en los paisajes, preguntaste ¿qué pasó aquí?

Papá dijo: genocidio, éxodo, diáspora, limpieza étnica, eso es lo que pasó.

Mamá explicó que probablemente había habido un incendio forestal hacía poco.

Estábamos en Nuevo México, en el territorio apache chiricahua, por fin. Apache no es la palabra correcta, por cierto.

Apache significa «enemigo», y es como les decían, a los apaches, sus enemigos. Los apaches se llamaban a sí mismos Nde, que simplemente quiere decir «la gente». Esto nos lo contó papá mientras cruzábamos en coche por ese paso de montaña, subiendo cada vez más alto, todo gris y muerto a nuestro alrededor. Y a todos los demás les decían Indah, dijo, que quería decir «enemigo» y «desconocido», pero también «ojo». A todos los estadounidenses blancos les llamaban ojosblancos, nos dijo papá, pero eso ya lo sabíamos. Mamá le preguntó por qué y él dijo que no lo sabía. Luego le preguntó: si ojo y enemigo y desconocido eran la misma palabra, Indah, entonces, ¿cómo sabía que a los estadounidenses les decían ojosblancos y no, en realidad, *enemigos blancos?* Papá lo pensó un rato, en silencio. Y, quizás para llenar ese silencio, mamá nos contó que los mexicanos solían decirle hueros a los estadounidenses blancos, lo cual podía significar «vacío» o también «sin color» y que todavía les dicen güeros. Y los indios mexicanos, como la abuela de mamá y sus ancestros, solían decirles borrados a los estadounidenses blancos. Yo la escuché y me pregunté quiénes estaban más borrados en realidad, los apaches de los que siempre estaba hablando papá, o los mexicanos, o los ojosblancos, y qué quería decir realmente ser un borrado, y quién había borrado a quién de dónde.

MAPAS

La mirada de mamá, en general, iba fija en su gran mapa, y papá miraba hacia el frente, hacia la carretera. Papá dijo miren ahí, esas montañas raras a las que nos estamos acercando es donde se escondían algunos de los apaches chiricahuas durante los meses más calurosos del verano, porque si no se morían de un golpe de calor en las planicies desérticas que hay hacia el suroeste. Y si no, si el calor y la sed y la enfermedad no los mataban, los ojosblancos lo hacían. A veces yo no sabía si papá estaba contando cuentos o historias verdaderas. Pero en ese momento, mientras conducía por esa carretera llena de curvas en la montaña, de pronto papá se quitó el sombrero y lo lanzó al asiento de atrás sin fijarse siquiera en dónde caía, y eso me hizo pensar que estaba contándonos historias verdaderas y no cuentos. Su sombrero aterrizó casi en mis piernas y yo toqué el ala con la punta de los dedos, pero no me atreví a ponérmelo en la cabeza.

Papá nos contó sobre cómo las diferentes bandas de apaches, como Mangas Coloradas, su hijo Magnus y Gerónimo, que formaban parte de la banda apache Mimbreño, peleaban contra los más crueles ojosblancos y los peores vienen-y-van, que era como llamaban a los mexicanos. Los mimbreños se unieron a Victorio, Nana y Lozen, que formaban parte de la banda de Ojo Caliente y peleaban más bien contra el ejército mexicano, y luego también se unieron a otro de nuestros personajes favoritos, el Jefe Cochise, que era invencible. Entre las tres bandas crearon a los chiricahuas, y Cochise era el jefe de todos. Todo esto suena confuso, y sí es, es complicado, pero si escuchas con atención y dibujas un mapa, es más fácil entenderlo.

<small>ACUSTEMOLOGÍA</small>

Cuando papá dejó de hablar me puse, finalmente, su sombrero, y te dije en un susurro, como si fuera un viejo vaquero-indio, eh, tú, eh, Memphis, imagínate que nos perdemos en estas montañas. Y tú dijiste ¿tú y yo solos? Y yo respondí sí, tú y yo solos, ¿crees que nos uniríamos a los apaches y pelearíamos contra los ojosblancos?

Pero mamá me oyó, y antes de que pudieras responderme, se giró hacia nosotros y me pidió que le prometiera que, si alguna vez nos perdíamos, yo sabría cómo encontrarlos. Así que le dije claro, mamá, sí. Me preguntó entonces si me sabía de memoria su teléfono y el de papá, y le dije, sí, 555-836-6314 y 555-734-3258. ¿Y si estuvieran en el campo o en el desierto y no hubiera nadie a quien pedirle un teléfono?, preguntó. Le dije que los buscaríamos en el corazón de las montañas Chiricahua, en ese lugar en el que los ecos son tan claros que, incluso cuando susurras, tu voz regresa igualita. Papá interrumpió para decir: ¿te refieres a Echo Canyon? Y a mí me dio mucha alegría que me estuviera escuchando y que me ayudara con las preguntas difíciles de mamá, que siempre parecían exámenes. Sí, dije, exacto; si nos perdiéramos, los buscaríamos en Echo Canyon. Respuesta incorrecta, dijo mamá, como si en verdad fuera un examen. Si se pierden a la intemperie tienen que buscar una carretera, cuanto más grande mejor, y esperar a que pase alguien y llamarnos por teléfono, ¿está bien? Y los dos dijimos, sí, mamá, está bien, sí.

Pero luego te susurré algo para que ella no me oyera. Te dije: pero primero iríamos a Echo Canyon, ¿verdad? Y tú asentiste con la cabeza y me susurraste: pero sólo si puedo ser Lozen durante el resto del juego.

Presentimiento

Durante un tiempo, después del examen de mamá, me quedé pensando si en verdad sería capaz de encontrar el camino hasta Echo Canyon por mí mismo. Pensé que si tan sólo, si tan sólo tuviéramos un perro, no habría ningún peligro de perdernos. O habría menos peligro, por lo menos. Papá nos contó una historia una vez, una historia real que hasta había salido en la radio y en los periódicos, sobre una niña de tres o cuatro años que vivía en Siberia y que un día había salido de su casa, con su perro, para buscar a su padre, que estaba en el bosque. Su padre era bombero, y había salido ese mismo día porque había incendios forestales quemando los bosques alrededor de su aldea. La niña y su perro desaparecieron en el bosque, pero en vez de encontrar al padre, se perdieron. Estuvieron perdidos durante días, y las brigadas de rescate los buscaron por todas partes.

Al noveno día después de que desaparecieron, el perro regresó a la casa, solo, sin la niña. Al principio todos estaban preocupados y hasta enojados de verlo llegar meneando la cola y ladrando. Pensaron que había abandonado a la niña, que quizás había muerto, y había regresado de manera egoísta por su comida. Y sabían bien que si la niña estaba viva, no iba a saber sobrevivir sin el perro. Pero unas pocas horas después, dentro de la casa, el perro empezó a ladrar hacia la puerta principal, no paraba de ladrar. Cuando lo dejaron salir, pensando que tal vez necesitaba hacer caca, el perro corrió desde la puerta de la casa hacia la primera línea de árboles del bosque, y después de regreso hacia la casa, una y otra vez. Al final, alguien entendió que estaba tratando de decirles algo, no sólo ladrando y corriendo como un loco, así que los padres de la niña y también la brigada de rescate decidieron seguirlo.

El perro los llevó por el bosque y caminaron durante horas, atravesando riachuelos y subiendo colinas, y luego, a la mañana del undécimo día, encontraron a la niña. Estaba acurrucada bajo unos pastizales altos, llamados taiga o tundra, ya no me acuerdo, y el perro había guiado a los hombres hasta ella. Había sobrevivido gracias al perro, porque la mantuvo a salvo y le dio calor por las noches, y comieron moras y bebieron agua de los ríos, y tuvieron suerte de no ser devorados por los lobos ni los osos, porque hay miles de lobos y de osos en Siberia. Y el perro les había mostrado el camino a los adultos hasta donde había dejado a la niña. Y la había salvado.

Te pregunté, ¿qué harías tú si viviéramos en un pueblo junto a un bosque, y tuviéramos un perro, y entráramos al bosque un día y nos perdiéramos de pronto, nada más con nuestro perro? Tú ibas dibujando algo en la ventana con saliva, un nuevo hábito asqueroso que adoptaste desde que papá nos contó sobre la curandera llamada Saliva que era amiga de Gerónimo y curaba a las personas escupiéndoles. Y tu única respuesta fue: me quedaría parada junto a ti y trataría de que el perro no me lamiera.

Al fin nos detuvimos y ordenamos una buena comida en un restaurante que tenía rocola. Y fue perfecto, excepto porque había un viejo en la mesa de enfrente que tenía una corbata con una imagen de Jesucristo clavado en la cruz, y encima de la corbata llevaba una cadenita de plata con otra cruz colgando, pero sin clavos ni cristo. Yo estaba nervioso porque creí que a lo mejor decías lo de Jesupinchecristo, porque habías descubierto que cada vez que lo decías hacías reír a papá y mamá. Pero por suerte no dijiste nada, creo que porque el viejo te daba un poco de miedo.

A mí también me daba un poco de miedo y le tomé una foto sin mirar por el lente, recargando nada más la cámara sobre la mesa y calculando el foco. Ni siquiera se dio cuenta cuando sonó el disparador porque le estaba hablando sin parar a la mesera y a nosotros y a quien quisiera oírlo. Pidió *hot cakes* y siguió intentando hablar con papá y mamá sobre la salvación, y luego empezó a contarnos chistes a ti y a mí, uno tras otro, chistes horribles sobre los indios y los mexicanos y los asiáticos y los morenos y los negros, y básicamente sobre cualquiera diferente a él. Tal vez estaba un poco ciego. De hecho, tenía unos lentes muy gruesos. O tal vez sí se dio cuenta de todo y por eso nos contaba esos chistes horribles. Cuando llegó su desayuno, finalmente se quedó callado. Después cortó un cuadrado enorme de mantequilla, lo machacó encima de sus *hot cakes* usando un tenedor y nos preguntó que de dónde éramos. Mamá mintió por completo y le dijo que éramos franceses y éramos de París.

De regreso en el coche, tú inventaste el mejor chiste de toc-toc de todos los tiempos, por mucho; papá no lo entendió, porque el chiste estaba en español, pero mamá sí, y yo también porque yo también entendía español:

¡Toc toc!

¿Quién es?

¡París!

¿Qué París?

París-i que va a llover.

Y mamá y yo nos reímos tan fuerte que quisiste mantener tu racha, y entonces contaste tu segundo mejor chiste, que iba así:

¿Qué le dijo el chiste de toc-toc al chiste de otro tipo?

Y todos dijimos: ¿qué?

Y tú dijiste: toc toc.

Así que nosotros dijimos: ¿quién es?

Y tú dijiste: toc toc.

Así que nosotros dijimos: ¿quién es?

Y tú dijiste de nuevo: toc toc.

Nos tardamos un poco, pero al final lo entendimos, y todos nos reímos, con risas reales, y tú sonreíste mirando por la ventana, toda orgullosa de ti misma, y estuviste a punto de meterte el dedo gordo en la boca, pero esta vez no lo hiciste.

PUESTO DE CONTROL

Ese día, después del desayuno, viajamos tanto tiempo en coche, sin parar, que pensé que me iba a morir. Pero estaba feliz de dejar atrás ese pueblo lleno de gatos y ese viejo con la cruz en la corbata, así que no me quejé, ni siquiera una vez.

En el coche, mamá leyó las noticias en su celular y le leyó en voz alta a papá algo de que los niños perdidos habían llegado sanos y salvos a su país y les habían regalado globos en el aeropuerto. Mamá sonaba enojada de que les hubieran dado globos y yo no entendía por qué. También ella nos daba globos, a veces. Caminábamos por nuestra calle hasta la tienda y nos compraba un globo a cada uno, uno de verdad, lleno de helio, y ella escribía nuestros nombres en los globos con un plumón. Yo me agarraba al hilo de mi globo mientras caminábamos de regreso a casa, y jugaba siempre el mismo juego, aunque no sé si eso cuenta como un juego, y es que iba pensando que no era yo el que agarraba el globo sino el globo el que me agarraba a mí. Tal vez era una sensación, no un juego de verdad. Después de algunos días, sin importar lo que hiciéramos para salvarlos, nuestros globos empezaban a encogerse y a pasearse solos por la casa, justo como la mamá de mamá, aunque ya no te acuerdas de ella porque tú eras muy chiquita y sólo nos visitó una vez, y luego se murió. Pero antes de morirse, también ella se paseaba sola por la casa, de una habitación a otra, quejándose y suspirando y lamentándose, pero sobre todo en silencio y cada vez más encogida. Los globos que nos compraba mamá paseaban por la casa más y más arrugados, igual que le pasaba a ella, más cerca del suelo cada vez, hasta que un día acababan debajo de la silla o en alguna esquina y nuestros nombres escritos con plumón se veían arrugados y chiquitos.

Por fin nos detuvimos a comprar comida en una ciudad, porque esa noche, y probablemente la noche siguiente, íbamos a dormir en una casa en las montañas Burro, que mamá había encontrado y rentado por internet. La ciudad en la que nos detuvimos se llamaba Silver City, y papá te dijo que era una ciudad que estaba hecha de plata de verdad pero que la habían escondido bajo capas de pintura para que los enemigos no fueran a robarse partes de la ciudad. Te obsesionaste con ese tema, y mientras paseábamos por las calles, y luego por un supermercado, recorriendo los pasillos de un lado a otro, tú pensabas que veías detalles de la plata escondida por todas partes, incluyendo en todas las latas de frijoles y en un bote de limpiavidrios, e incluso en una caja de frutilupis, aunque yo sospeché que sólo habías fingido ver detalles de la plata escondida en los frutilupis porque querías que mamá y papá te los compraran, lo cual quiere decir que a veces eras más lista de lo que ellos creían.

Después de eso volvimos al coche por un rato más, y cuando llegamos a las montañas Burro todavía era de día, lo cual estaba bien para variar, porque cuando llegábamos a descansar a un sitio generalmente era el atardecer o ya de noche, y eso significaba que teníamos que irnos a la cama pronto, lo cual me hacía pensar que papá y mamá siempre querían pasar el menor tiempo posible con nosotros. Pero esta vez llegamos a pleno día. Una pareja de viejitos, los dos con sombreros vaqueros, nos mostraron una cabañita polvosa, hecha de adobe o barro, creo. Luego nos mostraron los dos cuartos, y el baño entre ambos, y luego el espacio con la cocina, la sala y el comedor. Caminaban tan despacio y explicaban tantas cosas que tú y yo nos empezamos a poner nerviosos. Le dieron las llaves a mamá y papá, y nos dijeron cómo funcionaban las cosas y qué no debíamos hacer, y nos enseñaron dónde estaban los mapas de senderos y los bastones para caminar, y nos preguntaron si necesitábamos algo más o si teníamos alguna pregunta, y por suerte mamá dijo que no, así que por fin se fueron.

Papá y mamá escogieron su cuarto y nosotros nos quejamos de que teníamos que compartir la cama en nuestro cuarto, mientras que ellos tenían una cama cada uno en el suyo, pero nos regañaron y dejamos de quejarnos. Estábamos felices de no estar en un motel, para variar, ni en una pensión tenebrosa ni en un *bed and breakfast.* Les ayudamos a desempacar algunas cosas y luego nos dieron agua y botanas, y ellos abrieron unas cervezas y se sentaron en el porche de afuera, con vistas a la cordillera. Tú y yo exploramos la casa por dentro, los dos solos, durante un rato, aunque era una casa chiquita, así que había poco que explorar. Encontramos dos matamoscas detrás del refrigerador, en la cocina, y los sacamos al porche donde estaban mamá y papá. Les ofrecimos matar algunas moscas para que pudieran relajarse, dijimos que sólo les cobraríamos un centavo por mosca, y aceptaron. Matábamos a una mosca y aparecían diez más, salidas de quién sabe dónde. Era como un videojuego de los de antes.

Papá y mamá dijeron que necesitaban echarse una siesta y se metieron al cuarto, y mientras tú y yo recolectamos piedras y guijarros alrededor de la casa, levantando las piedras con cuidado por si salía un alacrán. Queríamos y a la vez no queríamos encontrar un alacrán. Pusimos todas las piedras y los guijarros en una cubeta que encontramos junto a los botes de basura a un costado de la casa, y luego los repartimos sobre una mesa que estaba afuera, a un costado del porche. Cuando acabamos de ordenarlos en la mesa, tú miraste todo y dijiste que eran como las tortugas del mar de los Sargazos sobre las que yo te había hablado. Te pregunté por qué, porque no te entendía, y tú dijiste porque sí, porque mira todas las tortugas ahí flotando, y tenías razón, los guijarros parecían caparazones de tortuga vistos desde arriba.

Después, cuando nos aburrimos y nos dio hambre, entramos a la cocina y encontramos jitomates y sal, y yo te enseñé cómo comer jitomates a mordidas, poniéndoles un poco de sal antes de cada bocado, y a ti te encantó eso aunque en general odiabas los jitomates.

ARCHIVO

Más tarde, ese mismo día, mataste una libélula por error y empezaste a llorar como si te saliera una cascada de los ojos. Yo traté de convencerte de que no la habías matado sino que se había muerto en el instante mismo en que tú la atrapaste con un frasco, lo cual tal vez era cierto porque la libélula se había congelado de pronto ahí dentro, y se seguía viendo hermosa, con sus alas todavía abiertas, aunque estuviera completamente muerta. No parecía estar lastimada. No le faltaba ninguna parte del cuerpo ni nada de eso. De todas formas, tú llorabas como loca. Así que, para hacer que dejaras de llorar, porque papá y mamá seguían durmiendo la siesta dentro de la casa y yo sabía que si te oían llorar vendrían a echarme la culpa, te dije que te callaras un momento y luego dije, mira, vamos a enterrarla, y te enseño un ritual apache para que su alma pueda desprenderse de su cuerpo y volar libre, lo cual sé que era estúpido, pero de todas formas sentí que era una buena idea y tal vez hasta verdadera, aunque acababa de inventármela. Así que agarramos unas cucharas de los cajones de la cocina y un vaso de agua para humedecer la tierra en caso de que fuera necesario, y caminamos hasta un rincón oscuro frente a la casa, junto a una gran piedra roja, y ahí nos arrodillamos.

El suelo estaba más duro de lo que esperaba, y ni siquiera el agua que echamos la ablandó mucho, y golpeamos y cavamos tan fuerte que las cucharas se doblaron, arruinadas, y tú te reías muchísimo, decías que las cucharas parecían signos de interrogación, que habías estado practicando en la escuela antes de salir de vacaciones. Pero, al final, logramos hacer un hoyo lo suficientemente grande como para enterrar a la libélula, las dos cucharas, e incluso un centavo, que echaste ahí para que nos diera buena suerte, porque eres supersticiosa como mamá aunque sólo tengas cinco años. Después de eso yo me tuve que inventar un ritual, porque todavía no había pensado en esa parte.

Te dije: ve a recoger piedritas, yo voy a ir adentro y me voy a robar un cigarro y unos cerillos de la chamarra de papá. Y eso hicimos y después te alcancé de nuevo frente a la pequeña tumba, donde hacías un círculo con las piedritas alrededor del hoyo. No te estaba saliendo tan mal, pero de todas formas te dije que intentaras hacerlo más bonito y, cuando acabaste, nos sentamos con las piernas cruzadas frente a la tumba y yo encendí el cigarro y le eché humo a la tumba y me las arreglé para no toser y luego apagué el cigarro pisándolo y deshaciéndolo contra las piedras del suelo, como hacen papá y mamá. Para terminar, lancé un puñado de tierra a la tumba y luego traté de cantar una canción antigua que papá nos había puesto una vez, tal vez una canción apache, que decía lai-o-lei ale loya, hey-o lai-o-lei ale, pero tú no dejabas de reírte de mí en vez de ponerte seria. Así que intentamos cantar una canción que ambos nos supiéramos, como «Highwayman», y cantamos partes como lo de «sword and pistol by my side, sailed a scooter round the horn of Mexico, got killed but I am living still, and always be around, and round, and round». Pero se nos había olvidado la mitad de la letra y nada más la tarareamos, así que al final decidimos que teníamos que cantar la única canción de muerte que nos sabíamos de memoria. Mamá nos la había enseñado cuando los dos éramos más pequeños y se llamaba «La cama de piedra». Tú te lo tomaste en serio finalmente y los dos nos paramos derechos como soldados y cantamos: «De piedra ha de ser la cama, de piedra la cabecera, la mujer que a mí me quiera me ha de querer de a de veras, ay ay, ¿corazón por qué no amas?». Cantamos cada vez más fuerte hasta que llegamos a la última parte, que cantamos tan fuerte y tan bien, que sentí que las montañas se despertaron para escucharnos: «Por caja quiero un sarape, por cruz mis dobles cananas, y escriban sobre mi tumba, mi último adiós con mil balas, ay ay, ¿corazón por qué no amas?». Cuando acabamos, tú dijiste que tal vez debíamos matar más insectos y enterrarlos y hacer un cementerio entero.

MUESTRARIOS

Por la tarde, papá hizo la cena y tú te quedaste dormida con la cabeza sobre la mesa antes de que termináramos de cenar. Después de la cena, papá te llevó cargando a nuestra cama, luego dijo que iba a dar un paseo nocturno y se llevó su equipo de grabación. Yo ayudé a mamá a recoger la mesa y le dije que podía lavar los platos. Ella me agradeció y dijo que estaría afuera, en el porche, en caso de que necesitara algo.

Cuando terminé de lavar, alcancé a mamá en el porche, donde estaba leyendo su libro rojo en voz alta con su grabadora de sonido. Había muchas polillas volando alrededor del foco sobre su cabeza, y cuando me vio ahí parado, mamá apagó su grabadora un poco avergonzada, como si la hubiera sorprendido haciendo algo.

Le pregunté que qué estaba haciendo. Leyendo y grabando algunos fragmentos de esto, nada más, dijo. Le pregunté por qué. ¿Por qué?, repitió ella, y pensó un momento antes de responderme. Porque me ayuda a pensar y a imaginar cosas, supongo. ¿Y por qué lo lees en voz alta para la grabadora?, le pregunté. Me dijo que le ayudaba a concentrarse mejor, y yo puse cara como de cuchara en forma de interrogación. Así que ella dijo, ven aquí, siéntate, intenta tú. Señaló la silla vacía que había a su lado, donde papá había estado sentado ese mismo día. Me senté y mamá me pasó el libro, abierto en una página. Luego encendió de nuevo su grabadora y estiró su brazo hacia mí para que me quedara cerca de la boca. Dijo: vas, lee este fragmento, yo te grabo. Así que empecé a leer:

(Séptima elegía)

El patio en donde los niños abordaron el tren por primera vez, y la oscura selva que vino luego, habían quedado atrás. A bordo de ese primer tren atravesaron las húmedas selvas del sur, abriéndose paso hacia las montañas. En una pequeña aldea tuvieron que bajarse de un salto y subirse a otro tren que llegaría unas pocas horas después. Subidos en la nueva góndola, que de algún modo parecía mejor, menos sórdida, pintada de rojo ladrillo, ascendieron hasta las frías cumbres de las montañas.

El tren subió más allá de las nubes, flotando casi, sobre la densa niebla que se extendía hasta perderse hacia los mares del este. Llevó a los niños por sinuosos caminos de montaña que se alzaban sobre despeñaderos y junto a plantaciones, la tierra laboriosamente abarbechada por tantas manos, a lo largo de décadas y quizá siglos, en los lomos casi verticales de las cordilleras.

Lejos de los pueblos y retenes, de amenazas humanas e inhumanas, los niños pudieron dormir, por primera vez en muchas lunas, sin temores nocturnos. Iban dormidos todos, e iban tan profundos en su sueño, que no escucharon ni vieron a la mujer que, también dormida, rodó hasta caer del techo de esa misma góndola, y que despertó dando tumbos mientras caía cuesta abajo hacia las afiladas piedras, se reventó el estómago con una rama rota y siguió cayendo, hasta que su cuerpo produjo un golpe sordo en la abrupta nada. El primer ser vivo que reparó en ella, a la mañana siguiente, fue un puercoespín de erectas púas y vientre colmado, henchido de adelfas, manzanas silvestres, retoños de álamo y alerce. La olisqueó un poco, sin interés, y siguió olisqueando camino hacia los resecos amentos de un chopo.

Sólo una de las dos niñas que iban a bordo de la góndola, la más pequeña, se dio cuenta de que la mujer no estaba ya entre ellos. El sol había salido y el tren pasaba por un pequeño pueblo encaramado en la ladera este de la cordillera cuando, de pronto, un grupo de mujeres fuertes y robustas, con el cabello largo y bien cuidado y faldas también largas, aparecieron junto a las vías. El tren había bajado la velocidad un poco, como hacía siempre que atravesaba zonas más pobladas. La gente que iba a bordo de la góndola se sorprendió al principio, y las vieron con desconfianza, pero antes de que pudieran hacer o decir nada, desde abajo, las mujeres empezaron a lanzarles fruta y bolsas de comida y botellas de agua. Era fruta buena: manzanas, plátanos, peras, papayas chicas y sobre todo naranjas, que todos pelaron rápido y se comieron casi sin masticar, salvo la niña, que guardó la suya, escondida bajo su camiseta, para dársela a esa mujer. La mujer había sido amable con ella. Una noche, cuando la niña, sacudida por el temblor de una fiebre selvática, chillaba y gemía pidiendo agua, la mujer le había dado los últimos sorbos de su cantimplora. Pero la mujer ya no iba a bordo del tren. La niña pensó que tal vez se había bajado de un salto en alguna parada para alcanzar a su familia en uno de esos pueblos neblinosos mientras los demás dormían.

La niña recordó a la mujer extraviada otra vez unos días más tarde, mientras el tren pasaba por otro pueblo en los valles más bajos y otra vez calientes. Las altas montañas quedaban ya muy atrás en el horizonte del este, y los niños vieron a un grupo de gente de pie junto a las vías, a la distancia. Se apiñaron a lo largo del borde del techo de la góndola, sus manos listas para atrapar la comida voladora, pero en vez de eso recibieron piedras e insultos. En un susurro, como si le rezara a algún ángel caído, dijo la niña: Tuviste suerte, querida mujer voladora, de perderte esta parte del viaje, porque casi nos matan a pedradas, y quisiera que me hubieras llevado contigo, adonde sea que hayas ido, y buena suerte.

La bestia iba echando humo, perforando como aguja e hilo la masa negra de la cordillera. Entraba y salía de túneles oscuros, abiertos más de un siglo atrás a punta de dinamita, martillos, orden y progreso. Los niños jugaban en esos túneles: aguantaban la respiración cuando el tren se internaba en la negrura, y sólo se permitían respirar de nuevo cuando su góndola pasaba el arqueado umbral para acceder a la luz, y el valle se abría de nuevo ante sus ojos, como una flor abismal y cegadora.

Mapas y GPS

¡Nosotros también jugamos a eso!, le dije a mamá. Y ella asintió y sonrió mientras volvía a apagar su grabadora.

Solíamos jugar a eso cuando íbamos en el coche, manejando por las carreteras de montaña que tenían túneles. Aguantábamos todos la respiración en cuanto el coche entraba al túnel, y sólo podíamos respirar de nuevo cuando salíamos del otro lado. En general ganaba yo. Y tú siempre, siempre hacías trampa, incluso si el túnel era corto y no valía la pena hacer trampa.

¿Podemos leer un poco más?, le pregunté a mamá. Ella dijo que no, que teníamos que despertarnos temprano a la mañana siguiente para ir caminando hasta el arroyo, y tal vez más allá, por el valle, así que lo mejor era irnos a dormir. Mamá me dio las llaves del coche y me dijo que volviera a guardar el libro en su caja, la Caja V, y eso hice. Y luego nos metimos los dos a la casa. Ella dejó las llaves encima del refrigerador, donde siempre dejaba las llaves, y me sirvió un vaso de leche. Después fuimos al baño y nos cepillamos los dientes juntos, haciendo caras chistosas en el espejo, y por último nos fuimos a nuestros cuartos y nos dijimos buenas noches, buenas noches.

Tú dormías ocupando toda nuestra cama, así que te empujé lo más posible hacia tu lado. Pero en cuanto apagué la luz, te fuiste acercando poco a poco de nuevo y me echaste tu brazo sobre la espalda y tu pierna sobre mi pierna.

Prohibido dar vuelta en U

Ya había oído ecos antes, pero ninguno como los que oímos al día siguiente, cuando salimos a caminar por las montañas Burro. Cerca de donde vivíamos antes, en la ciudad, había una calle empinada que desembocaba en el gran río gris, y esa calle tenía un túnel porque encima de la calle, y encima del túnel, había otra calle perpendicular. Las ciudades son muy difíciles de explicar porque todo está encima de todo, sin divisiones. Los fines de semana, cuando hacía buen clima, íbamos a pasear en bicicleta desde nuestro departamento en la avenida Edgecombe, primero de subida y luego de bajada hasta que llegábamos a esa calle empinada, y nos metíamos por el túnel bajo la otra calle para tomar la ciclovía que iba junto al río, los cuatro, cada uno en su propia bicicleta, excepto tú. Tú ibas sentada en una silla para bebés en la parte de atrás de la bici de papá. Cada vez que llegábamos al túnel yo aguantaba la respiración, en parte porque sabía que daba buena suerte aguantar la respiración, y en parte porque en el túnel olía a perro mojado y a cartones viejos y a pipí. Así que me callaba y aguantaba la respiración en el túnel. Pero cada vez, sin excepciones, papá gritaba la palabra eco en cuanto entrábamos al túnel, y después creo que mamá le sonreía y gritaba eco también, y luego tú les copiabas y gritabas eco desde atrás, y a mí me encantaba el sonido de los tres ecos rebotando en las paredes del túnel mientras salíamos por el otro extremo y por fin respiraba de nuevo y sólo entonces gritaba eco también, pero nunca se oía ninguna respuesta porque ya era demasiado tarde.

Pero esa mañana, los ecos que oímos rebotar contra las rocas de las montañas eran ecos de verdad, nada que ver con los de nuestro antiguo túnel de la ciudad. Ese día, mamá y papá nos habían despertado antes del amanecer y nos habían dado papilla, que no me gusta, y manzanas hervidas, que sí me gustan, y habíamos escogido cada uno un bastón y nos pusimos a caminar por el camino que va hacia el arroyo y poco a poco subimos otra montaña, y luego bajamos hasta la mitad de la segunda montaña, hasta encontrar unas rocas enormes, largas y planas, en las que descansamos y nos sentamos un rato, y luego el sol llegó al punto más alto y brilló más duro sobre nuestros sombreros. Saqué la cámara de mi mochila y le dije a papá que se pusiera de pie, y eso hizo, y le tomé una foto con su sombrero puesto y fumando como fuma cuando está preocupado, con la frente toda llena de arrugas y los ojos viendo hacia algún lado, como si miraran algo feo, y yo quería saber, y no sabía, qué estaba pensando o por qué siempre estaba preocupado. Más tarde le di la foto como regalo, así que no la pude guardar para que tú la vieras y te la quedaras y me arrepiento de eso.

Nos sentamos de nuevo y nos comimos los sándwiches de pepino con pan y mantequilla que mamá había guardado en una bolsita, y ella dijo que podíamos quitarnos nuestras botas mientras comíamos. Por un instante me sentí feliz de que estuviéramos así, todos juntos. Pero después, mientras comíamos, me di cuenta de que mamá y papá no se hablaban, no se decían nada, no hablaban para nada, ni siquiera para decirse pásame la botella de agua o pásame otro sándwich. Cuando papá se ponía de malas, tú y yo le decíamos que se fumara un cigarro, y en general se iba y se fumaba uno. Después olía asqueroso, pero me gustaba el sonido de papá expulsando el humo y su forma de entrecerrar los ojos mientras lo hacía. Mamá decía que papá fruncía el entrecejo como si estuviera exprimiendo pensamientos para sacarlos por los ojos, y que lo hacía con tanta frecuencia que un día ya no le quedarían pensamientos.

De pronto, mientras comíamos, ya ni siquiera se veían el uno al otro ni nada, así que lo pensé bien y decidí que tenía que contar un chiste, o bien comenzar a hablar más fuerte, porque, aunque me gustaban algunos silencios, odiaba este tipo de silencio. Pero no se me ocurrió ningún chiste ni nada chistoso, ni nada que decir en voz alta así nomás porque sí. Entonces me quité el sombrero y lo puse sobre mis piernas, y al ver el sombrero sobre mis piernas, se me ocurrió una idea. Miré a mi alrededor para asegurarme de que nadie me veía, y luego, con una mano, lancé el sombrero hacia lo alto, y voló hacia arriba y luego hacia abajo, cayó y luego rodó por el costado de la montaña, rebotó en unas piedras y finalmente se atoró en un arbusto. Respiré profundamente, puse una cara rara y fingí estar preocupado al gritar hacia el viento, con todas mis fuerzas: ¡Mi sombrero!

En ese momento sucedió. Grité la palabra sombrero, y todos ustedes me miraron, y después miraron hacia las montañas, porque todos escuchamos de pronto ero ero ero, un sonido que venía de allá, mi voz rebotando en todas las rocas de la montaña en torno a nosotros, todas las rocas repitiendo ero ero.

Fue como un hechizo, un hechizo bueno, porque de repente el silencio que había entre nosotros se llenó de sonrisas, y sentí la misma sensación en mi estómago que ahora sé que sentíamos todos cada vez que íbamos en las bicis a toda velocidad hacia la calle empinada y hacia el túnel y hacia el río. Y de repente papá gritó la palabra eco y mamá gritó eco y tú gritaste eco y a nuestro alrededor los ecos se multiplicaron, eco, eco, eco, e incluso yo grité eco, y por primera vez oí mi propio eco diciendo eco que volvía a mí, que rebotaba de regreso a mí con claridad perfecta.

Papá dejó su sándwich a un lado y gritó, ¡Gerónimo! Y el eco dijo ónimo, ónimo, ónimo.

Mamá gritó, ¿me oyes? Y la montaña le regresó oyes, oyes, oyes.

Así que yo grité, ¡soy Pluma Ligera! Y me devolvió era, era, era.

Y tú miraste a tu alrededor y parecías medio confundida, y dijiste en voz muy baja:

¿Pero dónde están?

Luego nos pusimos de pie uno por uno, los cuatro descalzos en la superficie de la roca plana y larga, y lo intentamos con distintas palabras, como Elvis, palabras como Memphis, como autopista, y luna, y botas, y hola, padre, lejos, diez años, cinco años, odio la papilla, montaña, río, chinga tu madre, la tuya, pompas, nalgas, pedo, aviones, binoculares, *alien*, adiós, te amo, yo a ti, a ti. Y luego yo grité auuuuu, y todos aullamos como una manada de lobos y luego papá lo intentó aplaudiendo con una mano contra su boca, dijo, uuuuuuuuu, y todos lo imitamos como una familia antigua, y luego mamá aplaudió con ambas manos y los aplausos regresaron a nosotros clac clac clac, o más bien algo tipo tap tap tap. Y cuando nos quedamos sin nada que gritar y sin aliento, nos sentamos de nuevo, todos salvo tú, que gritaste una última vez:

¿Pero dónde están, tan, tan, tan?

Y luego nos miraste de nuevo y dijiste, esta vez en un susurro, no los veo, ¿dónde están? ¿Se están escondiendo? Papá y mamá te miraron algo confundidos y luego me miraron a mí, como esperando una traducción. Yo entendía tu pregunta perfectamente, así que se la expliqué. Yo era siempre el traductor entre tú y ellos, o entre ellos y nosotros. Dije, creo que piensa que hay alguien al otro lado de la montaña que nos responde. Los dos asintieron y te sonrieron y luego me sonrieron a mí e incluso se miraron un segundo entre ellos mientras seguían sonriendo. Yo te expliqué, Memphis, no hay nadie ahí, Memphis, son solamente nuestras voces. Mentiroso, dijiste. ¡Me llamaste mentiroso! Así que yo dije, no estoy mintiendo, idiota. Y mamá me regañó con la mirada, y te dijo, es sólo un eco, mi vida. Es sólo un eco, dijo también papá. Ellos no sabían, y yo sí sabía, que ésa no era una buena explicación para ti, así que dije, ¿te acuerdas de las pelotas que rebotan mucho y que sacamos de esa máquina en el restaurante donde luego tú lloraste? Sí, dijiste, lloré porque a ti te tocaban todas las pelotas de colores y a mí sólo me salían los bichos de plástico. Ése no es el punto, Memphis, el punto es que las pelotas, el punto es… ¿Recuerdas cómo jugamos con ellas afuera del restaurante después, lanzándolas contra el muro y atrapándolas de nuevo? Ahora me estabas poniendo atención y dijiste sí, me acuerdo. Nuestras voces son como esas pelotas que rebotan mucho, aunque no puedas verlas rebotando ahora, dije. Nuestras voces rebotan en esa montaña cuando las lanzamos contra ella, y eso se llama eco. Mentiroso, dijiste de nuevo. No te estoy mintiendo, no te está mintiendo, mi vida, dijo mamá, eso es el eco, así funciona el eco, no te está mintiendo, no te estoy mintiendo, te dijimos los tres.

Eres tan orgullosa y arrogante a veces, que seguías sin creernos. Te pusiste de pie muy derechita y seria sobre la roca plana y acomodaste tu sombrero rosa y luego tu camiseta como si estuvieras a punto de jurar lealtad a la bandera. Te aclaraste la garganta, hiciste un cuenco con tus manos alrededor de tu boca, miraste las rocas de la montaña y tomaste aire. Y luego, luego por último gritaste muy fuerte, gritaste gente, gritaste hola, gente, gritaste aquí estamos, aquí arriba, aquí, aquí… soy Memphis, emphis, emphis.

Pájaros

De regreso en casa, esa misma tarde, ayudé a papá a cocinar. Afuera, preparamos la parrilla. Papá puso carbón y lo encendió, y yo fui a la cocina a sacar la carne del refrigerador, carne de búfalo, que es mi favorita, que habíamos comprado en Silver City. Me tocó ayudar a sostener la bandeja de carne. Papá trinchaba, uno por uno, los trozos de carne con el tenedor y los ponía a la parrilla. Me quedé ahí de pie y en mi mente seguía pensando en los ecos, y todo a mi alrededor me recordaba a los ecos que habíamos oído horas antes en la montaña, los movimientos repetitivos de papá, repetitivos, el fuego en la parrilla, parrilla, unos pájaros grandes que batían las alas en lo alto, e incluso tu voz desde la cocina, dentro de la casa, donde estabas ayudando a mamá a envolver verduras en papel aluminio, envolviendo las papas, las cebollas, el ajo y también los champiñones, que no me gustan nada.

Le pregunté a papá si los ecos que habíamos oído eran como los ecos de Echo Canyon de los que nos había hablado. Dijo que sí pero no. En las montañas Chiricahua, en Echo Canyon, dijo, los ecos eran todavía más fuertes y más hermosos. Los ecos más hermosos que hayas oído nunca, dijo, y algunos de ellos llevan tanto tiempo rebotando por ahí que, si escuchas con atención, puedes oír las voces de los guerreros chiricahuas, desaparecidos hace mucho tiempo. ¿Y de los Guerreros Águila?, le pregunté. Sí, de los Guerreros Águila también.

Reflexioné durante un rato sobre cómo era posible eso, y luego les pedí a mamá y a papá que me explicaran más detalladamente, más profesionalmente, porque ellos eran profesionales del sonido, lo de los ecos, mientras poníamos la mesa, una larga mesa de madera afuera de la casa, mientras sacábamos platos, tenedores, cuchillos, copas, agua, vino, sal y pan. Dijeron que el eco es un retraso de las ondas sonoras. Es una onda sonora que llega después de que el sonido directo se produce y rebota en una superficie. Pero esa explicación no respondía a todas mis preguntas, así que seguí insistiendo, preguntando más y más, hasta que se hartaron un poco de mí, creo, y papá dijo:

¡Ya está la comida!

Nos sentamos a la mesa y papá quiso proponer un brindis, así que nos dejó probar unas gotas de vino que sirvió en nuestras copas, aunque también sirvió mucha agua, para hacer más suave el sabor. Dijo que a los niños en este país en general no les dejan probar el vino, dijo que sus papilas gustativas estaban totalmente arruinadas por el puritanismo, las alitas de pollo, la cátsup y la crema de cacahuate. Pero ahora éramos niños en el territorio apache chiricahua, así que se nos permitía tener una probadita de vida. Papá alzó su copa y dijo que Arizona, Nuevo México, Sonora y Chihuahua eran nombres hermosos, pero también nombres que nombraban un pasado de injusticia, genocidio, éxodo, guerra y sangre. Dijo que quería que recordáramos este territorio como un territorio de resiliencia y perdón, y también como un territorio en el que no había división entre la tierra y el cielo.

No nos dijo cuál era el nombre real del territorio, pero supongo que era la Apachería. Después le dio un sorbo a su copa y todos le dimos un sorbo a nuestras copas. Tú escupiste todo al suelo, dijiste que odiabas el aguavino. Yo dije que a mí sí me gustaba, aunque en realidad no me gustaba tampoco, pero me lo seguí bebiendo.

Tiempo

Terminamos de comer muy rápido porque teníamos mucha hambre, pero yo no quería que la tarde se acabara, nunca, aunque sabía que se acabaría, como se acabarían en general las tardes de estar juntos, tan pronto como acabara el viaje. Yo no podía cambiar eso, pero, al menos por ese día, podía intentar que la noche fuera más larga, igual que Gerónimo tenía el poder de estirar el tiempo durante una noche de batalla.

Decidí ponerme a hacer preguntas, buenas preguntas, para que todo el mundo se olvidara del paso del tiempo. Así lograría estirar el tiempo.

Primero les pregunté a ustedes tres qué era lo que más deseaban en ese momento. Tú dijiste, ¡frutilupis! Papá dijo, yo deseo claridad. Mamá dijo, yo justicia y que Manuela encuentre a sus hijas.

Después les pregunté a papá y a mamá, ¿cómo eran cuando tenían nuestras edades y qué cosas recuerdan de entonces? Papá contó una historia triste de cuando tenía tu edad y un tranvía atropelló a su perro y luego su abuela metió al perro en una bolsa negra de plástico y lo tiró a la basura. Luego papá dijo que, cuando tenía mi edad, las cosas mejoraron para él y que dirigía un periódico hecho por los niños del edificio donde vivían. Todos los viernes, estaba a cargo de una expedición. Después de la escuela, iba a la papelería, donde había una máquina llamada Xerox que sacaba copias de cualquier cosa que escribieran o dibujaran, aunque no había computadoras ni nada. Una vez, como no habían escrito ni dibujado nada para el periódico, sólo pusieron sus manos, luego sus caras, y luego sus pies en la máquina, y la máquina imprimió copias de todo eso y luego, cuando nadie los veía, un niño se bajó los pantalones y se sentó en la máquina y sacó una copia de sus nalgas. Tú y yo nos reímos tanto que el trago de aguavino que acababa de beber se me salió por la nariz y me ardió.

Después fue el turno de mamá, que se acordó de una vez, cuando tenía cinco años, como tú, y estaba en la sala de una casa con su mamá y una amiga de su mamá, y ella estaba asomada a una pecera muy grande y llena de peces que había allí. En algún momento, se dio la vuelta y su mamá ya no estaba, sólo la amiga de su mamá, así que le preguntó, ¿dónde está mi mamá? Y la amiga dijo, está ahí, mira, tu mamá se convirtió en un pez. Y al principio, mamá estaba muy emocionada y trataba de adivinar cuál de esos peces era su madre, pero luego empezó a asustarse, y pensó, ¿volverá mi mamá? y ¿cuándo dejará de ser un pez? Y como pasó mucho tiempo, empezó a llorar y a pedir que regresara su mamá, y por fin regresó, toda empapada, y hasta la fecha no sabía cómo ni qué había sucedido realmente. Entonces le pregunté qué recordaba de cuando tenía mi edad, cuál era su juego favorito a los diez años.

Lo pensó un momento y luego dijo que lo que más le gustaba a los diez años era entrar en casas abandonadas y explorarlas, porque el barrio en el que vivía estaba lleno de casas abandonadas. Y no dijo nada más, aunque tú querías saber más sobre las casas abandonadas. Por ejemplo, ¿había fantasmas en ellas? y ¿alguna vez cacharon a mamá entrando a una casa, la policía o sus padres? Pero en vez de seguir contándonos, mamá nos preguntó, ¿y ustedes dos? ¿Cómo creen que van a ser cuando tengan nuestra edad y sean adultos?

Levantaste la mano para hablar tú primero. Dijiste, creo que voy a saber leer y escribir. Y luego dijiste que tendrías un novio o una novia, pero que nunca te casarías con nadie para no tener que dar besos con lengua, y eso me pareció inteligente. Después, como no decías nada más, me tocó hablar a mí. Dije que yo viajaría mucho, que tendría muchos hijos y que todos los días les haría carne de búfalo de comer. En cuanto al trabajo, sería astronauta. Y como pasatiempo documentaría cosas. Dije que sería un documentalistólogo, y dije tan rápido la palabra que creo que tal vez papá escuchó documentólogo y mamá documentalista, y a los dos les pareció bien.

Temores creíbles

Esa noche, cuando todo el mundo dormía y yo no podía dormirme, me escapé de nuestra recámara, tomé las llaves del coche de encima del refrigerador y salí. Crucé el porche, caminé despacio hasta el coche, abrí la cajuela y busqué en la oscuridad la caja de mamá. Quería leer lo que pasaba a continuación en la historia de los niños perdidos, en el libro rojo, pero esta vez quería leerlo en voz alta y seguir grabándome, como había hecho con mamá el día anterior. No quería hacer mucho ruido al buscar la grabadora en la caja, así que mejor me llevé la caja entera. Estaba a punto de volver a la casa cuando recordé que mamá guardaba su grabadora en la guantera del coche casi siempre, y no en la caja. Así que volví caminando al coche, abrí la puerta del copiloto, dejé la caja en el asiento y me fijé en la guantera. Allí estaba. También estaba allí el gran mapa de carreteras de mamá. Saqué ambas cosas, el mapa de carreteras y la grabadora, abrí la tapa de la caja apenas lo suficiente como para meterlas con cuidado y luego volví de puntillas hasta la casa, hasta nuestra recámara, llevando todo conmigo.

Tú estabas profundamente dormida y roncabas como un viejo, Memphis, y ocupabas casi todo el espacio. Dejé la caja en el piso un momento, te empujé hacia tu lado de la cama, con mucho cuidado, y encendí nada más la lamparita del buró para no despertarte. Tú dejaste de roncar y te giraste en la cama hasta quedar con la panza hacia el techo. Luego abriste la boca un poco y empezaste a roncar de nuevo. Me subí a mi lado de la cama y me quedé allí sentado, con las piernas cruzadas, con la caja de mamá enfrente.

La abrí con mucho cuidado. Saqué el mapa de carreteras, la grabadora y el libro rojo que tenía mis fotos entre las páginas, y dejé las tres cosas en el buró, bajo la lámpara. Estaba a punto de cerrar de nuevo la caja y prepararme para leer del libro cuando sentí algo, algo que no puedo explicar. Sentí que tenía que ver qué más había en esa caja, mirar todas esas cosas que yo sabía que había detrás del libro rojo, cosas que tenía prohibido ver y que por eso no había visto bien nunca. Pero no había nadie vigilándome en ese momento. Podía revolver las cosas de la caja todo lo que quisiera. Siempre y cuando dejara todo en su sitio al terminar, mamá nunca se enteraría.

Una por una, empecé a sacar las cosas de la caja, lentamente, asegurándome de poner todo en orden sobre la cama para poder guardarlo después justo en el mismo orden. Lo primero que saqué de hasta arriba de la caja lo puse en la esquina donde van los pies, del lado izquierdo de la cama, que era mi esquina, el segundo objeto lo puse a un lado, luego el tercero, el cuarto, y así.

Eran más cosas de las que imaginaba. Había un montón de recortes y notas, fotos y algunos casetes. Había carpetas, certificados de nacimiento y otros papeles oficiales, mapas y algunos libros. Puse cada objeto sobre la cama, uno al lado de otro. En algún momento tuve que bajarme de la cama y caminar alrededor, para alcanzar mejor las cosas. Para cuando saqué el último objeto, había ocupado casi todo el espacio de la cama, y aunque no quería poner nada sobre ti, por si te movías en las sábanas y desordenabas todo, terminé por dejar algunos mapas y algunos libros encima de ti.

Pasé un buen rato mirando las cosas de mamá, todas esparcidas, mientras caminaba alrededor de la cama, de un lado a otro, hasta sentir que la cabeza me daba vueltas por tantas emociones. Por último, tomé un fólder que decía «Reportes de Mortalidad de Migrantes» y lo abrí. Estaba lleno de hojas sueltas con información, y las estudié tratando de entender lo que decían, pero no pude, había demasiados números y abreviaturas, y era muy desesperante. Decidí concentrarme en los mapas, porque al menos sabía que era bueno leyendo mapas. Agarré uno que estaba justo encima de tus rodillas, o tal vez de tus muslos, no era fácil distinguir porque estaban las sábanas. Era un mapa extraño. Mostraba un espacio, como cualquier mapa, pero en ese espacio había cientos de puntitos rojos, que no eran ciudades porque algunos estaban casi encima de otros. Al fijarme en la leyenda entendí que los puntos rojos representaban personas que se habían muerto ahí, en ese preciso lugar, y me dieron ganas de vomitar o de llorar, o las dos cosas juntas, y de despertar a mamá y a papá para preguntarles, pero por supuesto no lo hice. Sólo respiré. Me acordé de mamá y papá armando un rompecabezas de quinientas piezas, caminando alrededor de la mesa de nuestro viejo departamento, cómo se veían todos serios, preocupados, pero al mismo tiempo tranquilos, y decidí que así es como tenía que comportarme frente a todas esas cosas puestas sobre nuestra cama.

Había otro mapa parecido a ése, que había puesto justo encima de tu panza. También tenía muchos puntos rojos, y estuve a punto de saltármelo porque me daba náuseas, pero luego me di cuenta de que era un mapa del lugar exacto al que nos dirigíamos en la Apachería. A ese mapa le faltaban casi todos los nombres de los lugares, pero de todas formas pude distinguir las montañas Dragoon al oeste. Luego, al este, las montañas Chiricahua, donde estaba Echo Canyon. Y entre ambas cordilleras, ese valle seco y grande en el que había un lago seco llamado Willcox Playa, aunque en este mapa no aparecía el nombre. Papá me había enseñado otros mapas de esa misma parte de la Apachería muchas veces, señalándome lugares y diciéndome sus nombres. Yo tenía que repetir esos nombres, especialmente los que eran importantes en las historias de los apaches, como Willcox, San Simón, Bowie, Dos Cabezas y Skeleton Canyon. Ahora me sentía orgulloso de conocer tan bien esa parte de la Apachería sin haber estado allí siquiera. En el mapa de mamá, por ejemplo, aunque los nombres no estuvieran escritos, creo que encontré el pueblo llamado Bowie, al norte del gran valle seco, justo sobre las vías del tren, que es donde Gerónimo y los suyos abordaron un tren después de su última, última rendición. También encontré Skeleton Canyon, al sureste de las montañas Chiricahua, que es donde atraparon a Gerónimo y a los suyos antes de abordar el tren en Bowie, y, por supuesto, las Dos Cabezas, que es donde el fantasma del Jefe Cochise sigue viviendo.

Luego me di cuenta de que, en este mapa, justo en el centro del valle que está entre las Dragoons y las Chiricahua, mamá había marcado XX con una pluma, y había dibujado un gran círculo alrededor de las dos X. Era el único mapa en el que había marcado algo. Me pregunté qué podría significar. Pensé un buen rato y, de todas las posibilidades que se me ocurrieron, me pareció que ésta era la buena: mamá había hecho esas marcas porque estaba segura de que allí había niños perdidos. Dos niños perdidos: XX.

Luego pensé, tal vez las dos X eran las dos niñas de las que mamá hablaba todo el tiempo, las hijas de Manuela, que habían desaparecido. Mamá tenía un sexto sentido, después de todo era Flecha Suertuda. Así que, si las estaba buscando allí, probablemente estarían allí, o muy cerca. Y entonces tuve una idea que se sintió como una explosión en mi cabeza, pero una explosión buena. Si las niñas estaban allí, tal vez podíamos ayudar a mamá a encontrarlas.

ELECTRICIDAD

Así que esto es lo que decidí. A la mañana siguiente, antes de que mamá y papá se despertaran, tú y yo nos iríamos. Caminaríamos todo lo posible, igual que habían caminado los niños perdidos, incluso si nos perdíamos. Encontraríamos un tren y nos subiríamos a él, en dirección a la Apachería. Caminaríamos por el valle que mamá había marcado con esas dos X. Allí buscaríamos a las niñas perdidas. Si teníamos suerte y las encontrábamos, iríamos todos juntos hacia Echo Canyon, donde papá nos había dicho siempre que sería fácil encontrarnos si nos perdíamos, gracias a los ecos. Y, si no encontrábamos a las niñas, iríamos de todas formas a Echo Canyon, que, según el mapa de mamá, no estaba muy lejos del sitio marcado con las dos X.

Yo sabía, claro, que me iba a meter en muchos problemas por todo esto. Mamá y papá se enojarían muchísimo al darse cuenta de que nos habíamos escapado. Pero después de un tiempo se pondrían más preocupados que enojados. Mamá empezaría a pensar en nosotros del mismo modo en que pensaba en ellos, en los niños perdidos. Todo el tiempo y con todo su corazón. Y papá se concentraría en encontrar nuestros ecos, en vez de los ecos que hasta entonces le habían interesado. Y ésta es la parte más importante: si también nosotros éramos niños perdidos, tendrían que encontrarnos. Mamá y papá tendrían que encontrarnos. Nos encontrarían, de eso estaba seguro. Además, les dibujaría un mapa de la ruta que probablemente íbamos a seguir tú y yo, para que pudieran encontrarnos al final. Y ese final era Echo Canyon.

Fue tonto de mi parte haber roto una promesa y haber mirado dentro de la caja de mamá. Pero también entendí, por fin, algunas cosas importantes después de ver todo eso; las entendí con el corazón y no nada más con la cabeza. La cabeza me daba vueltas, además. Pero finalmente lo entendí, y eso es lo que importa, porque ahora puedo contártelo. Finalmente entendí por qué mamá se la pasaba pensando en los niños perdidos, y hablando sobre ellos, y por qué parecía estar cada día más lejos de nosotros. Los niños perdidos, todos ellos, eran mucho más importantes que nosotros, Memphis, mucho más que todos los niños que hemos conocido. Eran como los Guerreros Águila de papá, tal vez incluso más valientes. Eran niños que estaban luchando y cambiando la historia.

Me emocioné tanto con mi plan que hasta sentí que tenía que despertar a todos para compartirlo con la familia, pero obviamente no lo hice. Respiré profundo y despacio, tratando de calmarme. Volví a meter todas las cosas de mamá en su caja, en el orden correcto, o casi, porque tú te habías movido en la cama, y habías desordenado un poco los papeles.

Antes de cerrar la caja dibujé, apoyándome en la tapa, el mapa de mi ruta planeada. Tomé como base para mi mapa uno de los mapas de la caja de mamá, el que tenía las dos X marcadas con el círculo. Primero dibujé el mapa a lápiz. Luego dibujé la ruta que tú y yo tomaríamos, en rojo. Luego, en azul, dibujé la ruta que imaginaba que los niños perdidos del libro de mamá podrían tomar. Y ambas rutas, la roja y la azul, se juntaban en una gran X, que tracé con el lápiz, y que estaba más o menos en el mismo punto en que mamá había marcado las dos X en su mapa.

Cuando terminé, miré el mapa y me froté la panza, que me dolía un poco de emoción o de nervios. La verdad es que era un buen mapa, el mejor que había dibujado en toda mi vida. Lo puse encima de una pila de cosas en la caja de mamá, justo sobre su mapa con las dos X. Sabía que ella lo iba a encontrar allí. Antes de cerrar la caja, pensé que tal vez debía dejar también una nota, en caso de que mi mapa no les resultara lo suficientemente claro, aunque a mí me parecía muy claro. Entonces, despegué un post-it en blanco que estaba entre las páginas de uno de los libros que había en la caja, un libro llamado *Las puertas del paraíso*, y escribí una nota como los antiguos telegramas de los cuentos, que decía: «Salimos. Buscando a niñas perdidas. Nos vemos en Echo Canyon». Pegué el post-it encima de mi mapa y lo puse hasta encima de las cosas de la caja.

Todavía tenía que llevar la caja de regreso a la cajuela, y eso hice. Me deslicé hacia fuera, abrí la cajuela, puse la caja en su lugar. Y cuando volví a entrar, me sentí casi como si fuera, por fin, un adulto.

CAJA V

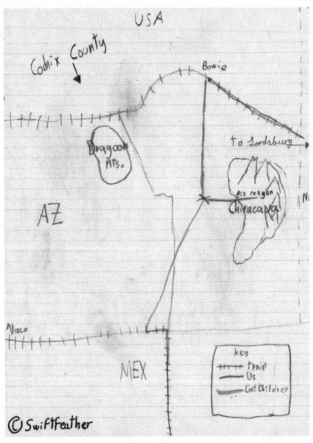

© Pluma Ligera

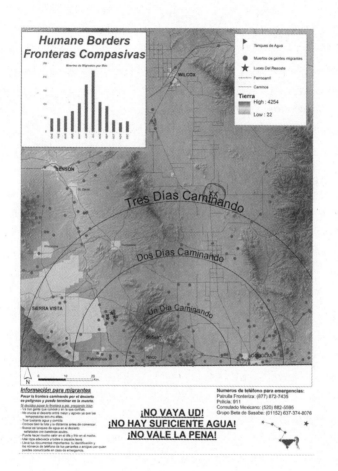

Nombre: HUERTAS FERNÁNDEZ, NURIA
Sexo: Femenino
Edad: 9
Fecha del reporte: 07-09-2003
Gestión del terreno: Privada
Ubicación: Autopista Estatal
Precisión de la ubicación: Descripción física con direc-
    ciones, distancias y puntos de referencia (rango de
    precisión de 1 milla / 1,5 km)
Corredor: Douglas
Causa de muerte: Exposición
CDM determinada por el DMF (Despacho de Medicina
    Forense): COMPLICACIONES DE HIPERTERMIA
    CON RABDOMIÓLISIS Y DESHIDRATACIÓN
Estado: Arizona
Condado: Cochise
Latitud: 31.366050
Longitud: -09.559990

Nombre: ARIZAGA, BEBÉ
Sexo: Masculino
Edad: 0
Fecha del reporte: 19-09-2005
Gestión del terreno: Condado de Pima
Ubicación: ARIVACA RD MP19
Precisión de la ubicación: Descripción física aproxima-
    da (rango de precisión de 15 millas / 25 km)
Corredor: Nogales
Causa de muerte: No viable
CDM determinada por el DMF (Despacho de Medicina
    Forense): FETO MASCULINO NO VIABLE NACI-
    DO MUERTO
Estado: Arizona
Condado: Pima
Latitud: 31.726220
Longitud: -111.126110

Nombre: HERNÁNDEZ QUINTERO, JOSSELINE
JANILETHA
Sexo: Femenino
Edad: 14
Fecha del reporte: 20-02-2008
Gestión del terreno: Servicio Forestal de los Estados
Unidos
Ubicación: N 31' 34.53 O 111' 10.52
Precisión de la ubicación: Coordenadas de GPS (rango
de precisión de 300 pies / 100 m)
Corredor: Nogales
Causa de muerte: Exposición
CDM determinada por el DMF (Despacho de Medicina
Forense): EXPOSICIÓN PROBABLE
Estado: Arizona
Condado: Pima
Latitud: 31.575500
Longitud: -111.175330

§ Reporte de mortalidad de migrante

Nombre: LÓPEZ DURÁN, RUFINO
Sexo: Masculino
Edad: 15
Fecha del reporte: 26-08-2013
Gestión del terreno: Privada
Ubicación: INTERESTATAL 10 SEÑALAMIENTO 342.1
Precisión de la ubicación: Descripción física con direcciones, distancias y puntos de referencia (rango de precisión de 1 milla / 1,5 km)
Corredor: Douglas
Causa de muerte: Herida por objeto contundente
CDM determinada por el DMF (Despacho de Medicina Forense): MÚLTIPLES HERIDAS POR OBJETO CONTUNDENTE
Estado: Arizona
Condado: Cochise
Latitud: 32.283693
Longitud: -109.826340

Nombre: VILCHIS PUENTE, VICENTE
Sexo: Masculino
Edad: 8
Fecha del reporte: 14-03-2007
Gestión del terreno: Privada
Ubicación: 2 MILLAS AL OESTE DE 12166 ARROYO DE
    EAST TURKEY
Precisión de la ubicación: Dirección de calle (rango de
    precisión de 1000 pies / 300 m)
Corredor: Douglas
Causa de muerte: Osamentas
CDM determinada por el DMF (Despacho de Medicina
    Forense): INDETERMINADA (OSAMENTAS)
Estado: Arizona
Condado: Cochise
Latitud: 31.881290
Longitud: -109.426741

Nombre: BELTRÁN GALICIA, SOFÍA
Sexo: Femenino
Edad: 11
Fecha del reporte: 06-04-2014
Gestión del terreno: Privada
Ubicación: MORGUE UMC
Precisión de la ubicación: Coordenadas de GPS (rango
    de precisión de 300 pies / 100 m)
Corredor: Douglas
Causa de muerte: Exposición
CDM determinada por el DMF (Despacho de Medicina
    Forense): COMPLICACIONES POR HIPERTER-
    MIA
Estado: Arizona
Condado: Cochise
Latitud: 31.599972
Longitud: -109.728027

*Objetos encontrados en los senderos de migrantes
en el desierto, condado de Pima*

§ NOTA SUELTA

Un mapa es una silueta, un contorno que agrupa elementos dispares, cualesquiera que sean. Cartografiar es incluir tanto como excluir. Cartografiar es, además, una manera de visibilizar lo que generalmente está oculto.

§ LIBRO

Las puertas del paraíso, Jerzy Andrzejewski

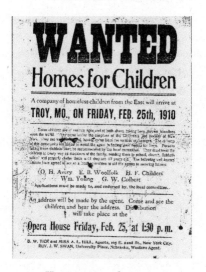

Hogares para los niños.
Movimiento del Tren de los Huérfanos, 1910

§ Nota

En el año 1850, había en la ciudad de Nueva York cerca
de treinta mil niños indigentes.
Se alimentaban de lo que encontraban en botes de ba-
sura y deambulaban por las calles en manadas.
Dormían a la sombra de los edificios o en las rendijas
de calefacción de las banquetas.
Se unieron a pandillas callejeras en busca de protección.
En 1853, Charles Loring Brace creó la Sociedad de Asis-
tencia al Menor, para ofrecerles ayuda.
Pero no había manera de ofrecerles un alivio sostenido.
Un año después, la Sociedad de Asistencia encontró
una solución.
Meter a los niños en trenes y mandarlos al oeste.
Para subastarlos y que las familias los adoptaran.

Entre 1854 y 1930, más de doscientos mil niños fueron
expulsados de Nueva York.
Algunos terminaron en buenas familias, que se hicie-
ron cargo de ellos.
Otros fueron recogidos como sirvientes o esclavos, y
padecieron condiciones de vida inhumanas.
A veces, abusos inenarrables.
La reubicación masiva de niños fue bautizada como
Programa de Colocación.
A esos niños se les conocía como Pasajeros del Tren de
los Huérfanos.

§ FÓLDER (DE LA BIBLIOGRAFÍA DE TRABAJO
DE BRENT HAYES EDWARDS: «TEORÍAS DEL ARCHIVO»)

«Lo pasado es prólogo: una historia de las ideas sobre
el archivo desde 1898 y el próximo cambio de pa-
radigma», Terry Cook
«El fin del coleccionismo: hacia un nuevo propósito
para la valoración archivística», Richard J. Cox
«Reflexiones de un archivista», Sir Hilary Jenkinson
*Poseer memoria: Cómo una comunidad caribeña perdió sus
archivos y encontró su historia*, Jeannette Allis Bastian
*Habitar el archivo: Escritura de mujeres sobre la casa, el ho-
gar y la historia en la India colonial tardía*, Antoi-
nette Burton
«"Alterizar" el archivo. Del exilio a la inclusión y la
dignidad de la herencia: El caso de la memoria ar-
chivística palestina», Beverley Butler
*Vidas desposeídas: Mujeres esclavizadas, violencia y el ar-
chivo*, Marissa J. Fuentes
Perdidos en los archivos, Rebecca Comay, ed.
Mal de archivo: Una impresión freudiana, Jacques Derrida
«Cenizas y "el archivo": El incendio de Londres de
1666, sectarismo y prueba», Frances E. Dolan
«Archivo y aspiración», Arjun Appadurai

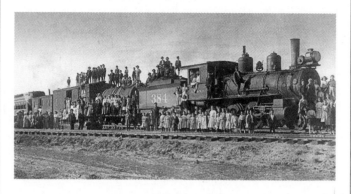

El Tren de los Huérfanos

§ Libro

La cruzada de los niños, Marcel Schwob

§ Nota suelta / cita

«Hasta el siglo xviii, la mayoría de las compañías mercantiles tenía muy poco o ningún interés en comprar niños en la costa africana, e instruían a sus capitanes que no los compraran. [...] Para mediados del siglo xviii, sin embargo, los hacendados que dependían económicamente del tráfico de esclavos pasaron a depender de los niños y jóvenes. Conforme el movimiento abolicionista amenazaba cada vez más su suministro de esclavos, los hacendados adoptaron la estrategia de importar esclavos más jóvenes, que vivirían más años. Como resultado, la juventud se convirtió en un valor atractivo en las subastas de los mercados de esclavos. Irónicamente, el sentimiento abolicionista cambió las definiciones de riesgo, inversión y beneficio del siglo XVIII. Conforme los dueños de las plantaciones compraban más mujeres en edad reproductiva y niños para salvaguardar sus intereses económicos, los traficantes modificaron sus nociones de beneficio y riesgo, cambiando las ideas en torno al valor de los niños en todo el mundo atlántico».

COLLEEN A. VASCONCELLOS,
«Los niños en el tráfico de esclavos»,
en *Children and Youth in History*

§ NOTA SUELTA / CITA

La Ley Dolben de 1788:

«II. En el entendido de que, si hubiese, en cualquiera de estas embarcaciones o buques, más de dos quintas partes de los esclavos que fueren niños, y que no excedieren los cuatro pies y cuatro pulgadas de altura, entonces cada cinco de tales niños (por encima de la antedicha proporción de dos quintos) serán considerados y tratados como iguales a cuatro de dichos esclavos dentro del verdadero significado y las intenciones de esta ley...».

NOTA: «LA LEY DOLBEN DE 1788 FUE PRESENTADA ANTE EL PARLAMENTO BRITÁNICO POR EL CÉLEBRE ABOLICIONISTA SIR WILLIAM DOLBEN. SI BIEN ESTABA PENSADA PARA RESTRINGIR EL TRÁFICO DE ESCLAVOS, EN LOS HECHOS TUVO UN EFECTO ADVERSO SOBRE LOS NIÑOS».

ELIZABETH DONNAN, *Documentos ilustrativos del tráfico de esclavos a América*, citado por COLLEEN A. VASCONCELLOS, en *Children and Youth in History*

Gerónimo y otros reos de camino a Florida,
10 de septiembre de 1886

§ Libro

La atracción del archivo, Arlette Farge

§ Nota suelta

Los eufemismos esconden, borran, recubren.
Los eufemismos conducen a tolerar lo inaceptable. Y,
    tarde o temprano, a olvidar.
Contra un eufemismo, la memoria. Para no repetir.
Recordar términos y significados. Su desarticulación
    absurda.
Término: *Nuestra Peculiar Institución.* Es decir: la escla-
    vitud. (Epítome de todos los eufemismos).
Término: *Remover/Desplazar.* Es decir: expulsar y des-
    pojar a la gente de sus tierras.

Término: *Programa de Colocación*. Es decir: expulsión de los niños abandonados de la Costa Este.

Término: *Reubicación*. Es decir: confinar a las personas en reservas.

Término: *Reserva*. Es decir: una condena a la pobreza perpetua.

Término: *Remover/Desplazar*. Es decir: expulsión de gente que solicita asilo o ayuda.

Término: *Indocumentados*. Es decir: personas que serán expulsadas.

§ Nota suelta / cita

«El sábado 19 de noviembre de 2002, sesenta personas encarceladas en un campamento de inmigrantes ilegales *se cosieron los labios*. Sesenta personas con los labios cosidos, tambaleándose por el campamento, mirando el cielo. Pequeños perros sucios, callejeros, los persiguen, ladrando muy agudo. Las autoridades han pospuesto varias veces la consideración de sus aplicaciones para obtener el permiso de residencia».

Daša Drndić, *Belladona*

§ Nota suelta

Palabras, palabras, palabras, ¿dónde ponerlas?
Éxodo
Diáspora
Genocidio
Limpieza étnica

§ Libro

Belladona, Daša Drndić

ANNE CARSON

Father's Old Blue Cardigan

Now it hangs on the back of the kitchen chair
where I always sit, as it did
on the back of the kitchen chair where he always sat.

I put it on whenever I come in,
as he did, stamping
the snow from his boots.

I put it on and sit in the dark.
He would not have done this.
Coldness comes paring down from the moonbone in the sky.

His laws were a secret.
But I remember the moment at which I knew
he was going mad inside his laws.

He was standing at the turn of the driveway when I arrived.
He had on the blue cardigan with the buttons done up all the way to the top.
Not only because it was a ~~hot July afternoon~~

but the look on his face—
as a small child who has been dressed by some aunt early in the morning
for a long trip

on cold trains and windy platforms
will sit very straight at the edge of his seat
while the shadows like long fingers

over the haystacks that sweep past
keep shocking him
because he is riding backwards.

ANNE CARSON
EL VIEJO SUÉTER AZUL DE PAPÁ

Hoy cuelga del respaldo de la silla de la cocina
donde siempre me siento, cuelga
del mismo respaldo de la misma silla donde él solía sentarse.

Me lo pongo al entrar,
como él solía, sacudiendo
la nieve de sus botas.

Me lo pongo y me siento en la oscuridad.
Él no haría esto.
Lajas de frío caen desde el hueso de la luna.

Sus leyes eran un secreto.
Pero recuerdo el momento en que supe
que perdía el juicio dentro de sus leyes.

Estaba de pie en la curva de la entrada cuando lo vi.
Llevaba puesto el suéter azul con los botones abrochados
        hasta el cuello.
No sólo porque era una calurosa tarde de julio

sino la mirada en su rostro…
como un niño a quien la tía vistió temprano por la mañana
antes de un largo viaje

en trenes fríos y venteados andenes
sentado muy rígido en la orilla de su asiento
mientras las sombras, como largos dedos,

sobre almiares dejados atrás,
aún lo estremecen
porque él viaja mirando hacia atrás.

DIVISORIA CONTINENTAL

El cielo se había puesto rojo y rosa y naranja, como se pone siempre el cielo en el desierto antes de que el sol salga, antes de que se vuelva azul, que me parece un fenómeno natural inexplicable.

Salí de la cama muy silenciosamente y empaqué todas mis cosas útiles en mi mochila. Tenía muchas cosas útiles que me dieron porque había cumplido diez años el día que comenzó el viaje. De regalo de cumpleaños tú me hiciste una tarjeta que decía: Hoy siempre te voy a querer más que ayer. Pero sólo yo podía entender tu horrible ortografía, pues habías escrito algo como: Oi sienpre t boia qerer maz qe aier. Metí eso en mi mochila. Papá me dio una navaja suiza, unos binoculares, una linterna y una brújula pequeña, y mamá me dio mi cámara. Metí todas esas cosas en la mochila. Luego me di cuenta de que la grabadora de mamá, su mapa grande y el librito rojo seguían encima del buró, se me había olvidado meterlos de nuevo en la caja la noche anterior. Así que los metí también en mi mochila. Y ya.

Caminé de puntitas hasta la cocina y agarré dos botellas de agua y un montón de botanas. Además, de último momento decidí llevarme un pequeño mapa que venía con la casa y que había encontrado antes en una canasta junto a la puerta. Ese mapa se llamaba Senderos de la Divisoria Continental, y mostraba los senderos para caminar en el área de las montañas Burro, así que podía llegar a ser útil. Por último, vacié tu mochila en el suelo atrás de la cama y sólo volví a meter en ella *El libro sin dibujos*. No quise meter nada más en tu mochila porque sabía que si estaba muy pesada yo terminaría cargándola.

Del otro lado de la ventana, por atrás de los montes, el sol estaba saliendo, así que decidí despertarte. Te desperté con cuidado, Memphis. Odiabas que te despertaran con mucho ruido o demasiado rápido. Sonreíste con cara adormilada, luego dijiste que tenías sed. Así que volví de puntitas hasta la cocina, te serví un vaso de leche y caminé rápido de regreso a nuestro cuarto sosteniendo el vaso un poco alejado de mí y asegurándome de que no se derramara. Tú te sentaste en la cama y te tomaste la leche de un trago. Cuando me pasaste el vaso vacío, yo te dije: apúrate, levántate, nos vamos a una aventura y tengo una sorpresa para ti. Te levantaste, te negaste a quitarte el camisón y a vestirte del todo, pero al menos te pusiste unos pantalones de mezclilla abajo del camisón, y calcetines y tus zapatos buenos, y salimos del cuarto caminando en silencio, y luego salimos al porche.

La mañana se sentía tibia y bajamos la colina empinada desde la casa hasta el arroyo seco. Y cuando llegamos al arroyo, tú te detuviste y volteaste a ver hacia la casa, y preguntaste si mamá y papá nos habían dado permiso de caminar tan lejos, solos. Te dije una mentira que ya tenía planeada. Te dije que sí, que papá y mamá nos habían dado permiso de ir a explorar por nuestra cuenta. Te dije que me habían dicho que tú y yo teníamos que ir a buscar más ecos, hasta Echo Canyon. ¿En serio?, preguntaste, y por un momento me preocupó que no te fueras a creer la historia. Sí, te dije, eso dijeron papá y mamá. Y también dijeron que ellos nos alcanzaban después en Echo Canyon.

Lo pensaste un momento, y al fin dijiste: qué buena onda son mamá y papá. ¡Y ésa es la sorpresa, Pluma Ligera! ¿Verdad? Sí, exacto, te dije, y me sentí aliviado de que me compraras el cuento, pero también me dio un poco de culpa que me creyeras cualquier cosa.

Caminamos en silencio un rato, como caminan los perros callejeros juntos, como si tuvieran una misión, como caminan todos los perros en manada, como si tuvieran una misión. Nosotros no éramos una manada, sólo tú y yo, pero de todas

formas se sentía así, y yo aullé como un perro lobo, y tú au-
llaste también, y yo supe que nos íbamos a divertir por nuestra cuenta. Entonces pensé que, incluso si nos perdíamos para
siempre y mamá y papá no nos encontraban nunca, al menos
seguiríamos juntos, que era mejor que estar separados.

Dijiste que te morías de hambre y de calor, y no era ni siquiera mediodía porque el sol todavía no estaba justo sobre
nosotros sino más bajo. Pero no quería que te cansaras demasiado pronto, así que te dije: hora de un pícnic. Escogí
un lugar sombreado y dejamos nuestras mochilas debajo de un
arbolito. Me di cuenta de que se me había olvidado traer una
tela para sentarnos. Pero te dije que los niños apaches no
usaban telas ni nada, se sentaban en el piso, sin quejarse, y tú
estuviste de acuerdo. Comimos algunas de nuestras botanas y
bebimos un poco de agua, tres tragos de nuestras botellas
cada uno.

Me puse a estudiar mi mapa de Senderos de la Divisoria
Continental, igual que mamá estudiaba su mapa. Me preguntaste qué era un sendero y yo te dije que era lo mismo que un
camino, pero más poético. Y luego te mostré el mapa, y te dije
mira, tomamos este sendero y ahora estamos cerca de acá,
de Mud Springs, junto a esta montaña, Sugarloaf. Te mostré cómo teníamos que caminar hacia Spring Canyon y luego hacia Pine Canyon. Tenía la situación bajo control, como
se dice, y estaba orgulloso de poder seguir un mapa tan bien
como mamá. Después te pregunté si querías que te leyera un
poco de la historia de los niños perdidos, no porque quisiera leértela realmente, sino porque quería saber yo mismo
cómo seguía la historia. Pero tú dijiste no gracias, muy educa-
damente, tal vez al rato.

Empezamos a caminar de nuevo, uno detrás del otro como si estuviéramos formados, y caminamos muchísimo tiempo, platicando sobre los ecos que íbamos a encontrar. Tú te la pasabas ideando maneras de atrapar los ecos, y dijiste: si al menos tuviéramos ese frasco de vidrio de la libélula.

No sé en qué momento exactamente, pero de pronto pensé: quizás ahora estamos de verdad perdidos, y te dije, Memphis, quizás estamos perdidos. Y sentí emoción, pero también un poco de preocupación. Dimos media vuelta, pero no reconocimos nada, sólo las mismas colinas llenas de piedras y los mismos bosques vacíos por todas partes, atrás y frente a nosotros. Cuando me di cuenta de que estabas preocupada, aunque no demasiado preocupada, te dije: todo esto es parte del plan, confía en mí. Y tú dijiste ok, está bien, y me pediste agua, y bebimos tanto que nos terminamos nuestras dos botellas.

El sendero subía y luego bajaba junto al arroyo. Nos detuvimos a mirar hacia atrás y hacia delante, tratando de calcular el tiempo y de medir la distancia, como hacían papá y mamá. Tú preguntabas cuánto faltaba, cuántas cuadras más, que es lo que le preguntabas también a mamá y papá cuando íbamos en el coche, y a ellos les daba una risa tonta y a mí me molestaba. Esta vez entendí por qué era un poco chistoso preguntar eso, cuántas cuadras, pero no me reí, y te tomé en serio y sólo dije: una más de subida, una más de bajada y ya después de eso llegamos. En realidad no tenía la más remota idea, aunque había estudiado el mapa lo mejor que pude. Empecé a preocuparme mucho, de repente, y pensé que tal vez debíamos dar media vuelta.

Arco narrativo

Finalmente, cuando bajó un poco el sol, nos dimos cuenta de que en esa parte del camino el arroyo junto al sendero tenía un poquito de agua. Bajamos corriendo a mojarnos las bocas y bebimos agua, aunque era verde y se sentía babosa en la lengua. También nos quitamos los zapatos y caminamos sobre las piedras mojadas, que estaban frescas y resbalosas.

De vez en cuándo llamábamos a mamá y papá, pero nuestras voces se perdían en el aire. Ni un eco, nada. Creo que fue entonces que nos dimos cuenta, como con nuestras panzas, de que estábamos perdidos. Gritamos mamá, papá, más y más fuerte, y no había ecos, y lo intentamos con otras palabras, como saguaro, Gerónimo, pero ningún sonido regresaba.

Estábamos solos, completamente solos, mucho más solos de lo que a veces nos sentíamos, en la noche, cuando nos apagaban las luces y nos cerraban la puerta del cuarto. Empecé a pensar cosas horribles a cada paso que dábamos. Y después ya no pensaba en nada, pero miraba a mi alrededor buscando bestias. Estaba seguro de que si las bestias nos encontraban, se darían cuenta de que estábamos perdidos y nos atacarían. Nada era familiar, todo era desconocido, y cuando tú me preguntabas por el nombre de un árbol, de un pájaro, de un tipo de nube, yo sólo decía no sé, no sé, no sé.

Una vez, cuando estábamos todos juntos todavía, en el coche, habíamos dicho que sí cuando mamá nos preguntó: si alguna vez se pierden, ¿me prometen que sabrán cómo encontrarnos de nuevo? Yo se lo prometí. Pero en realidad nunca pensé, después de esa pregunta, cómo le haría para cumplir la promesa. Nunca hasta ese momento. Y yo seguí pensando, mientras caminábamos, quizás de regreso hacia nuestros padres, quizás alejándonos de ellos, en cómo iba a cumplir mi promesa y cómo íbamos a encontrarlos de nuevo. Pero era imposible concentrarse en ese problema porque nuestras botas sobre las piedritas del sendero iban haciendo un ruido como de dientes masticando cereal, lo cual me distraía y además me daba hambre.

El sol nos daba en la frente ahora a través de los árboles más bajos, y el viento blanco que soplaba traía tantos sonidos que daba miedo. Sonidos como el de miles de palillos de dientes cayendo de golpe al suelo, como de las viejitas rascando en sus bolsos, buscando cosas que nunca encuentran, como el de alguien silbando desde abajo de una cama. Había pájaros negros volando sobre nosotros, dibujando triángulos y luego líneas y luego otra vez triángulos en el cielo, y pensé que quizás intentaban hacer flechas y arcos para señalarnos una dirección, pero no, ¿quién confiaba en los pájaros? Sólo las águilas eran confiables. Junto a una roca gigante, decidí que teníamos que detenernos y descansar un poco.

ALEGORÍA

Si me concentraba, podía imaginarme todo con claridad: Echo Canyon, un pedregal resplandeciente en la cima de una montaña, como había dicho papá, y allí, nuestros padres esperándonos, enojados tal vez, pero también felices de vernos de nuevo. Pero todo lo que alcanzaba a ver a la distancia eran muchas colinas y el camino que bajaba y subía, y más allá de todo eso, las montañas altísimas entre la niebla gris. Atrás de mí, el sonido de tus pasitos sobre las piedras y también tus quejidos, tu sed y tu hambre. Cuando se empezó a hacer de noche y mi preocupación creció, recordé esa historia sobre la niña siberiana y su perro, que la había mantenido a salvo y después la había rescatado. Te dije que ojalá tuviéramos un perro. Y tú dijiste: guácala, no. Y después de un silencio dijiste: bueno, tal vez sí estaría bien.

Una vez, todavía con papá y mamá, habíamos entrado en una tienda de segunda mano, que es algo que a mamá le encanta, aunque nunca compra nada, y habíamos visto un perro viejo, dormido, que parecía una alfombra calientita extendida en el piso. Nos habíamos acercado a acariciarlo mientras papá miraba cosas y mamá hablaba con el dueño de la tienda, algo que también le encanta hacer en las tiendas pequeñas. Y yo acaricié al perro y le hablé, y tú le empezaste a hacer preguntas muy chistosas, como: ¿te gustaría ser más alto, te gustaría ser naranja, te gustaría ser una jirafa en lugar de un perro, te gustaría comer hojas, te gustaría vivir en la naturaleza, junto a un río? Y te juro que, cada vez que hacías una de esas preguntas, el perro asentía diciendo sí, diciendo sí a cada pregunta. Así que cuando estábamos en el río, caminando sobre las piedras verdes y resbalosas, pensé en el perro y pensé que si estuviera allí con nosotros quizás no tendríamos nada de miedo. Y al hacerse de noche, más tarde, estaría todo bien porque tendríamos al perro para acurrucarnos con él, y tú te harías bolita junto a su pata y yo lo abrazaría del otro lado, pero con la boca cerrada para que no se me llenara la lengua de pelos, y que me hicieran vomitar. Y si de noche escuchábamos a otros perros ladrando en las granjas lejanas del valle, o si oíamos el aullido de un lobo en las montañas, no nos daría miedo, no tendríamos que arrastrarnos bajo las rejas ni dormir con piedras en las manos por si acaso.

Saqué mi mapa de Senderos de la Divisoria Continental para estudiarlo una vez más y memorizar la ruta. Teníamos que llegar hasta un lugar llamado Rancho de Jim Courten, luego pasar una presa llamada Willow Tank, y luego otra llamada Still Tank, y luego Big Tank, y yo sabía que encontraríamos agua en las presas, así que eso no me preocupaba. Después de la última presa, no era una caminata tan larga para llegar al primer pueblo de verdad, que era Lordsburg, y tendríamos que pasar el molino de Davis y luego el de Myers, y siempre y cuando pasáramos esos molinos, yo sabría que no estábamos tan perdidos. Una vez pasado el último molino veríamos un cementerio, y luego por fin Lordsburg. Allí encontraríamos una estación de trenes y nos subiríamos a un tren, aunque esa parte no la tenía muy planeada aún. Intenté explicarte todo esto, pero tú sólo decías que sí, ok, pero cuándo, y cuánto falta, y después me preguntaste si podía leerte un poco en voz alta, y me prometiste no quedarte dormida para no dejarme solo. Así que abrí mi mochila para agarrar el libro rojo de mamá, lo sacudí dentro de la mochila para quitarle las fotografías y luego lo saqué para leerte.

(Octava elegía)

El tren se detuvo por fin en un gran espacio abierto, un patio
de maniobras, rodeado de fábricas humeantes, y de galpones
vacíos semiabandonados. No había nadie ni nada en los edificios que rodeaban aquel patio, salvo unos cuantos búhos y
gatos y familias de ratas que hurgaban en la basura en busca
de las sobras de los días pasados. Los niños recibieron la instrucción de bajarse. Tendrían que esperar allí a que pasara el
próximo tren, según dijo el hombre al mando. Dos, tal vez tres
noches, tal vez cuatro. El hombre sabía, pero no se los dijo,
que en ese punto estaban a la mitad del camino, habían llegado ya a la mitad del viaje. De haber sabido esto, los niños habrían sentido una especie de alivio, quizás. Lo único que les
dijo el hombre al mando fue que lo que venía a continuación
era el desierto, y que el siguiente tren no pararía, sólo bajaría
la velocidad un poco para cambiar de vías, así que mientras
esperaban, tendrían que practicar cómo subirse de un salto al
tren, memorizar las instrucciones, aprender a abordar un tren
en movimiento, a menos que quisieran ser aplastados bajo las
ruedas.

Durante esos días de espera, cuando el hombre al mando
se iba o se quedaba dormido, uno de los niños sacaba un mapa que le había dado un familiar antes de partir, y que no había querido sacar antes por desconfianza de sus compañeros
de viaje. Ahora que los conocía a todos, a los otros seis, y sabía
que ninguno se lo robaría, lo desdoblaba, lo abría sobre la grava, y otro niño lo alumbraba encendiendo cerillos. Los otros
niños se sentaban alrededor como si se reunieran en torno a
una fogata. Estudiaban el mapa, sonreían al escuchar ciertos
nombres sugerentes, se quedaban callados con los nombres
improbables, repetían los nombres extraños. Apoyando el índice contra el trozo de papel arrugado, el niño dibujó una línea desde un punto sobre una gruesa línea roja, una frontera,

pasando por las llanuras desérticas y los valles entre dos montañas. Dijo:

Aquí. Aquí es donde nos bajaremos del tren, y aquí vamos a caminar, hasta acá.

Bajo el cielo nocturno en el patio de los trenes, con la mirada clavada en la oscuridad, uno de los niños más pequeños, el cuarto niño, susurró esta pregunta al oído del mayor:

¿Cómo te imaginas que es, después del desierto, la ciudad?

El mayor lo pensó un momento y le dijo que habría un gran puente de metal colgando sobre las aguas azules, las aguas tersas y calmas del río. El pequeño no cruzaría aquel río en una llanta, ni trepado en el lomo de un tren, sino en un coche nuevo. Habría coches nuevos por todas partes en torno a él, todos moviéndose despacio y en orden para cruzar el puente. Habría edificios enormes, hechos todos de vidrio, alzándose para darle la bienvenida.

Cuando el niño mayor hizo una pausa para tomar aire, el pequeño preguntó:

¿Y qué más?

Y trató de imaginar qué más habría, pero no podía representarse nada y sólo lograba pensar en la pútrida selva que habían cruzado sobre el techo azul de la góndola, sus pensamientos como el oleaje de un mar en retirada, acumulando destrucción y miedo en una enorme ola. En su mente, el futuro impecable —reposadas aguas, tersas y quietas— se veía desbordado de pronto con la corriente marrón de los ríos tempraneros, y cubierto por las vainas y ramas de las trepadoras, basura, huesos, pedazos de cosas que había visto a lo largo del camino, desde el techo color ladrillo de la segunda góndola.

Hizo un esfuerzo por retener la imagen de los edificios de cristal y los automóviles resplandecientes, pero veía sólo ruinas, e imaginaba sólo el sonido líquido de millones de corazones repartiendo sangre por millones de venas, corazones palpitantes de hombres y mujeres salvajes, vibrando todos al unísono bajo la ciudad en ruinas. Casi podía oírlos, innumerables corazones pulsando, latiendo, palpitando en esa ciudad futura. Se llevó las manos a la cabeza y se tocó las sienes con los dedos, para sentir el latido de su corazón empujando allí la sangre, sentir las olas de infatigables pensamientos, y los miedos que lentamente se formaban allí, para luego estrellarse en algún sitio más profundo y desconocido de sí mismo. Tenía fiebre.

Punto de vista

Cuando terminé de leer tú ya te habías dormido y a mí me daba un poco de miedo dormirme, y recordé esa frase que repetíamos en el coche, «Al despertarse en el bosque en medio del frío y la oscuridad nocturnos, había alargado la mano para tocar al niño que dormía a su lado», y por primera vez entendí exactamente a qué se refería el autor que la escribió.

También sentí que nos estábamos acercando cada vez más a los niños perdidos. Era como si, mientras escuchábamos su historia y sus planes, ellos también escucharan los nuestros. Decidí leer en voz alta sólo el siguiente capítulo, que era muy corto, aunque tú ya te hubieras quedado dormida.

(Novena elegía)

Los niños fueron a orinar en grupo, formando un círculo en torno a un arbusto seco, cerca de las vías, en el patio de los trenes. Antes de llegar al patio de maniobras, orinar era una tarea muy difícil. Tanto, que casi habían olvidado lo sencillo que podía ser. A bordo del tren, temprano cada mañana, se les permitía a los niños orinar una sola vez. De pie, en el borde del techo de la góndola, en parejas o solos. Veían el arco amarillo de la orina proyectarse primero hacia delante, luego salpicar hacia los lados, dividido en múltiples gotitas. Las niñas tenían que bajar la escalerilla al extremo delantero del vagón, saltar a la plataforma que había entre vagones y, sostenidas de los barrotes, acuclillarse en el vacío. Cerraban los ojos, intentando no mirar el suelo en movimiento debajo de sus nalgas. A veces miraban hacia arriba y veían al hombre al mando, observándolas y sonriendo bajo su gorra azul. Miraban más allá de donde estaba el hombre, y a veces vislumbraban las altas águilas surcando el cielo azul más alto, y cuando las águilas pasaban, las niñas sabían que estaban a salvo, vigiladas.

Sintaxis

Me di cuenta de que también yo necesitaba hacer pipí. Antes hacía pipí siempre en el baño, pero había aprendido a hacer al aire libre, justo como los niños perdidos que lo hacían desde lo alto de la góndola. Y creo que ya sólo podría hacer pipí al aire libre. Aprendí un día, a la salida del cementerio apache. Ustedes tres se subieron al coche para esperarme y yo les pedí que miraran para otro lado, y mamá y papá me hicieron caso, pero tú, Memphis, tú te cubriste la cara con las manos, aunque en realidad no te tapaste bien los ojos. Yo sabía que me estabas espiando y que me ibas a ver el culet y a pensar que mis nalgas eran feas, y tal vez te ibas a reír de mí, pero no me importó porque de todas formas siempre me veías el culet cuando nos bañábamos juntos, y hasta me habías visto el pene, al que le decías pirrín, y por eso a veces yo también le decía pirrín, pero sólo en la regadera, porque es el único lugar donde no me dan pena las palabras de ese tipo, porque allí estamos solos y juntos, tú y yo.

Esa vez en el cementerio oriné muchísimo, estaba a punto de explotar. Y salió tanta pipí que escribí mis iniciales en la tierra: P de pluma y L de ligera, y después hasta subrayé las dos letras.

Mientras me subía los pantalones me acordé de un chiste o un refrán que papá nos había contado, y que dice: puedes mearme la cara, pero no me vengas a decir que es la lluvia, y estuve a punto de reírme o al menos de sonreír, pero entonces me acordé también de que Gerónimo estaba enterrado allí, al otro lado de ese muro, porque se cayó de su caballo y murió y ahora estaba enterrado en ese cementerio de prisioneros de guerra, y me sentí orgulloso de estar meando allí, contra ese estúpido muro que mantenía a los prisioneros de guerra encerrados y borrados y desaparecidos del mapa, justo como mamá decía que pasaba con los niños perdidos, que habían viajado solos y después habían sido deportados y borrados del mapa como si fueran *aliens*. Pero después, dentro del coche y viendo el cementerio por la ventana, sentí enojo, porque mi pipí contra el muro no le importaría a la gente que había levantado el muro alrededor de los prisioneros muertos, y luego sentí enojo por Gerónimo y los demás prisioneros de guerra, porque casi nadie recordaba sus nombres ni los pronunciaba en voz alta.

Y por eso empecé a recordar esos nombres cada vez que hacía pipí al aire libre. Recordaba sus nombres y me trataba de imaginar que salían de mí, y trataba de escribir sus iniciales en la tierra, iniciales distintas cada vez, para no olvidar esos nombres nunca y para que también la tierra los recordara:

JC de Jefe Cochise.

JL de Jefe Loco.

JN de Jefe Nana.

S de la curandera llamada Saliva.

MC de Mangas Coloradas.

Y una gran G mayúscula de Gerónimo.

RITMO

Abrimos otra vez los ojos cuando el sol ya había salido. Tenía la boca seca como la lengua de los gatos. Escuché un motor, que al principio ignoré porque pensé que era un ruido que venía de mis sueños. Pero también tú lo oíste, así que decidimos caminar hacia el sonido. Lo seguimos durante un rato, más allá de una bajada llena de piedras puntiagudas, hasta que vimos a un hombre al final de un camino, un hombre con un sombrero de paja, blanco, sentado en un tractor con el que estaba arrimando paja a una montañita de paja. Mi estrategia fue clara desde el principio. Cuando nos acercáramos, tú tenías que quedarte callada y yo iba a ser el que hablara y fingiría un acento y sonaría como que todo estaba bajo control.

Así que lo primero que dije cuando por fin estábamos a unos pasos del hombre fue: buenos días, señor, y: ¿puedo tomarle una foto, señor, y preguntarle su nombre?, y él se sorprendió un poco, pero dijo que se llamaba Jim Courten y que claro que podía tomarle la foto, y después de tomarla nos preguntó nuestros nombres y adónde nos dirigíamos y dónde estaban nuestros padres. Cuando oí que se llamaba Jim Courten casi lloro de alegría, porque eso quería decir que era el dueño del Rancho de Jim Courten, que yo había marcado en mi mapa de Senderos de la Divisoria Continental, así que supe que íbamos por el camino correcto. Pero no le mostré mi entusiasmo, claro, y sabía que no podíamos parecer perdidos porque no estaba seguro de que pudiéramos confiar en él, así que le mentí, le dije que nos llamábamos Gastón e Isabel y dije la frase que ya tenía preparada antes de que nos hiciera la pregunta; dije: ah, nuestros papás están en el rancho de allá atrás, el Rancho de Ray, y ahorita están ocupados porque acabamos de mudarnos. Acabamos de llegar de París, somos franceses, dije, todo en un convincente acento francés. El hombre seguía mirándonos como si esperara que dijéramos algo más, así que dije: los niños franceses son muy independientes, ¿sabe?, y nuestros padres nos dijeron que diéramos una vuelta y exploráramos un poco para mantenernos ocupados, y nos pidieron que tomáramos fotos para mandarle a nuestros familiares en Francia, y cuando el hombre asintió, añadí: ¿podría darnos un aventón hasta Big Tank para que tomemos fotos de la presa? Además, quedamos de vernos allí con nuestros padres. No sé si nos creyó, creo que no, pero creo que estaba un poco borracho, porque olía fuerte, casi como a gasolina, pero era amable y nos llevó hasta la presa, donde nos despedimos de él mientras fingíamos no estar perdidos y, sobre todo, mientras fingíamos no estar a punto de morir de sed.

Cuando el hombre se fue y su motor sonaba ya lo suficientemente lejos, tú y yo nos miramos a los ojos y supimos en qué pensaba el otro exactamente, y era en agua, sólo agua, así que corrimos hacia el agua, y nos tumbamos de panza a la orilla del río y al principio tratamos de hacer un pocito con las manos, pero no era muy práctico, así que hicimos una O con las bocas como si fuéramos insectos y bebimos el agua gris directamente del río, como si nuestros labios fueran popotes.

Clímax

Según el mapa de Senderos de la Divisoria Continental, estábamos como a quince kilómetros del siguiente pueblo, que era Lordsburg, donde había una estación de trenes en la que esperaba encontrar un tren que nos llevara en dirección oeste, hacia las Chiricahua y Echo Canyon. Intenté explicarte todo esto, emocionado y orgulloso de estar siguiendo tan bien el mapa, pero a ti en realidad no te importaba mucho. Más tarde, sentados a la orilla de la presa, yo hambriento todavía pero al menos ya sin sed, intenté resolver la situación, y saqué de mi mochila algunas cosas, como cerillos y el libro y mi brújula y mis binoculares y la grabadora de mamá, y también algunas de mis fotos, que estaban todas revueltas dentro de la mochila, y lo puse todo sobre la tierra, formando una línea. Estaba la foto que acababa de tomar, del ranchero en su tractor. Tú dijiste que el ranchero se parecía a Johnny Cash, y yo pensé que era un comentario muy elevado para alguien de tu edad, y te dije: eres muy observadora.

Era una foto pasable, salvo que el ranchero parecía estar desapareciendo bajo un rayo o un chorro de luz que no recordaba haber visto allí cuando la tomé. Y entonces recordé que también había tomado algunas fotos de papá en las que parecía estar desapareciendo, con un chorro de luz como cascada encima. Así que hurgué entre mis cosas para encontrar esas otras fotos, y allí estaban. Una de ellas era del día en que pasamos por muchas carreteras y atravesamos Texas y papá detuvo el coche a un lado de la autopista, que de todas formas iba vacía, y tú y yo nos bajamos del coche y le tomamos una foto junto a un letrero que decía Paris, Texas, y luego volvimos al coche. Y la otra era del día en que fuimos al pueblo llamado Gerónimo, de camino al cementerio apache, y papá estacionó el coche otra vez junto al letrero que decía Termina Ciudad Gerónimo y yo le tomé una foto.

Ahora, tú y yo acostados en el lodo a la orilla del agua, me di cuenta de que esas tres fotos se parecían muchísimo, como las piezas de un rompecabezas que yo había armado, y estaba estudiándolas muy concentrado cuando tú de pronto descubriste una pista, una pista buena e inteligente pero también aterradora. Dijiste: Mira, en estas fotos todos están desapareciendo.

Sonrisas

Hacia el final de la tarde llegamos por fin a Lordsburg, y habíamos pasado mucho tiempo caminando aunque yo pensaba que estábamos muy cerca, y teníamos sed de nuevo porque no había habido más presas en esa parte del camino, sólo dos viejos molinos abandonados, y también tiendas cerradas o abandonadas como Mom and Pop's Pyroshop, y un enorme letrero espectacular que sólo decía Comida, al que le tomé una foto, y después el cementerio, y cuando por fin salimos del sendero de la Divisoria Continental, había un motel abandonado que afuera decía Motel del Final del Sendero, al que también le tomé una foto.

Cuando llegamos a la autopista principal que nos llevaría directo hasta la Estación de Lordsburg, vimos también unos extraños letreros que decían cosas como Cuidado: Puede Haber Tormentas de Polvo, y otro que decía Zona de Cero

Visibilidad, y yo sabía que era algo relacionado con el mal clima, pero sonreí porque pensé que era como un letrero de buena suerte para nosotros, que podríamos ser invisibles ahora que estábamos en un pueblo lleno de desconocidos.

La estación de trenes de Lordsburg no era lo que esperaba. Sólo había algunos vagones viejos estacionados, pero no era una estación con gente yendo y viniendo con maletas y otras cosas que normalmente se encuentran en las estaciones. Parecía como si todos hubieran muerto o desaparecido de pronto, porque podías sentir a las personas, pero no se veía a nadie. Caminamos un rato junto a las vías, en dirección oeste, creo, porque el sol nos daba de frente, aunque no nos molestaba porque ya estaba más cerca del horizonte. Caminamos hasta que tuvimos que rodear un tren estacionado, y mientras lo rodeábamos vimos un restaurante abierto, y el restaurante se llamaba Maverick Room. Nos quedamos mirándolo un buen rato, recargados contra el tren estacionado, decidiendo si debíamos entrar. Estaba a sólo unos cuantos pasos de las vías, pasando un camino de grava. A mí me daba miedo entrar al restaurante, pero no te lo confesé. Tú morías de ganas de entrar, porque tenías sed. Yo también tenía sed, pero tampoco dije nada.

Para distraerte, te dije: mira, te dejo tomarle una foto al tren, y puedes sostener la cámara tú sola. Por supuesto, aceptaste de inmediato. Nos alejamos del tren unos cuantos pasos y nos paramos a medio camino entre el tren y el Maverick Room. Saqué la cámara y el libro rojo de mamá de mi mochila, como hacía siempre que me preparaba para tomar fotos. Luego te dejé sostener la cámara y tú miraste por el visor, y justo cuando te estaba diciendo que fueras paciente y que te esperaras a enfocar correctamente antes de tomar la foto, apretaste el disparador y la cámara escupió la foto. La atrapé justo a tiempo, la metí rápido en el libro rojo para que se revelara, y eché la cámara y el libro en la mochila de nuevo.

Tú preguntaste ¿cuál es el plan ahora, Pluma Ligera?, y yo te dije que el plan era esperar a que la foto se revelara. Después dijiste de nuevo que en serio necesitabas agua, aunque yo ya lo sabía porque tenías los labios todos cuarteados. Y me di cuenta de que estabas a punto de hacer un berrinche, así que dije está bien, está bien, vamos al restaurante. ¿Y cuál es el plan después de eso?, preguntaste. Te dije que el plan era subirnos a esa góndola de tren después de comer y de tomar algo en el restaurante. Te dije que dormiríamos en el techo de ese tren, y que el tren probablemente saldría a la mañana siguiente, en dirección oeste, que era la dirección de Echo Canyon. Por supuesto, yo no tenía ni idea de lo que estaba diciendo, sólo me iba inventando todo, pero tú me creíste porque confiabas en mí, y eso siempre me hacía sentir culpable.

Pensé: el plan, por ahora, es entrar y pedir agua sentados en la larga barra, y fingir que nuestros padres llegarán en cualquier momento, y después de beber el agua nos vamos corriendo. No contaría como un robo porque los vasos de agua son gratis, de todas formas. Pero no le contaré esa parte a Memphis, pensé. No le diré que tenemos que correr después de beber el agua, porque sé que eso la asustaría y no quiero que se asuste.

Reverberaciones

El sol ya estaba casi tocando el horizonte cuando entramos al restaurante. En cuanto entramos, supe que no debíamos quedarnos allí demasiado tiempo o empezaríamos a parecer sospechosos, los dos solos, sin nuestros padres. Nos sentamos enfrente de la barra sobre unos bancos altos, de esos que tienen asientos acolchados. Todo a nuestro alrededor brillaba: los servilleteros, las cafeteras grandes y ruidosas que huelen ácido, las cucharas y los tenedores, incluso la cara de la mesera brillaba. Tú, Memphis, le pediste a la mesera unas crayolas y papel, y te las dio, y yo pedí dos vasos de agua y le dije que esperaríamos a que llegaran nuestros papás para pedir cosas de verdad. La mesera sonrió y dijo: claro que sí, jovencito.

La única persona que había, además de nosotros y la mesera, era un viejo de cara redonda y rosa. Estaba parado a unos pasos de nosotros, vestido de mezclilla, bebiendo de un vaso enorme de cerveza y comiendo alitas de pollo. Hacía mucho ruido al sorber los pedazos de carne que se le atoraban entre los dientes, que eran largos y muy amarillos. Me di cuenta de que tú querías un poco de pollo también, porque los ojos se te pusieron llorosos y locos.

Pero no íbamos a correr ese riesgo. Te dije: concéntrate en tu dibujo, y tú dibujaste una niña y escribiste Sera cena mora, y luego dijiste que decía Sara se enamora. Yo no quería corregirte la ortografía porque en realidad no era algo tan importante, porque de todas formas ¿quién iba a ver ese dibujo además de nosotros dos?

El hombre fue al baño y dejó allí su plato lleno de alitas de pollo. La mesera estaba en la cocina y, después de asegurarme de que nadie miraba, me acerqué al plato, agarré dos alitas de pollo y te pasé una. Al principio la sostuviste en tu puño sin hacer nada y, después, cuando viste que yo me la comía muy rápido, hiciste lo mismo. Y cuando nos comimos hasta el último cachito de carne que tenían, tiramos los huesos debajo la barra.

En ese momento llegaron nuestros dos vasos de agua, con mucho hielo. Agarré bolsitas de azúcar y las vacié en nuestras aguas y luego metí un montón de bolsitas en mi bolsillo, para más tarde. Y las aguas estaban tan ricas y dulces que nos las bebimos demasiado rápido, tan rápido que me dio vergüenza y miedo. Se iban a dar cuenta de que estábamos muertos de sed, y eso no era tan normal si dos niños están realmente con sus papás. Y luego me vi las uñas y te vi las uñas y me di cuenta de que estábamos sucísimos, y noté que tenías grumos de lodo en el pelo, y que en la parte de atrás de tu cabeza en vez de chinos se te veía nomás como un nido de nudos. Sentí las piernas pesadas y avergonzadas, y pensé que nos iban a descubrir, que mi plan no había servido. Nos quedamos allí sentados en silencio un rato, y te ayudé con tu dibujo. Hice un corazón alrededor de Sara se enamora, y los dos dibujamos estrellas fugaces y algunos planetas por la hoja. Pero incluso mientras me concentraba en colorear los planetas, me iba sintiendo más y más preocupado. No se me ocurría un plan de escape, pero sabía que no podríamos fingir que esperábamos a nuestros padres por mucho tiempo más.

Estaba a punto de perder toda la esperanza y arruinar todo cuando pasó algo que fue de pura buena suerte. Creo que tú nos trajiste buena suerte. Mamá siempre decía que tenías buena estrella. El hombre de cara rosa y dientes largos que estaba junto a nosotros se levantó y fue hasta la rocola de la esquina. Creo que estaba borracho, porque pasó mucho tiempo jugando con ella, apretando botones, y su cuerpo se balanceaba un poco de lado a lado. Al fin empezó a sonar una canción —y ésta es la parte donde tuvimos suerte—. Era una de nuestras canciones, tuya y mía, una de las canciones que nos sabíamos de memoria y que habíamos estado cantando con nuestros papás en el coche antes de perdernos o de que ellos se perdieran o de que todos nos perdiéramos. La canción se llamaba «Space Oddity», y era sobre un astronauta que deja su cápsula y flota por el espacio, alejándose de la Tierra. Yo sabía que los dos conocíamos la canción y hasta teníamos una coreografía, así que, en ese momento, me inventé un juego para que me siguieras. Te miré a los ojos y te dije: a ver, tú eres Major Tom y yo soy Ground Control. Después, muy despacio, nos puse unos cascos imaginarios y los dos agarramos unos walkie-talkies espaciales de mentira. Ground Control a Major Tom, te dije por el walkie-talkie.

Tú sonreíste muchísimo y así supe que habías entendido de inmediato mi juego, porque te acordabas de la coreografía, pero también porque en general entiendes los juegos rápido. El resto de las instrucciones venían de la canción, pero yo las iba cantando en voz baja, mirándote a los ojos directamente para que no te fueras a distraer con nada, porque siempre te distraías con cualquier cosita, cualquier detallito.

Toma tus proteínas, te dije. Ponte el casco, dijo la canción, y luego diez, nueve, ocho, empezó la cuenta regresiva, enciende las turbinas. Yo sabía que me estabas escuchando. Verifica la ignición, dijimos la canción y yo. Y conforme la cuenta regresiva del despegue continuaba, siete, seis, me bajé de la silla deslizándome y empecé a caminar hacia atrás en dirección a la puerta, todavía mirándote y haciendo como que cantaba la canción muy claramente. Cinco, cuatro, y luego tú también te bajaste de la silla, sosteniendo el dibujo que habías hecho de Sara se enamora, tres, dos, y luego llegó el uno, y justo cuando sonó el uno, los dos estábamos en el suelo y tú empezaste a seguirme muy despacio, de puntitas y abriendo los ojos como hacías para verme debajo del agua. A veces tenías caras muy chistosas. Ahora estabas haciendo el *moonwalk*, pero hacia delante, con unos ojotes y una sonrisa enorme.

Nadie en el restaurante se dio cuenta, ni el hombre rosado ni la mesera, que hablaban juntos muy de cerca, con las narices casi pegadas, asquerosamente, por encima de la barra. Llegamos a la puerta justo cuando la canción sube de volumen, aquí Ground Control, grita el astronauta al micrófono en la canción. Y yo sabía que lo habíamos conseguido cuando te abrí la puerta y tú saliste, y de pronto estábamos los dos afuera, sanos y salvos afuera, sin ser descubiertos por la mesera, ni por el hombre que comía las alitas de pollo, ni por nadie.

Éramos invisibles, como dos astronautas en el espacio, flotando ya muy lejos de todos. Y afuera el sol se estaba poniendo, el cielo estaba rosa y naranja, y los trenes de carga estacionados en las vías brillaban, y me eché a correr a todo lo que daban mis piernas, crucé el camino de grava y rodeé el tren que estaba frente al Maverick Room, y seguí más allá de las vías del tren, escuchándote atrás de mí, riéndote, y gritándote ¿me oyes, Major Tom?, y riéndome tan fuerte que casi me explota la vejiga por toda el agua helada que nos habíamos tomado. Y seguí corriendo, crucé la calle ancha y luego corrí por calles más chiquitas hasta llegar al matorral del desierto, donde ya no había casas ni calles ni nada, sólo matorrales y, aquí y allá, pastos más altos. Seguí corriendo porque todavía escuchaba la canción, aunque sólo en mi cabeza, así que canté algunas partes a pleno pulmón mientras corríamos, como la parte de estoy flotando de forma peculiar, y la parte de las estrellas se ven muy diferentes hoy, y también la de creo que mi nave espacial sabe adónde dirigirse.

Corrí muy rápido por mucho tiempo. Grité una vez más ¿me oyes, Major Tom? Pero no me respondiste, así que me di vuelta para ver hacia atrás, y ya no estabas allí. Debo haber corrido demasiado rápido, pensé. Debo haber corrido demasiado rápido, demasiado rápido para sus piernitas. Pensaba que me seguías el paso, pero no. A veces es bastante inútil, pensé entonces, pero desde luego no pienso eso de ti, en la realidad. Probablemente te distrajiste con alguna cosa chiquita y estúpida, como una piedra con forma chistosa o una flor morada.

Ya no estabas por ningún lado. Seguí buscándote, grité Major Tom, y luego Memphis, durante muchos minutos o quizás horas, hasta que vi que había sombras más largas creciendo lentamente bajo las cosas y me enojé, creyendo que tal vez te estabas escondiendo de mí, y luego me asusté y me sentí culpable porque pensé que tal vez te habías caído y estabas llorando y llamándome en algún lugar y que tampoco yo estaba ahí para ti.

Caminé de regreso hacia el restaurante Maverick Room, donde habíamos estado juntos por última vez. Pero me quedé a unos metros de distancia, junto al tren estacionado enfrente, porque el área afuera del restaurante se había llenado de adultos, hombres y mujeres, altos y extraños y que no parecían de fiar. Después me trepé al techo de un vagón de tren por una de las escaleras laterales, la misma góndola de tren que habías fotografiado antes. Sabía que en el techo del tren nadie podría verme.

Abrí mi mochila y saqué algunas de mis cosas para sentirme acompañado. Saqué los binoculares, la navaja suiza y el mapa de Senderos de la Divisoria Continental, y golpeé el mapa con el puño y le escupí, porque me di cuenta de que, siguiendo ese mapa, lo único que había conseguido era dividirnos, a ti y a mí, y me sentí muy estúpido, como si hubiera caído en una trampa a pesar de todas las advertencias. Metí todo en la mochila de nuevo. No servía de nada tener mis cosas allí, ya no me daban compañía.

Desde el techo de la góndola el cielo se veía casi negro. Unas estrellas aparecieron en el cielo. La canción sobre el astronauta regresaba a mi cabeza cada tanto. Sólo que, ahora, la parte sobre las estrellas que se ven muy distintas me pareció un castigo con el que el cielo nos estaba castigando.

PERDIDOS

¿En dónde estabas, Memphis? La primera vez que me di cuenta de que estábamos perdidos, pensé que si papá y mamá no nos encontraban nunca, al menos seguiríamos juntos, y eso era mejor que nunca volver a estar juntos de nuevo. Por eso, durante todo ese tiempo, mientras nos íbamos perdiendo cada vez más no sentí miedo. O sólo un poco. Hasta estaba contento de perderme. Pero ahora te había perdido a ti, así que ya nada tenía sentido. Sólo quería que me encontraran. Pero primero tenía que encontrarte a ti.

¿Y en dónde estabas? ¿Tenías miedo? ¿Te habías lastimado?

Eras fuerte y poderosa, como el río Misisipi que habíamos visto en Memphis. Eso yo lo sabía muy bien. Por eso te habías ganado tu nombre. ¿Recuerdas cómo te ganaste tu nombre? Estábamos en Graceland, Memphis, Tennessee, en un hotel que tenía una alberca en forma de guitarra racional, como la guitarra de la canción «Graceland» que mamá y papá cantaban juntos. Se sabían toda la letra, aunque cantaban desentonados. Estábamos todos acostados en las camas de la habitación del motel, con las luces apagadas, cuando papá empezó a contarnos cómo se ganaban sus nombres los apaches. Nos dijo que les daban sus nombres a los niños cuando se hacían más maduros y se los ganaban, y que eran como un regalo. Los nombres no eran secretos, pero tampoco podía usarlos así nada más alguien de fuera de la familia, porque un nombre tenía que respetarse, porque un nombre era como el alma de una persona pero también el destino de una persona, nos dijo.

Papá me puso Pluma Ligera, que creo que me gustó porque sonaba como a águila y al mismo tiempo como a una flecha: dos cosas rápidas que me gustan. Yo le di su nombre a papá. Creo que era el mejor nombre porque se inspiraba en una persona real. Era Papá Cochise, y se lo había ganado porque él era el único que sabía sobre los apaches y podía contar todas sus historias cada vez que se lo pedíamos y también cuando no se lo pedíamos. Y él le puso Flecha Suertuda a mamá y yo pensé que le quedaba bien, y ella no se quejó, así que supongo que también le pareció bien.

Y tú. Tú querías llamarte Alberca de Guitarra, que no te dejamos, o Graceland Memphis Tennessee, como decía la canción. Así que te tocó Memphis, y por eso ahora eres Memphis. Además, mamá te dijo que Memphis era la capital del antiguo Egipto, un lugar bello y poderoso junto al río Nilo, protegido por el dios Ptah, que había creado el mundo entero con la imaginación o el pensamiento.

Pero ¿en qué mundo estabas ahora, Memphis? ¿Dónde estabas?

BORRADOS

Esto es lo que tienes que saber sobre ti misma. En los viajes largos, tú siempre podías dormirte. Yo cerraba los ojos y fingía dormir, pensaba que si fingía durante suficiente tiempo, me quedaría dormido. Lo mismo por las noches: sin importar dónde o cómo, tú ponías la cabeza en cualquier almohada y te chupabas el dedo y te quedabas dormida como si fuera fácil. La mayoría de las noches yo no podía dormir, por más que lo intentara, y me quedaba solamente allí acostado oyendo nuestras voces tal y como se oían en el coche durante el día, pero sonaban medio rotas y lejanas, como si fueran ecos, pero no ecos de los buenos.

Desde que era muy chico, nunca podía dormirme. Mamá intentó de todo. Me enseñó a imaginar cosas. Por ejemplo, tenía que imaginarme mi corazón latiendo en la oscuridad, adentro de mi cuerpo. Y otras veces tenía que imaginar un túnel, que estaba oscuro, pero desde el que podía verse la luz del otro lado, y tratar de imaginar cómo mis brazos se transformaban lentamente en alas, y cómo me nacían plumitas de la piel, mis ojos fijos en el final del túnel, y tan pronto como llegaba al final estaba ya dormido y podía salir volando más allá. Mamá me había enseñado todas esas técnicas, e incluso en las peores noches, después de intentarlo un rato, funcionaban.

Pero esa noche, acostado en el techo de la góndola frente al restaurante, pensando que tal vez estabas allí dentro con esos desconocidos, o perdida en el desierto y alejándote de mí, pasó lo contrario. No quería quedarme dormido, aunque se me cerraban los ojos. El techo de la góndola era un buen lugar para vigilar todo, y sabía que no tenía que moverme de allí, porque obviamente conocía la regla: cuando dos personas se pierden, lo mejor que puede hacer una de ellas es quedarse quieta en el mismo sitio y que sea la otra la que va buscando. Pensé que tú estarías buscándome, porque lo más seguro es que no te supieras esa regla. Así que, aunque tenía un impulso muy fuerte de ir a buscarte, me quedé allí quieto, acostado bocabajo, mirando hacia el restaurante, con los brazos cruzados en el borde de la góndola. Saqué el libro de los niños perdidos, lo sacudí dentro de la mochila para asegurarme de que no hubiera fotos entre sus páginas y, sosteniendo mi linterna, intenté leer un poco.

Mientras leía, me obligué a pensar, a imaginar, a recordar. Tenía que entender en qué parte nos habíamos equivocado, en qué parte nos había dividido la maldición de la Divisoria Continental. Hice un esfuerzo por pensar como tú pensabas. Pensé: ¿qué haría yo si fuera Memphis y estuviéramos divididos? Es lista, pensé, aunque sea chiquita, así que seguro se le ocurrirá algún plan. No creo que haya regresado al restaurante, de ninguna forma. No se habría acercado a los adultos de allí. Pero ¿dónde estabas, Memphis? Mi misión era hacer guardia el resto de la noche, mirando cada tanto las luces de neón que decían Maverick Room. Tenía que ser paciente y no desesperarme, y concentrarme en la lectura sobre los niños perdidos, con mi linterna, hasta que saliera el sol otra vez y mis ideas dejaran de ser tan oscuras y de darme miedo. Porque me di cuenta de que a veces el miedo puede venir de adentro y no de afuera. Leí en voz alta pero susurrando:

(Décima elegía)

Antes de que se oyera la primera sirena en el patio de maniobras, como los clarines que tocaban diana en el campo militar donde había sido entrenado, el hombre al mando estaba ya despierto y alerta. Anticipando la sirena, había despertado a los siete niños, uno por uno. Los había formado por edades, del más chico al mayor, diez pasos entre cada uno a lo largo de las vías. El tren se acercaría al sonar la sirena por tercera vez, les había dicho el hombre, y cuando se acercara, rugiendo y rechinando, tenían que montar guardia y repasar en sus mentes las instrucciones que les había dado. El tren no se detendría, les dijo. Sólo bajaría la velocidad un poco mientras cambiaba de vías.

Quédense quietos mirando hacia el tren que llega, mirando hacia el furgón de cola, tratando de medir la longitud entera del tren, les dijo. No hablen, respiren despacio. Sólo los furgones y las góndolas tenían escaleras laterales. Algunos vagones cisterna tenían escaleras laterales también, pero ésos había que evitarlos. Eso ya lo sabían. Asegúrense de no tener las manos cubiertas de sudor ni los brazos lánguidos. Esperen primero a que la última persona de la fila se suba de un salto. Luego concéntrense en el siguiente furgón o la siguiente góndola y busquen con la mirada una escalera lateral. Mantengan la mirada en la escalera y, conforme se acerque, fijen la vista en una barra en específico. Extiendan la mano, agárrense de la barra, corran junto al tren, no pisen demasiado cerca de la vía ni de las centellas que escupen las ruedas. Aprovechen el ímpetu y la fuerza acumulada de sus piernas para impulsarse, saltar, aferrarse a una barra inferior con la otra mano, columpiarse hacia el frente y jalar el peso del cuerpo hacia la escalera lateral, utilizando la fuerza de los brazos.

La mayoría de los niños no había entendido, o había olvidado, todos esos detalles. El hombre les dijo que estaría detrás de cada uno cuando se aferraran a la barra de la escalera. Correría con cada uno de ellos y los empujaría desde atrás mientras ellos se encaramaban al tren, empezando con el primer niño, el menor de todos, y siguiendo con cada uno hasta el séptimo. Una vez en la escalera, tenían que agarrarse con fuerza y quedarse quietos. El hombre se subiría el último y treparía hasta el techo de un vagón, y una vez que el tren alcanzara su velocidad máxima, recorrería todos los vagones recogiendo a cada niño de su escalera, ayudando a cada uno a subir para luego llevarlo hasta una sola góndola. Si alguno vacilaba, si fallaba, si se caía, lo dejaría atrás.

Así que, al sonar la tercera sirena, se prepararon todos, sintiendo la grava ardiente bajo las suelas, intentando no pensar, no rezar. Pero el tiempo pasó rápido, y también el tren. Los primeros tres niños estaban ya a bordo antes de que el cuarto pudiera atisbar una escalera. Ya había dejado pasar dos escaleras, y casi se le escapa una tercera, pero el hombre al mando le dio un zape en plena nuca y así reaccionó finalmente. Salió disparado tras la escalera, con ambos brazos extendidos «como un maricón persiguiendo una motocicleta», según contaría a los otros, más tarde, el hombre al mando. Los niños cinco y seis se las arreglaron tan bien como los primeros tres, a pesar de que el hombre al mando los empujó con tal violencia contra la escalera que casi salen despedidos nuevamente hacia el suelo, que pasaba raudo más abajo.

Y al final estaba el séptimo niño. Era el mayor, y el único que sabía leer y hacer sumas. Mientras el hombre al mando ayudaba a los otros niños y se iba acercando su turno, el mayor palomeaba en su cabeza: primer niño, segundo niño, tercer niño, y además empezó a leer las curiosas palabras escritas en el tren que pasaba ante sus ojos: Carro Equipado, Peso Neto, Límite de Container, Final, Pulgada, Pise con Cuidado, Usar Zapatos, Límite de Container. Luego, cuando vio que el cuarto niño tenía problemas y que tal vez no lograría abordar el tren, empezó a leer las palabras en voz alta, desobedeciendo abiertamente la instrucción del hombre al mando, para así darle ánimo y compañía al cuarto niño: No Cambiar de Vagones, Registro de Equipamiento, Las Guías de Container Deben, Pulgada, Calzado de Seguridad, Gato Hidráulico Aquí, Freno de Manos Sólo Aplica al Final de la Vía, Cambiar de Vagones. Las leyó gritando cada vez más mientras el hombre al mando se le acercaba: Registro de Equipamiento, Placa H, Peso Máximo por Container, Placa I. Le sonaban como las páginas de un libro misterioso: Guía de Container, Retirar Todos los Escombros, Acoplar Aquí, Banda de Rodaje Mínima, Guía de Container, Placa Excedente, Guía de Container. Y cuando llegó finalmente su turno, vislumbró la escalera lateral aproximándose, todavía borrosa, mientras leía: Usar Zapatos, Jale para Liberar Carga, Camiones, Intercambio Controlado, Equipamiento de Vagón. Ahora gritaba las palabras y el hombre al mando corría detrás de él, preguntándole qué carajos estaba haciendo, a lo que el niño sólo respondió con más palabras de trenes: Viga de Freno Especial, Ver Emblema, Viga de Freno Especial, Ver Emblema. Estaba seguro de que no iba a lograrlo, pero de repente, como un pájaro que despliega alas nuevas, abrió los brazos, Placas, Container, Viga de Freno Especial, Red Transportadora, Límite de Container 6 Metros, y alcanzó una barra y se aferró a ella, se propulsó, acercándose, Viga de Freno Especial, Siguiente Carga, sintió un empujón en la base de su cadera diestra, Cualquier Carga, Viga de Freno, Guía de Container, y jaló la barra para lanzarse hacia el frente, jaló con fuerza, contrarrestando una insospechada fuerza centrífuga, mientras pensaba, ya sin decirlas, las últimas palabras vislumbradas: Retirar Todo.

La sirena sonó de nuevo y el tren alcanzó su máxima velocidad. Los siete niños iban aferrados ya a las escaleras laterales de diferentes vagones. Una oscura fatiga embargó al séptimo niño, enganchado todavía de la barra con la parte interna de los codos. El viento fresco le golpeaba el rostro, y por un instante olvidó que había otras personas que dependían de él. Olvidó que había seis más, aferrados como él a las barras, algunos de ellos con los ojos cerrados, otros con una leve sonrisa, las dos niñas aullando al cielo, arrastradas por una ola de alivio y quizás de júbilo, porque lo habían logrado, todos lo habían logrado.

El séptimo niño recordó de pronto al hombre al mando, que seguía corriendo, ya sin aliento, en pos del último vagón. El niño miró hacia atrás y allí lo vio, corriendo detrás del tren como un conejo asustado. Por un momento tuvo la certeza de que el hombre al mando no lo lograría, que nunca volvería a trepar hasta su góndola, y lo deseó con tal fuerza que casi se pone a rezar, pero recordó de pronto que un hombre sabio y excéntrico, en el primer patio de trenes, les había dicho que no debían rezar a ningún dios mientras fueran montados en los trenes. Así que sólo se mordió el labio y observó.

El hombre al mando seguía corriendo detrás del tren, y pensaba, mientras corría, «hay que estar siempre listo»; escuchaba, como un ruido de fondo, los ecos lejanos de los clarines al despuntar la mañana; se decía a sí mismo: «yo siempre era el primero en levantarme, siempre antes de que rompiera el día, hijos de puta», sabía que no era capaz de leer ni de escribir las palabras «clarines» ni «despuntar» ni «diana», pero podía perseguir trenes como nadie. Y, mientras el hombre al mando aceleraba en los últimos pasos, se prometió que cuando llegara al techo de aquella góndola encontraría al pinche niño sabiondo, el séptimo, el lectorcillo de palabras, hijo de la chingada. Ay, con qué parsimonia pensaba lastimarlo, primero su mente, después su cuerpo. Le exprimiría de la boca todas esas largas palabras y luego le cortaría la lengua, lo obligaría a mirar las pesadillas con sus ojitos vivaces, que luego arrancaría de las cuencas. Con las puras manos, reorganizaría los livianos huesos del niño y trastornaría su linda cara hasta que no quedara en él nada reconocible. Entonces, cuando estuvo al fin lo suficientemente cerca, el hombre al mando se aferró a una barra de metal y se propulsó hacia el tren mientras éste aceleraba a través de las tierras yermas, en dirección a los desiertos del norte.

<small>Objetos</small>

Escondí la cara entre mis brazos cruzados y cerré los ojos. No quería leer la siguiente elegía, y no lo hice. Tenía demasiado miedo de seguir leyendo, miedo de que el hombre al mando encontrara por fin al séptimo niño y lo castigara. ¿Qué le iba a hacer? Pensé en lo que haría si yo fuera el niño, en cómo intentaría escapar del hombre al mando. Hice planes de escape, imaginé posibles salidas, saltar del tren, o fingir mi muerte para que no me matara de nuevo. Hasta que me quedé dormido, creo, y empecé a soñar con cosas parecidas.

Estoy seguro de que estaba soñando, porque tenía una pipa en la boca, y por supuesto no fumo, aunque a veces me he preguntado qué se siente. Tenía una pipa, y tú estabas dormida junto a mí y te chupabas el dedo. Yo no tenía encendedor ni cerillos, así que en realidad no fumaba, ni siquiera en el sueño. Sólo quería fumar. No era exactamente un sueño sino más bien un pensamiento o una sensación, algo que tenía que resolver, pero que seguía no resuelto. Lo que pensaba en el sueño era: ¿dónde voy a encontrar encendedor o cerillos? Papá y mamá siempre tenían, en el bolsillo o el bolso. Así que en el sueño me fijaba en mis bolsillos, pero sólo había piedras, monedas, una liga, miguitas, ningún cerillo. Luego me fijaba en mi mochila y, en vez de todas mis cosas, lo único que tenía era *El libro sin dibujos*. En la vida real, tú te reías cuando te lo leíamos. Así que en el sueño yo te despertaba y te lo leía. Y cuando te lo leía, en el sueño, te reías tan fuerte que me desperté en la realidad.

Cuando me desperté, lo que pensé que estaba allí ya no estaba allí. Busqué con la mirada las luces de neón que decían

Maverick Room, pero no había nada de eso. El sol estaba a punto de salir por el horizonte. Me tardé un momento, pero finalmente entendí que la góndola de tren sobre el que había estado leyendo, y donde me había quedado dormido sin querer, se movía. Sentí el viento en mi cara, y luego mi corazón palpitando durísimo en mi pecho, y un hoyo en el estómago. Sentí terror.

Me obligué a pensar de nuevo. A imaginar. A recordar. A rebobinar el movimiento de ese tren que ahora iba tan rápido, rebobinarlo en mi mente, y entender. Saqué mi brújula de la mochila y la aguja me reveló que el tren avanzaba en dirección oeste, que era la dirección correcta. Entonces recordé que yo te había dicho, justo antes de entrar al restaurante ese día en que nos dividimos, que el plan era subirnos al techo del tren que estaba frente al restaurante y avanzar en dirección oeste hacia mamá y papá, que estarían en Echo Canyon. Y de pronto lo entendí. Entendí que tenías que estar allí, también, en algún lugar, en ese mismo tren, que se movía realmente. Y aunque no podía verte, supe que estabas bien porque te había oído reír en mi sueño. Supe que tenía que esperar a que saliera el sol, pero que te encontraría. Y cuando salió el sol y lo vi sobre las montañas a lo lejos, supe que tenía que empezar a buscarte.

Luz

No ibas a estar en ningún techo de ninguna góndola, porque era muy difícil subir las escaleras de metal sola. Además, como yo estaba en el techo de una de las góndolas, podía ver todos los otros techos. Saqué de la mochila mis binoculares y observé con ellos, para asegurarme, y estaban todos vacíos. No había nada en las muchas góndolas que tenía enfrente, hacia la locomotora, ni nada en las tres góndolas que tenía detrás, hacia el último vagón. Este tren era distinto del de los niños perdidos, porque no tenía gente. Si estabas en algún lugar del tren, seguro sería en una de las plataformas que hay entre vagones o dentro de una de las góndolas. Pero pensé que seguramente te daría miedo trepar hasta meterte en una góndola, incluso si encontrabas una que no estuviera cerrada, porque quién sabe qué podía haber en esos espacios oscuros. Así que lo más probable era que estuvieras en una de las plataformas de conexión entre dos góndolas.

Tenía que decidir si caminar hacia la parte de atrás del tren, a un par de góndolas de distancia, o caminar diez góndolas hacia delante.

Mamá tenía una superstición rara, y es que cuando iba en un tren o en el metro nunca se sentaba en los asientos que miraban hacia la parte de atrás del tren. Pensaba que mirar hacia atrás en los trenes era de mala suerte. Yo siempre le decía que su superstición me parecía ridícula y poco científica, pero un día empecé a hacer lo mismo, sólo por si acaso. Las supersticiones de mamá eran siempre así, como si fueran contagiosas. Tú y yo, por ejemplo, recogíamos los centavos que nos encontrábamos en la banqueta y los metíamos en nuestros zapatos, al igual que ella. No dejábamos pasar un solo centavo. Una vez, en la escuela, me metí en problemas porque empecé a caminar raro, cojeando por el salón todo el día, y la maestra me hizo quitarme el zapato y encontró como quince centavos ahí metidos. A la hora de la salida, cuando la maestra le contó a mamá lo que había pasado, mamá le dijo que iba a hablar conmigo, pero luego, cuando estábamos lo suficientemente lejos en la calle, me felicitó y me dijo que yo era el coleccionista de centavos más serio y comprometido que había conocido en su vida.

Decidí avanzar hacia el frente del tren y empecé a caminar lentamente sobre el techo de la góndola en la que había dormido. El tren no iba tan rápido, pero de todas formas era difícil caminar, es verdad que se sentía como caminar en el lomo de un gusano gigante o de una bestia. No estaba muy lejos del borde de la primera góndola, y cuando llegué allí, decidí no saltar a la siguiente góndola, como hacían a veces los niños perdidos, y quizás eso me convertía en un cobarde, pero nadie iba a saberlo de todas formas. Me quedé allí parado, mirando hacia abajo, la tierra que se movía bajo el tren como una película en cámara rápida, y me tuve que sentar un momento en el borde para calmarme un poco, porque el corazón me latía muy fuerte en el pecho, pero también en la garganta y en la cabeza y tal vez en el estómago. Después de un rato, seguía sintiendo mi corazón latir por todas partes, pero respiré hondo una vez más y me arrastré muy lentamente hacia la escalera de la esquina derecha del techo de la góndola, puse mi pie en el segundo escalón, me giré por completo hasta que sentí el borde caliente de la góndola presionándome el pecho, me deslicé un poquito más hacia abajo, agarrándome con fuerza de los tubos de la escalera, y por último empecé a bajar, lentamente, hacia la plataforma de conexión. La bestia entera parecía mecerse de un lado a otro mientras avanzaba, y se mecía con fuerza, sobre todo en las plataformas de conexión.

Las primeras góndolas fueron muy difíciles. Caminaba sobre los techos, dando pasos pequeños y separando mucho mis piernas para guardar el equilibrio, como si fuera un compás andante. Cuando el tren se sacudía y yo perdía el equilibrio, me dejaba caer sobre las rodillas y me arrastraba el resto del camino. Los sonidos que hacía el tren me daban miedo, como si estuviera a punto de romperse en pedazos. Cuando llegaba al borde de una góndola y no iba de rodillas ni gateando y miraba hacia la plataforma de conexión, podía ver en mi mente la cara del séptimo niño, y me daba miedo ver su cuerpo allí abajo, aunque sabía que era imposible. Pero, al mismo tiempo, cuando llegaba al borde de una góndola me sentía esperanzado, miraba hacia la plataforma de conexión, y estaba siempre vacía.

No sé cuántas góndolas atravesé, no sé por cuánto tiempo, hacía mucho calor y estaba desesperado, y sobre todo estaba mareado, quizás por el movimiento del tren, porque todo se veía borroso y se mecía, y yo sentía que iba a vomitar, aunque no tenía nada que vomitar.

No sé bien cómo explicarte lo que sentí de pronto, cuando llegué al final de una de las góndolas y estaba a punto de sentarme en el borde, y de mirar hacia abajo como había estado haciendo para después darme la vuelta y deslizarme muy despacio y bajar en reversa, y vi algo allí abajo, en la plataforma de conexión, primero un bulto de colores, como un nudo de trapos, pero luego me concentré y distinguí unos pies, piernas, cuerpo, cabeza, todo hecho bolita. Grité muy fuerte: ¡Memphis! ¡Memphis!

Tú no me oíste, claro, por el ruido del tren. Me di cuenta entonces de que era un ruido muy fuerte, mucho más fuerte que mi voz, y además el viento me daba en la cara y me robaba las palabras de la lengua y se las llevaba volando hacia la cola del tren. Pero te había encontrado, Memphis. Yo tenía razón, ¡mi sueño tenía razón! ¡Eres muy inteligente! Más que inteligente, eres sabia y antigua, como los Guerreros Águila.

Te había encontrado, y estaba tan enloquecido y me sentía tan fuerte y tan valiente que se me quitó por completo el mareo. Empecé a bajar la escalera hacia ti demasiado rápido y casi me resbalo, pero no me caí. Llegué hasta abajo y, después de pisar el último escalón, puse ambos pies sobre la plataforma de conexión, di unos pocos pasos y me arrodillé junto a ti. Tú te habías dormido sin ningún problema, como si no hubiera pasado nada, como si siempre hubieras sabido que todo iba a estar bien. Tenía ganas de gritarte en el oído y despertarte, decir algo como: ¡un dos tres por ti!, como si hubiéramos estado jugando a las escondidillas todo el tiempo. Pero en lugar de eso decidí despertarte con suavidad. Te rodeé avanzando a gatas y me senté con la mochila recargada contra la pared metálica de la góndola. Tu cabeza me tocaba la pierna. Luego levanté cuidadosamente tu cabeza con las dos manos y deslicé mi pierna debajo, y se sintió como si el mundo volviera a estar entero.

Me di cuenta de que ahora yo iba viendo hacia la parte de atrás del tren, y las sombras, los bultos de paja, las vallas y los arbustos pasaban a toda velocidad, sorprendiéndome un poco cada vez, pero decidí que ya no me importaba porque te había encontrado, así que ir viendo hacia la parte de atrás del tren no podía ser de mala suerte esta vez, no en este instante.

Te rasqué un poquito la cabeza, tenías los chinos salvajes todos enredados, hasta que abriste los ojos y me miraste de lado. No sonreíste, pero dijiste: hola, Pluma Ligera Ground Control. Así que yo te dije: buenos días, Major Tom Memphis.

ESPACIO

Cuando finalmente te sentaste, me preguntaste dónde había estado. Yo te mentí y te dije que sólo había ido a buscar agua y comida. Abriste mucho los ojos y dijiste que tú también querías un poco, así que tuve que decirte que todavía no había encontrado nada. Después me preguntaste dónde estábamos, cuántas horas o cuántas cuadras más faltaban para Echo Canyon, y yo te dije que ya casi llegábamos. Para distraerte un rato, propuse que subiéramos al techo de la góndola juntos y jugáramos al juego de los nombres, te dije que por cada saguaro que encontraras te daría diez centavos. Pero tú dijiste: no, tengo sed, me duele el estómago, y después te dejaste caer de nuevo como un perro, la cabeza contra mi pierna. El tren avanzaba. Estuvimos callados un rato y te sobé la panza haciendo círculos con la mano, en la dirección de las agujas del reloj, como hacía mamá cuando nos dolía la panza.

Finalmente, el tren se detuvo. Tú te sentaste de nuevo y yo avancé con cuidado hasta el borde de la plataforma. Sosteniéndome de la pared de la góndola, me asomé a ver si se veía algo, y sí. Estábamos en una estación. Había una banca y, detrás de ella, un pequeño puesto de helados, que estaba cerrado. Pero entre el puesto de helados y la banca había un letrero, que decía Bowie. Te volteé a ver y te dije: ¡llegamos, Memphis, aquí es donde hay que bajarnos! Tú no te moviste, sólo me miraste con tus ojos enormes y me preguntaste cómo sabía que teníamos que bajarnos en ese lugar. Yo te dije: porque sí, porque lo sé, así es el plan, confía en mí. Pero tú negaste sacudiendo la cabeza. Así que te dije: acuérdate, Memphis, Bowie es el autor de nuestra canción favorita. Tú sacudiste de nuevo la cabeza. Así que te dije lo único que en verdad sabía, y es que Bowie era el nombre del lugar en el que obligaron a Gerónimo y a su banda a subirse al tren que los deportó hacia algún lugar lejano, papá nos lo había contado. Esta vez no sacudiste la cabeza, tal vez porque también te acordabas de eso, pero tampoco te pusiste de pie ni te moviste. Así que tuve que inventarme el resto de la explicación, y te conté que papá me había dicho que para llegar a Echo Canyon había que bajarse del tren en Bowie.

¿Eso dijo?, preguntaste. Asentí. Entonces te levantaste y caminaste hasta la orilla de la plataforma de conexión, arrastrando tu mochila. Yo me bajé de un salto y te ayudé a bajar, y luego te ayudé a ponerte la mochila. Bajo nuestros pies, la tierra se sentía dura y caliente, y aunque ya no nos estábamos moviendo parecía que sí, se sentía como si siguiéramos a bordo del tren. Caminamos hasta la banca y nos sentamos, con las mochilas a la espalda. Unos segundos más tarde, el tren hizo sonar su silbato y arrancó de nuevo lentamente. Yo no sabía bien si teníamos que alegrarnos de haber bajado a tiempo o si habíamos metido la pata, y antes de que me decidiera entre esas dos opciones, me preguntaste de nuevo dónde estaba Echo Canyon. Así que saqué de mi mochila el gran mapa de carreteras de mamá, y tú preguntaste: ¿qué estás haciendo?, y yo te dije: cállate, espera, déjame estudiar el mapa un momento.

Me concentré mucho buscando nombres reconocibles. Después de un rato encontré el nombre de Bowie y los nombres de las montañas Chiricahua y las montañas Dragoon, todos en el mismo pliegue del mapa enorme de mamá, así que al menos supe que ése era el pliegue que teníamos que ir viendo. Desde Bowie, caminé con el dedo por una ruta que iba hacia el sur, cruzaba el gran valle seco y luego doblaba al este hacia las Chiricahua, pero me di cuenta de que la caminata sería más larga de lo que había pensado.

Te dije: está bien, ahora tenemos que levantarnos y caminar un poco más. Tú me miraste como si te hubiera dado un puñetazo en la panza. Primero se te llenaron los ojos de lágrimas, una línea roja en el párpado de abajo. Pero te aguantaste las lágrimas y me dirigiste una mirada medio enloquecida, llena de rabia. Supe lo que estaba por pasar, y pasó. Te derrumbaste. ¡No, no, no, no, Pluma Ligera!, gritaste, parándote de la banca. Te temblaba la voz, se te quebraba. Y entonces dijiste: ¡Jesupinchecristo!, y casi me suelto a reír porque era obvio que estabas muy seria y habías usado esa expresión como un adulto, que por fin la habías entendido, o tal vez siempre la habías entendido. Me dijiste que era el peor guía del mundo y un pésimo hermano, que no te ibas a mover hasta que mamá y papá fueran a recogernos allí. Me preguntaste por qué te había llevado hasta ese lugar. Yo respondí como solían hacerlo mamá y papá, te dije algo como: cuando seas grande lo entenderás. Eso te hizo enojar todavía más. Seguiste gritando y pateando las piedritas del suelo. Hasta que me paré yo también y te agarré de los hombros y te dije que no tenías de otra, que yo era tu única opción en ese momento, así que podías aceptarlo o quedarte sola, nada más. Probablemente tenías razón y yo era un hermano malísimo, y un guía todavía peor, no como mamá, Flecha Suertuda, que podía encontrar cualquier cosa sin perderse nunca, y no como Papá Cochise, que siempre nos llevaba a todas partes y nos mantenía a salvo, pero esa parte no te la dije en voz alta. Sólo me quedé mirándote a los ojos, intentando parecer enojado y a la vez amable, como nos miraban a veces ellos, hasta que por fin te limpiaste la cara y dijiste: está bien, ya, confío en ti, está bien, aunque durante mucho tiempo después de eso no quisiste ni verme a los ojos.

Luz

Caminamos un rato por las vías, y yo llevaba el gran mapa de mamá doblado bajo el brazo y también llevaba mi brújula en la mano. Pasamos un corral muy raro donde había señores con escopetas vestidos como del pasado, que estaban a punto de matarse entre sí o tal vez actuando una escena. No nos quedamos a mirar, pero pensé que podía tomarles una foto. Cuando abrí mi mochila para sacar la cámara, me di cuenta de que había dejado el librito rojo en el tren. Pensé que lo había vuelto a guardar, pero no. Dije: mierda, mierda, mierda, y tú te burlaste un poco de mí, lo cual me pareció muy cruel. Al menos había sacado las fotos que tenía guardadas entre las páginas; estaban regadas por toda la mochila. También estaba ahí la grabadora de mamá, y mis otras cosas. De todas formas tomé la foto, pero esta vez la guardé entre los pliegues del mapa de mamá, luego metí el mapa en la mochila y cerré el zíper.

Caminamos un poco más y rellenamos nuestras botellas de agua en el baño de una gasolinera abandonada, donde también hicimos unas gotas de pipí en un excusado que tenía el asiento roto y mucha basura y cosas asquerosas en la taza. Desde allí, nos desviamos de las vías y fuimos hacia el sur, por la llanura desierta, siguiendo la brújula.

A la distancia vimos algunas nubes. Me diste la mano y la apreté con fuerza. Nos metimos, caminando, en ese desierto medio irreal, humeante, que era como el desierto de los niños perdidos. Y bajo el sol ardiente, tú y yo, al otro lado de las vías, en el corazón de la luz, como los niños perdidos, empezamos a caminar solos y juntos, pero agarrados de la mano, porque esta vez no iba a soltarte, nunca más iba a soltarte.

VALLES DEL POLVO

En las horas que siguieron a la desaparición de los niños, mi esposo y yo recorrimos en coche, a toda velocidad, muchas carreteras secundarias y muchos valles: Ánimas, Sulphur Spring, San Simón. Hay una luz cegadora en esas planicies desérticas. Bajo el opresivo arco de sus cielos prístinos, los páramos se extienden hacia lo lejos, su tierra salina y quebradiza. Y cuando el viento silba en los lechos de los lagos desecados, despierta al polvo. Delgadas columnas de arena ascienden en espiral hacia el cielo y se desplazan por la superficie casi coreográficamente. Los lugareños las llaman demonios de polvo, pero más bien parecen harapos bailando. Y cuando pasábamos en el coche junto a ellos, parecía que cada harapo podía, en su espiral etérea, traer al niño y a la niña de vuelta. Pero, sin importar cuán intensamente buscáramos detrás de cada confuso torbellino de arena y polvo, no veíamos a nuestros hijos, sino sólo más arena, más polvo.

Por la mañana, cuando me levanté de la cama para ir al baño en la cabañita que habíamos rentado, me asomé a su recámara para ver cómo estaban. Su cama estaba vacía, pero no le di vueltas al asunto. Asumí que estarían jugando afuera en el porche, o que estarían explorando los alrededores, recogiendo piedras y palos, haciendo las cosas que normalmente hacen.

Regresé a la cama, aunque ya no pude volver a dormirme. Sentía como si tuviera una aspiradora en el pecho, y debí haber hecho caso de esas primeras señales. Pero muchas otras mañanas me había despertado con una sensación parecida, e interpreté ese río subterráneo de duda e inquietud que me recorría como una ligera variación de una ansiedad más antigua, más profunda. Leí en la cama un rato, como había aprendido a hacer desde pequeña cuando no me sentía preparada para enfrentar todavía al mundo, y dejé que la mañana madurara hasta que una luz más intensa inundó el cuarto y el aire se espesó con el vaho de los vapores corporales y el olor de las sábanas tibias.

En su cama, junto a la mía, mi esposo daba vueltas y cambiaba de posición, su respiración cada vez más ligera, hasta que por fin despertó —con un sobresalto, como despierta siempre— y se levantó de la cama. Salió del cuarto y volvió, unos minutos después, preguntando dónde estaban los niños. Le dije que probablemente estarían jugando afuera, en algún sitio.

Los niños no estaban afuera, dijo, ni por ningún lado cerca de la cabaña.

Salimos ambos a buscar. Exploramos los alrededores de la cabaña de manera torpe y estúpida, todavía invadidos por una especie de incredulidad, como si estuviéramos buscando un juego de llaves o una cartera. Buscamos bajo los arbustos, en los árboles, debajo del coche, abrimos el refrigerador más de una vez, encendimos la ducha, luego la apagamos y volvimos a salir, más lejos esta vez, hasta el valle y el arroyo —¿cuál es nuestra distancia de rescate ahora?, pensé—, gritamos sus nombres, nuestras voces se expandieron en olas de terror, chocando, rompiéndose, nuestros gritos cada vez más próximos al llamado de los simios, guturales, intestinales, viscerales, desesperados.

¿Y después qué, después dónde?

Después nos atrabancamos los dos, tomando una serie de decisiones ejecutivas y dando vueltas irracionales. Zapatos, llaves, coche, email, llamadas telefónicas, hermana, Autopista 10, respirar, pensar, Carretera 338, decidir, seguir las vías del tren, no seguir las vías del tren, tomar carreteras secundarias. La secuencia exacta de los acontecimientos se desdibuja en mi memoria. ¿Qué sabían los niños y qué sabíamos nosotros? ¿Qué pensábamos que haría el niño en una circunstancia así? ¿Hacia dónde se dirigiría, una vez que se diera cuenta de que su hermana y él estaban perdidos? ¿Estaban perdidos?

¿Se estaban escondiendo? Y la pregunta que más temía formular, que regresaba una y otra vez, paralizándome:

Si se pierden en el desierto, ¿sobrevivirán?

Después de algunas horas de manejar sin rumbo, nos dirigimos a la estación de policía de Lordsburg, donde un oficial tomó nuestros datos y nos pidió que describiéramos a los niños. Nos quedamos en la sala de espera de la estación de policía hasta que nos dijeron cómo llegar al motel más cercano, donde podríamos hacer base, descansar y esperar para seguir buscando al día siguiente. Nos acostamos en la cama por turnos, pero por supuesto no pudimos dormir nada. ¿Hacia dónde decidiría ir el niño al darse cuenta de que estaban perdidos?

Pasamos la mañana y la tarde del día siguiente manejando por toda el área de Lordsburg, volviendo cada poco a la estación de policía. Pero nada parecía moverse en ninguna dirección, así que esa segunda noche, mientras nos turnábamos para acostarnos en la cama —todavía tendida— del motel, y mientras dormíamos quizás a intervalos de diez o veinte minutos, decidimos que, tan pronto como amaneciera, mientras la policía seguía buscando en esa zona, nosotros nos iríamos en el coche más hacia el oeste. Llamamos a la estación de policía para decírselos y ellos tomaron nota, nos dieron unas cuantas instrucciones.

Los niños llevaban casi cuarenta horas perdidos cuando nos subimos al coche de nuevo, al amanecer. Casi por reflejo abrí la guantera para sacar el mapa, pero no estaba en su lugar, ni tampoco mi grabadora. Así que salí del coche de nuevo, abrí la cajuela. Pensaba buscar el mapa dentro de mi caja de archivo. Todo en la cajuela estaba revuelto, desordenado. Llamé a mi esposo y él salió también para encontrarme ante la cajuela. Mi caja estaba abierta. Mi mapa no estaba allí. En su lugar, hasta arriba de la caja abierta, había otro mapa, un mapa dibujado a mano por el niño, que tenía un post-it pegado: «Salimos. Buscando a niñas perdidas. Nos vemos en Echo Canyon».

Nos quedamos los dos frente a la cajuela abierta, mirando el mapa y la notita que tenía pegada, sosteniendo ambos esa hoja de papel como si fuera el último bastión de algo, y al mismo tiempo intentando descifrar su significado. Mi esposo dijo:

Echo Canyon.

¿Qué?

Están yendo a Echo Canyon.

¿Por qué? ¿Cómo sabes?

Porque eso es lo que les hemos venido diciendo todo este tiempo, y eso es lo que viene en el mapa, y lo que dice la nota. Por eso lo sé.

Yo no estaba convencida, pese a la claridad con la que el niño nos lo comunicaba en su mensaje. No me sentía del todo persuadida, pese a la convicción de mi esposo. No me sentía tampoco aliviada, aunque debía haberlo estado. Al menos teníamos un destino hacia el cual ir, incluso si era un espejismo, incluso si implicaba seguir un mapa dibujado por un niño de diez años. Nos subimos al coche de inmediato y aceleramos en dirección a las montañas Chiricahua.

Entonces, la siguiente oleada de preguntas. ¿Por qué? ¿Por qué se fueron? ¿Por qué no había yo visto a tiempo las señales? ¿Por qué no había mirado antes en la cajuela? ¿Por qué estábamos allí? ¿Y dónde estaban ellos?

Salimos de Lordsburg a toda velocidad, en dirección sur, trazando una línea paralela a la frontera entre Nuevo México y Arizona, atravesamos el valle de Ánimas, pasamos un pueblo fantasma llamado Shakespeare, pasamos un pueblo llamado Portal. ¿Por qué? No dejaba de repetirme esa pregunta. ¿Por qué?

¿Por qué no llamas a la policía de Lordsburg y les dices que vamos de camino a las Chiricahua?, dijo mi esposo.

Avanzamos en silencio por una carretera de terracería hasta llegar a un pueblo llamado Paradise —unas cuantas casas distantes entre sí, más que un pueblo— donde el camino se interrumpía abruptamente. Allí dejamos el coche. Saqué mi teléfono y me fijé si tenía cobertura, pero no había red.

El sol brillaba todavía en el horizonte cuando empezamos a ascender la ladera este de las montañas Chiricahua, buscando el sendero hacia Echo Canyon, las pendientes y los escarpados riscos del desierto multiplicándose a nuestro alrededor, como una pregunta imposible de responder.

CORAZÓN DE LA LUZ
(ÚLTIMAS *ELEGÍAS PARA LOS NIÑOS PERDIDOS*)

(Duodécima elegía)

Se extiende en torno a ellos el desierto, amplio e inmutable,
mientras el tren avanza en dirección poniente, en paralelo al
largo muro metálico. El sol se asoma a lo lejos, al oriente, detrás de una cordillera: una masa enorme de azul y púrpura, sus
contornos como brochazos tentativos. Van callados, los seis
niños, más callados que de costumbre. Los seis encerrados en
sus miedos.

Algunos van sentados en la orilla de la góndola, mirando
hacia el oriente, balanceando las piernas, escupiendo nomás
para ver qué gargajo llega más lejos. Pero sobre todo miran el
suelo que pasa raudo más abajo, blanco, marrón, salpicado de
espinas, basura, piedras extrañas. Algunos tienen las piernas
cruzadas, miran hacia delante; más solos que los otros, dejan
que el viento les roce los cachetes y les enrede el pelo. Y dos de
ellos, los dos menores, siguen tumbados de costado, las cabezas apoyadas contra el techo de la góndola. Siguen con los ojos
la monótona línea del horizonte, y en la mente van trenzan-
do pensamientos e imágenes en una larga frase sin sentido. El
desierto es un enorme reloj de arena: arena que pasa, tiempo
estático.

Entonces, el sexto niño, que ahora es el mayor del grupo,
rebusca en el bolsillo de su chamarra y siente el borde frío y
conciso de un teléfono celular. Encontró el teléfono escondido
bajo una vía férrea en el último patio de maniobras, mientras
practicaba para subirse de un salto al tren junto a los otros, y lo
ocultó. También encontró allí un buen sombrero negro y ahora
lo lleva puesto. El hombre al mando no se opone a que use el

sombrero encontrado, pero el niño sabe que le confiscaría el teléfono si lo descubriera, aunque esté roto y no pueda usarse.

Verifica que el hombre al mando siga dormido, y así es. El hombre al mando parece como si estuviera en coma, en algún mundo lejano, respirando profundamente, acurrucado bajo una lona. Así que el niño saca el teléfono. Tiene la pantalla estrellada, como una ventana golpeada por un pájaro, y la batería no sirve, pero de todas formas le muestra el objeto a los otros niños como si les mostrara un tesoro. Responden todos con gestos silenciosos, pero con admiración.

El niño propone entonces un juego, les dice a los otros que lo miren y lo escuchen con atención. Primero le tiende el teléfono muerto a una de las niñas, la mayor de ellas, y dice: «Toma, llama a alguien, a quien quieras». Ella tarda un momento en entender lo que el niño sugiere. Pero cuando él repite sus palabras, ella sonríe, y asiente, y mira a todos los que la rodean, los mira uno por uno, sus ojos fatigados de pronto muy abiertos y resplandecientes. La niña vuelve a mirar el teléfono que tiene en la mano, toma el cuello de su camisa con la otra, y lo estira y lo dobla hacia fuera, para mirar algo que lleva cosido en un pliegue interno. Después finge marcar un número muy largo, y pega el teléfono firmemente contra su oreja.

¿Hola? ¿Mamá? Sí, estamos bien, no se preocupe por nosotras. Vamos en camino. Yo también la extraño.

Los demás observan, cada uno a su ritmo entendiendo las reglas del nuevo juego. La niña le pasa ahora el teléfono a su hermana menor, y le susurra al oído que marque un número y le llame a alguien. La más chica marca un número —sólo tres dígitos— y se avergüenza cuando nota que tiene las uñas todas sucias, piensa que su abuela la regañaría, sin duda, si le viera las uñas así. Se pone el teléfono al oído:

Hola abuela, ya me lavé los dientes y ya me limpié las uñas.

Los otros esperan a que diga algo más, pero es lo único que dice. El niño que va sentado a su lado, uno de los mayores, el niño número cinco, le quita el teléfono de las manos y marca también un número, pero se lleva el aparato a la boca como si se tratase de un walkie-talkie.

¿Hola? ¿Hola? No te oigo. ¿Hola?

El niño mira a su alrededor con aire cohibido, se acerca más el teléfono a la boca, respira hondo, y eructa. Después se ríe con esa risa en oleadas, incómoda y desigual de los pubertos. Algunos de los otros niños también se ríen, y él pasa el teléfono.

Otro niño, el cuarto, recibe el teléfono ahora. Le tiembla el aparato en la mano y no hace nada con él. Se lo pasa al siguiente niño, el tercer niño, que finge que es una barra de jabón y se limpia con ella, en silencio.

Algunos ríen, otros fuerzan la risa. Junto a él, el niño más pequeño sonríe con timidez mientras se chupa el dedo. Lentamente se saca el pulgar de la boca. Es su turno de tomar el teléfono, y lo hace. Lo mira, sosteniéndolo con las manos en cuenco, y luego mira al resto del grupo. Sabe, por los ojos de los otros, por los ojos con que lo miran, que tiene que decir algo, que no puede guardar silencio como suele. Así que respira profundamente y, observando el teléfono, que sigue en el cuenco de sus manos, comienza a susurrarle cosas. Habla por primera vez, y habla más de lo que ha hablado hasta ahora en este viaje:

Mamá, no me he estado chupando para nada el dedo, mamá, estarías tan orgullosa, y orgullosa de saber que hemos montado en el lomo de muchas bestias durante muchos días y semanas ya, no sé cuánto tiempo, pero me he convertido en un hombre, y han pasado muchas cosas, pero todavía me acuerdo de las piedras que lanzabas al lago verde, cuando estábamos allí, algunas oscuras, algunas planas, otras pequeñas y brillantes, y tengo una de esas piedras, una que no lancé, en el bolsillo, y mis hermanos y hermanas del tren son buenas personas, mamá, y todos son muy valientes, y fuertes, y tienen caras distintas, hay un niño que siempre está enojado, habla en un idioma raro cuando está dormido, y cuando está despierto habla en nuestro idioma pero sigue enojado, y hay otro niño que casi siempre está serio aunque a veces hace cosas chistosas, pero cuando está serio dice que estamos listos para el desierto, mamá, y sé que tiene razón, y hay dos niñas que son hermanas y se parecen mucho, sólo que una es más grande y la otra más pequeña, y la más pequeña está chimuela, como voy a estar yo dentro de muy poco, porque puedo sentir que se me mueven uno o dos dientes, pero las niñas no se asustan nunca, ni siquiera la más pequeña, las dos son amables y valientes, nunca lloran, y usan unos vestidos que siempre están limpios, no se ensucian, y en el cuello de los vestidos su abuela les cosió el número de teléfono de su mamá, que las está esperando al otro lado del desierto, una vez me enseñaron los números y se parecían mucho al número que tú me cosiste en la camisa también para que pueda llamar a mi tía cuando llegue al otro lado del desierto, te prometo que voy a ser fuerte cuando tenga que trepar el muro junto a los otros, y no me va a dar miedo saltar, no me van a dar miedo las bestias tampoco y no voy a pedir que paremos a descansar ni a comer nada cuando hayamos cruzado, te prometo que voy a cruzar el desierto y llegar hasta la ciudad de vidrio, y voy a cruzar el puente en un coche nuevo y bonito, y al otro lado del puente los edificios de vidrio se alzarán dándome la bienvenida, eso es lo que me dijo el niño mayor, al que el hombre le decía niño siete, porque antes éramos siete, y el séptimo niño era el más grande, era el único que no tenía miedo del hombre al mando, y nos defendía de él, el hombre al mando parecía un poquito asustado cuando el niño lo miraba, con sus ojos grandes de perro, siempre nos vigilaba, ojos de perro, y todavía nos mira, yo lo sé, aunque ya no está aquí, ya no está en el tren con nosotros.

De pronto deja de hablar y se mete el pulgar nuevamente en la boca, el teléfono quieto en sus manos, mecido apenas por el movimiento del tren.

El sexto niño recupera su teléfono. Les dice entonces a los otros que el teléfono es también una cámara, y ahora se tienen que apiñar todos para tomarse una foto, y eso hacen. Se acercan entre sí, pero con mucho cuidado, sin ponerse en pie. El tren se mece constantemente y a veces se sacude un poco, y ellos han aprendido a escuchar sus movimientos con el cuerpo entero. Saben cuándo pueden pararse y cuándo deben moverse por la superficie sin ponerse en pie. Apiñados por fin todos juntos, algunos inclinan su cabeza a un lado o al otro, algunos hacen la v de la victoria o cuernos con las manos, sonríen o sacan la lengua, fuerzan muecas. El niño dice:

Cuando cuente hasta tres, todos decimos nuestros nombres.

Finge concentrarse.

Todos ven directo hacia el ojo del teléfono con una mirada poderosa. Detrás de ellos, el sol está ya arriba de los picos de las montañas. Los cinco parecen serios, imponentes. El niño se ajusta el sombrero negro, luego cuenta hasta tres y, al contar tres, todos gritan sus nombres, incluido él mismo.

¡Marcela!

¡Camila!

¡Janos!

¡Darío!

¡Nicanor!

¡Manu!

(Decimotercera elegía)

Un rumor de murmullos flota en el aire malsano y el tren está quieto sobre las vías. Sentado, el niño que ahora es el mayor, el sexto, mira a su alrededor y descubre que el hombre al mando va despierto ahora, sentado de piernas cruzadas y no observándolo a él ni al resto de los niños, sino a su pipa vacía.

El niño escudriña a los demás viajeros, adultos casi todos, en grupos de tres y de cinco y de seis, todos amontonados, tal vez más amontonados que de costumbre. El cielo tiene un tono azul pálido y el sol se ve lechoso detrás de la bruma. La mayor de las niñas, sentada de piernas cruzadas, mira hacia lo alto del cielo mientras se trenza el cabello. Y el menor de todos yace sobre su costado, chupándose el dedo nuevamente, con el cachete y la oreja descansando sobre la superficie leprosa del vagón. En todas direcciones, alrededor de ellos, se extienden las tierras yermas, sin sombra.

Los seis niños reparan en un hombre que asciende por una escalera lateral y se queda de pie cerca del borde de la góndola. No parece un cura. Tal vez es un soldado. Está inclinado hacia un grupo de hombres y mujeres. Ven a una mujer forcejear por su bolso con el posible soldado. Oyen el quejido sordo y seco de la mujer cuando el soldado le pega una patada en la costilla y le arrebata el bolso de un tirón, arrojando algo por la borda. Ella suelta un segundo lamento. Su voz surge del fondo del pecho, asciende por el esófago. Los niños la oyen y se incorporan de pronto, alerta. Una descarga eléctrica viaja desde algún impreciso nervio al interior del músculo de sus corazones, que envían un mensaje hacia el pecho y al fondo de la médula, y cuando el miedo se clava en sus estómagos, las articulaciones les tiemblan un poco. Confirman que aquel hombre es, en efecto, un soldado. En una rama cercana, un trío de zopilotes hace guardia o simplemente dormita.

Entre el soldado y los niños, a lo largo de la góndola varios hombres y mujeres amontonados y apretados unos contra otros murmuran y susurran, pero las ondas de sus palabras no llegan hasta los niños, que esperan alguna señal, esperan instrucciones del hombre al mando, esperan. Incluso los niños más grandes del grupo guardan silencio y parecen asustados y no saben qué decir a los demás. El hombre al mando juguetea con su pipa, sin involucrarse. Parece retraído, de alguna manera sereno. Cuando el soldado se acerca a los niños —lustradas botas golpeando, negro sobre negro, contra el techo del vagón—, ellos comprenden que no va a pedirles sus pasaportes, ni su dinero, ni explicaciones. El menor de los niños quizá no comprende, pero cierra los ojos con fuerza y quiere chuparse el dedo de nuevo, y cuando está a punto de hacerlo se pliega sobre sus piernas cruzadas y muerde la correa de su mochila.

Cada uno ha traído una sola mochila. El hombre que los guió a través de selvas, montañas y llanuras, y ahora a través del desierto, les dijo a los padres de los niños, antes de la partida:

Nada de bultos innecesarios.

Así que empacaron sólo las cosas más fundamentales. De noche, sobre el techo del tren, usaban las mochilas como almohadas. De día las abrazaban contra sus panzas. Sus panzas estaban permanentemente sensibles por el bamboleo, y crispadas por el hambre. A veces, cuando el tren estaba por pasar cerca de un retén de policías o militares, les decían que se bajaran, por las escaleras laterales, y que saltaran al suelo, provocándose rasguños y raspones, aferrados siempre a sus mochilas. Caminaban en fila india entre las zarzas y sobre piedras y lodo, siempre en paralelo a las vías pero lo bastante alejados de ellas. Caminaban en silencio, a veces alguno silbaba, a veces silbaban juntos, sus mochilas a la espalda. Los niños mayores las llevaban de un hombro como cuando iban a la escuela, y los más pequeños en ambos, inclinando hacia el frente sus cuerpecitos para equilibrar el peso de sus cepillos de dientes, suéteres, pasta de dientes, Biblias, bolsas de nueces, bollos con mantequilla, calendarios de bolsillo, monedas sueltas y zapatos de recambio. Caminaban así hasta que el hombre al mando les indicaba que era hora, y entonces cortaban camino a través de la maleza, caminando en perpendicular y luego en paralelo a las vías, y alcanzaban el tren que había hecho parada más adelante.

Pero esta vez nadie les había advertido nada y, mientras dormían, habían pasado frente a un retén militar donde varios soldados habían abordado el tren.

Ahora, en el techo, la silueta del soldado contra el cielo pálido dibuja una sombra que cubre a los niños. El soldado estira un brazo y, con los nudillos, golpea dos veces el cráneo del niño, que muerde la correa de su mochila. El niño alza la cabeza y abre los ojos, fijándolos en las recias botas del soldado mientras le entrega su mochila. El soldado abre lentamente la mochila y saca todo su contenido, analizando y nombrando cada objeto antes de tirarlo hacia atrás, por encima de su hombro. Inspecciona así todas las mochilas, una por una, sin encontrar resistencia alguna por parte de los seis. Ni aullidos, ni lamentos de ninguno de ellos, ni forcejeos cuando toma cada una de las mochilas, las esculca con la mano y lanza las cosas al aire, puntuando sus nombres con signos de interrogación mientras vuelan y se estrellan o a veces planean con suavidad hasta el suelo, más abajo: ¿Cepillo de dientes? ¿Canicas? ¿Suéter? ¿Pasta de dientes? ¿Biblia? ¿Ropa interior? ¿Un teléfono roto?

Antes de que el soldado continúe con el siguiente grupo de mochilas, se oye el silbato del tren. El soldado escudriña a los niños y le hace un gesto de aprobación al hombre al mando. Entre los dos hombres ocurre un intercambio de miradas y palabras y números que los niños no logran descifrar, y luego el soldado saca un gran sobre doblado del interior de su chamarra y se lo tiende al hombre al mando. El tren hace sonar nuevamente su silbato y el soldado, como el resto de los soldados que caminan sobre la bestia, realizando todos ellos operaciones similares en los vagones contiguos, desciende lentamente la escalera lateral del tren y salta al suelo. Se sacude el polvo de los muslos y los hombros mientras camina despreocupado, y meciendo los brazos, de regreso al retén.

El silbato suena una tercera vez y la bestia se sacude, se sacude de nuevo y sólo entonces reanuda su marcha hacia delante, sus tornillos y barras de tracción despertando de nuevo entre chirridos. Algunos viajeros miran, desde el borde de las góndolas, sus pertenencias esparcidas por el suelo, la arena del desierto como un océano que remite después del naufragio. Otros prefieren mirar más allá, hacia el horizonte del norte o hacia el cielo, con la mente en blanco. El tren cobra velocidad y se levanta casi sobre las vías, un poco como un barco que despliega las velas cuando el viento es propicio. Desde su garita, un lugarteniente observa el tren que desaparece en la neblina, piensa en la neblina, piensa en el rocío, piensa en los barcos que se abren paso entre las algas muertas: la broza, los escombros, la belleza de la escoria que resplandece bajo el sol en este instante.

(Decimocuarta elegía)

Bajo el cielo del desierto, esperan. El tren traza una línea perfectamente paralela al muro metálico, avanza y sin embargo parece que se mueve en círculos, y los niños no saben que a la mañana siguiente el tren llegará a su destino. Atrapados en la repetición, atrapados en el ritmo circular de las ruedas del tren, arropados por el invariable manto del cielo, ninguno sospecha que al día siguiente, por fin, a la primera insinuación del alba, sucederá: llegarán a algún lugar y se bajarán del tren.

Habían escuchado las historias desde hacía tanto tiempo. Desde hacía meses, desde hacía años se habían ido formando las imágenes de aquellos lugares y habían imaginado los rostros que, al cabo de la espera, volverían a ver allí: madres, padres, hermanos. Desde hacía mucho tiempo, sus mentes se habían ido llenando de polvo y de fantasmas y preguntas:

¿Lograremos cruzar a salvo?

¿Encontraremos a alguien del otro lado?

¿Qué pasará en el camino?

¿Y cómo terminará todo?

Habían caminado, y nadado, y se habían escondido y habían corrido. Habían abordado trenes y pasado noches en vela sobre las góndolas, mirando un cielo baldío, sin dioses. Los trenes, como bestias, se habían arrastrado, abriéndose paso a través de selvas y ciudades, a través de lugares de nombres imposibles. Después, montados en este último tren, habían llegado hasta ese desierto, donde la luz incandescente plegaba el cielo en un arco completo. También el tiempo se había plegado sobre sí mismo. El tiempo, en el desierto, era un constante presente del indicativo.

Despiertan.

Observan.

Escuchan.

Esperan.

Y ahora los niños ven, por encima de sus cabezas, un avión que cruza volando el cielo. Lo siguen con la mirada fija y no sospechan que el avión va lleno de niños y niñas como ellos, que miran hacia abajo en dirección adonde están los seis, aunque no puedan verse unos a otros. Dentro del avión, un niño pequeño se asoma por la ventanilla ovalada y se mete el dedo en la boca. Abajo, a lo lejos, un tren se desliza sobre las vías. Sentado junto al niño, en el avión, hay otro niño más grande, de mejillas adolescentes surcadas de acné, parecidas a los paisajes casi lunares o industriales sobre las cuales volaron. El pulgar del niño más chico, dentro de su boca, succionado entre la lengua y el paladar, calma el hambre de su garganta, calma la angustia de su estómago. En su interior comienza a asentarse la resiliencia, los pensamientos se disuelven lentamente, los músculos encuentran reposo, la respiración cubre con quietud el miedo. El pulgar, chupado, succionado, húmedo, henchido, a medida que el niño se hunde en el sueño, borrado de su asiento, del avión, borrado y expulsado de ese país de mierda que se extiende abajo. El avión pasa raudo sobre vastos territorios, sobre ciudades pobladas, sobre las piedras y los animales, sobre los sinuosos ríos y las cordilleras cenicientas, pasa dejando una larga cicatriz en el cielo. Finalmente, el niño cierra los ojos, sueña caballos.

(Decimoquinta elegía)

Comienza al anochecer cuando los nubarrones se forman en lo alto y frente a ellos. La bestia rechina por el desierto interminable, meciéndose siempre y sacudiéndose sobre las vías, amenazando con desvencijarse, con descarrilar, con tragárselos por completo. El hombre al mando se ha embriagado de nuevo para poder dormir, aferrando contra su pecho semidesnudo la botella plástica de contenido ignoto que cambió por una de las mochilas vacías de los niños. Va tan sumido en las profundidades del sueño, un sueño ciego o lleno de imágenes, nadie sabe, que cuando la más chica de las niñas le mete en la nariz una pluma de pájaro que encontró días antes, el hombre sólo gruñe, se reacomoda y sigue respirando como si nada. La niña ríe —le faltan algunos dientes— y alza la vista al cielo.

De pronto, una gota única, tibia y gorda, cae sobre la superficie de la góndola. Luego unas cuantas gotas más se revientan contra el techo. El sexto niño, que va sentado con las piernas cruzadas, despeja el espacio frente a él y golpea el techo de la góndola con el puño. El ruido genera un eco en el cajón vacío sobre el que van montados. Cae otra gota de lluvia, y otra más, percutiendo contra el techo metálico. El niño golpea el techo nuevamente con la misma mano, y luego con la otra —pam, pam— y otra vez: pam, pam. Ahora caen las gotas más ávidamente, con más ritmo, sobre el techo de hojalata. La niña mayor, acuclillada sobre la superficie del techo, mira hacia el cielo y luego hacia el espacio que se abre frente a sus piernas flexionadas. Su hermana menor la sigue. También ella golpea la góndola con el puño una vez, y luego otra. Otros las imitan, con las palmas o puños, martillando, percutiendo, aporreando. Uno de los niños usa la base de una botella de agua medio vacía para pegarle al techo del tren. Otro, se quita los zapatos y percute el techo con ellos. Al principio le cuesta, pero después parece encontrar su ritmo en medio del ritmo de los otros, y golpea la bestia con toda la fuerza, el miedo, el odio, la energía y la esperanza acumulados. Y una vez que ha encontrado el ritmo y se ha volcado en él, el niño no puede reprimir un sonido profundo, visceral, casi salvaje, que comienza como un aullido, viaja contagiándose por todo el grupo de niños, y termina convertido en una risa estentórea. Los niños golpean y ríen y aúllan como mamíferos de una especie más libre. Sumergen los dedos en ese polvo súbitamente convertido en raudales de lodo que hay en la superficie del vagón, y se pintan las mejillas con él. Desde los otros vagones, algunos viajeros escuchan el golpeteo y los aullidos, desconcertados. El tren viaja a través de las cortinas de agua, cruza el sediento desierto, que se agrieta un poco para recibir el chubasco inesperado.

Cuando la lluvia amaina, los niños, exhaustos, mojados, aliviados, se tumban bocarriba sobre la góndola, con las bocas abiertas para atrapar las últimas gotas. El hombre al mando sigue dormido, mojado e ignorante del alboroto. Es el mayor de los seis niños quien se incorpora y empieza a hablar, dice:

Los guerreros tenían que ganarse sus nombres.

Les cuenta a los otros que, en tiempos remotos, los niños recibían su nombre cuando habían madurado.

Se lo tenían que ganar, dice.

Sigue explicando que los nombres eran como un regalo que se daba a la gente. Los nombres no eran secretos, pero tampoco podían ser pronunciados por nadie fuera de la familia, porque el nombre merecía respeto, porque el nombre era como el alma de una persona pero también su destino. Luego, poniéndose en pie, empieza a caminar hacia cada uno de ellos y les susurra a la oreja su nombre de guerra. Todos sienten el bamboleo del tren bajo sus cuerpos, escuchan las ruedas que rebanan el denso aire del desierto. El niño susurra un nombre y ellos sonríen hacia la oscuridad, agradecidos por lo que acaban de recibir. El desierto está oscuro, sin luna. Y poco a poco van quedándose dormidos, uno por uno, en la aceptación de su nuevo nombre. El tren se mueve despacio, traza una línea perfectamente paralela al largo muro, avanza a través del desierto.

(Decimosexta elegía)

Caras al rayo de luna, duermen. Niños, niñas: labios partidos, cachetes agrietados, y el viento que castiga día y noche. Ocupan el espacio completo, tiesos y tibios como cadáveres recientes, alineados en una sola hilera sobre el techo de la góndola del tren. Y el tren avanza lento sobre las vías, paralelo a un muro de acero. El hombre a cargo otea los cuerpos dormidos, los cuenta por debajo de la visera de su gorra. Cuenta: seis; siete menos uno. Sobre el techo de la góndola silba el viento, ulula, arrastra los sonidos de la noche hasta las cuencas blandas de los oídos de los niños, perturbándoles el sueño. Abajo, el suelo del desierto es pardo; arriba, el cielo azabache, inmóvil.

Más allá, a ambos lados del muro, se extiende idéntico el desierto y la gran esfera terrestre sigue girando, siempre constante, siempre en rotación, acercando el este al oeste, el oeste al este, hasta que alcanza al tren en movimiento y, desde la última góndola, alguien atisba la primera insinuación del alba, alguien a cargo de vigilar la noche, y siguiendo instrucciones esa persona alerta a otra, y la alerta se va pasando, entre hombres y mujeres, de labios a oídos, en susurros, en murmullos, hasta que llega al conductor del vagón de máquinas, que va sentado sobre un desvencijado banquito y se hurga la oreja con el meñique en busca de cerilla, y piensa en camas y en mujeres y en platos llenos de sopa, y suspira, dos veces, suspiros profundos, se extirpa al fin la cerilla de la oreja y jala la palanca del freno de emergencia, y uno por uno, en una reacción en cadena, los pistones de freno se insertan en sus cilíndricos pares, comprimiendo el aire, y el tren exhala con gran escándalo, se desliza y rechina hasta detenerse por completo.

Diez vagones detrás del vagón de máquinas, el hombre al mando apura a los seis niños para que bajen por la escalera lateral, uno por uno, y los hace formarse contra el muro de acero: uno, dos, tres, cuatro, cinco y seis. Otros hombres al mando de otros niños y otros adultos, en distintas góndolas y furgones, hacen lo mismo. Circulan entonces, a lo largo del muro, escaleras de madera, cuerdas, herramientas improvisadas, oraciones, buenos deseos. Y los cuerpos —rápidos, invisibles— trepan por encima del muro y cruzan al otro lado.

(Decimoséptima elegía)

Desierto irreal. Bajo la niebla marrón del amanecer del desierto, una multitud se desborda sobre el muro de acero; son muchos, pero cada quien es uno. Nadie creyó que los trenes pudieran traer a tantos. Cuerpos que ascienden la escalera y descienden al suelo del desierto. Todo sucede muy rápido después de eso.

Los niños oyen voces de hombres que les gritan órdenes en otra lengua. No son policías ni militares, pero son los vigilantes del muro. Los niños no entienden las palabras que los hombres dicen a gritos, pero ven que los demás se forman a lo largo del muro y que recargan las frentes contra el acero, así que ellos hacen lo mismo.

Un sonido cortante y muerto detona en el vacío. Un disparo. Hombres y mujeres, niñas y niños lo oyen. Viaja de oído a oído, sembrándoles el miedo hasta la médula. Y luego, otra vez, el mismo sonido, ahora multiplicándose en una ráfaga continua. Los niños permanecen quietos, exhalan suspiros breves cada tanto. Fijan la vista en sus pies; tienen los fémures bloqueados en las cavidades de las caderas.

El hombre al mando de pronto grita: ¡Corran, síganme! Los niños reconocen su voz y salen corriendo. Muchos otros corren, también, en distintas direcciones, se dispersan a pesar de los gritos que les ordenan detenerse, volver a la fila. Corren. Algunos de los que corren pronto caen al suelo, cuando las balas les perforan el hígado, los intestinos, los tendones de las piernas. Sus pocas pertenencias durarán más que los cadáveres y alguien las encontrará más tarde: una Biblia, un cepillo de dientes, una carta, una fotografía.

El hombre al mando les grita de nuevo: ¡Corran, corran!, y ahora deja que los niños lo rebasen, va espoleando a los seis desde atrás, como un perro pastor, corre detrás de ellos, les grita: ¡Vamos, sigan, no paren! Un niño, el quinto, se cae, no está muerto ni lastimado, sino demasiado exhausto, sus labios blandos contra la tierra seca. El hombre al mando les grita:

¡Sigan, sigan! Deja atrás al niño caído, pero aún cuida la retaguardia del pequeño grupo, que corre sin detenerse formando una horda compacta, cinco niños: dos niñas y tres niños. El hombre sigue corriendo detrás de ellos unos pasos más hasta que una pequeña bala le perfora la baja espalda, desgarra fácilmente la delgada capa de piel, luego atraviesa el músculo y por último revienta su hueso sacro en múltiples fragmentos.

Una vez más, el hombre al mando grita: ¡Corran, corran!, mientras cae al suelo, y los niños siguen corriendo, a todo lo que dan sus piernas, durante un rato, luego más despacio, y más despacio aún, y finalmente empiezan a caminar cuando ya no los persiguen las balas ni los pasos. Siguen así un buen rato, los cinco niños. A la distancia ven unos nubarrones formándose y caminan en esa dirección. Hacia qué caminan, no lo saben. Sólo se alejan de la oscuridad que hay a sus espaldas. Rumbo al norte caminan, adentrándose en valles de pura luz y arena, adentrándose en el corazón de la luz.

SUEÑA CABALLOS

Y rumbo al sur caminamos, Memphis, tú y yo, hacia el corazón de la luz, juntos y cerca y callados, y los niños perdidos también caminaban por algún lugar, bajo el mismo sol, tal vez, aunque yo tenía todo el tiempo la sensación de que caminábamos sobre la superficie del sol y no bajo sus rayos, y te pregunté, no sientes como que estamos caminando sobre el sol, pero tú no me respondiste nada, no decías nada, nada en absoluto, lo cual me preocupó porque sentía que estabas desapareciendo y que te estaba perdiendo de nuevo, aunque estabas allí a mi lado, como una sombra, así que te pregunté si estabas cansada, sólo para oírte decir algo, pero tú sólo dijiste sí con la cabeza y sin hablar para nada, así que te pregunté si tenías hambre, y otra vez no dijiste nada pero moviste la cabeza para confirmar que tenías hambre, y yo también tenía hambre, un hambre que me quemaba por dentro, que me quemaba y me devoraba por dentro porque no la alimentaba con nada, aunque quizás no era por eso, quizás no era hambre, ésa era mi sospecha por momentos, que no era hambre lo que sentía, pero no te lo dije, no lo dije en voz alta porque no lo habrías entendido, pensé que quizás no era hambre sino más bien una especie de tristeza o de hoyo, o quizás algún tipo de desesperanza, el tipo de desesperanza que te hace sentir que, hagas lo que hagas, ya no va a irse nunca, porque estás atrapado en un círculo, y todos los círculos son infinitos, siguen por siempre, girando y girando en este desierto giratorio sin final ni principio, siempre idéntico, repitiéndose, y te dije, te acuerdas de cómo doblábamos cachos de papel, tú y yo, cuando hacíamos figuras de origami para adivinar el futuro, y tú dijiste mmhmm, y luego yo te dije, pues este desierto es exactamente como nuestros origamis adivinatorios, excepto que aquí, cuando abres la esquinita del papel, tu fortuna es siempre desierto, cada vez igual, desierto, desierto, desierto, lo mismo, y cuando tú dijiste mmhmm de nuevo, me di cuenta de que lo que yo decía no tenía ningún sentido, que mi cerebro estaba dando vueltas solo, girando y girando, vacío y lleno de aire caliente, aunque a veces, cuando silbaba el viento del desierto, me aclaraba la cabeza durante un instante, pero en general había sólo aire caliente, polvo, piedras, arbustos y luz, sobre todo luz, tantísima, tanta luz cayendo desde el cielo que era difícil pensar, difícil ver claramente, difícil ver las cosas que tienen nombres que conocíamos de memoria, nombres como saguaro, nombres como mezquite, cosas como gobernadora y arbusto de jojoba, imposible ver las cabezas blancas de las choyas güeras, que teníamos justo enfrente, verlas a tiempo antes de que sus espinas se alzaran para pincharnos y rasguñarnos, imposible ver las siluetas de los cactus órganos a la distancia, antes de que estuvieran justo enfrente de nosotros, porque todo era invisible bajo esa luz, casi tan invisible como son las cosas en la noche, así que para qué servía, toda esa luz, para nada, porque si la luz hubiera servido de algo no nos habríamos perdido dentro de ella, tan perdidos dentro de la luz que creíamos que el mundo a nuestro alrededor se estaba borrando, se estaba volviendo irreal, y por un momento sí que desapareció del todo y todo lo que había era el sonido de nuestras bocas respirando el aire pesado, respirando y exhalando, y el sonido de nuestros pies, que pisaban y pisaban, y el calor en nuestras frentes que nos quemaba las últimas ideas buenas, hasta que llegó de nuevo el viento, un poco más fuerte que antes, nos sopló en la cara, acarició nuestras frentes, se coló en nuestras orejas, y nos recordó que el mundo seguía allí, aunque nos sintiéramos tan lejos de él, que había un mundo en algún sitio, con televisiones, computadoras, autopistas y aeropuertos, y también personas, porque la brisa trajo sus voces, estaba llena de murmullos, trajo voces lejanas y así supimos de nuevo que había personas en algún sitio, personas reales en un mundo real, y el viento siguió soplando y sacudió las ramas reales a nuestro alrededor, las ramas reales sacudiéndose con el viento, como las ramas de los crótalos cornudos, que también eran reales, así que, en mi cabeza, me puse a hacer una lista de las cosas que existían en el desierto, a nuestro alrededor, crótalos cornudos, alacranes, coyotes, arañas, gobernadoras, choyas güeras, jojobas, saguaros, y de pronto tú dijiste saguaro, como si me hubieras estado leyendo la mente, o quizás había dicho esas palabras en voz alta y tú me habías escuchado y habías repetido una, dijiste, mira, allí hay un saguaro, y por supuesto no era un saguaro sino un nopal, justo frente a nosotros, un nopal en el que habían crecido seis tunas gordas y espinosas, llenas de agua y de sabores dulces, y recordé que mamá nos había enseñado esa palabra, tunas, y me encantaba repetirla porque sonaba a tambor, tunas, y las tunas eran reales, no un espejismo, y las arrancamos, les hincamos las uñas, pelamos a cachos su piel gruesa y no nos importó si se nos clavaban mil espinas diminutas, porque eran reales, y nos las comimos como si fuéramos coyotes, el jugo se desbordaba y goteaba al suelo, se escapaba entre nuestros dientes, escurría por nuestras barbillas y a lo largo de nuestros cuellos y desaparecía bajo mi camisa deshilachada y mugrienta y bajo tu camisón, ahora apenas me daba cuenta de que estaban deshilachados, sobre todo a la altura de nuestros pechos, pero no importaba, al menos nuestros pechos estaban ahí, y nuestros pulmones respiraban mejor por fin, llenaban nuestros cuerpos de un aire mejor, nuestras mentes con mejores ideas, nuestras ideas con mejores palabras, palabras que por fin pronunciaste en voz alta, dijiste, podrías, Pluma Ligera, podrías contarme más sobre los niños perdidos, dónde están ahora, qué están haciendo, vamos a verlos, y mientras seguíamos caminando traté de imaginar más cosas que contarte sobre los niños perdidos, para que pudieras escucharlos como yo los escuchaba en mi cabeza, y también imaginarlos, así que dije sí, te voy a contar más sobre ellos, están viniendo hacia nosotros y los vamos a encontrar allá, mira, y entonces saqué mis binoculares de la mochila y te dije toma, agárralos con fuerza y mira a través de los lentes, mira allá, ves, tienes que enfocar, mira allá a lo lejos, hacia esos nubarrones negros que se están formando sobre el valle, puedes verlos, te pregunté, ves esas nubes, allá, sí, dijiste, ya enfocaste, pregunté, y tú dijiste sí enfoqué y sí veo las nubes y también los pájaros que vuelan junto a las nubes, y entonces me preguntaste si yo creía que esos pájaros eran águilas, así que miré por los binoculares y dije sí, claro que sí son, ésas son las águilas, las mismas águilas que ven los niños perdidos ahora mismo, mientras caminan hacia el norte por las llanuras desérticas, las águilas que baten sus musculosas alas, que entran y salen de los nubarrones negros, y los niños las ven a simple vista, los cinco niños, mientras siguen caminando, bajo el sol, manteniéndose juntos y también callados, en una horda compacta, más y más adentro en el callado corazón de la luz, sin decir nada y sin oír casi nada, porque no hay nada que pueda oírse salvo el monótono sonido de sus propios pasos, siguen y siguen a través de estas tierras yermas, sin detenerse nunca, porque si se detienen mueren, eso lo saben bien, se los dijeron, si alguien se detiene en las tierras yermas, no vuelve a salir, como aquel niño de entre ellos, el quinto, que no sobrevivió, y el hombre al mando, que ahora ya no estaba, y también como el sexto niño, que se tropezó con una raíz o una piedra o una zanja cuando ya estaban a salvo de los hombres que vigilaban el muro, había tropezado con una raíz o una piedra, nadie vio exactamente con qué, pero cayó al suelo con las rodillas débiles, sus manos chocaron contra el suelo recio, estaba tan cansado, todos los otros siguieron caminando mientras él gateaba, un paso, dos pasos, tan cansado, resistiendo el suelo recio, luchando contra la ola de cansancio que se alzaba en su interior, tres pasos, cuatro, pero no servía de nada, era demasiado tarde, él sabía que no debía detenerse pero lo hizo, a pesar de que una de las niñas, la mayor de las dos, le había dicho levántate, no te detengas, a pesar de que escuchó la voz que decía levántate ahora mismo, y sintió la mano de la niña jalando de la manga de su camisa, alzó la vista y vio el brazo, el hombro de la niña, su cuello, su cara redonda que le decía no, no te detengas, levántate ahora mismo te digo, había tirado de su manga, que se había estirado hasta rasgarse uno o dos centímetros, y entonces el niño envolvió el pequeño puño que tiraba de su manga con su propia mano y apretó un poco la mano de la niña para darle a entender que ya era demasiado tarde, pero que no pasaba nada, y que ella tenía que soltarlo y seguir su camino junto a los otros, y el niño casi le sonrió al darle a la niña el sombrero negro que llevaba puesto, y ella lo recibió y, finalmente, le soltó la manga y siguió caminando, primero trotando un poco para alcanzar a su hermana menor, que también se había retrasado un poco para esperarla, y luego caminando ya que la había alcanzado, y la tomó de la mano y siguió caminando, más despacio, cojeando un poco, con un pie a medias protegido por un tenis y el otro pie descalzo, hinchado y sanguinolento, un pie cuya planta fue lo último que vio el niño antes de permitirse cerrar los ojos, de permitir que su mente se volviera hacia adentro, antes de que sus pensamientos conjurasen la imagen de los pies huesudos y morenos de su abuelo, con sus venas marcadas y sus uñas amarillentas, y luego una cubeta llena de langostas, las pinzas metálicas que una muchacha acerca a sus propios pies, para aliviarlo del dolor que lo mantiene unido al cuerpo, a esta vida, y luego las vías del tren, extendiéndose hasta el horizonte a sus espaldas y desapareciendo en la vacuidad de la luz, la demasiada luz, hasta que sus codos cedieron y se doblaron por completo, estaba tan cansado, y su pecho se extendió sobre la tierra, tan cansado, y sus labios, medio cuarteados, tocaron la tierra, tan cansado, hasta que la fatiga lo fue abandonando poco a poco, un alivio, un quejido postrero, como una marea que por fin remite, ya podía dejar de resistir, de luchar, de intentar, por fin podía quedarse allí acostado nada más, completamente quieto, en el mismo lugar donde una mañana, meses después, dos hombres que patrullan la región fronteriza encontrarán los huesos que fueron sus huesos y los harapos que fueron sus ropas, cada objeto suyo recolectado en una bolsa transparente por uno de los dos hombres que lo encuentran, mientras el otro saca una pluma y un mapa, y marca un punto en el mapa con la pluma, un punto más entre otros varios puntos en el mapa de papel que entregará después, esa misma tarde, a las 4:00 o 4:30 p.m., a la viejita metódica que nació muchos años atrás en una casa cerca de un lago neblinoso en el valle del Annapurna, en Nepal, y que fue reubicada durante su adolescencia a este desierto, y que está sentada ahora frente a una computadora en una pequeña oficina, como cada día hábil, sorbiendo su café helado con un popote reutilizable mientras espera que el monitor carbure, los ojos fijos en esa pantalla que al principio se enciende con un tono azul genérico, luego se llena de pixeles hasta mostrar la imagen de escritorio personalizada con la cordillera del Annapurna, nevada y prístina al amanecer, y por último aparecen las hileras de íconos, esparciéndose y brotando a la visibilidad de manera ordenada, mientras la palma de la mano de la señora se envuelve en torno al *mouse*, lo aprieta ligeramente y lo mueve de un lado a otro hasta que la flechita del cursor asoma en una esquina de la pantalla y se arrastra a través de la montaña nevada del escritorio, roza las carpetas en color azul cielo etiquetadas como Muertes del Valle de Ánimas, Muertes del Valle de San Simón, Muertes de San Pedro, y finalmente se detiene en Muertes del Valle de Sulphur Springs y abre ese archivo, que se despliega entonces por toda la pantalla, cubriendo la montaña nevada, revistiendo la blanca nieve con la tierra sucia, la tierra sucia y los puntos rojos que indican muertes por todas partes, muertes por todas putas partes, murmura la señora entre dientes, porque el mapa de aquel valle desértico, el Valle de Sulphur Springs, que es y no es el mismo valle desértico que se extiende más allá de su oficina, pequeña y oscura pero con aire acondicionado, está manchado de cientos de puntos rojos, todos ellos añadidos a mano, uno por uno, por ella misma, la señora que nunca llega tarde al trabajo, y que sorbe su café con popotes reutilizables para no contaminar, y que se sienta bien derecha frente al monitor de su computadora mientras escucha en sus audífonos una novela romántica y

lésbica, ligeramente pornográfica pero rotundamente mora-
lista, escrita por la autora Lynne Cheney y titulada *Hermanas,*
y la escucha a sabiendas de que la autora de la novela es la esposa del exvicepresidente Dick Cheney, quien, durante el
mandato de George W. Bush, dirigió la operación «Jump
Start», durante la cual se desplegó a la Guardia Nacional en la
frontera y se erigió un muro de seis metros de altura a lo largo
de una parte del desierto, un muro que pasa a sólo unos cuantos kilómetros de su oficina, oficina que no es nada sino un
pequeño rectángulo aislado de aquel asqueroso desierto por
una simple pared gruesa y una puerta delgada de aluminio,
bajo cuya ranura el viento arrastra las últimas notas de todos
los ruidos del desierto, diseminados a lo largo y ancho de las
tierras yermas que hay afuera, sonidos de leves ramas que se
quiebran, pájaros que cantan, piedras que ruedan, pisadas, lamentos, voces que ruegan por agua antes de apagarse con un
quejido postrero, luego sonidos más oscuros, como el de los
cadáveres que se convierten en esqueletos, los esqueletos en
huesos sueltos, los huesos que se erosionan y desaparecen en
la tierra, y nada de esto lo oye la señora, por supuesto, pero de
alguna manera lo presiente, como si hubiera partículas de sonido adosadas a las partículas de arena que el viento desértico
arrastra hasta el tapete de pasto artificial afuera de su oficina,
de modo que cada día, antes de entrar a esa oficina, la señora
tiene que agarrar su tapete y azotarlo contra el muro exterior
de adobe, quitarle el polvo con tres o cuatro golpes fuertes
contra el adobe, hasta que todas esas partículas de arena salen
volando de regreso hacia el desierto, de vuelta a las corrientes
sonoras del viento desértico, que recorren eternamente los
valles vacíos, cargando sonidos que nadie registra, que nadie
escucha, sonidos perdidos en última instancia, a menos que
den con la concavidad de alguna oreja humana, por ejemplo
las orejas de los niños, que ahora los escuchan y tratan de darles un nombre pero no encuentran palabras ni significados
a los que aferrarse, y siguen caminando, con el sonido del lento discurrir de unos pasos a sus espaldas, la mirada siempre

fija en el suelo que van pisando y sólo cada tanto alzada hacia el horizonte, donde ven que algo sucede, aunque no alcanzan a distinguir exactamente qué, tal vez una tormenta, nubes que se forman allá a lo lejos, negros nubarrones que se forman sobre el valle, allá lejos, mira, los ves, se preguntan unos a otros, allá lejos, esos pájaros, tal vez águilas, los alcanzas a ver, y sí, dice un niño, sí, dice otro, sí los vemos, y sí creo que son águilas, las vimos tú y yo, Memphis, esas águilas, aunque no alcanzábamos a oírlas, porque a nuestro alrededor había muchos otros sonidos, sonidos extraños, tan extraños que yo no sabía si estaban en mi cabeza o en el aire, como las campanas de una iglesia y el aleteo de muchísimos pájaros, como animales moviéndose a nuestro alrededor pero invisibles, y tal vez sonidos de caballos acercándose, y me pregunté si no estaríamos oyendo el sonido de todos los muertos del desierto, todos los huesos que hay allí, y recordé esa vez que papá nos leyó una historia sobre unas personas que encontraron un cadáver en un campo y lo dejaron allí, y el cadáver de esa historia se había quedado atorado en alguna parte de mi cerebro y regresaba una y otra vez a mí, porque las historias a veces hacen eso, se quedan en tu cabeza y aparecen en el mundo cuando menos te lo esperas, por eso cuando íbamos caminando por el desierto yo pensaba todo el tiempo en ese cadáver en el campo, y me daba miedo pensar que tal vez íbamos a caminar sobre los huesos de alguien enterrado bajo nosotros, pero de todas formas seguimos andando, y seguimos andando, el calor cada vez más chicloso y el sol de frente picándonos como mil abejas amarillas, aunque había bajado un poco y dibujaba pequeñas sombras alrededor de las cosas, las piedras, los arbustos, los cactus, y seguimos andando hasta que tropecé con una raíz o con una piedra o una zanja y me caí, y mis manos chocaron contra el suelo y mis palmas se llenaron de piedritas y polvo y tal vez de espinas, y me dieron ganas de quedarme allí tirado con el cachete contra la tierra y quedarme dormido, sólo una siesta rápida, tal vez, tan cansado, pero tú empezaste a jalar mi camisa, a tirar de mi manga, a decir levántate ahora mismo, te lo ordeno, Pluma Ligera, y aunque eras más chica que yo, de pronto tu voz sonó como si tuviera que hacerte caso, así que me levanté y dije sí, señora, Major Tom Memphis, lo cual te dio risa al principio, pero luego empezaste a llorar, y luego a reírte de nuevo, una y otra vez como en un círculo, nuestros sentimientos y nuestros cuerpos cambiaban como el viento, y en ese instante escuchamos rugir al cielo y miramos hacia arriba y vimos las nubes de la tormenta formándose ante nosotros, estaban lejos todavía pero más cerca que antes, y luego vimos un rayo que parecía partir el cielo inmenso en dos pedazos como si fuera un huevo, y las águilas, una vez más, que ahora eran visibles a simple vista, aunque todavía parecían puntos minúsculos, tú dijiste parecen guantecitos perdidos en el cielo que buscan a su otro par en la tierra, y luego vimos el resplandor de otro rayo, aún más brillante que el primero, y también lo ven los niños perdidos, mientras siguen caminando en el desierto, el desierto radiante y repetitivo, y esperan atentos el sonido del trueno que debería llegar, pero lo único que oyen es el ruido sordo de sus pasos en la arena, incesante, conforme avanzan, y aunque el camino a través de las llanuras desérticas es siempre plano, los niños sienten que van bajando, de algún modo, sobre todo ahora que el aire caliente ha quedado a sus espaldas y que se hunden en un calor sin viento, en el punto más bajo de la concavidad del valle, donde encuentran un pueblo fantasma hacia el final de la tarde, a la hora en que los niños suelen salir a jugar, sólo que en ese pueblo no hay nadie y no se oye nada, salvo sus propios pasos, haciendo eco en las paredes que el sol, orondo y bajo, tiñe de amarillo, nada sino casas abandonadas, algunas de ellas con paredes agrietadas y ventanas rotas por las que alcanzan a verse habitaciones vacías, muebles desvencijados, algunas pertenencias olvidadas, la suela de un zapato, una botella rota, un tenedor, y bajo una silla de tres patas un sombrero rosa que uno de los niños, el más chico de todos, distingue y recoge, no le importa que esté sucio y gastado, se lo pone en la cabeza y sigue caminando junto a los otros tres entre el cascajo de antiguos muros de adobe destruidos por las hierbas,

hierbas que a veces arrancan para meterse en la boca aunque el sabor amargo les provoca arcadas y algunos escupen, y mientras lo hacen, la menor de las dos niñas escucha de pronto algo diferente, un sonido como de voces o murmullos, oye voces a su alrededor susurrando palabras, pero dónde están las bocas que las susurran, y el otro niño, más chico que ella, que ahora lleva puesto el sombrero rosa, también las oye, aunque no dice nada y sólo piensa voces, voces, escucha, corazón, como sólo los santos escucharon, y en ese silencio de murmullos, ambos, niño y niña, los más pequeños de los cuatro, oyen los ecos más profundos de las cosas que alguna vez estuvieron allí y que ya no están, el repicar de campanas de la iglesia, las madres deshechas en llanto, los abuelos repartiendo consejos y regaños en la mesa del desayuno, los mirlos dispersos en las altas copas de los árboles por las plazas de los pueblos donde resonaba la música, el ininterrumpido murmullo de otros niños, que murieron antes que ellos, donde se oye una voz que dice aquí encontraremos las puertas del paraíso porque las puertas del paraíso existen sólo en el desierto inanimado, aquí en la tierra calcinada por el sol donde nada germina, y otro dice no, no encontraremos nada aquí, porque el desierto es una tumba y nada más, el desierto es una tumba para aquellos que necesitan cruzarlo, y moriremos bajo este sol, este calor, dice un murmullo, esto no es nada, otro contesta, espera a que lleguemos al valle de San Simón, dicen que parece como si estuviera ubicado a las puertas mismas del infierno, hace calor aquí, dice ahora la niña más grande, y su voz suena alta y clara, tan concreta que casi se puede tocar, mientras los cuatro niños trasponen la frontera de ese pueblo fantasma y no queda nada ya que oír, nada salvo el triste sonido del viento que respira mientras ellos siguen caminando juntos, en una cuadrilla compacta, más al fondo del valle sobre el que el cielo se cubre de nubes, densas nubes que se forman rápido, con la promesa redentora de algún cambio, de agua, de sombra, densas nubes a lo lejos todavía pero no demasiado lejos porque allí se ve de repente otro resplandor de rayo, esta vez seguido por el rugido distante de un trueno, y los cuatro niños alzan la vista hacia la tormenta, que se quebrará en lluvia cuando alcancen el centro mismo del valle, donde las águilas vuelan ahora siguiendo extraños patrones, como escribiendo un mensaje en el cielo en un alfabeto extranjero, y por primera vez los niños las oyen silbar y trinar, y oyen sus agudos llamados, escucha, dijiste, escucha, Pluma Ligera, dijiste que alcanzabas a oír voces, voces buenas, provenientes quizás de un parque o de unos juegos cercanos, voces buenas y reales, y yo traté de escucharlas, pero no oía nada excepto el latido de mi propio corazón, y pensé corazón, escucha, corazón, cállate y trata de escuchar las voces y trata de seguirlas, detente y escucha, y cuando ambos nos detuvimos a la sombra de una gran roca rojiza, pude oír el sonido del viento que silbaba, y el sonido del espacio que rotaba, pero no oí nada parecido a voces humanas, sólo ruidos huecos, hacía tanto calor, hace tanto calor aquí, dije, y tú, tú no tienes calor, pregunté, pero no dijiste nada, no respondiste, así que no supe si lo había dicho en voz alta o lo había pensado, y cuando nos levantamos de nuevo y reemprendimos la marcha, lo único que lograba oír era el sonido de tus pies como un sonido-sombra a mi lado, y también mis propios pies, y luego, a la distancia, el sonido de otros pasos, moviéndose adelante o atrás de nosotros, a través del desierto, idénticos, debe de ser difícil estar muerto, dijiste, y yo te pregunté qué querías decir con eso, aunque lo sabía porque también yo me sentía como si estuviera muerto y mis ideas rebotaran contra cada piedra, para volver a mí, interrumpidas sólo por un trueno cada tanto, que venía de las nubes densas que teníamos enfrente, y que se nos iban acercando, o a las que nos íbamos acercando nosotros, como nos acercábamos también a las águilas, que por fin alcanzábamos a oír, sus silbidos y trinos, agudos, sonidos que los niños perdidos confunden con el sonido de risas o de lamentos, risas y lamentos infantiles, como en un patio de juegos donde muchos niños se juntan, salvo que no hay patio y no hay juegos, y nada puede oírse en realidad en aquel lugar donde caminan, a excepción de los pequeños pasos confundiéndose, sus propios pasos caminando por el desierto inanimado, sobre la tierra calcinada por el sol, y tal vez cientos o miles de pasos perdidos más, debe de ser arduo estar muerto, piensa uno de los niños, difícil estar muerto aquí, piensa, y recuerda algo que su madre le dijo cierto día, le dijo que los ángeles nunca saben si están vivos o no, que los ángeles olvidan si viven entre los vivos o entre los muertos, pero los cuatro niños saben que siguen vivos, aunque caminen entre los ecos de otros niños, pasados y futuros, que se hincaron, se acostaron, adoptaron posición fetal, cayeron, se perdieron, no supieron si estaban vivos o muertos dentro del vasto y hambriento desierto donde sólo ellos cuatro siguen caminando en silencio, a sabiendas de que también ellos pueden perderse pronto, mientras piensan a quién podrían llamar en su ayuda, a nadie, saben que no pueden llamar a nadie, ni hombres, ni ángeles, ni bestias, sobre todo no a aquellas bestias que, silenciosas pero astutas y taimadas, advierten que están perdidos y saben que pronto serán comida, los miran arrastrar los pies extrañamente a través de este desierto, de este mundo jamás interpretado donde todo permanece sin nombre para ellos, los pájaros, las piedras, los arbustos y las raíces, un mundo del todo extranjero, que se los tragará hasta incorporarlos a su ausencia de nombres, como se ha tragado a cada uno de los otros niños, pero los cuatro continúan caminando, en silencio, tratando de ignorar esas ideas oscuras, hasta que la menor de las dos niñas dice de pronto miren, miren allá arriba, miren esas águilas flotando justo sobre nosotros, miren, y los otros tres niños alzan la vista al cielo y ven una espesa capa de nubes frente a ellos, no demasiado lejos y, en efecto, esas extrañas águilas que vuelan formando una parvada estrecha en vez de ir solas, que es como vuelan las águilas normalmente, pero por qué, me preguntaste, Memphis, por qué vuelan así esas águilas, Pluma Ligera, por qué esto y por qué lo otro, por qué, seguías haciéndome preguntas muy difíciles mientras caminábamos hacia los nubarrones, acercándonos más y más a ellos, por qué, dónde, qué, preguntabas, pero cómo, cómo podría haber respondido a todas tus preguntas, Memphis, preguntas y más preguntas, cómo se crean los pantanos, para qué sirven las espinas, por qué no me da risa si me hago cosquillas a mí misma, por qué ya no puedo reírme de nada, por qué aquí el aire huele a plumas de pollo y por qué, mira, por qué vuelan todas esas águilas ahora sobre nosotros, crees que nos persiguen, que nos quieren comer o nos están protegiendo, y por qué, no lo sé, no lo sé, no lo sé, Memphis, pero no, las águilas no van a comernos, imposible, dije, están cuidándonos, no te acuerdas de los Guerreros Águila de los que nos hablaba papá todo el tiempo, pregunté, y tú dijiste que sí, que te acordabas, y luego dijiste vamos a seguirlas, vamos a jugar a que las águilas son nuestros papalotes y que tenemos que seguirlas como cuando seguimos un papalote, lo cual me pareció una idea brillante, así que eso hicimos, empezamos a seguirlas, sosteniendo carretes invisibles atados a cuerdas invisibles, y caminamos así durante un rato, mirando sobre todo al cielo, nuestra mirada fija en las águilas-papalotes, dando pequeños pasos, hasta que llegamos a un vagón de tren abandonado, a unos cincuenta pasos de nosotros, un vagón sin ruedas, simplemente abandonado en pleno desierto, y notamos que las águilas dejaban de volar hacia el frente y se quedaban dando vueltas en el espacio vacío sobre el vagón, no teníamos ni idea de cómo había llegado allí, pero nos detuvimos y lo observamos fijamente, yo le tomé una foto y lo observamos otro rato, y luego alzamos la vista hacia las nubes densas que estaban a punto de reventar de lluvia, y hacia las águilas altas que ahora volaban trazando círculos perfectos sobre el vagón de tren, y los cuatro niños también las ven, volando en círculos bajo las nubes cargadas, y deciden caminar directo hacia ellas, todo derecho, caminando mucho más aprisa ahora que el sol se hunde en el cielo, caminando hasta que ven la góndola abandonada, todavía pequeña pero ya nítida a la distancia, y caminan directamente hacia ella, hasta detenerse bajo su sombra, las cuatro espaldas recargadas contra el óxido del vagón, sin atreverse aún a entrar en él aunque la puerta corrediza esté abierta, porque cuando presionan la oreja contra el tibio metal de la góndola, escuchan un movimiento al interior, una persona o un animal grande, tal vez, y por eso deciden no arriesgarse, a menos que no les quede otra opción más adelante, ningún otro lugar donde guarecerse de la inminente tormenta, porque los nubarrones densos y amenazantes están ahora justo sobre sus cabezas, y ya casi se oculta el sol, ya casi, y los nubarrones estaban justo sobre nuestras cabezas, y estábamos cansados, y además teníamos miedo, como había pasado en los atardeceres de otros días, empezaba a caer el sol y llegaba el miedo, así que caminamos lentamente hacia el vagón, preguntándonos si estaría vacío y si sería seguro, y deseando, con un poco de suerte, encontrar comida vieja allí dentro, comida empacada en cajas, porque yo sabía que todos esos vagones transportaban cajas de comida de un lado al otro del país, y entonces tú te detuviste a unos cuantos pasos del vagón y me dijiste que tenía que asomarme a ver qué había ahí adentro y si era seguro acercarnos antes de que tú dieras un paso más, y eso hice, caminé despacio y mis pies iban haciendo más ruido que nunca en el suelo lleno de piedritas y de espinas, caminé hacia el vagón, que era grande y estaba pintado de rojo, pero la pintura se había descarapelado en algunas partes y había óxido debajo, y las puertas corredizas estaban abiertas de ambos lados, así que al detenerme frente a él, el vagón parecía una ventana a través de la que se podía ver el otro lado del desierto desde nuestro lado del desierto, y ambos lados eran idénticos, salvo por las montañas que se alzaban al final del desierto al otro lado, y el sol se estaba poniendo a nuestras espaldas en el horizonte llano, y enfrente de nosotros, más allá de las puertas del vagón, estaban las montañas Chiricahua, y yo recogí una piedra del piso y la agarré con fuerza, y noté que me sudaba la palma de la mano, pero di tres pasos más, tres pasos chicos, y eché el brazo hacia atrás para tomar impulso, y luego hacia delante y solté la piedra, que dibujó en el cielo una curva hasta caer adentro del vagón, una curva lenta, como si lanzara una pelota para que la atrapara alguien de tu edad, y la piedra golpeó el suelo del vagón, hizo un ruido que hizo un eco, y luego se escuchó como una vibración cada vez más fuerte, hasta que me di cuenta de que ese otro sonido no era un eco sino un sonido real, porque el eco no aumenta y este sonido sí aumentaba, hasta que la vimos, enorme, hermosa, con las alas gigantes extendidas, el pico en curva y la cabeza pequeña emplumada, aleteó un par de veces, salió del vagón volando hacia el cielo hasta convertirse en un pequeño objeto allá arriba y se unió al círculo de águilas que circulaban sobre nuestras cabezas, y nosotros las mirábamos como hipnotizados por sus vueltas cuando una piedra salió de pronto volando hacia nosotros desde el otro lado del vagón, como un eco de piedra, una piedra que la mayor de las niñas acababa de lanzar desde el otro lado de la pared oxidada de la góndola y a través de sus puertas abiertas, una piedra real que el niño y su hermana hubieran confundido con un eco, confundidos como estaban con respecto a la relación de causa y efecto que normalmente gobernaba el mundo, de no ser porque la piedra que les lanzaron golpea al niño en el hombro, tan real, concreta y dolorosa que su sistema nervioso se despabila, alerta, y su voz profiere un indignado ay, me dolió, quién anda ahí, pregunté, quién anda ahí, dice, y al escuchar el sonido de esa voz los cuatro niños se miran mutuamente con alivio, porque es una voz real, por fin, no ya un eco del desierto ni un espejismo sonoro como los que han venido persiguiéndolos desde hace rato, así que se sonríen los unos a los otros, entre los cuatro se miran y sonríen, y primero la niña mayor y luego la más chica, y luego los dos niños se asoman por un costado de la puerta abierta de la góndola, cuatro caras redondas nos miraban directamente desde el otro lado del viejo vagón de tren, tan reales que no pensé que fueran reales, pensé será posible o me estoy imaginando cosas, porque el desierto te traiciona, a esas alturas lo sabíamos muy bien tú y yo, y todavía no podía creer que fueran reales, aunque los cuatro niños estaban allí de pie frente a nosotros, dos niñas con trenzas largas, la mayor con un bonito sombrero negro, y luego dos niños, uno de ellos con un sombrero rosa, ninguno parecía real hasta que tú abriste la boca, Memphis, dijiste Gerónimooo desde sólo un paso atrás de mí, y entonces vimos esas cuatro caras decirnos también Gerónimoooo, Gerónimoooo dicen los dos niños a los otros cuatro desde el otro lado de la góndola abandonada, un niño y una niña, y a los cuatro les lleva unos segundos entender que son reales, ellos y nosotros, nosotros y ellos, pero cuando finalmente lo entienden, los cuatro, los dos, los seis en total se ocupan de recolectar agua del chubasco en las botellas vacías que tienen en sus mochilas y les dan largos y agradecidos tragos y comparten, y cuando al fin se sienten saciados, entran lentamente en la góndola abandonada mientras, afuera, el sonido de los truenos se va haciendo más constante, reverbera como una ola iracunda, y el destello de los rayos, por todas partes a su alrededor, empieza a azotar la arena seca, lanza granos de arena hacia los torbellinos ascendentes que a los niños les recuerdan a los muertos, a los muchos muertos, fantasmas que brotan del suelo desértico para asustarlos, atormentarlos, y me di cuenta de que el cielo se iba poniendo más oscuro, se acercaba la noche, estábamos ya adentro del vagón, resguardados, y les dije a todos, por qué no hacemos una fogata, yo tengo cerillos, y todos estuvimos de acuerdo en que eso era lo que había que hacer, así que juntamos a toda prisa algunos palos y ramitas y trozos de cactus muertos de alrededor del vagón y, aunque ya estaban demasiado húmedos, los apilan justo en el centro de la góndola mientras la mayor de las niñas camina hasta el nido que el águila ha creado en una esquina del vagón, sobre dos vigas de madera paralelas, y arranca con cuidado algunas ramitas y algunas hierbas de aquel nido, se las pasa a los otros niños, que siguen juntando ramas y cactus para la fogata, mientras se dicen cosas como mira, agarra éste, ten cuidado, éste tiene espinas, y esta rama es más larga y mejor, hasta que todos ven que la mayor de las niñas se trepa en un barril, se asoma al nido del águila, revuelve algo en su interior y luego mira al resto de los niños como diciendo aquí está, lo encontré, con una sonrisa enorme y, en su mano, un huevo, todavía tibio, que levanta por encima de su cabeza como si fuera un trofeo y luego, con cuidado, se lo pasa a su hermana, que se lo pasa a otro niño, al que lleva puesto el sombrero rosa, se van pasando el huevo de mano en mano como si se tratase de una ceremonia, sienten esa cosa casi viva, casi palpitando en sus manos, y luego la niña extrae otro huevo y otro más, tres huevos en total que sostienen, con las manos en cuenco, tres de los niños, las dos niñas más chicas y uno de los niños, y en aquella misma esquina, la mayor de las niñas toma el nido entero en sus brazos desnudos, lo carga, se baja del barril, un nido hecho de ramitas entreveradas, tejidas entre sí a la perfección, y la niña lo deposita en medio de la góndola vacía, junto al montón de ramitas que los niños han logrado juntar, y todos miran el nido como absortos, sin saber qué hacer exactamente, hasta que el niño nuevo saca de su mochila una caja de cerillos, enciende uno y lo lanza al interior del nido, donde se apaga, luego enciende un segundo cerillo, pero nada, y sólo al tercer intento, cuando se agacha sobre el nido y sostiene el cerillo encendido contra una ramita, consigue encender un extremo seco, los otros niños observan la llama con atención, deseando que se propague, hasta que finalmente sucede, el fuego se propaga por toda la ramita, que lleva la llama hasta un palo más grueso, y luego a otro, hasta que arde el nido entero, y cuando el fuego alcanza un buen tamaño frente a ellas, las dos niñas y el niño que sostienen los huevos los vuelven a meter en el nido ardiente, y las llamas rodean los tres huevos, los van ennegreciendo por fuera, los hacen hervir por dentro, los huevos se cocinan en la fogata hasta que, unos minutos más tarde, usando un palo lo suficientemente largo que encontró en el suelo, la mayor de las niñas los saca rodando de la fogata y le ordena al resto de los niños que soplen hacia la superficie de los tres grandes huevos, y ellos obedecen, hasta que pueden abrirlos, quitarles la cáscara y morderlos con hambre desesperada, por turnos, primero la niña más chica, luego el niño del sombrero rosa, luego la niña nueva, luego los otros niños, y al final la mayor de las niñas, que probablemente tiene la misma edad que el niño nuevo, tenía mi edad pero era como mayor que yo, y yo sabía que había que hacerle caso a ella, con su sombrero negro enorme y sus ojos también enormes, y nos dijo que ahora que estábamos compartiendo comida podíamos confiar y podíamos decirnos nuestros nombres y tú dijiste que eras Memphis así que yo dije que era Pluma Ligera, y ella sonrió y nos dijo que ella era Tormenta, y con la mirada le indicó a su hermana menor decir su nombre, que era Terremoto, y luego dijeron sus nombres guerreros los dos niños, el mayor era Mazorca Azul y el más chiquito era Águila de Piedra, y mientras yo mordía mi porción del huevo, y masticaba la parte gomosa y luego la parte arenosa de adentro, no podía dejar de recordar los ojos del águila madre que me habían mirado directamente a la cara antes de que emprendiera el vuelo por la puerta abierta del vagón, justo después de que yo lanzara la piedra, y de pronto tú gritaste fuertísimo, y todos volteamos a verte, asustados primero, y escupiste algo en tu mano, y luego lo examinaste con los dedos de tu otra mano, y nos enseñaste un diente, por fin se te había caído el segundo diente, y nos reímos todos, por fin nos pudimos reír, tú también, y me diste el diente para que lo guardara, para más tarde, dijiste, y cuando acabamos de comer yo dije por qué no contamos historias antes de dormirnos, y eso hicimos, hicimos un esfuerzo por quedarnos despiertos y, durante un rato, llenamos el espacio vacío de ese vagón de tren y el tiempo raro de ese desierto con historias, historias y chistes que por momentos nos hacían carcajearnos como los truenos que tronaban afuera, pero todos estábamos cansados, hacía frío y la tormenta seguía y seguía, la lluvia caía casi dentro del vagón por las puertas abiertas y se colaba por el techo oxidado, y nos quedamos sin cosas que contar y sin cosas de las cuales reírnos, así que poco a poco nos quedamos callados, y tú, acurrucándote contra mí, tiraste de mi manga y me miraste a los ojos como si fueras a decir algo y luego dijiste algo pero en voz baja, como si fuera un secreto, dijiste Pluma Ligera, y yo te dije qué, y tú dijiste prométeme que me vas a llevar a Echo Canyon mañana, y yo dije sí,

Memphis, te lo prometo, y una vez más dijiste Pluma Ligera, qué pasa, Memphis, nada, Pluma Ligera, me gusta estar contigo y quiero estar siempre contigo, está bien, y yo dije está bien, sí, y las otras dos niñas también seguían despiertas, pero los niños estaban dormidos, creo, porque se habían quedado callados y respiraban más lento, y la mayor de las niñas, Tormenta, nos preguntó si queríamos escuchar una última historia, y sí, sí, sí, dijimos, sí, por favor, así que ella respondió voy a contarles una historia, pero después de que la cuente los tres tienen que cerrar los ojos e intentar dormir, por lo menos intentarlo, y los tres dijimos que sí, así que contó la historia, dijo sólo esto, y cuando despertaron, el águila todavía estaba allí, y así se acabó la historia y tú no te dormiste, creo, pero fingiste que te dormías y también la niña más chica, Terremoto, fingió dormirse hasta que las dos se quedaron dormidas por fin, pero yo no me dormí ni tampoco Tormenta, nos quedamos despiertos un rato moviendo las ramitas de la fogata, que ya se estaba extinguiendo, y ella me preguntó qué hacíamos allí, tú y yo, así que le conté que nos habíamos escapado, y cuando le conté por qué, ella dijo que yo era un idiota, que había sido una tontería escaparnos, por qué nos escapábamos si en realidad no teníamos nada de qué escapar, y supe que tenía razón, pero me daba mucha vergüenza reconocerlo, así que en vez de eso le dije que, además de escaparnos, estábamos buscando a dos niñas que se habían perdido, dos niñas que eran hijas de una amiga de nuestra mamá, y dónde se perdieron, preguntó ella, en el desierto, respondí, las conoces, preguntó ella, conoces a las dos niñas que están buscando, no, respondí, y entonces cómo piensas encontrarlas, no lo sé, pero tal vez las encuentre, pero si las encontraras, cómo sabrías que son ellas si nunca les has visto la cara, así que le dije que sabía que las niñas eran hermanas, sabía que llevaban vestidos idénticos y que su abuela les había cosido el número de teléfono de su madre en la parte interior del cuello de los vestidos, eso es una tontería, dijo ella, y se rio con una risa que no era de maldad, para nada, era más bien una risa como de mamá que se ríe de sus hijos, de qué te ríes, le pregunté, y ella me dijo que muchos niños que cruzaban ese desierto tenían números de teléfono cosidos por sus abuelas a los cuellos de la ropa o al interior de sus bolsillos, dijo que el niño más chico de los que estaban allí, y que dormía a tu lado, tenía un número de teléfono cosido al cuello de la camisa, y que también ella y su hermana tenían números en los cuellos de los vestidos, y entonces se quitó el sombrero negro, se acercó un poco a mí por encima de las cenizas y trató de enseñarme el interior del cuello de su vestido, mira, dijo, sí, ya veo, dije yo, aunque en realidad no veía nada, sólo sentía que la sangre se me subía a la cara y la frente, por suerte era una noche oscura, y no se me veía la vergüenza, todo estaba a oscuras salvo algunas brasas anaranjadas en el lugar donde habíamos hecho la fogata, bueno, buenas noches, dijo ella, y buena suerte, sí, muy buena suerte y buenas noches, dije yo, y tal vez la noche no sea buena sino sólo silenciosa, y en ella descansan los seis niños, acurrucados y dormidos alrededor de las brasas que se extinguen, pies que tocan cabezas que tocan pies, la mayoría de ellos quizás soñando, salvo el mayor de los niños y la mayor de las niñas, que apenas se van deslizando suavemente hacia el sueño cuando escuchan, más allá del último crepitar de ramas encendidas, el llamado distante de un águila, y ambos saben que está llorando por sus huevos, y el niño llora y llora, como no ha llorado nunca hasta este momento, tal vez, y susurra perdón, águila, perdón, teníamos mucha hambre, y la niña no llora ni pide perdón al águila, pero sí le agradece en silencio, gracias águila, por tus tres huevos, hasta que ambos niños se quedan finalmente dormidos como los otros, y el niño sueña que es la joven guerrera llamada Lozen, quien, al poco tiempo de cumplir diez años, subió a una de las montañas sagradas de la Apachería y se quedó allí sola durante cuatro días, hasta que, al final del cuarto día, antes de bajar para volver con los suyos, la montaña le dio un poder, y a partir de ese momento, al observar qué venas se le habían puesto de color azul profundo tras caminar en círculo con los brazos al cielo, sabía dónde estaba el enemigo y podía

salvar a su gente del peligro, y en su sueño el niño es esa guerrera, Lozen, y conduce a su gente lejos de un grupo de lo que
podían haber sido paramilitares o soldados, vestidos con sus
tradicionales casacas azules del siglo XIX, sólo que en el sueño
llevan armas extrañas, metralletas y luces láser, y el niño-niña
guía a su gente hasta un vagón abandonado, donde comienza a
escuchar, con esa obsesiva repetición de las pesadillas, la misma frase que siempre oían en el coche de sus padres, pronun-
ciada con histrionismo, al despertarse en el bosque en medio
del frío y la oscuridad nocturnos, una y otra vez, la misma oración incompleta, al despertarse en el bosque en medio del frío
y la oscuridad nocturnos, como un disco rayado, hasta que el
niño abre los ojos de repente, se incorpora y extiende el brazo
para tocar a su hermana que duerme a su lado y siente un alivio
enorme al comprobar que está allí, junto a él, allí estabas,
Memphis, con tus chinos todos húmedos, y recordé que mamá
te solía oler la cabeza como si estuviera oliendo un ramo de
flores y yo nunca había entendido por qué lo hacía, pero ahora
lo entendía, me incliné para olerte y olías como a polvo tibio y
a pretzel, un olor salado pero a la vez dulce, así que te besé la
cabeza y, al hacerlo, murmuraste algunas palabras como águila y luna, o tal vez aguiluna, y luego volviste a chuparte el dedo,
y parecías tranquila mientras yo examinaba el espacio alrededor nuestro en la oscuridad, el sol no salía aún, y entendí con
el corazón, no con la cabeza, que los Guerreros Águila habían
estado allí junto a nosotros, la tormenta se había calmado casi
por completo y estábamos a salvo gracias a ellos, supe que nos
habían protegido de todo, así que me acurruqué de lado otra
vez y escuché respirar a los otros cuatro, Tormenta, Terremoto,
Mazorca Azul, Águila de Piedra, el más chico, que igual que tú
se chupaba el dedo, y me imaginé que el sonido que hacían los
dos era un sonido de pisadas, docenas de pisadas, los Guerreros Águila caminando a nuestro alrededor, se succionaban el
dedo, los dos, pisadas, y el revoloteo de las alas de águilas, y
palabras como aguiluna, aguipiedra, piedraluna, truenos partiendo el cielo a la mitad, hasta que por fin cerré los ojos de

nuevo, pensé en las águilas y en la luna, y me quedé dormido y no soñé nada, o tal vez soñé caballos, dormí muy profundo, por fin, tan profundo que, cuando me desperté, el sol brillaba afuera y yo estaba solo en el vagón de tren, así que me levanté con pánico, primero, pensando que me había quedado solo, pero me asomé por las puertas abiertas del vagón y descubrí que el sol estaba ya más alto que la montaña, y que tú estabas allí afuera, te vi, tanto alivio, estabas sentada en el suelo a unos cuantos pasos del vagón, jugando con el lodo, estoy haciendo panqués de lodo para desayunar, dijiste, y mira, también tengo un arco y una flecha para que cacemos algo, dijiste, y me mostraste un arco y una flecha de plástico que tenías al lado, de dónde sacaste eso y dónde están los demás niños, te pregunté, y tú dijiste que se habían ido, se habían ido justo antes del amanecer, y dijiste que habías conseguido el arco y la flecha en un trueque, que le habías dado algunas cosas de mi mochila a Tormenta a cambio del arco y la flecha, qué, te pregunté, de qué estás hablando, repetí, mientras buscaba mi mochila en el vagón y luego revolvía en su interior para ver qué me faltaba, y faltaba el mapa grande de mamá, la brújula, la linterna, los binoculares, los cerillos y hasta la navaja suiza, así que bajé del vagón de un salto con la mochila, ligera, colgada de un hombro, caminé hasta ti, me paré justo frente a ti, viéndote hacia abajo, y te grité por qué hiciste eso, porque hoy vamos a ver a mamá y papá y ya no necesitábamos esas cosas, Pluma Ligera Egoísta, dijiste, hablabas con calma y yo estaba muy enojado contigo, Memphis, furioso, cómo sabes que vamos a verlos hoy, te pregunté, y tú dijiste que lo sabías porque papá te había dicho que el viaje se terminaría cuando se te cayera el segundo diente y, aunque era una explicación tonta y no tenía sentido, me dio un poco de esperanza, tal vez sí los íbamos a encontrar ese mismo día, pero de todas formas seguía furioso, habías regalado mis cosas, al menos no regalaste la grabadora de mamá, ni mi cámara, ni mis fotos, dije, luego me miraste hacia arriba y dijiste bueno, también intercambié mi libro sin dibujos y mi mochila porque necesitaban una mochila, ah, sí, por qué cosas los cambiaste, te pregunté, por sombreros, dijiste tú, uno para mí y uno para ti, y señalaste con un dedo los dos sombreros que había en el suelo a unos metros de distancia, uno rosa y uno negro, el rosa es tuyo y el negro es mío, dijiste, y yo respiré lento y profundo, intentando no enojarme todavía más contigo, y me senté en el suelo a tu lado, pensé que probablemente tenías razón, o al menos deseé que tuvieras razón, si íbamos a encontrar a mamá y papá más o menos pronto, o si ellos nos iban a encontrar a nosotros, ya no necesitábamos esas cosas, podía ver las montañas Chiricahua ya muy cerca hacia el este y ahora que ya era plena mañana parecían más pequeñas y más cercanas y menos difíciles de subir de lo que habían parecido el día antes, bajo la tormenta, probablemente nos tomaría sólo unas horas llegar a la cima, donde estaba Echo Canyon, entrecerré los ojos como si viera por binoculares, haciendo taco las dos manos para asomarme por ahí, tratando de ver cuál era la cúspide, siguiendo la línea escarpada de las montañas y, justo cuando pensaba que ojalá tuviera mis binoculares reales, tú dijiste vas a querer panqués de lodo para desayunar o qué, así que sonreí y te dije sí, por favor, sólo una rebanada, y recogí los sombreros por los que habías intercambiado nuestras pertenencias, te pasé el sombrero rosa y tú dijiste no, el negro es el mío, así que nos probamos los dos, una y otra vez, y en verdad el rosa me quedaba mejor a mí, y el tuyo tenía un pliegue raro adelante que casi te cubría los ojos, pero te quedaba bien también, te veías muy concentrada mientras cortabas el panqué de lodo en grandes rebanadas y luego fingimos comérnoslo con unos palitos, y mientras fingía masticar me pregunté hacia dónde, exactamente, se dirigirían los cuatro niños, si llegarían a su destino, si les serviría el mapa, esperaba que sí, si caminaban en línea recta podrían llegar a las vías del tren antes del anochecer, estoy seguro de que lo lograrán, me decía mientras tú y yo nos preparábamos para partir y mientras empezábamos a caminar hacia las montañas que se alzaban frente a nosotros, estoy seguro de que llegarán a las vías pronto, también nosotros nos movíamos más fácilmente y más rápido de lo esperado porque el sol seguía cerca del horizonte, el viento no quemaba aún y habíamos comido, bebido y descansado, así que no íbamos agotados ni sedientos como el día anterior, y muy pronto llegamos a la ladera de las montañas y empezamos a subir por un camino empinado, más allá de las columnas altísimas de piedra de las Chiricahua, que parecían rascacielos, y más alto aún, hacia los picos más altos, y seguimos subiendo, seguimos andando, hasta llegar al valle alto, rojizo y amarillo bajo el sol, un valle que papá nos había descrito muchas veces, pero que era todavía más hermoso de lo que él decía, y llegamos al punto más alto al que podía llegarse, desde donde se veía el resto del valle, y allí encontramos una cueva pequeña, no demasiado profunda, y decidimos descansar un poco, porque sabíamos que íbamos por el camino correcto, porque papá también nos había descrito ese tipo de cuevas, pequeñas y seguras, sin osos ni animales, porque no eran lo suficientemente profundas como para ser resguardos de animales grandes, y ya que habíamos descansado un rato, como teníamos los sombreros y además teníamos el arco y la flecha, decidimos jugar al juego de los apaches que jugábamos con papá, así que me escondí detrás de una roca en la cueva, y tú te escondiste en algún otro sitio por allí también, y tú me buscabas y yo te buscaba, y quien encontrara al otro primero tenía que gritar Gerónimo, y esa persona ganaba el juego, ésas eran las reglas, y yo seguía escondido cuando apareciste de pronto detrás de mí y gritaste Gerónimo, toda orgullosa de haber ganado, gritaste tan fuerte que tu voz viajó a toda velocidad y luego regresó a nosotros, alta y clara, erónimo, ónimo, ónimo, así que yo grité Gerónimo de nuevo, para probar el eco, y lo escuchamos rebotar todavía más alto y largo, Gerónimo, erónimo, ónimo, ónimo, y los dos nos volvimos locos de alivio o de felicidad o de ambas cosas, porque lo habíamos logrado, estábamos en el corazón de Echo Canyon, lo habíamos encontrado, y de pronto estábamos tan agitados con agitación de la buena que gritamos nuestros nombres al mismo tiempo y lo que regresó a nosotros fue una palabra confusa como igeraphis,

geraphis, phis, shhh, shhh, dije, y me llevé el dedo índice a los labios para que te callaras un segundo porque era mi turno ahora, por qué, dijiste, porque yo soy más grande, contesté, y estaba tomando aire para gritar mi nombre, Pluma Ligera, cuando de pronto, antes de que pudiera decirlo, los dos escuchamos otra cosa, algo alto y claro y familiar, que venía de muy lejos pero directamente hasta nosotros, y luego el sonido rebotó en cada piedra del valle, ochise, chise, chise, y luego, justo después, escuchamos uda, uda, uda y fue muy difícil sacar la siguiente palabra de mi estómago porque de pronto estaba lleno de emociones como truenos, mi estómago, y llena de rayos, mi cabeza, llena de alegría, nos habían encontrado, por fin, y sentí que ni siquiera iba a poder decir nada, pero sí pude, tomé aire y grité Pluma Ligera, y escuchamos las palabras rebotar, ligera, gera, era, y los escuchamos gritar ya vamos, amos, amos, y tal vez algo como quédense donde están, tan, tan, y tú te quedaste allí parada sin hacer nada un instante, pero luego respiraste todo el aire que te rodeaba, se te infló la panza como un globo, y gritaste, gritaste tu hermoso nombre, y tu nombre rebotó por todas partes, poderoso y total, a nuestro alrededor, Memphis.

CUARTA PARTE
HUELLAS

CAJA VI

§ ECOS DE ECO

Emphis phis phis phis
Gera era era
Gua gua gua gua
Echa echa echa
Gua gua gua gua
Ise ise ise
Uda uda uda uda

§ ECOS DE COCHES

Vaca, caballo, pluma, flecha, echa echa, nosotros jugando
No no no, sí sí sí, nosotros peleando
Rrrrrr, chup, chup, srlssnn, nosotros durmiendo, yo
    chupadedo, tú roncando
Bla bla bla bla, malas noticias, la radio, la radio, más radio
Alto, siga, no, más, menos, Jesupinchecristo, mamá
    y papá platicando, discutiendo, hhhhhh, hjjjj,
    hhhhhh, hjjjjj todos respirando, silencio
Je-je, ja-ja, jiiiii, ustedes tres, risa de mentiras
Al despertarse en el bosque en medio del frío y la oscu-
    ridad nocturnos, el cuento de la radio

§ ECOS DE INSECTOS

Tiituuu, tuuptuup, tuuup, ¿tiririri?, dos hormigas pla-
    ticando
Bzzzzz, una abeja zumbando
Bzzzz, guachinc, una abeja picándote
Bzzzzzzzzzzzzzzzzzzz, splot, adiós, abeja

§ ECOS DE COMIDA

Cromch cromch, nosotros comiendo galletas
Tuc tic tuc tic, las migas cayendo en el asiento del coche

Suish, wuush, nosotros limpiando el desastre
Shhhhh, no digas nada

§ ECOS DE DESCONOCIDOS

Estrellados, con leche o sin leche, más hielo, elo, elo,
    conversaciones en la comida
Llénamelo, elo, elo, conversaciones de gasolinera
Dos camas matrimoniales, sí, sí, sí, conversaciones de
    motel
Su licencia, por favor, conversaciones de policías
Alto, alto, alto, conversaciones de retén militar
Documentos, pasaportes, de dónde son, qué hacen
    aquí, conversaciones de la migra

§ ECOS DE HOJAS

Wuuush, wuuuush, hojas que caen
Crrp, crrp, hojas aplastadas

§ ECOS DE PIEDRAS

(Silencio)

§ ECOS DE AUTOPISTAS

Ffffffffshh, coches que pasan en las autopistas
Ffffshhhhhhhhhhhh, coches que oímos desde el motel

§ ECOS DE TELEVISIÓN

¡Prohibido!

Rishktmmmmbbbbgggggggiiiiik, un tren llegando a la
    estación
Tractractracmmmmshhhh, un tren dejando la estación

Tac, tuuc, tac, nuestras pisadas en el desierto
Guaaaaahhh, nooooo, aaaaahhh, yo llorando
Wwwwwwzzzzzzzz, el viento silbando sobre un lago seco
Shhhrrrrrr, sssssssssssss, hssssssss, sss, jjjjjj, nubes de
    polvo volando
Guaaaaahhh, nooooo, aaaaahhh, yo llorando
Tac, tuuc, tac, shrrrrrr, sssssss, nuestras pisadas por un
    lago seco
Kikikiki… kuk… kuk… kuh, unas águilas volando
Slap, flap, blap, plap, aleteos, alas moviéndose
Tssssss, fsssssss, pssssss, el viento silbando en los saguaros
Criiic, cruuuc, cccccrrrrr, un vagón de tren abandona-
    do, el metal cruje
Aaaiiiii, aiiiiiii, uuuuuuu, silbidos de viento
Guaaaaahhh, nooooo, aaaaahhh, yo llorando

Brrrrrrrrrrrhhhhhhh, krrrrrrrrrhhhhhhh, un trueno a
    lo lejos, la tormenta viene
Slap, buuuuum, rrrrtoooom, un trueno de nuevo
Ticticticticticticticticticic, mucha lluvia
Tictictic… tictictic… tictictic, menos lluvia

Crrrakk, shmlpff, blurpm, mi diente moviéndose y ca-
    yéndose poco a poco

DOCUMENTO

Aquí Ground Control. Llamando a Major Tom.

Prueba de sonido. Uno, dos, tres.

Aquí Ground Control. ¿Me copias, Major Tom?

Ésta es la última grabación que te hago, Memphis, así que escucha con atención. Tú y mamá se irán mañana al amanecer de la casa en las montañas Dragoon, en la Apachería, y tomarán un vuelo de regreso a casa. Esta grabación es sólo para ti, Memphis. Si hay alguien más escuchando, incluida tú, mamá, esto no es para ti. Aunque probablemente ya escuchaste una buena parte, ma. Después de todo, es tu grabadora. Tal vez ahora debería pedirte perdón por usar tu grabadora sin permiso. Y perdón por desordenar tu caja por completo. Fue un error, un accidente. Lo siento, además, porque perdí tu mapa, mamá, y agarré tu libro sobre los niños perdidos y luego acabé perdiéndolo también. Lo dejé en el tren que nos llevó de Lordsburg a Bowie. Tal vez alguien lo encontrará algún día y lo leerá. Y tal vez un tren era un buen lugar para dejarlo. Al menos grabé algunas partes del libro aquí, así que no se perdió todo. Sé que tú también grabaste otros fragmentos, o sea que quizás tenemos casi todo el libro grabado. No estoy intentando poner excusas, de verdad lo siento y, además, no me importa que hayas escuchado mi grabación, siempre y cuando la guardes para Memphis. Siempre y cuando cuides la grabación y dejes que Memphis la escuche un día, cuando sea más grande. Tal vez cuando cumpla diez años. ¿Está bien, tenemos un trato? Ok.

Éste es el último trozo de grabación que te hago, Memphis, porque aquí es donde la historia termina. Siempre quieres saber cómo terminan todas las historias. Hoy es el día que termina, al menos de momento, por un buen rato. Después de que mamá y papá nos encontraron en Echo Canyon, llegaron un montón de guardabosques con cobijas de astronautas para cubrirnos a ambos, y nos trajeron jugo de manzana y barras de granola, y nos llevaron cargando hasta el otro lado del cañón, a una pequeña oficina llena de pósteres con osos y árboles y algunos dibujos malísimos de apaches. Ahí nos atendió un doctor y nos revisó el corazón y los pulmones y todo eso. Alguien acompañó a papá hasta donde se había estacionado y, cuando volvió, él y mamá nos cargaron hasta el coche, aunque en realidad no necesitábamos que nos cargaran, y mamá se subió al asiento de atrás con nosotros, nos abrazaba mucho, nos daba besos en la cabeza y nos frotaba la espalda mientras papá manejaba despacio, muy despacio, hasta la casa de las montañas Dragoon. La casa es un rectángulo de piedra, con dos habitaciones y una sala y una cocinita. Tiene un porche delantero y un porche trasero, un pequeño techo de lámina pintado de verde y grandes ventanas con persianas para bloquear la luz y el calor del desierto.

Hoy, al amanecer, mamá y tú se despertarán y se irán. Esta grabación tiene que ser corta para que no se despierten antes de que acabe. Y tengo que volver a meter la grabadora en la bolsa de mamá antes de que las dos se vayan, para que se la lleve. Mamá se llevará la grabadora y luego, un día, cuando seas más grande, Memphis, escucharás esta grabación. También podrás mirar todas las fotos que dejé en mi caja, etiquetada como Caja VII, la cual se llevará también mamá porque la puse encima de todas sus cosas, de todas las bolsas y mochilas, básicamente, que ella dejó alineadas junto a la puerta de la casa, listas para cuando tengan que partir. Papá y yo seguiremos dormidos en la casa cuando llegue a buscarlas el taxi que las llevará al aeropuerto. Papá estará en su cuarto y yo en mi nueva habitación. O tal vez papá salga a despedirlas al taxi.

Después de que nos perdimos, y de que nos encontraron, creo que mamá y papá pensaron que podían seguir juntos, en vez de separarse. Creo que lo intentaron, y tal vez incluso lo intentaron con todas sus fuerzas. Cuando llegamos por primera vez a la casa, después de que nos encontraron, todos tratamos de volver a la normalidad. Pintamos las paredes de la casa y escuchamos la radio juntos; yo te ayudé a escribir los ecos que recolectamos en pequeños trozos de papel que metimos en tu caja, Caja VI, la cual le pediste a papá que te guardara. Otro día ayudamos a mamá a arreglar una ventana y también una lámpara, fuimos al súper con papá e hicimos la cena en el asador con él, y hasta jugamos Risk, dos noches seguidas. Tú estabas a cargo de echar los dados y yo peleaba con mamá por ver quién se quedaba con Australia.

Pero creo que, al final, fue imposible para ellos. No porque no se quisieran, sino porque sus planes eran demasiado distintos. Uno era documentólogo y la otra documentalista, y ninguno de los dos quería renunciar a lo que era, y al final eso es algo bueno, me dijo una noche mamá, y dijo que algún día lo entenderemos mejor.

¿Te acuerdas de eso que te dije un día, que ahora parece que fue hace mucho, aunque en realidad no fue hace tanto, de que no estaba seguro de si quería ser documentalista o documentólogo, y que al principio no les dije nada a mamá y papá porque no quería que pensaran que quería copiarles o que no tenía ideas propias, pero también porque no quería tener que elegir entre ser documentalista o documentólogo? ¿Y que luego pensé que a lo mejor podía ser ambas cosas? Pues seguí pensando en eso, en cómo ser las dos cosas.

Pensé lo siguiente, aunque todo suena un poco confuso: tal vez, con mi cámara, puedo ser documentólogo, y con esta grabadora donde he estado grabando, que es de mamá, puedo ser documentalista y documentar todo lo que no puedo documentar con mis fotos. Pensé en escribir estas cosas en un cuaderno para que un día las leyeras, pero todavía eres mala lectora, nivel A o B, todavía lees todo en reversa o en desorden, y no tengo ni idea de cuándo vas a aprender a leer bien por fin, o si alguna vez lo hagas. Así que, en vez de eso, decidí grabarte todo. Además, escribir es más lento y leer es más lento, pero al mismo tiempo escuchar es más lento que ver, lo cual es una contradicción que no tiene explicación. En cualquier caso, decidí grabar esto, porque así era más rápido, aunque no me molestan las cosas lentas. La gente en general prefiere las cosas rápidas. No sé qué tipo de persona serás tú en el futuro, si una persona a la que le gusten las cosas lentas o las rápidas, pero no puedo depender de eso. Así que hice esta grabación y tomé todas esas fotos.

Cuando veas todas las fotos y escuches esta grabación, vas a entender muchas cosas, y en algún momento tal vez incluso entenderás todas las cosas. También por eso decidí ser tanto un documentalista como documentólogo, para que te toquen por lo menos dos versiones de todo y conozcas las cosas de diferentes maneras, lo cual siempre es mejor que de una sola manera. Vas a saberlo todo, y luego poco a poco empezarás a entenderlo. Sabrás sobre nuestras vidas cuando vivíamos con mamá y papá, antes de que empezáramos este viaje, y sobre el tiempo que pasamos viajando juntos hacia la Apachería. Sabrás la historia de cuando vimos por primera vez a unos niños perdidos abordando un avión, y cómo eso nos rompió a todos en pedazos, en especial a mamá, porque su vida entera se trataba de buscar a los niños perdidos. Un día, mamá se rompió todavía más, cuando estábamos todos juntos de nuevo en la casa de las montañas Dragoon, porque recibió una llamada de esa amiga suya, Manuela, que había estado buscando a sus dos hijas que se habían perdido en el desierto, y su amiga le dijo que habían encontrado a sus hijas en el desierto, pero sin vida. Durante días, mamá casi no habló para nada, y todo ese tiempo yo quería decirle que tal vez las niñas que habían encontrado no eran las hijas de su amiga, porque yo sabía muy bien que muchos niños llevaban números de teléfono cosidos a la ropa cuando tenían que atravesar el desierto.

Yo lo sabía, y tú también lo sabías, porque tú y yo estuvimos con los niños perdidos, también, aunque sólo por un rato, y ellos nos lo contaron. Papá y mamá no nos creyeron, pero nosotros los conocimos, estuvimos allí con ellos, intentamos ser valientes como ellos, viajar solos en tren, atravesar el desierto, dormir en el suelo bajo un cielo gigantesco. Debes recordar siempre cómo fue que, durante un tiempo, yo te perdí y tú me perdiste, pero nos encontramos de nuevo y seguimos caminando por el desierto, hasta que encontramos a los niños perdidos en un vagón de tren abandonado, y pensamos que tal vez eran los Guerreros Águila de los que papá nos había contado, pero quién sabe. Tienes que saber todas estas cosas e intentar recordarlas, Memphis.

Cuando seas más grande, como yo, o incluso más grande que yo, y le cuentes nuestra historia a otras personas, te dirán que no es cierto, te dirán que es imposible, no van a creerte. No te preocupes por ellos. Nuestra historia es verdadera, y en el fondo de tu corazón y en los remolinos de tus chinos locos lo sabrás siempre. Y tendrás las fotos y también esta grabación como evidencia. No vayas a perder esta grabación ni la caja con las fotos. ¿Me escuchas, Major Tom? No vayas a perder nada, porque siempre estás perdiendo todo.

Aquí Ground Control. ¿Me escuchas?

Ponte el casco ahora. Y recuerda llevar la cuenta: diez, nueve, ocho, comienza cuenta regresiva y las turbinas se encienden. Verifica la ignición. Y siete, seis, cinco, cuatro, tres, y ahora caminamos sobre la luna.

Aquí Ground Control. ¿Me oyes bien?

¿Recuerdas esa canción? ¿Y nuestro juego? Después de caminar sobre la luna viene la parte que más nos gusta. Dos, uno: y eres lanzada hacia el espacio. Estás allá arriba, en el espacio, flotando del modo más extraño. Allá arriba las estrellas se ven muy diferentes. Pero no lo son. Son las mismas estrellas, siempre. Tal vez un día te sientas perdida, pero tienes que recordar que no lo estás, porque tú y yo vamos a volver a encontrarnos.

CAJA VII

§ Polaroid

§ Polaroid

§ Polaroid

§ Polaroid

§ Polaroid

§ Polaroid

§ Polaroid

§ Polaroid

AGRADECIMIENTOS

Empecé a escribir esta novela en el verano de 2014. A lo largo de este tiempo, un gran número de personas e instituciones han contribuido para que llegue a existir. Estoy profundamente agradecida con todos, pero quiero agradecer especialmente a quienes aquí enlisto:

A la Akademie der Künste, en Berlín, que me ofreció una beca y residencia en el verano de 2015, y en donde, después de un año de tomar notas, empecé a escribir finalmente.

A Shakespeare & Co., en París, y especialmente a Sylvia Whitman, quien en el verano de 2016 me ofreció, generosamente, un techo y una cama encima de la librería, donde pude dedicarle muchas horas al manuscrito.

Al Beyond Identity Program, en el City College of New York, donde fui Profesora Invitada entre el otoño de 2017 y la primavera de 2018, y gracias al cual tuve tiempo para terminar y editar el manuscrito.

A Philip Glass, que existe, y cuya *Metamorphosis* escuché aproximadamente unas cinco mil veces mientras escribía esta novela.

A mis amigos —generosos lectores tempranos durante las diferentes etapas del manuscrito— N. M. Aidt, K. M. Alcott, H. Cleary, B. H. Edwards, J. Freeman, L. Gandolfi, T. Gower, N. Gowrinathan, R. Grande, C. MacSweeney, P. Malinowski, E. Rabasa, D. Rabasa, L. Ribaldi, S. Schweblin, Z. Smith, A. Thirlwell y J. Wray.

A mis padres, Marta y Cassio.

A mi hermosa, valiente y amorosa tribu chamaca: Ana, María, Tito, Julia, Miquel, Dylan y Maia.

OBRAS CITADAS
(Notas sobre las fuentes)

Al igual que mis libros anteriores, *Desierto sonoro* es, en parte, el resultado de un diálogo con distintos textos, así como con otras fuentes no textuales. El archivo que sostiene la novela es un elemento inherente y al mismo tiempo visible de la narrativa central. En otras palabras, las referencias a las fuentes —textuales, musicales, visuales o audiovisuales— no fueron pensadas como *marginalia*, o como ornamentos que decoran la historia, sino que funcionan como marcadores interlineales que apuntan a la conversación polifónica que el libro mantiene con otras obras.

Las referencias a las fuentes aparecen de distintos modos a lo largo del esquema narrativo de la novela:

1. La «bibliografía» fundamental aparece dentro de las cajas que van en el coche con la familia (Caja I - Caja V).

2. En las partes narradas por una voz femenina en primera persona, todas las fuentes utilizadas aparecen citadas y atribuidas, o bien parafraseadas y referidas.

3. En las partes narradas por el narrador niño en primera persona, las fuentes previamente utilizadas por la voz femenina en primera persona aparecen como «en eco», mientras que otras son citadas o parafraseadas y referidas.

4. Algunas referencias a otras obras literarias se esparcen de manera casi invisible a lo largo de ambas voces narrativas, así como de las *Elegías para los niños perdidos*.

Uno esos hilos alude a *La señora Dalloway*, de Virginia Woolf, en donde se utilizó por primera vez, me parece, la técnica de cambiar de punto de vista narrativo a partir de un objeto que se mueve en el cielo. He adaptado la técnica para cambiar de punto de vista narrativo cuando las miradas de dos personajes «coinciden» en un mismo punto en el cielo al ver un objeto: avión, águilas, nubarrones o rayos.

5. En las partes narradas por un narrador en tercera persona, *Elegías para los niños perdidos,* las fuentes aparecen imbricadas y parafraseadas, pero no transcriptas ni citadas. En la composición de las *Elegías* empleo una serie de alusiones a obras literarias sobre viajes, travesías, migraciones, etcétera. Dichas alusiones no tienen por qué ser evidentes. No me interesa la intertextualidad como un gesto explícito y performativo, sino como método o procedimiento compositivo.

La primera elegía alude al «Canto I» de Ezra Pound, que a su vez es una «alusión» al Libro XI de la *Odisea* de Homero: el «Canto I» es una traducción *libre* del latín, y no del griego, al inglés, siguiendo la métrica acentual anglosajona, del Libro XI de la *Odisea.* El Libro XI de la *Odisea,* así como el «Canto I» de Pound, trata de un viaje o un descenso al inframundo. Por eso, en la primera elegía de los niños perdidos, me reapropio de ciertas cadencias rítmicas, así como de la imaginería y el léxico de Homero/Pound, a fin de establecer una analogía entre migrar y descender al inframundo. Adapto y recombino palabras o pares de palabras como «prieta/noche», «deshechas/llanto» y «amortajar/infelices», que derivan todas de distintos versos del «Canto I».

Las fuentes de las *Elegías* imbricadas en la voz narrativa en tercera persona siguen un esquema similar a éste, e incluyen las siguientes obras: *El corazón de las tinieblas,* de Joseph Conrad; *La tierra baldía,* de T. S. Eliot; *La cruzada de los niños,* de Marcel Schwob; «El dinosaurio», de Augusto Monterroso; «El puercoespín», de Galway Kinnell; *Pedro Páramo,* de Juan Rulfo; *Las elegías de Duino,* de Rainer Maria Rilke, y *Las puertas del paraíso,* de Jerzy Andrzejewski (en traducción de Sergio Pitol).

A continuación, ofrezco una lista de las frases o palabras a las que aludo de cada obra, más o menos en el mismo orden en el que aparecen en las secciones de las *Elegías* de la novela:

Ezra Pound, «Canto I»
· Y bajamos a la nave.
· Deshechos en llanto, y los vientos soplaban de popa.
· La noche más prieta amortajaba a estos infelices mortales.

Joseph Conrad, *El corazón de las tinieblas*
· Una región sin luz poblada de sutiles horrores.
· Remontar ese río… te encaraba con un aspecto vengativo.
· No había alegría en el intenso brillo de la luz.

Ezra Pound, «Canto I» y «Canto II»
· Impetuosos difuntos impotentes.
· Insepultos, yertos en la dilata tierra.
· Desde ahí hacia afuera y a lo lejos.
· Un brillo color vino en las sombras.
· Lerdo de beber mosto.

Ezra Pound, «Canto III»
· Arrancado el corazón, y puesto en una pica.
· En partes desnudado, en parte apuntalado.
· Y perder los ojos de las caras, y serle los averes e las casas
  inautados.

Augusto Monterroso, «El dinosaurio»
· Cuando despertó, el dinosaurio todavía estaba allí.

Galway Kinnell, «Los muertos resucitarán incorruptibles»
· ¡Teniente! / ¡Este cuerpo no deja de arder!

T. S. Eliot, *La tierra baldía*
· Un montón de imágenes rotas, donde el sol bate.

Galway Kinnell, «El puercoespín»
· A reventar de fibra y savia, inflado / de adelfas, amentos de
  chopo…

T. S. Eliot, *La tierra baldía*

· Mirando en el corazón de la luz, el silencio.

· Ciudad Irreal,
Bajo la parda niebla de un amanecer de invierno.
Tal multitud fluía sobre el Puente de Londres
Que nunca hubiera yo creído ser tantos los que la muerte arre-
batara.
Llevaban todos los ojos clavados
Delante de sus pies y exhalaban suspiros.

Juan Rulfo, *Pedro Páramo*

· Después de trastumbar los cerros, bajamos cada vez más.
Habíamos dejado el aire caliente allá arriba y nos íbamos
hundiendo en el puro calor sin aire.

· Era la hora en que los niños juegan en las calles de todos los
pueblos.

· Mis pisadas huecas, repitiendo su sonido en el eco de las paredes teñidas por el sol del atardecer.

· Miré las casas vacías; las puertas desportilladas, invadidas
de yerba.

Rilke, *Elegías de Duino* (en traducción libre de Juan Rulfo)

· ¿A quién podremos recurrir? / Ni a los hombres ni a los ángeles.

· Bestias, astutas.

· Que yerra por un mundo interpretado.

· Voces, voces. Escucha, corazón, / como sólo los santos escucharon.

· Es extraño no habitar ya la tierra.

· Los ángeles —se dice— / ignoran a veces si están entre los vivos, / quizás, o entre los muertos.

· Es penoso estar muerto.

Jerzy Andrzejewski, *Las puertas del paraíso* (en traducción de Sergio Pitol)

- Caminaban sin cantos y sin repiques en cerrado tropel.
- No se oía sino el monótono ruido de millares de pasos.
- El desierto inanimado, calcinado por el sol.
- Tocaba la arena con los labios.
- El cielo se impregnaba de un silencio violeta.
- En un país desconocido, bajo un cielo desconocido.
- No se oía sino el monótono ruido de millares de pasos.
- El desierto inanimado, calcinado por el sol.
- A lo lejos, como en otro mundo, un trueno resonó pesadamente.

En cuanto a las obras que se citan literalmente, las siguientes son en traducción directa de Daniel Saldaña París:

- Walt Whitman, *Hojas de hierba.*
- Nathalie Léger, *Supplément à la vie de Barbara Loden.*
- Galway Kinnell, «Little Sleep's-Head Sprouting Hair in the Moonlight».

El resto de citas textuales provienen de las siguientes ediciones:

- Susan Sontag, *Renacida: Diarios tempranos, 1947-1964*, ed. de David Rieff, trad. de Aurelio Major, Mondadori, Madrid, 2011.
- Cormac McCarthy, *La carretera*, trad. de Luis Murillo Fort, Mondadori, Barcelona, 2007.
- Ralph Ellison, *El hombre invisible*, trad. de Andrés Bosch, Lumen, Barcelona, 1984.
- Carson McCullers, *El corazón es un cazador solitario*, trad. de Rosa María Bassols Camarasa, Seix Barral, Barcelona, 2017.
- Jack Kerouac, *En el camino*, trad. de Martín Lendínez, Bruguera, Barcelona, 1981.
- William Golding, *El señor de las moscas*, trad. de Ricardo Gosseyn, Minotauro, Buenos Aires, 1962.
- Franz Kafka, *Cuadernos en octavo*, trad. de Carmen Gauger, Alianza, Madrid, 2018.

- Franz Kafka, *Diarios (1910-1923)*, trad. de Feliu Formosa, Tusquets, Barcelona, 1995.
- Anne Carson, «El viejo suéter azul de papá», trad. de Jeannette L. Clariond, en *Letras Libres*, julio de 2005.
- Ezra Pound, *Cantares completos*, trad. de Javier Coy, Cátedra, Madrid, 2000-2006.
- Ezra Pound, *Cantos*, trad. de Jan de Jager, Sexto Piso, Madrid, 2018.
- Ezra Pound, «Retrato de una mujer», trad. de Rafael Vargas, en Material de Lectura: Ezra Pound, UNAM, Ciudad de México, 2007.

Hasta donde me fue posible, he transcrito, citado y referido todas las obras utilizadas en esta novela, además de las cajas, inserciones, retraducciones y reutilización de obras literarias a lo largo del hilo narrativo en tercera persona de la novela, citadas más arriba.

CRÉDITOS DE LAS IMÁGENES